最魔魅幻麗的
西班牙遊記

中文版
首度問世

阿蘭布拉宮的故事

在西班牙發現世界上最美麗的阿拉伯宮殿

Tales of the Alhambra

Washington Irving

美國文學之父 華盛頓·歐文——著 劉盈成——譯

【關於書名】

「Alhambra」目前通譯為「阿爾罕布拉宮」，不過若依照西班牙文發音，發音應為「阿蘭布拉宮」，為求忠於原作背景，本書譯名從後者。

阿蘭布拉宮地圖

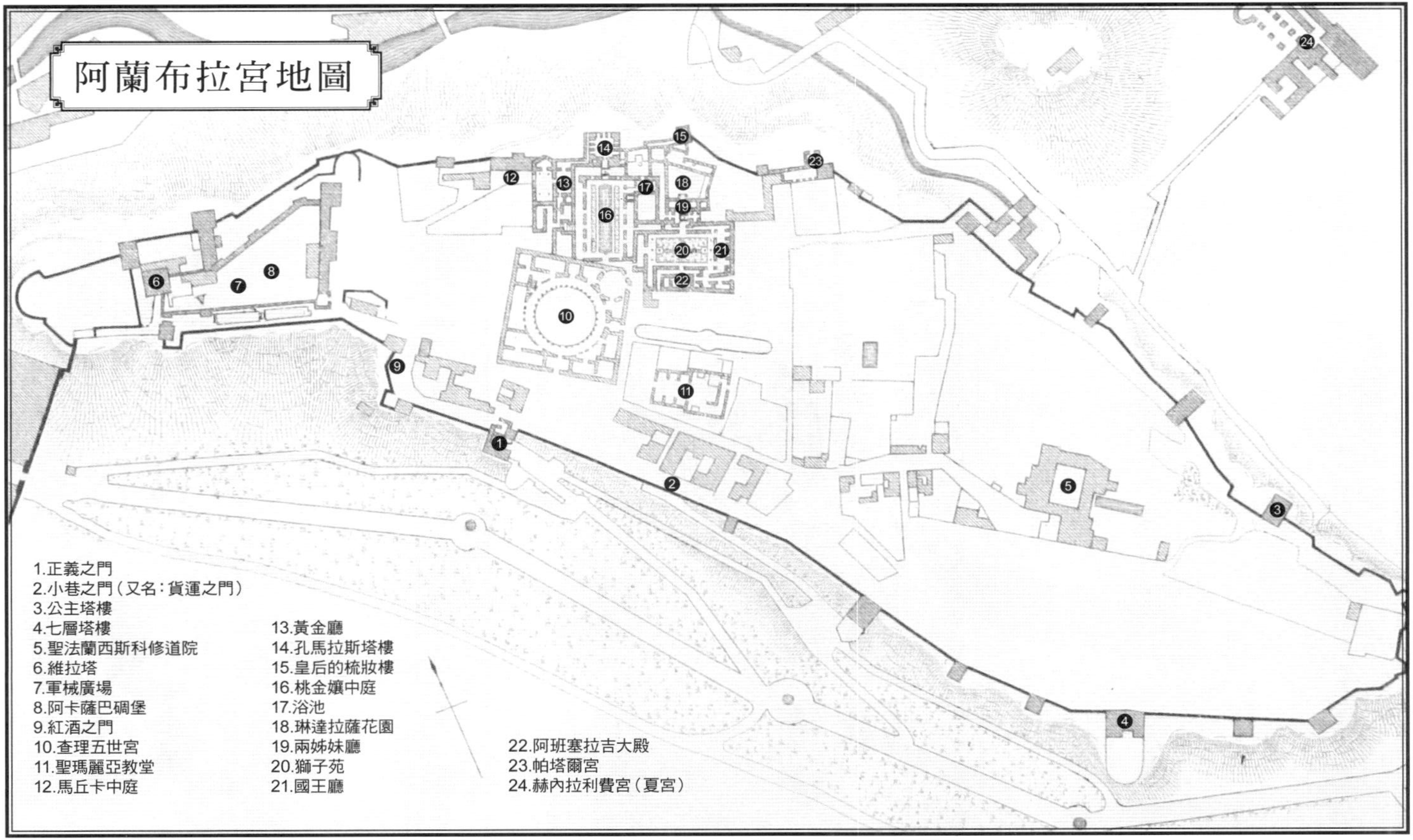

1.正義之門
2.小巷之門（又名：貨運之門）
3.公主塔樓
4.七層塔樓
5.聖法蘭西斯科修道院
6.維拉塔
7.軍械廣場
8.阿卡薩巴碉堡
9.紅酒之門
10.查理五世宮
11.聖瑪麗亞教堂
12.馬丘卡中庭
13.黃金廳
14.孔馬拉斯塔樓
15.皇后的梳妝樓
16.桃金孃中庭
17.浴池
18.琳達拉薩花園
19.兩姊妹廳
20.獅子苑
21.國王廳
22.阿班塞拉吉大殿
23.帕塔爾宮
24.赫內拉利費宮（夏宮）

遠眺阿蘭布拉宮

✿一八二九年春季，我受著好奇心的驅使來到了西班牙，
從塞維亞到格拉納達，展開了一場漫遊式的遠征……

獅子苑一隅

❀那半透光的石膏水池，流著鑽石一般的涓涓細水，
庭院的十二頭獅子背對著池子，仍然冒著瑩亮剔透的細流，
就像包迪爾的時代一樣。

桃金孃中庭裡的孔馬拉斯塔樓倒影

❀ 可敬的讀者和朋友們，隨著我的腳步來到這座門廳吧，
它那繁複的花飾窗格，通往大使之殿。我們且走近城垛，低頭直望下方。
看，這一側是整片阿蘭布拉宮在我們面前展開，它的庭院及花園也盡入眼底。

赫內拉利費宮噴水池

❀ 這裡的每樣東西都散發著南方的婀娜柔美：
水果、花朵、芳香、青翠的棚架、桃金孃樹籬、清新的空氣，
以及噴湧的清水。

兩姊妹廳

❀ 輕巧高挑，富有精雕細琢之美，
地上鋪設著白色大理石，上方的穹頂或採光室能夠調節光線，
讓空氣自由流通。

琳達拉薩花園窗景

✿窗戶望出去是一座可愛迷人的僻靜小花園，
半透光石膏的水池在玫瑰和桃金孃叢裡瑩瑩發亮，
四周則是柑橘和香櫞樹，有些樹枝還伸進房間裡來。

揮別阿蘭布拉宮

❀太陽下山之前，格拉納達、維嘉沃原及阿蘭布拉宮，都離開了我的視線，
而人生裡萬中選一的醉人好夢，就這樣結束了。

Contents

【修訂版[1]前言】

本書有某些傳說故事及隨筆文章，草成的散稿是我住在阿蘭布拉宮期間[2]動筆寫成的，有些則是以當時的筆記、觀察為基礎，隨後增補進來的。文中小心翼翼維持著當地的色彩及寫實性，於是，整個作品或許能夠信實生動地描繪我幸而巧遇、但外在世界非常陌生不解的那個小天地，也就是那個奇特非凡的小小世界。我孜孜矻矻想要想描繪它半西班牙式、半東方式的特性，那種英雄、詩人與怪誕的交融混合。我想喚醒它牆上正在快速消逝的，那些高雅與華美的遺跡；我想記錄曾經進出這宮廷的，有關皇室與騎士的傳說，以及如今穴居宮殿廢墟的各色族群裡，他們那些離奇與迷信的傳奇故事。

當時寫成的這些粗稿，在我的文件包裡躺了三、四年，直到一八三二年正要從倫敦返回美國的前夕，我才又找了出來。接著，我努力要將這些稿子整理出版。不過為了準備離境，沒有足夠的空閒。有幾篇是因為未完成而擱置不用，其他的則是在有點匆忙、因而比較草率混亂的情況下合成一編。

目前這個版本，已經修訂並重新安排，擴增了某些部分，又補寫了其他部分，包括原來擱去不用的那幾篇。希望我的努力可以使得本書更加完整，更值得它向來所受到的厚愛。

華盛頓・歐文

於桑尼塞，一八五一年

---

❶ 編註：本書根據作者在格拉納達的親身遊歷，於一八三二年五月出版，又稱「西班牙隨筆之書」，受到讀者熱烈的迴響。之後作者在一八五一年，又增補了多篇散文、隨筆及故事，完成了「作者修訂版」。本書即譯自一八五一年作者修訂版，將阿蘭布拉宮最完整的面貌呈現給讀者。作者於此版新增的註釋，見書中「原註」。

❷ 編註：作者停留期間為一八二九年春季至夏季。

旅途

一八二九年春季，筆者受著好奇心的驅使來到了西班牙，從塞維亞（Seville）到格拉納達，展開了一場漫遊式的遠征。同行的還有一名友人，他是俄羅斯駐馬德里公使團的一員。機緣巧合，讓我們從地球上遙遠的兩地湊到了一起；而因為喜好相近，我們便相偕同遊於浪漫的安達魯西亞山間。無論工作職務把他調到何處，無論他是置身於宮廷盛會之中，或者回想著生機盎然的山河，一旦他讀到了我這些篇章，願它喚起我們充滿驚奇的同遊情景，並且記得這個人：無論時間或距離，都不會使人遺忘他的謙和與高尚。

在啟程之前，且容我對於西班牙的景致、西班牙的旅行，先贅言幾句。很多人描繪西班牙時，常會想像成是溫煦的南國，散發著濃郁襲人的魅力，就像是旖旎柔美的義大利。其實不然。雖然在近海地區有些例外，但是，這個國家大部分是荒瘠而愁鬱的。山巒崎嶇不平，平原一望無際，草木不繁，一股筆墨難以形容的靜默與孤寂，近似非洲那種蠻荒且伶仃孤苦的氣氛。更加靜默而孤寂的是沒有鳥兒歌唱，這是缺乏茂林與綠籬的自然結果。禿鷲與鷹隼盤旋於山崖之間，翱翔於平原上空，而害羞的鴇鳥成群圍繞著石南樹叢。大群的小型鳥類讓其他國家生機勃勃，卻只見於西班牙的極少數地區，而且主要都在聚落周遭的果園、園圃之中。

在內陸省分，旅人不時會穿過大片農地，視野所及都是穀類作物隨風搖曳，有時綠意蔥籠、有時萎黃枯槁，但是四周卻找不到一個翻土犁田的稼漢。總算，他看見了陡坡或嶙峋崖壁上的某個小村莊，加上塌毀損壞的防禦牆垛，以及廢棄的瞭望塔。他還看到古時候抵擋過內戰或摩爾人（Moors）❶侵犯的堡壘。村民之間為了保護彼此而團結群聚的風俗，仍然保存在西班牙大多數的地方，這都是為了對抗流匪的劫掠。

雖然西班牙許多地方都欠缺青森茂林的妝點，也沒有裝飾性的植栽散發柔和之美，但它的景致在嚴酷之中卻自有一種高貴，而與人民的性情協和一致。而且，看過西班牙人所居住的鄉間之後，我想我更能了解他們的自尊、刻苦、儉樸、飲食有節。他們在艱苦的環境之中剛健不屈，對於軟弱放縱則鄙夷不屑。

西班牙荒瘠單調的景觀特徵裡，也有某些事物讓靈魂備感崇高。卡斯提爾（Castiles）及拉曼查（La Mancha）地區的迤邐平原，一望無際，荒枯與廣袤就是它的特點，而且某種程度上，具有大海一般的肅穆宏偉。遙望那無窮無盡的荒地時，不時會看到四散的牛群，一旁是孤零零的牧人如雕像一般靜止不動，一柄長叉有如矛槍一般，細細地伸進了虛空之中。或者，看到一長列騾子沿著荒地緩緩前行，有如大漠中的駝隊。又或者望見人騎馬獨行，帶著散彈槍與短劍，逡巡於原野之中。可以說這鄉間、風俗及人們的容貌，帶有某種阿拉伯的特徵。從武器的廣泛使用可以發現，村野裡通常是騷亂不靖的。田野的放牧人、平原上的牧羊人都攜帶長火鎗及刀子。有錢的村民前往市集時，很少敢不帶著廣口手槍，也許還要加上徒步的僕人，肩上扛著散彈槍。最尋常不過的旅程，卻裝備得有如戰事出征一般。

路途上的危險也形成了一種旅行模式，就像是小規模的東方篷車隊。Arriero（也就是**運貨伕**）集結

❶ 譯註：摩爾人來自非洲，信奉回教，八世紀時入侵並統治了西班牙，至十五世紀末。

為伍，大型車隊配著充足的武器，依照約定的日期啟程出發；額外加入的旅者也擴充了人數，並貢獻了力量。鄉村的貿易，便以這種早期的方式來進行。騾伕是常見的交通駕駛，也是大地上最合情合理的穿越者，他們從庇里牛斯、阿斯圖里亞斯（Asturias）跨越整個半島，來到阿普夏拉（Alpuxarras）、隆達的塞拉尼亞（Serrania de Ronda），甚至是直布羅陀海峽。他們省吃儉用，刻苦度日。粗布鞍囊裝著他們僅有的糧食物資，皮製的壺裡裝著水或酒，懸掛在鞍拱處，供應荒山與旱原之用。到了夜晚，騾皮往地上一鋪，就是他們的床，而鞍具就是枕頭。騾伕都不高，但是精瘦緊實的體型透露出十足的幹勁。他們的面容曬得黧黑泛紅，眼神堅定，表面看起來卻相當沉靜，除非是遇到突如其來的情感才會竄燒起來。他們的舉止坦然、剛健且謙恭有禮。他們遇到你，總不忘來一句莊重的問候：「上帝守護你！願上帝與你同在，先生！」（"Dios guarde a usted!" "Va usted con Dios, Caballero!"）

由於人們的全部財物都放在騾子上，經常有風險，所以他們武器都放在手邊，懸掛在鞍具上，隨時可以一把抄起，不顧一切地禦敵。但他們還聯合眾人，抵擋了小規模的游擊搶匪，保住了自己的安全。至於獨行的盜匪，雖然全副嚴實的武裝，騎著安達魯西亞（Andalusia）的駿馬，卻只是在他們附近徘徊著，就像是一個海盜對著大型商隊一樣，不敢出手攻擊。

西班牙騾伕有取之不盡的歌謠及唸歌詩，可以在沒完沒了的行腳之中唱來解悶。那些曲調都粗率而簡單，只帶有少許的音樂變化。他們大聲唱著這些歌兒，拖著悠緩的起伏節奏，騎著騾子走在小徑上。而騾子彷彿懷著無限的肅敬在傾聽，步伐還跟著那旋律在走。這樣吟唱的對仗歌詩，往往都是有關摩爾人的古老傳說故事，或某個聖徒傳奇，或者短短的情歌。另外，唸歌詩更常見的內容，唱的是大膽的走私客，或者勞苦克難的盜寇之類。這些走私販子及盜寇之徒，西班牙的平民百姓都視為可歌可泣的英雄好漢。騾伕的歌曲常常是當下即時之作，而且起興於某個眼前的景象，或者旅途中所發生的某事。西班牙很常見到這種即興歌唱的才能，據說是來自摩爾人的遺風。在荒村孤原之中，聆聽這些小曲子、歌詠著眼前景物，不時又有騾鈴伴隨，頗有一種狂逸的野趣。

在山間野徑中遇見一列騾隊，最具有古雅如畫的氣氛。首先，你會聽到帶頭幾頭騾子的鈴響，以簡單的旋律打破高山幽嶺間的寂靜；或者，聽到騾伕斥喝著某幾頭遲緩脫隊或走偏的牲口，或者扯開嗓子唱起古老的唸歌詩。最後，你看到騾子們慢慢沿著崎嶇陡狹的曲徑而走。有時牠們走下峭崖，在青空下好似一幅立體的浮雕；有時則是在你腳下，奮力爬上寸草不生的山間罅隙。當騾子走近，牠們身上那些精紡毛料、流蘇、鞍座鋪墊等鮮豔的裝飾便歷歷在目。與你擦身而過，還能望見廣口手槍隨時掛在行囊及鞍座後面，透露著旅途上的不安。

我們❷即將前往古老的格拉納達王國一探究竟❸，這裡可是西班牙數一數二的崇山峻嶺之地。廣闊的sierra（也就是**崢嶸連綿的山岳**）草木不生，雜襯著色彩斑駁的大理石、花崗石。而山頂巔峰之處烈日曝曬，聳入湛藍的天空。而嶙峋的山嶺中，卻布滿了蒼翠豐饒的谷地，沙漠與園圃彼此爭奪主導權，而岩石可以說是被逼著長出無花果、柑橘及香櫞，也綻放著桃金孃及玫瑰一類的花朵。

---

❷ 原註：（一八五一年修訂版說明）筆者很樂意附帶一提，這位旅伴是道格洛基（Dolgorouki）親王，目前出任俄國駐波斯宮廷的公使。

❸ 譯註：西元七一一年，信奉伊斯蘭教的摩爾人首次在伊比利半島建立了政權。此後迭經演變，於一二三〇年建立了格拉納達王國，而一四九二年被基督教的卡斯提爾王國所滅。此王朝享國二百六十二年，在經濟、知識及文化各方面，都相當有成就。「阿蘭布拉宮」便是格拉納達王國所留下的大型宮殿群。

這些山間野徑之間，有圍牆所護的小鎮及村莊，好像懸崖間搭起來的鷹巢；四周都是摩爾式的城垛，或者盤踞在高峰上的廢棄瞭望塔。這番景象，讓人回想起基督徒與穆斯林交戰的騎士時代，以及攻取格拉納達的那一場傳奇爭奪戰。要穿越這些矗立延綿的山嶽，旅人經常必須下來牽著馬兒，沿著陡直崎嶇的坡路爬上爬下，好像走在朽壞的樓梯上。

有時候，道路沿著令人頭昏目眩的峻嶺絕壁而盤旋，沒有護欄防止旅人掉進底下的山溝，他會在峭急、黑暗而危險的下坡失足墜落。有時候，道路是奮力穿過崎嶇的barranco，也就是**河谷峽道**——那是冬季激流所切穿之處，也是走私客所走的無名小徑。然而，不時又可見那不祥的十字架標示著搶劫殺人的地點，豎立在路邊幽寂之處的石堆上，向旅人警示他已進入盜匪出沒之地，說不定此刻就已經被某個潛伏的匪徒盯上了。又有時候，繞行著狹窄的河谷，他會驚聞一陣粗悍的怒吼，然後看見上方青山交疊之處有一群凶猛的安達魯西亞公牛，有如要趕赴競技場戰鬥。凝視著這群近在眼前的猛獸，我感受到——如果我可以這樣表達——一股宜人的恐懼。牠們的力氣很強大，遊走在自己土生土長的草地上，野蠻不馴。人類對牠們而言，幾乎是陌生的。除了零星的放牧人伴隨著之外，牠們誰都不認識。而即使是放牧人，有時也不敢冒險接近牠們。公牛的低吼聲，以及牠們從岩山高處俯瞰的那種威嚇氣勢，為這一片蠻荒景象增添了另一股野性。

不知不覺中，我陷進一個較長的主題，而偏離了原先想講的，西班牙旅行的概括特色。不過，關於這個半島的所有美好回憶，還有一個傳奇故事可說。

由於我們前往格拉納達的預計路線要通過山區，那裡的路徑比騾子走的更加狹窄，而且據說經常會遇上搶匪，我們便採取了旅行中應有的預防措施。我們行李中最貴重的物品，提前一兩天交由運貨伕送走。我們只保留衣物、旅途中的必需品及過路費，外加少許的現金作為保命錢，一旦遭到襲擊可以應付那些攔路君子。過度小心的旅人不甘願做這些預防措施，而兩手空空讓匪徒逮到就不好過了。他害他們白忙而沒有得到預期的錢財，往往會挨他們一頓暴打。「他們這樣的紳士，可不甘為了攔路搜刮一無所獲而受絞刑。」

兩頭肥壯的馬匹充當我們的登山坐騎，第三頭載著我們空乏的行囊，以及一名比斯開（Biscay）省的健壯小夥子。他年約二十，是我們的嚮導、馬伕、貼身僕從，並且一路上護衛著我們。為了最後這項職務，我們給他一把令人生畏的廣口手槍或卡賓槍。他保證用它來幫我們抵禦ratero，也就是**隻身徒步的搶匪**。至於人多勢眾的匪幫，像是「埃西哈之子」（sons of Ecija）那一類，他承認那大大超出自己的能力範圍。旅程一開始，他對自己的武器大吹大擂。不過，由於不相信他能領兵作戰，武器便不裝子彈而高懸在他的鞍座後邊。

依照我們的約定，供我們雇用馬匹的那個人應該支應旅途中的草糧及馬舍費用，還有我們這位比斯開先生的生活所需，當然他也會領到這趟任務的薪資。然而，我們後來私下向他小心暗示說，雖然我們跟他的主管之間完成了交易，但好處都會是他的。如果他確實是個實心幹事的好雇員，他和馬匹都應當由我們來支付；而牠們維生所需的金錢，還是留在他的口袋裡。這一番出乎意料的慷慨，偶爾再奉上一根雪茄，完全贏得了他的心。說真的，他是個忠心可靠、樂觀開朗又善心的人兒，滿口的格言俗諺，就像那位僕從中的奇人，也就是大名鼎鼎的桑喬（Sancho Panza）❹本人一樣。順帶提一句，我們便稱他

❹ 譯註：塞萬提斯《唐吉訶德》裡的人物，是唐吉訶德的僕從。他沒什麼文化，但富有草根智慧，經常引用西班牙諺語。

為「桑喬」。而他就像真正的西班牙人一樣，雖然受到我們友善親近的對待，但在最歡騰喧鬧的當下，他仍然片刻都不失恭敬端莊的舉止。

這些便是我們旅途中的陪襯，但最重要的是，我們的心情都非常好，而且是真正的隨和，決心要以真正雞鳴狗盜之徒的作風來旅行。事事物物無論是粗糙或細緻，我們都接納。而且要跟各種階層及生活處境的人都混在一起，就像是流浪客一樣的相處作伴。這才是旅行西班牙的正確方式。懷著這樣的性情與決心，這個國家對旅人來說就真的很不得了，最差的客棧也像是中了魔咒的城堡一般充滿驚奇，而每一餐本身都是一項成就呢！就讓別人去埋怨沒有收費道路、豪華旅館，也沒有讓文明教養得溫馴平庸的國家所安置的一切舒適設施。只要讓我可以因陋就簡地攀山越嶺，又可以散漫無章地徒步旅行，再給我那種半粗野、卻坦誠好客的作風吧，這讓老派浪漫的西班牙有了一股真正悠遊的氣氛，而令人喜愛！

帶著這些裝備及隨侍，我們在一個明媚的五月早晨六點半，策馬小跑離開了「美麗的塞維亞城」。由我們認識的一位女士、一位先生相陪，他們騎了幾哩路隨行，這是西班牙送別的方式。我們的路途要經過古老的瓜代拉堡（Alcala de Guadaira，瓜代拉河邊的城堡），此處專為塞維亞供應麵包與清水，是它的女施主。這裡住著烘焙師，為塞維亞城製備美味的麵包，因而馳名。他們製作圓圈狀的羅什卡（rosca）麵包，因有「神的麵包」之美名而為眾人所周知。順帶一提，我們要隨從桑喬把這種麵包存放在他的鞍囊裡，以備旅途之需。這座善心的小城向來被稱為「塞維亞的烤爐」，命名甚佳；它又被稱為「烘焙師之城」，也是佳名。城裡一大部分居民都有這項手藝，而通往塞維亞的大道，經常有騾子、驢子隊伍走過，滿載著大簍的糕餅及羅什卡麵包。

前面說過，瓜代拉堡為塞維亞供應清水。這裡有廣闊的水庫或蓄水池，是羅馬人及摩爾人所建造的，當時用水就經由巨大的水道而送往塞維亞。瓜代拉堡的泉水就像它的烤爐一樣，受到高度的讚譽。而瓜代拉堡麵包的優質，某種程度上也要歸功於它水源的清澈、甜美與純淨。

我們在此暫歇一段時間，駐足於一座廢棄的古代摩爾城堡。離開了我們曾度過許多快樂時光的塞維亞城，這裡倒是一個怡人的野餐地點。城牆很廣大，上面鑿有槍火孔。高牆裡有一座巨大的方型塔樓，並且有masmora（也就是**地下穀倉**）的殘跡。瓜代拉河水蜿蜒經過這片遺跡之下的山丘，在蘆葦、燈心草及睡蓮之間聲聲嗚咽，又流過了杜鵑花、野薔薇、黃色桃金孃，還有茂密的野花與氣味芬芳的灌木叢。而沿著河岸則有柑橘、香櫞及石榴樹叢，林間還能聽到夜鶯的早鳴。

一座古色古香的橋梁跨過了小河。小河的一端是城堡裡的古代摩爾式磨坊，由一座黃色石塔保護著。漁人的網子晾掛在牆上，而一旁在河中的是他的船隻。一群衣著鮮豔的村姑走過了拱橋，倒影在平靜無波的流水上。在風景畫家的心目中，這可是一幅令人讚歎的景象。

古老的摩爾式磨坊經常建立在截斷的河流上，這是西班牙景觀的一項特色，令人想起那艱險的古早年代。這些磨坊以石材建造成塔樓狀，設有槍火孔及垛牆。戰爭頻仍的年代，鄉村的兩側邊界都易於遭到突襲入侵與快速的劫掠，因此人們手邊必須帶上武器。而磨坊可以作為防禦之用，並充當暫時的避難所。

我們下一個停駐點是甘杜（Gandul），這裡有另一座摩爾城堡的遺跡。連同坍毀的塔樓，整個成為鸛鳥的安樂窩。城堡居高臨下可以望見一大片campina，也就是**豐饒的平原**，遠方則是隆達的山嶺。這些城堡都是堅固的要塞。在玉米田即將停耕作廢，大批禽畜加上困厄的農民橫掃過廣大的牧場，大舉衝過邊境的時候，城堡可以抵擋平原免於tala，也就是**襲奪劫掠**。

我們在甘杜找到一家還過得去的客棧，那裡的好心人無法告訴我們時間是幾點；因為一天裡，時鐘只有正午過後的兩小時才敲一次，在此之前的時間都只能靠猜測。我們料想是該吃上一頓的時間了，所以便下馬點了餐。餐點還在備製中，我們造訪了甘杜侯爵居住過的宮殿。那兒一片衰敗，只有兩三個房間可以住人，裡頭的設備相當殘破。不過，還有著昔日富麗堂皇的殘跡：有一座露臺，或許美麗的貴婦與彬彬有禮的騎士曾經走過。還有一口魚池及毀壞的花園，長著葡萄藤和年深日久的棕櫚。在此有個胖胖的堂區牧師加入了我們，他採了一束玫瑰，很慇懃地獻給我們一位隨行的女子。

宮殿下方是一座磨坊，前頭有柑橘、蘆薈，以及一條清澈可愛的小溪。我們找遮蔭之處坐了下來，而磨坊員工都離開了他們的工作崗位，跟著我們坐下來並抽著菸，安達魯西亞人總是隨時可以閒聊一陣的。他們正等著一位固定來訪的理髮匠，他一週過來一趟，為他們打理下頦。他一會兒就到了。這十七歲的小夥子騎著一頭驢，等不及地展示他剛從市集裡買的一對alforja（也就是**鞍囊**），要價一塊錢，聖約翰日（六月裡）必須付帳。在那之前，他相信可以靠著修剪鬍子而賺到足夠的錢。

城堡裡那座省話的鐘敲兩下之前，我們已經吃完了一頓飯。於是，告別了我們塞維亞的朋友，以及理髮匠還在打理的磨坊員工，我們上馬啟程，準備越過郊野地帶。這是西班牙常見的大平原之一，好幾哩又好幾哩的路上，既沒有房子、也沒有樹木。倒楣的旅人要穿越平原，會像我們一樣再三地遭遇傾盆大雨，無處可以逃躲。我們唯一的遮蔽物，只有我們的西班牙斗篷。它差不多能罩住人和馬匹，但是越走就越沉重。才淋了一陣，我們又會看到下一場雨緩緩接近，躲都躲不掉。幸運的是，停雨的空檔會有安達魯西亞的陽光破空而出，既明亮又溫暖。而我們的斗篷便有蒸氣升騰繚繞，但在下一次淋溼之前只能曬到半乾而已。

太陽下山後不久，我們抵達了小山城阿拉阿爾（Arahal）。我們看到一群山間員兵忙成一團，正為了搜出盜匪而巡邏本村。像我們這種外地人的模樣，山區小鄉鎮覺得是不尋常的狀況。而這一類的西班牙小鄉鎮一旦遇上，很容易會引起一陣交頭接耳與好奇訝異。店主夥同兩三個穿著棕色斗篷、貌似聰明的老朋友，在客棧一角研究我們的護照，又有一位低階司法人員，就著微弱的燈光在做紀錄。護照上寫的是外國文字，他們看不懂，不過我們的桑喬先生去協助他們理解，並且憑著西班牙人的誇大言詞而膨脹了我們的重要性。同時，幾根雪茄大方送出，也贏得了我們周圍所有人的心。才過一會兒，整個地區彷彿興奮起來，要歡迎我們了。鎮長本人等候著我們。而為了招待重要的大人物進住，女店東很鋪張地為我們的房間添了一張燈心草鋪底的大扶手椅。巡邏隊長跟我們一同進晚餐。他是個活潑、健談而愛笑的安達魯西亞人，曾經在南美洲組織過軍事行動。講起他在愛情、戰爭方面的奇遇則是夸夸其談、手勢熱切，眼珠還神祕轉動著。他告訴我們，他握有當地所有匪徒的名單，並準備要把他們一個不漏地搜出來。他同時又派了一名士兵，作為我們的隨扈。「一個就足以保護你們了，先生。那些匪徒都認識我，也認識我的手下。一個士兵的監視，就足以震懾住整座山脈了。」我們感謝他派員過來，不過也用他的聲調向他保證，有我們強大可畏的桑喬先生來保護，安達魯西亞的盜匪我們一概不怕。

我們與這位愛誇大其詞的朋友一起喝湯的時候，聽到了吉他的樂音、響板的扣擊，很快又有一群人合唱著流行歌曲。原來店主已經集結了業餘歌手和樂師，以及鄉里間樸素的美人。然後，patio（也就是**客棧庭院**）裡逐漸形成西班牙典型的歡慶場面。我們與店主夫婦、巡邏隊長一起，坐在通往庭院的拱形過道下方。吉他從一個人傳過下一個，不過，一位和善的製鞋師傅才是這一帶的奧菲斯

（Orpheus）。❺他的面容討人喜歡，生得一大把黑色的鬍髭，袖子捲到了手肘上。他以精熟的技法彈撥著吉他，還帶著愛欲的表情，對著女人唱起一首小小的情愛短歌，他顯然是特別受她們喜愛的。接著，他跟一名豐滿的安達魯西亞姑娘，跳起了凡丹戈舞（fandango），讓觀眾看得十分開心。不過，在場的女性沒有一個比得上店主的美麗女兒佩比妲（Pepita）。她剛才悄悄溜開，為了這場合而梳妝打扮了一番，頭上戴了玫瑰花。她跟一名年輕的騎兵跳起波麗露（bolero），成為全場的焦點。我們吩咐主人，讓酒和點心在眾人之間自由傳遞。不過，雖然在場有士兵、騾伕及村民等混雜在一起，卻沒有人在歡樂中踰矩喝醉。這場景可以讓畫家好好研究：這一群具有古風古韻的人們，有舞者、有穿著半軍服的私雇士兵，以及披著棕色斗篷的村民。我也不該忽略不提一名年老瘦削的低階司法人員。他穿著黑色的短斗篷，不去注意周遭的活動，倒是坐在角落裡，就著一座大型銅製燈臺的昏暗光線，勤奮地寫東西。那形象，或許曾經出現在唐吉訶德的年代吧。

隔天的早晨明亮而溫煦宜人，正如詩人們所謂五月早晨該有的樣子。我們於七點鐘離開了阿拉阿爾，客棧裡的每個人都站在門口歡送。之後我們經過一片富饒的郊野，栽滿了穀物，草木繁美。不過到了夏季，收割完畢、田地乾焦的時候，這裡肯定是單調又荒寂的。那就如我們昨天在路上所見，既看不到房子、也看不到人。人們都聚居在山間的村莊及堡壘裡頭，就好像這些豐饒的平原地還受著摩爾人的蹂躪一樣。

中午時分，我們來到一個草木叢生之處，茂盛的草地間還有條小溪，我們便在此下馬享用中餐。這個地方真是太豐美了，到處是野花香草，四周都有鳥鳴。我們見識過西班牙客棧的櫥櫃空乏無物，而且還可能要穿越沒有人居的廣袤大地，所以曾經留意讓我們隨從的鞍囊裡裝滿了冷食。而他那個大概一加侖容量的bota（也就是**皮製的水酒袋**），也灌飽了巴爾德佩尼亞斯（Valdepenas）的上選葡萄酒❻。我們要靠這些求飽度日，遠多過靠他的廣口手槍，便督促他要更小心地保持足量的食物水酒。而我必須公平地說，跟他同名的那一位，也就是那個喜歡硬麵包片的桑喬．潘薩，對於補貨供食絕不會比他更懂得未雨綢繆。雖然整個旅途經常激烈搶奪著鞍囊和皮袋，卻常有神奇的力量來填滿這些袋子。我們這位警覺的僕從，會搜刮我們在客棧裡吃剩的每樣東西，以便供應路邊歡宴之需，這是他很樂意做的。

這一次，他在我們面前的綠茵上擺出了相當豐盛的多種冷餚邊料，還添上一份塞維亞帶來的高級火腿。然後，他在一小段距離外就座，安然享用著鞍囊裡的剩食。就著皮袋子來一兩口，他便快活起來、輕聲叫好，像是一隻吸飽了露滴的蚱蜢。他對於鞍囊剩食的心滿意足，我覺得好比桑喬在甘馬喬（Camacho）婚禮上所啜飲的一瓢肉湯。這樣一比，我發現他熟知唐吉訶德的事跡；不過就像西班牙許多的平民百姓一樣，他堅信那是真實的歷史：

「這一切都發生在很久以前啊，先生。」他帶著一探究竟的神情這麼說。

「很久很久以前了。」我答道。

「我敢說超過了一千年。」他看起來仍然有疑問。

---

❺ 希臘神話人物，具音樂天才。

❻ 原註：或許在此應該說明一下，alforja（鞍囊，見24頁）是四方型的囊袋，接在大約一呎半寬的布條兩端，末稍處都縫束起來。布條橫跨在鞍座上，而囊袋懸在兩邊，就像馬鞍掛袋一樣。這是阿拉伯人發明的。而bota則是皮製的水酒袋子或容器，外形圓胖，頸口窄小，也是從東方傳來的。《聖經》就告誡過，新酒別裝進舊瓶裡，而我年幼時還不解其意。

「我敢說不會更早的。」

這位先生滿意了。要取悅心思單純的僕從，最有效的就是將他比作那個有名的桑喬，因為他們都熱愛著硬麵包片。於是，他在整個旅途上便不以其他名字來稱呼自己了。

午餐完畢，我們在樹下的綠草地上鋪了斗篷，來個西班牙式的奢華小睡。然而雲層積了起來，警示我們應該離開了，又有一陣狂風從西南方刮了過來。近五點的時候，我們抵達了奧蘇納（Osuna）。這是個一萬五千人的小鎮，位在山丘的一側，有一座教堂和廢棄的城堡。客棧在城牆外，看起來陰暗寒傖。晚上冷起來了，居民都挨擠在煙囪角落裡的一個火盆四周。店東是個乾癟的老女人，看著像個木乃伊。我們進來時，所有人都斜眼瞅著，西班牙人對於陌生客常會這樣。我們一聲歡喜又恭敬的問候，稱他們「先生」並碰一下自己頭上的寬捲邊帽，西班牙人便卸下了心防。而當我們在眾人之間入座，點起自己的雪茄，接著把菸盒傳遞一輪，我們便全面獲勝了。我從沒見過哪個西班牙人，無論是什麼階層或生活條件，會容許自己在以禮相待時輸給別人。而且對西班牙的平民百姓來說，奉上雪茄是難以推卻的。然而，必須注意別帶著一股紆尊降貴的優越態度來給他們禮物。他們是相當自尊自重的人，不會為了收受小恩小惠而賠上自己的尊嚴。

翌日晨間，我們早早便離開了奧蘇納，進入了綿亙的山區。山路曲折地繞進古畫一般的景致裡，卻一片荒寂。路邊到處有標示凶殺地點的十字架，意謂我們此刻已經進入「搶匪出沒區」。這個蠻野而錯綜複雜的國家，山巒交錯著闃靜的平原及谷地，可是一直以盜匪而聞名的。就是在這裡，九世紀的穆斯林盜匪頭子奧瑪・伊班・哈珊（Omar Ibn Hassan）實行無情的控制，甚至跟哥多華（Cordova）的伊斯蘭頭目爭奪主導權。這裡在斐迪南與伊莎貝拉（Ferdinand and Isabella）的統治時期，也是經常受到阿里・阿塔（Ali Atar）劫掠破壞的一部分區域。阿里・阿塔是古早羅莎城（Loxa）的摩爾統領，也是包迪爾（Boabdil）❼的岳父，所以此處曾經人稱「阿里・阿塔之園」。而西班牙盜匪故事裡知名的「荷西瑪麗亞」（Jose Maria），也在這裡有他最中意的一些潛伏地點。

這天的行程中，我們路過了豐特・拉彼德拉（Fuente la Piedra），它靠近一個同名的小鹹水湖。那一片美麗的水面上，如鏡子一般映著遠處的山巒。我們現在可以看到以戰爭頻仍而聞名的古城安特克拉（Antiquera），安臥在橫越安達魯西亞的大山脈懷裡。安特克拉前面鋪展著一大片沃野，有如一幅和煦豐饒的圖畫，而外框則是岩石磊磊的山嶺。我們越過一條和緩的溪流，走進了這座小城，它坐落在樹籬與園圃之間，裡面還流洩著夜鶯的晚唱。這座可敬的小城裡，事事物物都明白肯定地打著西班牙的印記。它距離頻繁的外來客足跡太過遙遠，古老的慣習作風還沒有遭到踐踏。我看到，這裡上了年紀的男性還戴著motero，也就是**古代的獵帽**，這在整個西班牙曾經很常見。至於年輕人則戴著圓形的冠頂小帽，一圈帽緣往上翻，像是杯子倒蓋在茶碟上，帽緣則飾有像是標識級別的黑色小布花。婦女也都穿戴著傳統的紗巾和上身短掛。巴黎的時尚還沒有來到安特克拉。

我們走過一條寬敞的街道，入住了聖費南多（San Fernando）的客棧。安特克拉雖然是個相當大的城鎮，但如我所看到的，它有點偏離旅行的路線，所以我預料這客棧裡是客房破舊、餐點簡陋的吧。但我很高興自己失望了，餐桌擺得很豐盛，更令人滿意的是良好乾淨的房間，以及舒適的床。我們的桑喬先生感到心滿意足，就好像跟他同名的那一位享用了公爵的餐食一樣。而我當晚要就寢時，他還告訴

❼ 譯註：包迪爾（1460-1533），格拉納達王國的最後一任國君。

我，那頓大餐也讓鞍囊有了足以自豪的進貨。

一大早（五月四日），我閒步前往那座摩爾城堡的遺跡，它本身就建在一個古羅馬的堡壘上。我坐在一座崩壞殘存的塔樓上，觀賞著壯闊而多變的景致，它不但本身很美，而且充滿了故事與浪漫的聯想。因為我現在就身處在這個國家的中心地帶，這裡史上有名的是摩爾人與基督教徒之間的騎士爭戰。在我腳下，在山陵的懷抱間，就坐落著編年史和唸歌詩裡經常提到的這座古老戰士之城。那門關之外、那山陵之下，品級最高、立身最奮勇的西班牙騎士們列隊行進著。他們要在戰爭中突襲，要征服格拉納達，最後就是馬拉加（Malaga）山間的慘痛屠殺，讓整個安達魯西亞陷入一片哀慟。那一片沃野平疇綿延開展，上面有園圃、果園、穀田，還有上了釉似的草地，稍遜於格拉納達那片名聲響亮的大沃原而已。戀人之岩往右延伸，像是一道崎嶇的岬角伸進了平原。就在這個地方，一位摩爾大統領的女兒和她的情郎因為遭人窮追不捨，萬念俱灰之際便縱身墜落。

我走下坡去的時候，教堂裡、以及我腳下修女院的晨禱鳴鐘，在清新的空氣中聲聲悅耳。市集裡開始湧進人潮，交易著沃原上的大量農產品，這裡其實是農業地帶的貿易中心。市集裡有大把現採的玫瑰出售，因為安達魯西亞的女士或未嫁的姑娘，要是烏黑長髮上沒有一朵珠寶般閃耀的玫瑰，總會覺得自己的盛會打扮還沒有完成。

回到客棧裡，看到我們的桑喬先生跟店主，以及他的兩三個逢迎拍馬之徒，正聊得興致勃勃。他剛才講著有關塞維亞的一樁奇聞，而店主好像不甘示弱，也回敬了有關安特克拉的一樁不相上下的異事。他說道，以前在某個公共廣場上有一口泉水，叫作IL fuente del toro，也就是「**牛泉**」，因為泉水從石雕的牛頭嘴部噴湧出來。牛頭底部刻著：

「牛之前有寶藏。」（EN FRENTE DEL TORO SE HALLEN TESORO.）

很多人在泉水前挖掘著，但是都白耗力氣，沒有發現任何錢財。最後，某個別具慧心的人以另一種方式來解讀那句話。寶藏是在牛頭的前面部位才對吧，他對自己這麼說著，而我就是那個發現的人。於是他深夜帶著鎚子前去，敲碎了牛頭。你覺得他找到了什麼呢？

「一堆黃金鑽石吧！」桑喬熱切喊著。

「什麼也沒找到。」店主人面無表情回了一句：「而且他把泉水毀掉了。」

巴著店主的那些人放聲大笑，他們覺得，桑喬完全被那個我猜是店主常講的老笑話給唬住了。

我們八點鐘離開了安特克拉，沿著小河愉快地策馬前行，一路有園圃、果園，加上春天特有的芬芳，以及夜鶯的鳴唱。我們繞經戀人之岩（el Penon de los Enamorados），它位在我們上方的懸崖。上午的行程，穿過了坐落在高山懷裡的阿奇多納（Archidona）。這座小鎮，以及一座荒廢的摩爾堡壘，上方聳峙著一座三峰的山巒，要沿著陡峭多石的道路登上，真是十分辛苦。那小鎮雖有個鼓舞人心的名字叫「平原御道」（Calle Real del Llano, the Royal Street of the Plain），可是要從這座山城的另一側走下坡去，仍然相當費力。

正午時分，我們在可以望見阿奇多納之處暫停，那是個舒服的小片草地，四周圍著橄欖樹山丘。我們的斗篷鋪在草皮上，上頭是一株榆樹，旁邊是一條咕咕冒泡的細流。馬匹栓著讓牠們去吃草，而桑喬則受囑附去拿來他的鞍囊。自從被開了那次玩笑之後，這個早上他便異常沉默。不過現在他的面容有了神采，抱著一種勝利的心情呈上了鞍囊。囊中裝著四天旅程下來的累積，不過，最重要的補給來自前一晚安特克拉客棧的豐碩斬獲，而這一點似乎讓他忘卻了店主的玩笑話。

「牛之前有寶藏。」他呵呵笑著這樣喊道，然後一件一件掏出各式各樣的寶物來，接二連三，好像沒完沒了似的。首先出現了一隻烤小羊肩，很小而且品相不佳；接著是一整隻山雞，然後是包在紙裡的一小塊鹽醃鱈魚；再來是吃剩的火腿，還有半隻小母雞，幾份麵包捲，加上雜七雜八的一堆橙橘、無花果、胡桃等。

他的皮袋裡也灌飽了馬拉加的某一款佳釀。每從他的儲食櫃拿出一件新奇的東西，他便享受著我們那副好笑的驚奇感，然後往後倒向草地，又笑又喊道：「在牛之前、在牛之前！啊，先生，在安特克拉他們當桑喬是傻瓜，但桑喬可曉得到哪裡去找寶藏呢！」

正當我們為了他那純真的耍寶而分心時，有個獨行的乞丐走近了，看他的樣子似乎是個朝聖者。他有一把可敬的灰鬍子，明顯是很老了，拄著根枴杖。不過他並不因為高齡而駝著身子，他仍然又高又挺，看得出曾經有不錯的外型。他頭戴安達魯西亞圓帽，身穿羊皮外掛，以及皮製的馬褲、護腿及露趾鞋。他的穿著雖然老舊且加了補釘，卻是正派體面的。他的舉止剛健，而且用了鄭重的禮節來問候我們，就像是最低階層的西班牙人那樣。我們很樂意有了這樣一位訪客，出於突如其來的善心，便給了他一些銀幣、一條精麥麵包，以及一杯我們的馬拉加好酒。他滿懷謝意收下了，但沒有絲毫卑躬屈膝的謝恩姿態。他品嚐了酒之後，拿它對著陽光，眼中閃現了一絲驚訝，然後一口喝光了。「很多年了，」他說：「我都不曾嚐到這種酒了，真足以振奮老人的心啊。」然後他又看著那條漂亮的麵包，「神所福祐的麵包！」（Bendito sea tal pan!）一邊說著，他將麵包放進了自己的包裹。我們催促他當場就吃了吧。

「不，先生，」他卻答道：「對於那酒，我或者喝掉，或者留著。但這麵包，我可以帶回去與家人分享。」

桑喬先生探問著我們的眼神而得到了允許，便將我們的大量剩食，分了一些給老先生，不過，要他坐下來好好吃一頓。

於是他坐在離我們有點距離之處，開始慢慢吃了起來，態度莊重合宜，大有君子之風。老人身上那種舉止節度、沉著定靜，讓我覺得他過去曾經有過好日子。他的談吐雖然簡單，但也不時帶著古意，而且遣詞用字近乎於詩。我揣測他是個潦倒的騎士。但我錯了，那些表現都只是出於西班牙人天生的謙和有禮，而思考及語言的詩意表達，也經常可見於最底層那些心思靈巧的人們身上。他告訴我們，自己五十年來一直是牧羊人，但現在無人雇用而一貧如洗。「年輕的時候，」他說：「沒有什麼能傷害或困擾我，我向來過得很好、很快樂。但現在我七十九歲了，又是個乞丐，我的心開始無法承受了。」

但他還不至於經常行乞，而是一直到最近，貧窮匱乏才迫使他淪落到這地步。極度赤貧首次降臨他身上時，那種飢餓與尊嚴之間的掙扎，他描述得很令人動容。他從馬拉加要回去，但身無分文。他有一段時間不曾進食了，還要穿越西班牙一處人煙稀少的大平原。幾乎餓死之際，他登門來到一家venta（也就是**鄉間客棧**），得到的回答是：「請見諒，兄弟，看在上帝的份上！」（Perdon usted por Dios, hermano!）那是西班牙拒絕乞丐的常用語。

「我轉過身去，」他說：「感到羞愧大於飢餓，當時我的心還太傲了。我來到一條河邊，河岸頗高，水深而湍急，我有一種投身入水的衝動。像我這樣一個老了、沒用的可憐人，還活著做什麼？但我立在水邊的時候，沉思著聖母瑪麗亞，而後轉身離去。我一直走著，後來看到離道路有一小段距離的一座莊園，便走進了庭院的外門。那門是關上的，但有兩位先生在窗邊。我過去乞討，『請見諒，兄弟，看在上帝的份上！』窗戶也關上了。」

「我悄悄離開了庭院，但飢餓難耐，內心也絕望了。我自認死期已近，便在大門口躺了下來，把自己交給聖母瑪麗亞，然後蓋上頭部等死。沒多久，那莊園主人回家了。他見我倒在門口，掀開了我的頭蓋，可憐我滿頭的白髮，便引我進屋並給我食物。由此可見，先生，我們應該要始終相信著聖母的保祐。」

老先生正要回返故鄉阿奇多納，在此已經可以整個看到它就在陡峻嶙峋的山上。他指著那裡的廢棄城堡，「那座城堡，」他說：「在格拉納達的戰爭時期，住著一位摩爾國王。伊莎貝拉派遣大軍入侵，但國王在高聳雲霄的城堡裡向下俯瞰，還嘲笑著她！此時聖母對女王顯靈，引著她和軍隊走上了山間一條從來沒人知道的祕密道路。摩爾國王見她來到，大吃一驚，隨著馬匹騰躍而掉下了懸崖，摔得粉身碎骨。」「他的馬蹄印子，」老人說道：「至今在岩石邊上還看得到。您瞧，先生，那裡就是女王和她的部隊所攀登的道路，宛如一條沿山而上的絲帶，但奇妙的是，雖然遠望可以看見，走近之後卻又消失無蹤了！」

他所指的那條想像路徑，無疑是一條多砂的山谷峽道，遠遠看起來狹窄而明晰，走近之後卻變得開闊而模糊了。

老先生的心隨著葡萄酒、瓦塞爾酒而暖了起來，便繼續跟我們講述那個摩爾國王將寶藏埋在城堡地下的故事。老先生的房子鄰近那城堡的地基，堂區牧師和書記官有三次夢見了寶藏，並且到夢中所顯示的地點去挖掘，他的女婿晚上也聽見了鋤鎬及鏟子的聲音。沒人知道他們找到了什麼；他們一夜暴富，但都不透露自己的祕密。可見，老先生曾經一度很接近財富；但是同在一個屋簷下，他終究沒有這個命。

我曾經說過，整個西班牙到處流傳著摩爾人寶藏的故事，在最窮困的人之間最為盛行。天地的仁心提供遮蔽所，撫慰了生活物資的匱乏：口渴的人會夢到湧泉與潺潺流水，飢餓的人會夢到盛宴，窮人夢到成堆的藏金——而乞丐的想像力最為豐富誇大，這是可以肯定的。

下午的行程穿過了一條陡峭崎嶇的山中狹道，叫作「國王之路」（Puerto del Rey）。這是進入格拉納達地區的大路之一，也是斐迪南國王率領軍隊所走的那條道路。太陽快下山的時候，在這條蜿蜒繞山的路上，我們已可以望見那知名的前線小城羅莎，曾經將斐迪南拒於城外。羅莎城的阿拉伯名字有「護衛者」的意思，保護著格拉納達的大沃原，成為它的高階安全侍衛之一。羅莎城是火爆老將阿里·阿塔（也就是包迪爾的岳父）的大本營。包迪爾曾經集結自己的軍隊，殺進羅莎城裡大肆破壞劫掠，最後老統領阿里·阿塔喪命，而他自己也遭人俘虜。

這條山路上，城門的所在地勢可謂居高臨下，由此可見，羅莎城被稱作「格拉納達的鎖鑰」並不是沒有道理的。它沿著一座枯旱山嶺的上部而建，有一種荒野裡的古舊風韻。摩爾人的alcazar（也就是**堡壘**）遺跡，就位在整個城鎮中心位置的岩丘頂端。申尼爾河（Xenil）沖刷著城鎮的底部，在岩石、樹叢、園圃及草地之間曲折流過，上面還跨著一座摩爾式的橋梁。這城鎮的上方是一片荒涼與貧瘠，下方卻有最豐饒的草木、最清新蓬勃的綠野。那條河流也有類似的反差。橋梁上方是平靜而綠草茵茵，清楚可見的樹叢與園圃；橋下卻是急流、喧嘩與騷亂。內華達（Nevada）山脈是格拉納達的皇室之山，頂峰上終年積雪，為這片多變的景致構成了一道遠方的疆界線，也是浪漫的西班牙首屈一指的標記。

我們在城鎮的入口處下馬，將馬匹交給桑喬帶到客棧去，而我們便閒步去觀賞四周獨一無二的美景。我們過橋走到一條漂亮的alameda（也就是**公用的大道**）上時，禱告的鐘聲響了起來。聽見了鐘聲，行人無論是做生意的或玩樂的，都停下腳步，摘下帽子，雙手十指交握，複誦著他們的晚禱詞。在西班牙的鄉下地方，仍然恪守這項虔誠的習俗——那一整個是莊嚴肅穆而美好的晚間景致。我們隨意閒逛之際，夜色漸濃，而公用大道旁的高大榆樹上，新月也開始皎皎生輝。

我們那位可靠的先生遠遠呼喊的聲音，將我們從寧靜的喜悅之中喚醒了過來。他來到我們面前，喘著大氣。「啊，先生，」他大聲說道：「沒了唐吉訶德，可憐的桑喬什麼都不是。」（Ah, senores, el pobre Sancho no es nada sin Don Quixote.）他因為我們還沒有回到客棧而有所警覺，羅莎城這種荒山野嶺之地，多的是走私販、巫師及惡巢魔窟。他不太知道發生了什麼事，便動身來尋找我們，詢問著他所遇見的每個人，後來才追過了這座橋。他見我們在公用大道上散步，大感欣喜。

他帶我們去的客棧叫作Corona（也就是**皇冠**），我們發現它相當符合當地的性格，居民彷彿還保持著舊日那種勇敢無畏而激烈的性情。女店東是個年輕健美的安達魯西亞寡婦，合身的黑絲上身短掛，下緣綴著小珠子，展現著優雅迷人的身型和圓潤柔軟的肢體。她的腳步沉穩而靈活，黑色眼珠裡滿是火光。她那撩人的風韻，變換萬千的媚態，都顯示她很習於受人仰慕。

她跟一位年齡相彷的夥計特別登對，兩人是安達魯西亞俊男靚女的完美典範。他生得高大、活力充沛，體格也好，配上橄欖色的明晰輪廓，黑而有神的雙眼，鬈曲的栗色鬍鬚順著下頰而生。他一身勁裝，短版的綠色絲絨外套相當貼合他的身型，搭配著許多銀色鈕扣，兩邊口袋還各有一條白色手帕；下半身部也一樣，成排的鈕扣從臀部直到膝蓋處。一條粉紅色絲帕繫在他的頸子上，穿過一只小環束著，垂在褶線工整的襯衫胸口之處；腰間繫著一條帶子，bottina（也就是**護腿**）是最好的赤褐色皮革所精製，在腿肚位置開了口，露出他的長筒襪與褐色鞋子，展現著好看的足部。

他站在門邊的時候，有個人翻身上馬並與他低聲而急切地交談著。那人的穿著也是類似的風格，而且幾乎同樣的精雕細琢。他大約三十歲，方方正正的身型，有著堅毅的羅馬人面孔，雖然稍微有些天花瘢痕，但仍英俊體面，散發一種自由不羈、無畏而敢於衝撞的氣勢。他那匹強健的黑馬身上裝飾著穗子和繽紛的墜飾，一對廣口的散彈槍掛在馬鞍後頭。他的調調接近我在隆達山中見過的一名走私客，而且明顯的，他跟女店東的那位夥計很相熟。不單如此，如果我沒弄錯的話，他也是那寡婦所中意的仰慕者。事實上，這整個客棧和裡面的人，都有某種雞鳴狗盜之徒的味道，牆角的吉他旁邊也立著一把散彈槍。我提到的那名馬夫在這家客棧過夜，還興致高昂唱了幾首豪情的山歌。我們用晚餐的時候，兩個阿斯圖里亞斯的可憐人慘兮兮地插了進來，乞求食物並住宿一晚。他們來自山間的一處貨物集散地，途中受盜賊攔阻，載滿貿易貨物的一匹馬被搶走了，他們的金錢、大部分的衣服也被洗劫一空，還因為反抗而挨打，最後幾近裸身被丟在路邊。我的好友出於天性，即時展現了慷慨，為他們點了晚餐及床鋪，並給了一些錢讓他們能夠回家。

夜色漸深，出場的人物也更加深沉複雜了。一名年約六十的高大男子，外型壯碩，緩步進來跟女店東閒聊著。他穿著安達魯西亞常見的服裝，但一把大大的馬刀塞在脇下。他留著一把大鬍子，流露出趾高氣昂的神態。每個人似乎都對他懷著高度的敬意。

我們的桑喬先生對我們低聲說，他就是文圖拉・羅垂格斯大人（Don Ventura Rodriguez），是羅莎城的英雄與捍衛者，以驍勇善戰、臂力強大而聞名。在法國入侵之際，他曾突擊六名熟睡的騎兵：首先他控制了他們的馬匹，接著以馬刀來攻擊，殺了他們當中的幾個，剩下的淪為戰俘。因為這個戰功，國王一天給他一 peseta（合五分之一 duro，也就是「元」），並賜封「大人」的頭銜。

看著那人誇大的言語及神態，我有點好笑。他明顯是個徹底的安達魯西亞人，既勇敢也吹噓，馬刀總是握在手中或塞在脇下。那馬刀片刻不離身，就像小女孩對玩偶一樣，並稱之為他的「聖・泰瑞莎」（Santa Teresa），還說「我一抽出刀，大地都會顫抖」（tiembla la tierra）。

這群雜七雜八的人天南地北閒聊著，融合著西班牙客棧那種毫無保留的氛圍，而我坐著聆聽至深夜。我們有走私販子的歌曲、強盜故事、游擊戰功，以及摩爾人的傳說故事。最後這一種，是我們健美的女店東所講述的。她把羅莎的 infierno，也就是**惡魔巢穴之地**、**黑暗邪惡的洞窟**描繪得詩情畫意。那裡面的地下流水與飛瀑，形成了一種神祕的聲響。平民大眾都說，打從摩爾人的時代開始，就有鑄幣匠被關在那裡，而且摩爾國王都把寶物藏在那些洞窟中。

我就寢之際，在這座戰士古城裡的一切所見所聞，都在刺激著我的想像。遇到煩人的嘈雜喧囂時，我很少能夠入眠的；而這或許會讓拉曼查的英雄本人❽感到不解，因為他對西班牙客棧的印象，都一直是鬧哄哄的。就在某一刻，彷彿摩爾人再次闖入了這個城鎮，或者女店東所講的惡魔巢穴已經裂開。我衣著不整前去探查軍情，原來不過是鬧婚鼓譟的歌聲，慶賀一個老頭子娶了肉感的姑娘。我內心祝他歡喜受納新娘以及那求愛的歌唱，一邊返回我安靜的床鋪，一覺安眠到天亮。

著裝的時候，我一邊探看窗外的人群而自得其樂。大群好看的年輕人穿著合身又繽紛奪目的安達魯西亞服裝，棕色斗篷隨著身軀掀動，那是模仿不來的道地西班牙風格；小小的圓形帽緊緊戴著，有種特殊的世故味道。他們有同樣的活潑臉孔，那是我在衣著講究的隆達山民身上也注意到的。說實在的，安達魯西亞這一地帶有許多這種閒遊作風的人們。他們在城鎮和村落之中遊蕩著，好像有大量的時間和大筆的金錢，「有馬匹可騎，有武器可執」。不斷閒聊，不停抽菸，熟練地撥著吉他，唱著對仗歌詩給他們的美人兒，以及知名的波麗露舞者。

整個西班牙，男人不論多貧窮，都擁有紳士階級一般的大把閒暇，彷彿把悠哉從容當作是真正騎士身分的一種特質。但是安達魯西亞人是既有閒暇、又歡樂，而且一點也不曾因為游手好閒而養成惡習。安達魯西亞的這一整片山區及沿海地帶，盛行著凶險的黑市買賣，無疑就是這種活潑民風的底氣。

這一群人的服飾，跟兩名長腿的瓦倫西亞（Valencia）人形成了對比。他們牽著一頭載著貨物的驢子，火槍繞過他們背部懸掛著，方便隨時準備行動。他們穿著圓筒式的外套，寬鬆的亞麻braga（也就是**僅到膝部的燈籠褲**），看起來像是短裙。紅色的faja（也就是**腰帶**）緊緊繫在腰部，還穿著espartal（也就是**鱸魚草**）製成的涼鞋。染色的方巾纏繞在頭上，有點像是穆斯林包頭巾的方式，不過頭頂是外露的。總而言之，他們的外表富有傳統摩爾人的印記。

離開羅莎城的路上，有一名騎馬武裝的騎士與我們同行，他還有一名escopetero（也就是**火槍兵**）徒步跟隨著。他很有禮地問候我們，很快就讓我們喜歡上他的性格特質。他是進口關稅單位的長官，我猜他掌管的是一支武裝隊伍，任務是道路巡邏，揪出那些走私客。那名火槍兵是他的一名侍衛。我們早上的旅途中，我從他那裡知道了有關走私者的一些事跡，這幫人在西班牙都已經晉升為某種雜牌騎士了。他說，他們從各地來到了安達魯西亞，不過主要是來自拉曼查地區。有時是為了要收貨物，並在某

❽ 譯註：指唐吉訶德。

個約定的夜晚，來到直布羅陀的廣場或岸邊而走私出境；有時是為了接洽貨船，船隻會在某個約定的夜晚，徘徊在岸邊的特定區域。他們都同進同出，在夜間才行旅動身。白天的時候，他們都靜靜待在barranco（也就是**深窄的山谷**），或者寂寥的農舍中。他們在那裡通常會得到不錯的招待，因為他們拿自己非法買賣的東西，大方送給農家作為禮物。其實，很多山中小村莊、農舍的太太或女兒所穿戴的飾物或小型珠寶，都是這些歡樂又豪爽的走私販子所饋贈的。

當他們來到了岸邊貨船即將接頭之處，便站上某個岩頂或陸岬，在夜色中眺望著。如果注意到有船駛近岸邊，他們便打起約定的信號，有時候那是從斗篷褶子底下迅速閃燈籠三次。如果信號得到回應，他們便走下岸邊，準備要快速行動了。貨船靠岸了，船上的每艘小艇都忙著卸下走私貨物，打包妥貼，方便馬背載運。包裹都匆匆丟到海灘上，也匆匆拾起並裝在馬匹上，接著走私客就磕磕碰碰地往山裡去了。他們都走那最嶙峋、最荒無人煙且最孤寂伶仃的路徑，想追捕他們幾乎都是徒勞無功。進口關稅的負責人員不去追捕，反而採取了另一條路子。他們一得知有某個幫眾滿載而歸、穿過山間，便武裝動身，有時是十二名步兵、八名騎兵，到山間小徑通往平原之處設下據點。步兵埋伏在小徑範圍之內的某段距離外，讓匪眾先通過，再起身開火射擊。走私客往前狂奔，卻又遭騎兵堵個正著，接下來就是一場猛烈的遭遇戰。這些走私客如果受到猛力壓制，便會不顧一切。他們有些人會下馬，以馬匹作為臨時護牆，躲在後面開槍射擊。有些人會砍斷繩索，讓貨物包裹掉落下去阻擋敵方，然後駕著馬拚命逃走。有些人是捨棄貨物包裹而逃過一劫；有些人被逮到了，連同馬匹、包裹及所有的一切；又有些人是放棄一切，攀爬山嶺逃走了。「那樣一來，」一直專注聆聽的桑喬喊道：「那樣一來，他們便成了合法的盜賊了。」（se hacen ladrones legitimos）

一聽桑喬把那幫人叫作合法的什麼，我忍不住笑了。但進口關稅長官卻告訴我，真實情況是，走私客一旦降低到極少數量，確實便認為自己有某種權利可以在路上設下據點，要求行旅路過之人輸財納貢，直到他們自己累積了足夠的資金，便可以建立起非法買賣的組織及裝備。

近午時分，這位同行的朋友離開了我們，轉往一條陡峭的小徑，他的火槍兵也跟隨著。過沒多久，我們走出了山區，來到了格拉納達這片聲名遠播的維嘉沃原（the Vega）。

我們的上一頓中餐，落腳在一條小溪邊界的橄欖樹林下。我們來到了一個古典地區，不遠處就是「羅馬之苑」（Soto de Roma）的林木與果園。根據美妙的傳說，這乃是于蓮伯爵（Count Julian）為了撫慰女兒芙洛琳達（Florinda）而建的一處別莊。在格拉納達，它曾經是摩爾國王們的田園風渡假勝地，現代則賜給了威靈頓公爵（Duke of Wellington）。

我們那位得力的先生，臉上半是鬱鬱不樂，這是他最後一回將鞍囊裡的東西拖過來。他痛惜我們的長途遠征即將進入尾聲；他說，跟著這樣的好紳士，他可以行走到天涯海角的。不過，在這麼愉快的預期之下，我們這一餐倒是很歡樂的。那天晴朗無雲，山上涼風徐來，緩和了太陽的熱力。我們面前舒展著壯麗的維嘉沃原，不遠處可以看到浪漫的格拉納達，制高點則是阿蘭布拉宮那些紅通通的塔樓。塔樓上方更高之處，還有積雪的內華達山頂峰在閃耀著銀光。

用餐完畢，我們鋪開斗篷，開始最後一次的小睡。花叢中有嗡嗡的蜂鳴，以及橄欖樹裡的鴿子咕咕作聲，催我們平靜入眠。悶熱的那幾個小時過去之後，我們才繼續踏上旅途。後來我們趕上了一個矮胖子，外型有幾分像是蟾蜍，騎著一頭驢子。他跟桑喬聊了起來，發現我們是外地人，便主動想帶我們找到一家好客棧。他說自己是escribano（也就是**公證員**），對這城市就像是對自己的口袋一樣，認識得很透徹。「啊老天，先生！你即將看到的城市可真不得了，那樣的街道、廣場，還有宮殿！然後還有女郎，如聖母瑪麗亞一般純潔，那樣的女郎啊！」「不過，你講的那家客棧，」我說：「你確定是好的嗎？」

「是的！聖母瑪麗亞！那是格拉納達最好的。有氣派的大廳，奢華的臥房，細羽絨的床鋪。啊先生，您會過得像是阿蘭布拉宮裡的奇哥王（King Chico）❾。」

「那我的馬兒會受什麼樣的招待？」桑喬高聲問道。

「就像奇哥王的馬兒一樣，早餐有巧克力牛奶加上糖糕餅。」還對我們的先生心照不宣地眨眨眼，投來不安好心的目光。

一番令人滿意的說明之後，在客棧好壞這一點上也沒有什麼可求的了。我們便默默上馬，矮胖公證員在前面領頭，並且不時回頭，帶著朝氣高聲講起格拉納達的宏偉氣勢，以及我們即將在客棧裡享有的美好時光。

在他護送之下，我們走過了蘆薈和印度無花果樹的圍籬，穿越了織繡在維嘉沃原的林野地，大約在日落時分來到了這城市的大門。這位不請自來的小個子嚮導，引著我們走過一條又一條街道，最後他進到一家客棧的院子，看起來是他十分熟悉的地方。他以教名喚來那店主人，把我們兩人當作貴賓般交給他照料：要拿出最好的客房、最豐盛的大餐。我們立刻想起一名陌生顧客，他安排了一場小號演奏，將希布拉斯（Gil Blas）引介給潘納弗洛（Pennaflor）當地一家客棧的店東夫婦，為自己點了鱒魚當晚餐，大吃大喝，都算在希布拉斯的帳上。「你還不知道自己遇到了什麼人，」他向店主夫婦大聲說道：「你這家店裡來了貴客呢！」

「好好看著，這位年輕紳士身上有世界第八奇蹟。這家店裡沒有什麼東西配得上珊提蘭納（Santillane）的希布拉斯先生，他該受到王子般的招待。」我們下定決心，這位小個子公證員不該像潘納弗洛的那個人物原型一樣，由我們掏腰包而吃到鱒魚，所以我們便沒有邀他一起晚餐。我們也沒有理由譴責自己缺乏感激之心。因為我們在隔天早上之前就發現，這個不誠實的矮個子無疑是店主人的好朋友，他把我們拐到了格拉納達名列前茅的破爛客棧。

阿蘭布拉宮

在浪漫的西班牙，歷史記載總是牽纏著懷古及詩興，而阿蘭布拉宮就是抱有這些情懷的旅人所傾心的對象，就如同卡巴天房（Caaba）之於所有虔心的伊斯蘭教徒。多少的故事及傳說，有真的也有難以

❾ 譯註：「奇哥王」（King Chico，西班牙文為*el rey chico*）就是本書第一章〈旅途〉所提到的包迪爾（1460-1533），也就是格拉納達王國最後一任國王。「*el rey chico*」是後人給包迪爾的綽號，意指「小國王」（the small king）。這並不是指他的身形，而是指他在位期間，格拉納達的國土愈來愈小。

置信的；多少詠歎愛情、戰爭與騎士的曲子與唸歌詩，有來自阿拉伯也有西班牙的，都牽涉到這個東方的大宮殿群！此地曾經是摩爾國王的皇室御所，裡頭堆砌著氣派精緻的亞洲式奢華設置，而國王在此統御著他們所自詡的人間樂土，建立他們在西班牙最後的帝國根據地。皇宮只構成了一整個堡壘的一部分。堡壘的城牆上布建著塔樓，而牆身不規則地環繞著整個山丘頂端（也就是內華達山脈或雪山群的尖峰處），並俯瞰著格拉納達城。單就外觀來看，這是一叢雜湊的塔樓和城垛，既缺乏設計的工整性，也沒有建築的美感，令人難以想像內部的細緻與優雅。

早在摩爾人的時代，這座堡壘所包圍的區域，就足以容納一支四萬人的部隊，有時也發揮統治要塞的作用，抵擋反叛的臣民。這個古王國淪入基督徒之手以後，阿蘭布拉宮仍然屬於皇室的物業，有時是卡斯提爾的王室住在這裡。皇帝查理五世（Charles V）開始在圍牆之內興建奢華的宮殿，但由於地震頻仍而未能完成。十八世紀早期，最後一代的皇室住戶是菲利普五世（Philip V）和他美麗的皇后伊莉莎白（Elizabetta of Parma）。為了迎接他們登基，開始大興土木。宮殿與花園都進行修繕，也築起了新的套間，並延請義大利匠師來裝飾。王權的駐留轉瞬逝去，他們離開之後，宮殿再次荒廢了。不過，此地還是維持著某種軍事狀態。都統立刻從皇室手中拿下宮殿，管轄權也擴張到城市近郊，而且獨立於格拉納達的總督。都統維持著為數不少的駐防軍，他自己的居所就在舊日摩爾宮殿的前排位置，而且他一走下格拉納達就必定有部隊隨行。事實上，這座堡壘本身就是一個小城鎮，城牆內有幾條住房街道，再加上一座聖芳濟會的女修道院，以及地區小教堂。

然而，皇室的離棄對於阿蘭布拉宮是個致命的打擊。富麗的廳堂破敗了，有些還淪為廢墟；花園受到破壞，而噴水池也不再運作。漸漸地，一些無法無紀的閒雜人等進駐這些宮室。走私客利用這裡的獨立管轄，從事廣泛而大膽的非法買賣。各種賊人及無賴之徒把這裡當作庇護基地，而到格拉納達及附近區域打搶劫掠。最後，都統政府動用強大武力來介入，把整個地區徹底篩除過。留下來的只有品行良好，以及擁有合法居住權的這一類人。大部分街屋都拆除了，只剩下小聚落，再加上地區小教堂，以及聖芳濟會的女修道院。近代西班牙戰亂期間，格拉納達淪入法國人之手，阿蘭布拉宮成了法軍的駐防之地，宮殿裡有時候也住著法國將領。由於鑒賞品味經歷過一番啟蒙，使得法蘭西民族對於自己所占領之地別具隻眼，而將那些格調高雅又富麗堂皇的摩爾歷史遺跡，從鋪天蓋地的毀壞與廢棄之中解救了出來。屋頂整修了，迎客廳和廊道也經過保護以避免天候的損害，園子裡種植了花木，水道也恢復原貌，噴水池再次迸出耀眼的水花。西班牙不妨謝謝入侵者，為她保存了最優美而引人入勝的歷史遺跡。

法軍離開之時，炸掉了外牆的幾座塔樓，碉堡變得不太穩固了。自此以後，這個據點就失去了軍事的重要性。駐軍是一群老弱殘兵，主要的任務就是守衛某些外牆塔樓，因為有時此地會作為國家監獄之用。都統既放棄了阿蘭布拉宮的山陵地勢，便住在格拉納達的中心，對於他的公務派遣會更方便。簡短勾勒了這座城堡的情況，我最後不能不鄭重講述一下城堡的現任統帥法蘭西斯科・德・生納大人（Don Francisco de Serna），他耗費了可敬的心力，動用他權限範圍內的一切有限資源，去修繕這座宮殿。他還出於先見之明，費了一段時間來阻止宮殿明顯之至的朽壞。假使他以前的在任者都同樣忠於職守，阿蘭布拉宮也許還保存著幾近完整如初的美好。而假使都統政府能以對等的方式去支持他的熱情，殘遺的宮殿或許還可以保存好幾個世代，讓這個地區更加出色，並吸引各地的好奇與有識之人。

在我們抵達之後的隔天早晨，我們的第一個目標當然就是造訪這座歷史悠久的宏宮巨廈。然而，由於旅人們對它鉅細靡遺的描寫已經太常見了，我並不準備進行全面而詳盡的描述，只想零散地速寫某些跟大事件及連帶影響有關的部分。

我們離開了客棧，穿過知名的費瓦蘭布拉廣場（Vivarrambla）。它曾經是摩爾人騎馬比武競賽的地方，如今是擁擠的市集。我們沿著札卡丁（Zacatin）街前進，這條大街在摩爾時期是大市集所在，而今小店家、窄巷都還保留著東方的韻味。走過總督宅邸對面的一片開放空間之後，我們爬上了一條狹窄曲折的街道，名為「龔摩瑞街」（Calle of the Gomeres，calle是**街道**的意思），讓人憶起騎士盛行於格拉納達的時期。「龔摩瑞」是摩爾王朝的一個家族，在編年史和歌謠裡經常出現。街道通往「格拉納達之門」（the Puerta de las Granadas），這座雄偉的門是查理五世所建的希臘風格建築，構成了阿蘭布拉宮的大出入口。

門口有兩三個衣著破舊的退休老兵，坐在一張石條椅上打盹，他們是柴格里（Zegris）及阿班塞拉吉（Abencerrages）家族的後裔。一名比較高而乾瘦的僕從，身上的鐵鏽色斗篷顯然是想要遮蓋底下衣著的破舊，懶懶地待在陽光下，跟一名值勤中的老哨兵閒聊著。我們走進大門時，他跟了上來，要領著我們去參觀這座城堡。

身為旅人，我討厭過分殷懃的導遊，連帶也不喜歡這位毛遂自薦者的裝束。「我猜，你對這地方很熟吧？」

「沒人比得上。講實在話，先生，我可是阿蘭布拉宮之子！」

一般的西班牙人，確實都用一種最富詩意的方式來表現自己。「阿蘭布拉宮之子」，這名號立刻吸引了我。這位初識之人的一身破爛衣裝，在我眼前透露著一股尊嚴。它象徵著這地方的興衰，而且很適合一座廢棄遺址的後代子孫。

我再對他提了些問題，發現他這個名號是充分合理的。自從阿蘭布拉宮被攻克以來❶，他的家族就一代一代都住在這座堡壘之中。他名叫馬修．希梅內斯（Mateo Ximenes）。「那麼，該不會……」我說：「你就是那偉大的樞機主教希梅內斯的後裔吧？」「上帝才知道，先生！也許就是吧。我們是阿蘭布拉宮裡最古老的家族了。老基督徒，沒有混到半點摩爾或猶太人。我知道我們屬於某個大家族，但我不記得是哪一個。我父親全都知道，他有臂徽掛在城堡上方的屋舍裡。」西班牙人不論怎樣窮，沒有哪個不對自己名門高第的出身說上幾句。但這名破衫貴胄的姓氏卻完全擄獲了我，我便高高興興接受了阿蘭布拉宮之子的接待。

此刻，我們發現自己身處一個又深又窄的谷地，裡面長著蒼翠美麗的樹叢。有一條陡峻的林蔭道，以及幾條曲折的人行小徑可以穿過，兩旁設了石椅，並裝飾著噴水池。在我們左邊，我們看到阿蘭布拉宮的塔樓矗立在上方。我們的右手邊，也就是谷地的對面，同樣看到不相上下的塔樓在岩石上居高臨下。我們得知，這些叫作Torres Vermejos，也就是**赭紅之塔**，因為發紅的顏色而得名。沒有人知道這些塔樓從何而來，它們存在的年代比阿蘭布拉宮還早。有些人以為是羅馬人所建，也有些人認為是某些四處漫遊的腓尼基殖民者所造。登上陡峭又陰涼的林蔭道，我們來到了一座巨大的摩爾方型塔樓腳下。它有點像是望樓，底下是這城堡的主要進出口。望樓裡又是一群退休老兵，一個在守衛著出入口，其他則裹著襤褸的斗篷，睡在石條椅上。這個出入口名為「正義之門」，因為穆斯林統治時期曾在門廳裡召開特別法庭，要立即審一些無足輕重的法條：這在東方國家是常見的做法，《聖經》裡也偶爾會間接提

❶ 譯註：指十五世紀末期，基督教政權從摩爾人手中奪取格拉納達，由斐迪南與伊莎貝拉統治。

到：「你要設立審判官和官長，而他們必按公義的判斷而審判百姓。」❷

這個大門廳是一個巨大的阿拉伯式拱形結構，呈馬蹄型，挑高達到塔樓的一半。券門的拱心石上刻著一隻大手；而門廳的內部，券門的拱心石上也以類似的手法刻著一支大鑰匙。有些自認對於穆罕默德一派的象徵符號有點認識的人，斷定那隻大手代表教義，五根手指意謂伊斯蘭信仰中的五大誡命：齋戒、朝聖、施捨、沐浴，以及聖戰。至於那鑰匙，他們又說，則象徵著信仰或力量，那是大衛傳給先知穆罕默德的鑰匙。「我必將大衛家的鑰匙放在他肩頭上，他開無人能關，他關無人能開。」（《以賽亞書》22：22）據說，那鑰匙是穆斯林降服西班牙或安達魯西亞的時候，畫在穆斯林軍旗上的徽樣，對抗著基督教的十字架徽飾，體現的是先知穆罕默德所賦予的征服力。「那拿著大衛鑰匙之人，他開了就沒有人能關、關了就沒有人能開。」（《啟示錄》3：7）

正宗的阿蘭布拉宮之子，對這些象徵物另有一番解釋，而且更貼近平民百姓的想法。一般平民都將神祕、奇異的事物連結到摩爾人身上，而且各種迷信，都會牽連到這座古老的穆斯林城堡。根據馬修的說法，那大手及鑰匙乃是魔法靈物，阿蘭布拉宮的命運都取決於它們。這個傳說來自最古早的居民，而馬修也承自他的父親及祖父。起造阿蘭布拉宮的摩爾國王，就是一名偉大的法師；或者如某些人所相信的，他把自己賣給惡魔，而對整座城堡都施下了魔咒❸。就靠著這個方式，城堡在風暴與地震之下屹立了數百年，而摩爾人的其他建築幾乎都傾頹而消失了。這傳言還說，魔咒會一直持續下去，直到外券門上的大手伸過來抓到鑰匙。到那時候，整個建築群就會塌成斷垣殘壁，而摩爾人埋藏的所有地下寶物也會浮現出來。

儘管有這種不祥的預言，我們還是大著膽子走進了那鎮了魔咒的門廳。看到券門上方有聖母雕像的保護，讓我們面對魔法感到安心了些。

通過了望樓之後，我們登上一條窄巷，在高牆之間曲折繞行著，來到城堡內部的一處開放式的大道，叫作Plaza de los Algibes（即**蓄水池廣場**），得名於此處底下所挖掘的幾個蓄水池。摩爾人開鑿了自然狀態的岩石，以便從達羅河（Darro）那兒將水源引進渠道，供應城堡裡的用水。這裡還有一口極深的井，提供了最純淨及冰涼的水，再次見證了摩爾人的精緻品味，他們總是不屈不撓追求晶瑩澄澈的水質。

在這大道的對面，是查理五世起造的壯麗建築，據說是為了要讓摩爾國王的宮室黯然失色。當初作為冬天避寒之用的東方式巨廈，有一大部分為了讓位給這幢龐大的建築而拆除了。雄偉的入口已經堵起來了，現在要進入摩爾宮殿，只得走角落裡一個簡陋到可謂寒傖的出入口。查理五世這座宮殿龐大雄偉，建築又十分具有特色，但我們看著卻覺得那是個高傲霸氣的入侵者。因此我們帶著一種幾近鄙夷之感，視而不見地走過去，圍聚在穆斯林的宮殿入口。

等候應門請入之時，我們這位自告奮勇的導遊馬修告訴我們說，這皇家宮殿被託給一名可靠的未婚老女士安東妮雅－莫林納（Dona Antonia-Molina）來照顧。按照西班牙的習慣，她用了一個更親切的名字，叫作安東妮雅大嬸。她看管著那些摩爾式的大殿及花園，並且對外地人開放參觀。我們正聊著，一位有著黑眼珠的圓潤安達魯西亞小姑娘來開門了，馬修叫她朵洛麗絲（Dolores），不過看她陽光的容

❷ 譯註：出自《申命記》16：18。

❸ 譯註：本書〈阿哈瑪：阿蘭布拉宮的肇建者〉也提到了這個傳說，讀者可參看。

貌、開朗喜樂的性情，顯然該配上更快樂的名字❹。馬修小聲告訴我，她是安東妮雅大嬸的外甥女。而我發現，她真是個善良的仙子，帶領我們走訪這座中了魔咒的宮殿正合適不過。由她引路，我們跨進門檻，瞬時間有如魔杖施法，來到了另一時代的東方，踏進了阿拉伯故事裡的場景。不怎麼令人期待的大建物外部，對照著我們眼前的景致，再也沒有比這更大的反差了。

我們發現自己身處在寬廣的patio（也就是**庭院**）之中，長達一百五十呎，寬超過八十呎❺。地上鋪著白色大理石，兩端裝飾著精巧的摩爾式庭院廊道，其中一個還托著紋樣流麗的陽臺。沿著柱頭頂部的飾帶，以及牆面的幾處，都有盾形徽飾及密語，並浮刻了庫法（Kufa）❻和阿拉伯文字，複誦著那些穆斯林君王、也就是阿蘭布拉宮的建造者虔誠的銘言，或者頌揚他們的至高至大與慷慨仁德。庭院中央開了個大水池，長有一百二十四呎、寬二十七呎、深五呎❼，裡面的水來自兩尊大理石瓶。因此這庭院稱作「池苑」（Court of the Alberca。「Alberca」一字由阿拉伯文「al Beerkah」而來，是**池塘**或**水池**之意）。許多金魚在池水中幽光閃爍，水池周邊還種植著玫瑰圍籬。

走出池苑，經過一條摩爾式的拱廊道，我們便進入了知名的「獅子苑」（Court of Lions）。整座宮殿沒有哪個部分比這裡更完整保有原初的美，因為它所受到的歲月侵蝕最少。獅子苑中央有個噴水池，在歌謠和故事裡很著名。那半透光的石膏水池，仍然流著鑽石一般的涓涓細水；庭院因而得名的十二頭獅子背對著池子，仍然冒著瑩亮剔透的細流，就像包迪爾的時代一樣。然而，這些獅子配不上這美名，因為雕工拙劣，可能出自某個基督教戰俘之手。庭院裡設置了兩座花壇，而不是古色古香又恰當相稱的鋪磚或大理石步道；這個改變顯示了惡劣的品味，是法國人占領格拉納達的時候做的。沿著庭院四周是纖巧的阿拉伯式拱廊道，裝飾著精緻鏤空的雕刻，底下支著細長的白色大理石柱子，柱子上原本應該是鍍了金的。廊道建築就像這宮殿內部的大多數地方一樣，是屬於高雅有致而非恢弘壯麗的作風，流露著纖巧優雅的品味，以及一股閒逸享受的性情。當人端詳著庭院廊道上那些輕靈的線條，以及牆壁上看似細巧易碎的浮雕裝飾，會難以相信這些都已經歷了好幾世紀的銷蝕與損毀、地震的侵襲、戰爭的摧殘，以及雅賊遊客無聲無息、但並非無害的順手牽羊。這便讓那個流行的傳說──「整座宮殿都受到了魔法的保護」，有了足以令人相信的充分理由。

這庭院的一側，有一座富麗的入口通往阿班塞拉吉大殿，得名於聲望卓著的阿班塞拉吉家族，因為他們有一批英勇的騎士，曾在這裡慘遭背棄殺害。有些人懷疑這整個故事的真假，但我們謙卑的導遊馬修則指出，我們一一被引進獅子苑時所通過的那個入口便門，以及這座大殿中央的白石大理石噴水池邊，就是騎士遭到斬首之處。他也指給我們看步道上的幾片暗紅色汙漬，那就是他們的血跡，一般都相信那是洗不掉的。

他看我們聽著好像很容易就信以為真，便又繼續說道：獅子苑裡，晚上常常會聽到低聲嗚咽，像是一群人湊在一起喁喁細語；不時又傳來微弱的叮叮聲，就像是遠處有鐵鍊條在瑠瑯作響。這些聲響，都來自阿班塞拉吉族人慘遭殺害的冤魂。他們每到夜晚便出現在遇害的地點，祈求上天懲治凶手。

---

❹ 譯註：「Dolores」有悲傷的意思。
❺ 譯註：約45.7×24.3公尺。
❻ 譯註：穆罕默德時代用來書寫《可蘭經》的一種古文字。
❼ 譯註：約37.7×8.2×1.5公尺。

那些引起議論的聲響，我後來利用機會去確認，無疑是因為步道底下有供應池水的管道，所以水泉咕碌響動、淙淙奔流。但我左思右想，還是沒有把這發現透露給這位謙卑的阿蘭布拉宮史官。

馬修看我輕易就信了他的話，便受到鼓舞而講了以下的事情。這是他從祖父那裡聽來的，他認為句句屬實。

曾經有個退休老兵照管著阿蘭布拉宮，並對外地人開放參觀。有一天傍晚他走過獅子苑，聽到阿班塞拉吉大殿傳來腳步聲。他以為有外地人還逗留在裡面，便進去提醒他們，卻驚訝地看見四名盛裝打扮的摩爾人，帶著鍍金的胸甲與彎刀，短劍上鑲著閃亮的寶石。他們踩著沉重的步伐走來走去，接著停下來對他招呼致意。不過老兵拔腿就逃，後來說什麼都再也不踏進阿蘭布拉宮了。可見呢，人們有時就是會拒絕好運；馬修就堅持說，那些摩爾人是想要透露他們埋藏財寶的地方。那名退休老兵的繼任者就比較識時務了，他原本是阿蘭布拉宮的窮人，但一年之後便離職去了馬拉加，買了房子，備置了馬車，而且仍然住在那裡，成了當地數一數二的有錢老人。馬修很明智地推測道，這一切都是因為他發現了摩爾鬼魂藏金的祕密。

這時我才發現，能結識這位阿蘭布拉宮之子，可真是千金難買。他知道這地方一切的佚聞野史，而且深信不疑。他的記憶裡充滿了我暗自嚮往的一種知識，而在一些不太寬容的智者看來，卻容易視之為胡言亂語。我決心要好好認識這個飽學的底比斯人。

緊接在阿班塞拉吉大殿的對面，有一道裝飾繁複的入口，通往一座少有悲慘聯想的宮殿。它輕巧而高挑，建築上富有精雕細琢之美，地上鋪設著白色大理石，而且它的名字「兩姊妹廳」（Dos Hermanas）也暗示著些什麼。有人破壞了這名稱的浪漫想像，說是指那兩塊半透光的大石膏板相連在一起，構成了步道的一大部分。這是馬修強力支持的觀點。其他人則偏向對那廳名賦予更詩意的內涵，說它在遙遙紀念著摩爾王朝的美人，是她們讓這座明顯屬於妃嬪後宮的大殿燦爛生輝。我很高興，眼眸明亮的小導覽員朵洛麗絲就是抱著這種觀點。她指著室內門廳上方的一座看臺，聽說它的廊道就是接著美人們的房間。「您看，先生，」她說：「這兒四處都是縱橫交錯及雕花紋樣的櫺格，像是修院禮拜堂中的廊道，修女們都在那兒聽彌撒的。」她又憤憤不平補充道：「因為摩爾國王都把妻妾關起來，就像修女一樣。」

紋樣交錯的「屏扇」其實還保留著，那些黑眼珠的後宮佳麗可以在此觀看著大殿下方的桑布拉舞（zambra），以及其他舞蹈與娛樂表演，而不被人看見。

這大殿的每一面都是凹室或壁龕，可以放置坐墊或床榻，讓阿蘭布拉宮那些曲線玲瓏的主人，沉溺在富有東方風情的甜美睡夢中。上方的穹頂或採光室能夠調節光線，也讓空氣自由流通。大殿的一邊，可以聽見獅子噴池爽心怡人的流水聲，另一邊則是琳達拉薩花園（patio de Lindaraja）水池裡輕波拍蕩的聲音。

沉浸在這種十足完美的東方風情之中，不能不聯想起阿拉伯早年的傳奇故事，而且簡直可以想像某個謎樣的妃子在廊道裡招著玉臂、或某一雙黑眼珠在紋樣櫺格之間閃爍著。美人的香閨就在這裡，彷彿直到昨天都還有人住著一般。而這裡住的是兩姊妹，左拉達絲（Zoraydas）與琳達拉薩！

古摩爾人的渠道從山上引進了充足的水源，在整座宮殿裡流動著，供應沐浴及魚池之用，又從廳堂內的噴嘴裡迸濺生光，或者在沿著大理石步道的水渠裡噥噥低語。而水源向皇室群殿致敬、造訪過庭院及花臺之後，便順著長長的大道流進城市，在淺流中泠泠作響，在水池裡噴湧如泉，並長年維繫著樹林的蔥籠綠意，庇蔭美化了阿蘭布拉宮的整個山陵。

只有旅居過溫熱南方的人，才懂得欣賞住處有山間的習習涼風，加上山谷裡的朝氣與綠意。儘管山下的城市因為正午的悶熱而喘著氣，而缺水的維嘉沃原還在抽搐著，來自內華達山脈的清新空氣卻在這些高大的殿堂間流竄，還帶著四周園圃草木的芳香。每樣東西都引人作閒逸的安歇，並享受南方天候的美好。半闔的雙眼，從隔著屏扇的陽臺上遙望微光閃爍的大片景致。耳邊則聽著草木窸窣及潺潺小河的呢喃，而逐漸平靜入睡。

不過，現在我要按住不表宮殿裡其他賞心悅目的地方。我的目的只是將讀者大致引進一個居所，如果讀者有意願，可隨我在這裡日日徘徊徜徉，直到逐漸熟悉它的每一角落。

關於摩爾基督徒❶的建築

在不諳門道的人看來，牆壁上那些精細的浮雕和繽紛的花草紋飾，好像都是徒手雕刻出來的，一絲不苟、孜孜不倦，做出無窮無盡的細節，但設計上又具有整體的一致性與和諧感，著實令人驚歎。這一點尤其可見於穹頂及拱形頂，它們做成像是蜂房或冰晶狀❷，再加上懸垂及吊掛飾件，圖紋看似精細複雜，使得觀賞者眼花撩亂。不過，一旦發現這些全都是粉飾灰泥（stucco）的作品，就不必這麼驚歎了。巴黎的灰泥板材灌進鑄模而成型，然後巧妙地組合起來，構成了每一種大小及樣式的圖形。這種工法在牆壁上施作了花草紋樣，在穹頂上用灰泥做出細小的坎格，是大馬士革那裡發明的，不過在摩洛哥的摩爾人手上又經過了大幅改良。而阿拉伯風格（Saracen）❸建築中最優雅而令人目眩神馳的細部，正是得力於此。所有這種輕靈飛逸的花飾窗格，其製作過程卻是巧妙而簡單的：以直角交叉的線條，將尚未施作的牆面畫分成格，就像藝術家臨摹畫作所採取的方式。在這些線格上，畫上一連串相交的圓弧線段。以這些為憑藉，藝匠的施作就可以快速而準確。而由平直及彎曲線條的交錯，就產生了無窮變化的圖形，以及各種圖形的整體一致性。

鍍金手法常常用在特別是穹頂的粉飾灰泥作品上。至於間隙處，則以鮮紅、青藍之類的鮮豔色彩混著蛋白而細細描畫上去。福特（Ford）❹說，早期的埃及、希臘和阿拉伯藝術裡，只使用原色。而在阿蘭布拉宮，如果匠師是阿拉伯人或摩爾人，也很常使用原色。經過幾百年之後，原本的鮮豔色澤還大體

---

❶ 譯註：指改宗信仰基督教的摩爾人。

❷ 譯註：其外形有點類似中式建築的「藻井」，整個頂棚由多層拱形所組成，並且由下而上、由四周向中央凹進。

❸ 編註：撒拉森人，或譯薩拉森人，係源自阿拉伯文的「東方人」（شرقيين，sharqiyin）。在西方歷史文獻中，撒拉森最常用來泛稱伊斯蘭的阿拉伯帝國。在早期的羅馬帝國時代，撒拉森只用以指稱北非西奈半島上的阿拉伯遊牧民族。後來的東羅馬帝國則將這個名字，套用在所有阿拉伯民族上。

❹ 指英國旅遊文學作家Richard Ford（1796-1858），著有一本重要的西班牙深度旅遊書《*A Handbook for Travellers in Spain*》（1845），以及《*Gatherings from Spain*》（1846）。

不變，令人印象深刻。

各大廳牆面較低的位置，約有幾呎高，覆有釉磚，磚面像粉飾灰泥板材那樣組合起來，形成各種圖案，有些牆面還設置了盾形徽飾，上面是一些穆斯林國王的圖像，圖像上穿著細帶及箴言。這些釉磚（西班牙文是azulejo，阿拉伯文是az-zulaj）來自東方，觸手冰涼、乾淨清潔又不怕蟲害，因此在溼熱的天候裡大受歡迎，可鋪設於高廳大堂及噴水池，貼覆在浴室裡，鋪排在宮室的牆面上。福特認為它們來自更古老的年代。從釉磚常用的寶藍及青色，福特推測，它們可能構成了《聖經》裡所暗指的那種鋪面：「他腳下彷彿有平鋪的藍寶石。」（《出埃及記》24：10），又如「我必以彩色安置你的石頭，以藍寶石立定你的根基。」（《以賽亞書》54：11）

這些釉磚或瓷磚，早年是由穆斯林引進西班牙。有些出現在這座摩爾遺宮裡，時間上溯自八世紀。釉磚製造廠在伊比利半島還存在著，最好的西班牙房屋（尤其是南方省分）也很常使用釉磚來貼覆及鋪排避暑的房間。

西班牙占領荷蘭的時候，又將這些釉磚帶了過去。那正巧符合荷蘭人對於居家整潔的熱切重視，他們便熱烈地接受了。於是，東方所發明的這種東西，西班牙叫它azulejos、阿拉伯叫它az-zulaj，後來便通稱為「荷蘭磚」。

交涉有成，接掌包迪爾的王位

白日將盡之時，我們才勉強讓自己離開這個詩意浪漫的地方，往下走到城裡去，回到西班牙客棧的破舊現實之中。禮貌性地拜訪阿蘭布拉的都統時（我們帶了幾封信要給他），我們原本滿心熱望的是方才所見的富麗情景，但赫然發現，他雖然統治著一座那樣的天堂，卻住在這城鎮裡。他申辯說，住在宮殿裡並不方便，因為它位在山丘頂上，遠離了商業區及社交場所。阿蘭布拉宮確實很適合一國之君，他們需要城堡高牆來擋住臣民。「不過，先生，」他笑著補充道：「如果您那麼想在那裡有個住所，我在阿蘭布拉宮的套間倒可以略效棉薄之力。」

西班牙人的禮貌上有個很普遍、而且簡直不可或缺的特點，就是讓你知道他的房子可以為你所用：「這房子總是恭候您的差遣。」（Esta casa es siempre a la disposicion de Vm）說真的，對方的任何東西只要你看了中意，便會立刻呈上你面前。而你應該推辭，這同樣是良好教養的一種表現，所以我們只是欠身，表示心領了都統提供皇室居所的好意。不過我們卻誤會了，都統可是很熱情的。「你們會看到一堆空蕩蕩的、沒有家具的房間，」他說道：「不過，安東妮雅大嬸在照管皇宮，她或許可以布置一些家具，並在你們住宿時提供照顧。如果你們跟她商量一下住宿的事，又能接受皇室居所裡食宿欠奉，奇哥王的宮殿可以為你們略盡棉薄之力。」

我們信了都統的話，匆匆趕往陡峭的龔摩瑞街，穿過正義大門，去找安東妮雅大嬸協商，有幾次還懷疑這是一場美夢，間或擔心那賢明的女堡主也許不會輕意讓步。我們知道，至少在駐守者之中有個朋友會幫我們，那就是眼珠明亮的小朵洛麗絲。她的慇懃接待撫慰了我們的第一次造訪；而我們回到宮裡時，她也帶著最爽朗的神情表示歡迎。

不過，一切都進行得順順利利。好心的安東妮雅大嬸有一些家具可以擺在房間裡，不過是最陽春的那種，而我們向她保證自己可以睡在地板上。她可以提供桌子，不過是她自己的簡單款式，而我們也不要求更好的了。她的外甥女朵洛麗絲會伺候我們，有了這一句，我們拋高了帽子，成交。

隔天，我們便在宮裡住了下來。統治者們共享一個王座，絕不會比我們還完美和諧。那幾天像夢一樣的度過了，因為我可敬的同伴受召前往馬德里去處理外交任務，被迫要放棄王座，讓我在這個暗影重重的國土裡成了唯一的君王。我自己在這裡算是隨興所至、漫步而行的，總愛流連於愜意的地點。在這些地方，我總是任由一天又一天在不知不覺間溜走，只知道自己被封進這個中了魔咒的古老宮殿群裡。我一向對讀者抱著友好之意，樂於與之過著體己交心的日子，所以我的重點就是向讀者傳達，我在這愉悅的心懾之中的幻想與探索。如果這些幻想與探索，足以引人去想像此處任何一點懾人心魂的魅力，讀者必不會抱怨隨我整整一季徜徉在傳奇的阿蘭布拉宮裡。

首先，該與讀者略述一下我的室內陳設。對於皇居的住民來說，這些陳設倒是很簡單樸素；但我相信，比起我們皇室的那些先人，它們更不至於遭到嚴重的破壞。

我的套間就在都統寓所的一側，是一組空無一物的房間，位在宮殿的對面，望出去就是那條叫作蓄水池廣場的寬廣大道。都統寓所是現代式的，不過尾端正對著我的臥室，跟一組小房間相通。那些小房間部分是摩爾式、部分是西班牙式的，分配給了女堡主安東妮雅一家人。由於這位好女士要維護宮殿，訪客的一切賞金，以及園圃的一切物產，都歸她所有，只要偶爾向都統敬獻水果與鮮花就可以了。她家裡有一外甥、一甥女，以及她兩名兄弟的孩子。她的外甥曼紐．莫林納（Manuel Molina）是一個優秀的青年，富有西班牙式的莊重沉穩。他曾經服役於西班牙及西印度地區的部隊，不過目前在攻讀醫學，希望有一天可以在這城堡裡行醫，這個職位一年至少可以賺得一百四十里爾銀幣（real）。她的外甥女就是圓潤、黑眼珠的小朵洛麗絲，前面提過的。據說，有一天她會繼承姨媽的所有財產，都是城堡裡面一些比較不重要的財物。那些東西比較破舊，說是不重要也沒錯；但馬修私下向我保證說，它們價值將近一百五十里爾銀幣，所以，朵洛麗絲在衣衫襤褸的「阿蘭布拉宮之子」眼中，還真是繼承了不少。這個目光如鉅、消息權威的人士又告訴我，小心謹慎的曼紐與他雙眼明亮的表妹之間，悄悄地在傳遞愛意。而且沒有什麼因素會阻礙他們牽手共結同心，現在只欠他的醫師證書，以及教宗基於他兩人共同血緣而給予的特許。

好心的安東妮雅言而有信地實現了她對於食宿的承諾，而且我很容易滿足，因此覺得餐點非常好。性情活潑的小朵洛麗絲整理我的臥室，並在用餐時間擔任侍女。供我差遣的，還有一名長腿口吃的黃髮先生，名叫皮佩（Pepe）。他是個園丁，並且樂意擔任僕從；但是僕從這個願望已經讓「阿蘭布拉宮之子」馬修搶在前頭了。馬修這個人既機警，又事事搶先負責，自從在城堡外門初次碰面，不知為什麼便牢牢吸引了我。他參與了我的一切計畫，直到他穩當地任命並自立為我的僕從、導遊、導覽員、護衛，以及史地顧問。他的多樣功能並不因衣著而蒙羞，但我不得不幫他改善一下。於是，他脫下了棕色的舊斗篷，好似蛇蛻下舊皮。現在他現身在城堡裡，穿戴著有型有款的安達魯西亞帽子及外套，滿意得不得了，也讓他的朋友們大吃一驚。老實的馬修最大的缺點，就是太急於要顯示自己的用處。他明白自己是不請自來地受我僱用，而我一切清簡的習慣會使他成為冗員，他便絞盡腦汁採取一些做法，好讓他本人對我的福祉有重要貢獻。某方面來說，我算是他事事不請自來的受害者。我可不能向宮殿的門檻踏出一步到城堡裡蹓躂，不然他便會貼到我的手肘邊，解說著我看到的每件事物。如果我竟敢到附近山丘上去漫步閒遊，他便堅持要隨行擔任護衛；其實我強烈懷疑，在遇到攻擊時，他應該會信賴自己的長腿更勝於雙臂的力量。然而說到底，這可憐的傢伙有時候也是個逗笑的同伴。他的心思單純，良好的幽默感無窮無盡，又有鄉下理髮師的那種饒舌及閒話題材，知曉這地方及附近的一切小話題。不過他覺得自己最有價值之處，就是他對於當地訊息的儲存量。他對於每一座塔樓、穹頂及城堡的出入口，都有最精采的故事可說，而這些故事都是他內心深信不疑的。

據他所說，這些故事大部分都是從他祖父那裡聽來的。此人是個傳奇的小裁縫師，活到將近一百歲，一生當中只有兩次走出城堡區域之外。一百年的大部分時間裡，他的裁縫店聚集了一小群年高德劭的閒聊客，他們在這裡度過大半個晚上，談著往日時光，還有當地的奇事，以及不為人知的祕密。老祖輩小裁縫的整個生活、行走移步、思考及行動，都只限於阿蘭布拉的城牆之內。他在城區內出生、生活、呼吸、度日，也在裡面死亡及下葬。對後代而言，幸運的是，那些古老的傳說倒沒有隨著他而逝去。消息可靠的馬修當時還是個小頑童，聚精會神聽著祖父及圍著裁縫桌的閒聊客們講故事。所以，他儲藏了一大堆有關阿蘭布拉宮的寶貴訊息，在書上都看不到，值得每個好奇的旅人去留意。

就是這樣的人們，成為了我皇居裡的家人。我也思忖著，在我之前是否有哪一個宮裡的統治者，不論是穆斯林或基督徒，曾受到更忠心的伺候，或者能夠更安然地呼風喚雨？

我一大早起身的時候，講話結巴的皮佩先生便從花園裡為我獻上鮮採的花朵；而朵洛麗絲帶著女性的自信前來裝飾我的房間，一雙巧手，便將花朵妥當安置在瓶裡。無論我隨興所至吩咐在哪用餐，餐點就會做好，有時是呈進某一座摩爾宮殿裡，有時則是在獅子苑的拱廊道下，四周圍繞著花朵與噴水池。而當我出城，用心隨侍的馬修就會引導著我，前往山間最浪漫的僻靜之處，以及附近山谷中賞心悅目的景點，而這些地方沒有一個不是某樁奇聞異事的現場。

白天大部分的時間，雖然我很樂於一個人度過，但到了晚上，有時我會去參加安東妮雅女士的家庭小聚，通常在一間摩爾式的房廳裡舉行，讓這位好女士有待客處、廚房及觀眾席。如果從一些留存至今的痕跡來看，這房廳必定曾經誇示著摩爾時代的榮光。可是，現今有個粗陋的壁爐設在了某個角落，裡面的煙氣燻壞了牆上的顏色，也幾乎糊去了古代的花草紋樣。有一扇窗子，外頭的露臺下臨達羅河谷，迎進了沁涼的晚風。而我就在這裡，吃著水果及牛奶的儉省晚餐，一邊跟那一家人交談著。西班牙人有一種與生俱來的本事，也就是人家說的「天生的處世通」（mother wit），無論他們的生活條件、所受的教育有多麼不足，這份智慧都足以讓他們腦筋動得飛快、化身令人愉快的好夥伴。除此之外，他們也毫不卑賤鄙俗，天性就賦有一種精神上由內而發的自尊。親切的安東妮雅大嬸雖然沒有受過文化教養，內心卻堅強而聰慧。而眼眸清亮的朵洛麗絲，雖然一生只讀過三四本書，卻混合著天真與良好的判斷力而令人著迷。她直率的俏皮挖苦辛辣嗆人，經常讓我驚訝。有時候，外甥曼紐會朗誦卡德隆（Calderon）或德維嘉（Lope de Vega）的喜劇舊作給我們聽（對於這些舊作，他明顯想要加以改良），也取悅他的表妹朵洛麗絲。不過很難堪的是，這位小姑娘常常不到第一幕念完就睡著了。有時候，安東妮雅大嬸也簡單接待貧寒的朋友及需要照料的人，像是附近小聚落的居民，或者退休士兵的太太們。這些人都對她十分尊敬，當她是宮殿的守護人。為了贏得她的關愛，他們帶來當地的新聞，或者從格拉納達四處聽來的流言蜚語。從這些晚間的閒話雜聊，我也聽到許多稀奇古怪之事，體現了民情風俗，以及這一帶的特異色彩。

這些都是單純的瑣事，帶著單純的樂趣，只因為這個地方的特質，賦予了趣味及價值。我踏上了鬼魂出沒之地，而陷入了浪漫的聯想之中。早自孩提階段，我便在哈德遜河岸上初次耽讀老金茲（Gines Perez de Hytas）那些杜撰卻充滿騎士俠風的格拉納達內戰史，以及柴格里、阿班塞拉吉兩家豪傑之士的恩恩怨怨❶。格拉納達之城自此便成為我白日夢的主題，我也經常幻想著踏進阿蘭布拉宮的浪漫城牆。就這麼一下子看到夢想成真了，可是我簡直不能信任自己的感官，或相信自己真的住進了包迪爾的宮殿，還從它的陽臺望著底下騎士縱橫的格拉納達城。當我流連在這些東方式的宮室殿宇之間，聽著水泉呢喃、夜鶯歌唱，當我嗅著玫瑰花香，感受著溫煦宜人的天候，我幾乎禁不住要幻想自己置身穆罕默德的天堂。而豐潤的小朵洛麗絲則是一位眼眸清亮的天仙，生來就掌管虔誠信徒的幸福。

阿蘭布拉宮的住民

我發現，一棟巨廈在輝煌時期愈是讓人高傲地居住著，衰落時期的居民就會愈卑微，而國王的瓊樓玉宇最後通常是淪為乞丐窩。

阿蘭布拉宮也面臨著類似的迅速轉變。只要一座塔樓傾頹，就會有衣著破爛的某家人來占用，跟著蝙蝠、貓頭鷹一起成為鍍金宮殿裡的寄生者，然後把破衣舊褲這類窮人的旗號，掛到了窗口及槍火孔外。

我跟這些占用古老皇居的各色人等交談，以此自娛。他們彷彿是要填滿這裡，以鬧劇的方式來終結人類的自傲。他們之中有一個人，甚至拿了皇室名銜來取樂。那是個瘦小的老女人，本名是瑪麗雅・安東妮雅・薩邦妮雅（Maria Antonia Sabonea），不過卻自稱「La Reyna Coquina」（也就是**卡珂皇后**）。她瘦小得像個小仙子一樣，而且就我所知說不定真的是仙子，因為沒有人略知她的來歷。她窩居在皇宮的外階梯之下，一個類似壁櫥的地方。她坐在冰涼的石造走道裡，編織針忙個不停，從早到晚唱歌，對每個經過的人也都能隨意講出笑話來。她雖然是窮到名列前茅，卻也是最歡樂度日的一個小女人。她的了不起之處就是說故事的才能，我真心相信，她有很多故事可以發揮，就像是一千零一夜裡的王后雪赫拉莎德（Scheherezade）。其中有些故事，我是聽她在安東妮雅女士的聊天晚會裡講的，貧寒的她偶爾也會來參加。

這個神祕瘦小的老女人一定身懷某種非凡的才能，這一點可以從她非比尋常的好運裡看出來。儘管她很瘦小、很醜又貧窮，但根據她自己的說法，她曾經有過五個丈夫；另外還有個年輕騎兵在追求期間便去世了，算是半個。跟這個小仙子皇后旗鼓相當的，是一名鼻子像酒瓶一樣的圓胖老傢伙。他身穿一

---

❶ 譯註：〈獅子苑〉一篇裡還會提到金茲的著作《格拉納達的內戰》。作者指出，此書編造了柴格里、阿班塞拉吉兩家的世仇。

襲鐵鏽色袍服走來走去，戴著捲邊的油皮帽，上面插著紅色的花結。他也是個合法的阿蘭布拉宮之子，一輩子都住在這裡。而且他身兼多職，諸如代理司法人員、地區小教堂司事，又擔任一座塔樓底下的壁球場記分員。他窮得像隻老鼠，但那傲氣卻一如他一身的襤褸破舊。他會誇稱自己是顯赫的阿吉拉爾（Aguilar）家族的後代，那個家族還出了個偉大的船長，哥多華的鞏查弗（Gonzalvo of Cordova）。不但如此，他的名號其實是「阿吉拉爾的阿隆佐」（Alonzo de Aguilar），那可是歷史上揮兵征戰的大人物。不過，城堡裡那些粗俗而愛說笑的人們還是稱呼他「el padre santo」（也就是**聖父**，這是教宗最常見的稱號），而我覺得這種稱號，在真正基督教徒的心目中太過神聖了，不能這麼荒唐亂用。善變的命運真是異想天開，這個衣著破爛、生得奇形醜怪的人，竟是驕傲的阿吉拉爾的阿隆佐的同名子孫。他的祖先阿隆佐可是安達魯西亞騎士的一面明鏡，如今他卻在這座一度高傲的堡壘裡過著有如托缽僧的生活，他的祖先對此也推了一把。不過，阿格曼儂（Agamemnon）和阿奇里斯（Achilles）的許多子子孫孫假使也在特洛伊城的廢墟裡徘徊不去，或許也會是這副模樣吧。

在這個人物形形色色的社區裡，我發現，跟我聊天的夥伴馬修的家族，至少就人數而言便占了很大一部分。他自詡為阿蘭布拉宮之子，並不是沒有根據的。打從基督徒征服這座城堡的時代起，他的家族就住在裡面；貧窮在父子之間代代相傳，他們每一個人都身無分文。他的父親以編織緞帶為業，並且繼承了老祖輩裁縫師而成為家族之長，現已年近七十，住在自己親手以蘆葦和灰泥漿搭造的陋屋裡，就在那鐵造的大門上方。家具有一張破床，一張桌子，兩三把椅子，以及一只木櫥，裡面除了少量的衣著，就是「家族文件」了。那不過是幾宗延續數代的法律訴訟文件，看著就好像他們除了表面上無憂無慮、富幽默感之外，還是一窩好訟之人。大部分案件，是告那些碎嘴的鄰居質疑他們血統的純正，還否認他們是Cristianos viejo，也就是**沒有攙雜猶太或摩爾血統的老基督徒**。其實我懷疑，他們對於血統問題的強烈警戒心，該不會就讓他們把所有收入都耗費在公證員及司法人員身上，所以才一貧如洗。這幢破屋子的榮耀表現在牆上高掛的一枚盾狀飾牌，上面刻有凱塞多（Caiesedo）侯爵、以及幾個其他顯貴家族的徽章，而窮到不行的這一家子自稱跟他們有親緣關係。

至於馬修，現在大約三十五歲，已費盡了力氣來維持家族世系，並延續一家的貧窮。他有一個太太、好幾個孩子，住在村中一幢搖搖欲墜的破房子裡。他們是怎麼活下去的，只有能夠解開一切奧祕的人才知道吧。這一類西班牙家庭的生存，對我來說一直是個謎。但他們確實活了下來，不但如此，他們似乎還挺享受人生的。他太太假日就到格拉納達大道（Paseo of Granada）上散步蹓躂，手裡抱一個孩子，後邊還跟著五六個。最大的女兒快要成年了，頭上戴著花朵，隨著響板而歡快起舞。

有兩種人，生活對他們而言彷彿是一個長假：一種是很有錢的人，另一種是很窮的人。窮人是因為不必做任何事，富人則是因為沒事可做。不過，要說不做任何事以及身無長物的生活，沒有人比西班牙的窮人階級更了解這種藝術。氣候占了一半因素，而天性占了另一半。給一個西班牙人夏天的蔽蔭處、冬天的暖陽，一點麵包、大蒜、橄欖油和鷹嘴豆，還有一件棕色舊斗篷和一把吉他，這世界高興怎麼轉動都可以隨它去了。談什麼窮！對他來說這一點都不丟臉。貧窮以一種昂首的姿態壓在他的身上，就像他那一襲襤褸的斗篷。而他即使破爛一身，仍然保有君子之風。

阿蘭布拉宮之子就是這種生活哲學的傑出示範。摩爾人想像，超凡絕塵的天堂就高掛在這片樂土上方，那麼我有時候便會幻想，那個黃金時代的一縷微光，仍然在這個破敗的社區裡徘徊不去。他們什麼也沒有，什麼也不幹，什麼也不牽掛。不過，儘管他們一整個星期看似都無所事事，卻都還是像最勤勉的工匠那樣，嚴守著每一個聖教日及聖徒節。他們會參加格拉納達及附近所有的慶典與舞會；而聖約翰日的晚上，會在山丘上升起火堆。城堡區域內的小型農地會生產幾蒲式耳的小麥，在收割慶典上，他們會跳舞度過月光之夜。

結束本篇之前，我必須提到一件讓我印象特別深刻的趣事。我曾經屢次看到，有座塔樓上，一個瘦高高的傢伙擺弄著兩三根釣竿，好像在釣星星似的。有一陣子，我很不解這位星空釣友想要做什麼，又看到其他人在城垛及稜堡的不同位置做著同樣的事，讓我愈來愈困惑。後來我詢問了馬修，才解開了這個神祕現象。

這座堡壘清新而敞亮的環境，似乎成了燕子和岩燕哺育子孫的寶地，就像是馬克白的城堡。❶牠們在眾多塔樓之間滑翔來去，像是剛剛奔離學校的頑童在享受快活的假日。利用蒼蠅為餌來釣捕這些快速盤旋的飛鳥，是衣衫襤褸的阿蘭布拉宮之子所喜愛的消遣之一。窮極無聊之人百無一用的匠心，造就了星空垂釣這一門技藝。

---

❶ 編註：典出莎翁《馬克白》班珂的臺詞：「那夏天的賓客，那投身神殿的燕子，在這裡築起巢舍，可以證明此地的空氣是很誘人的：凡是簷頭壁緣，或是拱壁，以及一切合適的角落裡，若有燕子常在那裡搭起棲息繁殖的搖籃，那地方空氣必是美好的。」

大使之殿

有一次，我拜訪了好大嬸安東妮雅用來煮晚餐並接待朋友的那個摩爾式老房間。我注意到角落裡有一扇神祕的門，看起來是通往這幢大建築的古老地方。我起了好奇心，便打開那扇門，發現自己來到了一條狹窄無光的廊道。我摸索著走到一道黑暗盤旋的階梯前，它往下通到孔馬拉斯塔樓（Tower of Comares）的一角。我順著階梯往下，來到一片漆黑之中。我沿著牆壁走到底，出現一扇小門，一靠過去才發現是開著的。一踏進去，卻是大使之殿（Hall of Ambassadors）旁那個富麗堂皇的等候室，我一瞬間目眩神馳，而池苑的水池就在我面前閃耀著。這間等候室跟池苑之間隔著一條精緻的廊道，架著細柱，以及摩爾基督徒式的透孔拱肩裝飾。等候室的每一角都有壁龕，而頂棚處則是繁複的粉飾灰泥和彩繪。穿過一道富麗宏偉的入口，我便來到了聲名遠播的大使之殿，這是穆斯林王朝的迎賓之處，據說長寬有三十七呎，高達六十呎❶，占據了孔馬拉斯塔樓的整個內部，並且仍然保持著昔日的壯麗。牆上有漂亮的灰泥裝飾作品，帶有摩爾基督徒式的繽紛感；高聳的頂棚原本是同樣受歡迎的材質，做成常見的冰晶狀，以及pensile飾物，也就是**懸垂飾**。這些墜飾塗有鮮豔的色彩與鍍金，想必曾經極為燦爛耀眼。頂棚在一次地震中不幸受損，有一道跨越整個大殿的巨大拱形結構也跟著垮了下來，現在替換為落葉松或雪松材料，做成了肋拱交錯的穹頂，整個巧妙地搭建起來，色彩妍麗。它仍然具有東方風情，讓人想

❶ 譯註：大約長寬11.2公尺，高度18.2公尺。

起「我們從先知及《一千零一夜》裡讀到的，那些朱紅色的雪松木頂棚」。❷

窗戶之上還有高拔的穹頂，使得大殿的上半部幾乎是看不清楚的。但是在那昏暗之處，仍然有其壯麗與肅穆，因為我們從裡面看到了炫麗鍍金的餘光，還有摩爾人燦爛奪目的藝術遺輝。

王座就放在大門口對面的一個壁凹裡，上面還刻著一句銘文，陳述尤塞夫一世（Yusef I，阿蘭布拉宮完工的朝代）❸造了他這個帝國的寶座。在這座壯闊的大殿裡，每件東西似乎都是設計來環繞著這個王座，突顯其尊貴與氣派。整座宮殿裡其他地方所充斥的那種雅致的旖旎柔美，在這裡一律看不到。塔樓也非常威武有力，霸氣俯視著整個皇宮巨廈，高高挺立在陡坡的一側。大使之殿的三個側面，都鑿穿極厚實的壁石而開了窗戶，並且可以俯瞰寬廣的視野。中央主窗外的陽臺，特別俯瞰著達洛河的蔥籠河谷，以及河谷上的道路、樹林和園圃。往左邊看，遠方的維嘉沃原盡入眼底，而前面則直接豎立著高度相當的阿爾拜辛城（Albaycin）。城內混雜著街道、臺階地、園圃，並且最高處曾經建有一座堡壘，與阿蘭布拉宮爭奪著權力。查理五世從這扇窗子俯望那一片迷人的景致時，曾高聲說道：「失去這一整個城的人，是多麼不幸啊！」

查理五世高聲呼喊的窗臺，後來成為我所喜愛的遊憩地。我曾靜靜坐在那裡，觀賞著漫長的晴光逐漸落幕。太陽沉到阿蘭布拉宮的紫色山巒背後時，便從達洛河谷發出一道霞光，為阿蘭布拉宮的赭紅色塔樓撒下一片憂傷的顏彩。維嘉沃原則籠罩著略為溼熱的鬱蒸之氣，定住了四射的光線，像是金色海洋一般舒展在遠方。沒有任何呼吸聲來打擾這個時刻的沉寂。儘管微弱的音樂及歡笑聲不時從達洛河的園圃上傳來，卻只襯出了我上方宮殿群的肅穆寂靜。回想起來可以肯定，這是幾近魔幻的一個時刻與景象。而且，就像那些頹圮塔樓上的落日餘暉，返古懷舊的光芒照亮了往日的榮耀。

我坐著觀賞摩爾宮殿群的落日光景，並玩味著這片建築內部處處可見的那種纖巧、格調雅致、旖旎多嬌的特質，並以此對照西班牙征服者所建造的壯麗宏偉、但又陰鬱嚴肅的哥德式大型建築。❹建築本身就透露了這兩個好戰民族既對立、又不妥協的特質，他們長久以來就在這裡爭奪著半島的主控權。我逐漸陷進了一連串的沉思，回顧阿拉伯人（或者說西班牙摩爾人）不凡的命運。他們的經歷像是一場講古，而且那肯定是歷史上數一數二漫無規則、卻輝煌不已的一段。他們的統治是那麼強大而長久，我們幾乎是無以名之。他們是一個民族，卻沒有合法建立的國家或名稱。遠道而來的阿拉伯大軍有如漫天洪水，直撲歐洲的臨海國家，彷彿發揮了第一道怒濤的萬鈞之力。他們開疆闢土的大業，從直布羅陀的岩山直到庇里牛斯山的懸崖，既明快又漂亮，就像是穆斯林攻克了敘利亞和埃及那樣。不僅如此，假使他們在圖爾（Tours）平原上也勢不可擋，整個法國、整個歐洲很可能會任由他們四處橫行，就像東方的那幾個帝國那麼迅猛有力，而新月標幟如今也會在巴黎、倫敦的寺廟上閃閃發光。

由於受到阻擋而過不了庇里牛斯山，強襲入侵的這一批亞、非混合大軍便放棄了穆斯林的征伐理念，試圖在西班牙建立和平而長久的統治。身為征服者，唯一能匹配其英勇的就是他們的溫和適度，而且在這兩方面，他們都勝過自己所競爭的那些民族。他們脫離自己的故土之後，愛上了他們視為阿拉所

❷ 原註：見厄克特（David Urquhart, 1805-1877）所著的《海克力斯的大柱》（*Pillars of Hercules*, 1850）。

❸ 譯註：尤塞夫一世（1318-1354）。

❹ 譯註：哥德民族原本住在北歐地帶，三世紀時入侵羅馬帝國，後改信基督教。這裡的「西班牙征服者」，指的就是信仰基督教的卡斯提爾王國。

賜的這片土地，並努力以他們所能用上的每一件東西來加以妝點。他們建立明智而一視同仁的法律體系，作為統治權力的基礎，又勤勤懇懇地培植技藝和學術，並鼓勵農業、製造業及商業。於是，他們逐漸形成了一個帝國，其強盛是任何基督教國家都無可匹敵的，而且，東方阿拉伯帝國文明全盛時期的優美與精緻之物，也費盡心思取來妝點在身邊。他們還把東方的知識之光，傳播到西方歐洲的蒙昧世界。

阿拉伯人統治的西班牙城市，成了基督教藝匠的勝地，他們在這裡可以學到有用的技藝。托雷多（Toledo）、哥多華、塞維亞、格拉納達大學等，都是外地白皮膚學生的理想目標，希望到此學習阿拉伯的知識學門，以及珍貴的古代學術傳統。而藝文科目的愛好者則求之於哥多華、格拉納達，來吸收東方的詩歌與音樂。還有穿戴盔甲的北方戰士踴躍前來培育自己，想學習如何嫻熟表現、端莊合禮地實踐騎士風範。

如果西班牙的穆斯林歷史遺跡、哥多華的清真寺、塞維亞的堡壘，以及格拉納達的阿蘭布拉宮裡，仍然看得到銘文，雄誇著他們統治的強大與久長，這些誇耀可以被鄙薄為一種傲慢與泡影嗎？代代相繼，世紀相隨而逝去了，而他們仍然據有這片土地。那一段歲月，還長過英格蘭臣服於諾曼征服者的時光。而穆沙（Musa）和塔里克（Taric）❺那些摩爾人的後代子孫，或許不曾預料會遭到驅趕而流亡，渡過當年意氣風發的祖先所跨越的同一個海峽。這就像羅洛（Rollo）❻、威廉（William）❼以及他們老戰友的後代，也沒有想到會受人驅逐到諾曼地的海岸邊。

然而，西班牙的穆斯林帝國終究是燦爛的外來政權，並未在它所妝點耕耘的土壤裡扎下永久的根。西班牙摩爾人由於信仰與生活方式面臨無法跨越的藩籬，而脫離了西方世界的所有鄰居，然而與他們東方的親族又遠隔著海洋與沙漠，於是他們成了一個孤立的族群。他們的整個經歷，雖然英勇高尚而具有騎士風範，卻是一場漫長的奮鬥——就為了在一片奪來的土地上安家立命。

他們是伊斯蘭世界的前哨基地與邊界線。伊比利半島是一個大戰場，北方的哥德和東方的穆斯林征服者，在這裡相遇並爭奪掌控權。阿拉伯人的驍勇善戰，最後終究受挫於哥德人強硬堅忍的勇氣。

沒有哪個族群，像西班牙摩爾人消逝得那麼徹底。他們到哪裡去了？去問巴巴利（Barbary）的海岸以及沙漠地帶吧。曾經強大的帝國，其流亡遺民在非洲的巴巴利地區消失無蹤了，不再是一個民族。雖然他們在將近八百年的時間裡曾經是個有頭有臉的秀異族群，後世卻甚至沒有留下一個有名有姓的人。他們所落腳的家園，以及占據了幾世紀的鄉土，都拒絕承認他們，只當他們是入侵者與占奪者。還留下來能證明他們的強大與雄據的，就只有一些殘破的歷史遺跡，宛如單獨的岩塊，散落在很深的內陸，見證著某一次滔天洪水推到了什麼範圍——那就是阿蘭布拉宮。它是基督教境內的穆斯林宮殿群落，是廁身在西方哥德式巨廈之間的東方式宮殿。它的格調高雅，紀念著一個英勇、聰慧而優雅有禮的民族；他曾經征服疆土、統御萬民、光輝強盛，而後消逝無蹤。

---

❺ 西元七一一年起，阿拉伯的穆斯林政權入侵伊比利半島，穆沙、塔里克都是重要元勳。七一一年，塔里克（Tariq ibn Ziyad，生卒年不詳）大軍從北非橫渡直布羅陀海峽。不久，他的上司穆沙（Musa ibn Nusair, 640-716）也加入。至七一八年為止，穆斯林已經掌控了伊比利半島的中、南部廣大地區。

❻ 羅洛（860-930）原是維京人，在法國西北方諾曼第地區建立了政治勢力。十一世紀早期開始，諾曼人逐漸占領英格蘭。

❼ 威廉（1028-1087，人稱「征服者威廉」[William the Conqueror]）是羅洛的後代，也是第一位登上英格蘭王位的諾曼人。

耶穌會士圖書館

前一陣子沉溺於夢幻遐想，引起了我的好奇心，想知道有關這些君王的事跡。他們身後留下了這一片富有東方品味又華美的歷史陳跡，而他們的大名都還留在牆上的銘刻裡。為了滿足好奇心，我從這個眩目而充滿故事奇聞、每件事物都可以引發聯想的地方，下山到了大學裡❶，進入古老的耶穌會士圖書館，埋首於布滿灰塵的大部頭書籍，進行了研究。這一座知識寶庫曾經受人盛讚，如今卻只剩下昔日的一點影子，因為法國人在占領格拉納達期間，劫走了裡面的手稿與珍本書籍。不過，館內仍然有耶穌會神父的許多龐大鉅著，法國人小心地讓它們遺留在此，而其中就有不少饒富趣味的西班牙文獻。最重要的是，還有一些羊皮紙裝幀的陳舊史書，我對這些懷有一股特別的敬意。

在這座古老的圖書館裡，我搜尋著文獻，度過了許多寧靜不受打擾的愉快時光。管理人員好心將門扇及書櫃的鑰匙都交付予我，我便獨自一人興味盎然地翻查著。這在知識的庇護所裡，可是一項罕見的寬容待遇。而求知若渴的學生一見到封藏起來的知識之泉，往往會心癢難耐吧。多次到訪的過程中，我一點一滴蒐集了各種跟阿蘭布拉宮有關的歷史人物事跡。其中有些就是以下要講述的，但願或能一娛讀者。

❶ 譯註：作者指的應該是「格拉納達大學」（Universidad de Granada），創立於一五三一年。

阿哈瑪：阿蘭布拉宮的肇建者

格拉納達的摩爾人，將阿蘭布拉宮視為藝術的奇蹟。而且有傳言說，肇建宮殿的國王是用了魔法，或者至少是靠著煉金術，製造了大量的黃金而供應起造宮殿的花費。扼要觀察一下他的在位統治，就能夠揭露他財富上的祕密。阿拉伯歷史上稱他為穆罕默德．伊班．阿哈瑪（Muhamed Ibn-l-Ahmar），不過一般都把他的名字簡寫為「阿哈瑪」，據說是因為他有一副通紅的面孔。❶

阿哈瑪出身於高貴的豪門Beni Nasar，也就是**納撒世族**，伊斯蘭紀元五九二年（即西元一一九五年），生於阿爾侯納（Arjona）。他出生之時，據說占星師依照東方習俗畫出了他的星盤，斷言這是極為顯貴之命，還有一位穆斯林聖徒預言他將來會飛黃騰達。而他達到預言裡的顯貴成功之前，可沒有少付過代價。在他完全成人之前，著名的托洛薩平原（Navas of Tolosa）之戰❷分裂了摩爾人的帝國，最終隔斷了西班牙的穆斯林與非洲的穆斯林。前者之中很快產生了派系，由主戰的頭人所領導，雄心勃勃想要掌握伊比利半島的統治權。阿哈瑪捲進了這些戰爭之中。他是納撒世族的將軍及領導人，因而抵抗並威脅到阿班．胡德（Aben Hud）的野心。阿班．胡德已經在戰爭頻繁的阿普夏拉山區豎起了自己的

❶ 原註：因為他滿面紅光，摩爾人叫他「Abenalhamar」，也就是鮮紅色之意。同時，也因為摩爾人叫他「Benalhamar」（鮮紅色的意思），他便將鮮紅色當作自己的標幟，從此以後，格拉納達的國王也都這樣做。

❷ 譯註：發生於西元一二一二年。

旗幟，被尊為莫夕亞（Murcia）及格拉納達的國王。好戰的兩方派系首領之間發生了許多衝突，而阿哈瑪奪去了這個對手的某些重要領地，手下兵將便擁戴他為哈恩（Jaen）的國王。不過，他充滿了熱血及雄心壯志，還渴望拿下整個安達魯西亞。他的勇敢與寬懷大度攜手合作，由其中一方所贏得的，便交由另一方來守住。阿班．胡德去世時（一二三八年），原本效忠於這位強人的所有領地，都已經歸由他來統治了。同一年，他名正言順進入格拉納達，眾人歡聲雷動，恭迎他的到來，因為當時派系割據，整個帝國飽受基督教君王的威脅，而唯獨他能夠統一多方派系。

阿哈瑪在格拉納達建立了宮廷。顯赫的納撒世族裡，他是第一個登上王位的人。他立即採取一些措施，讓他的小王國裡有所守備，防禦基督教鄰國可能的攻擊，並修復、加強前線據點，還有鞏固首都。他不滿足於穆斯林法律所訂的，每個男子都被視為士兵，便建立了一支常備軍隊，駐紮在他的要塞地，讓每一名前線士兵都有一塊地可以養活自己、馬匹與家人，讓他產生意願去守衛那自己也擁有一部分的國土。這些明智的預備措施，因為幾樁事件而證明是有道理的。基督徒由於穆斯林國家的分裂而得利，迅速取回了他們古時候的領土。征服者詹姆士（James the Conqueror）拿下了整個瓦倫西亞，聖徒斐迪南（Ferdinand the Saint）在哈恩前面稱王，而哈恩卻是格拉納達的屏障。阿哈瑪冒著風險在曠野跟他對抗，遭到了一次警示性的挫敗，灰頭土臉地撤回自己的首都。哈恩仍然屹立不搖，整個戰役中敵軍都無法越雷池一步，不過斐迪南發誓，在奪到這塊地方之前絕不撤營。阿哈瑪發現，要添加兵力進入這個受困的城市，是辦不到的。他看得出來，攻破了這個城市，接著必定是圍困他的首都。而他察覺到，自己沒有足夠的辦法，可以對付強而有力的卡斯提爾統治者。因此他瞬間做了決定，悄悄動身前往基督教的陣營，不期然出現在斐迪南國王面前，並坦然揭露自己就是格拉納達的國王。「我來到這裡，」他說：

「因為信賴您而誠心以對，讓我受您的保護。請接收我所擁有的一切，並接納我作為您的附庸之臣。」他這麼說著，並跪下來親吻了國王的手，表示歸順效忠。

斐迪南心服了這個傾心信賴的表示，並決心寬宏大量，不要輸給對方。他從地上扶起了敵人，把他當朋友一樣擁抱著，並謝絕了他所奉獻的財寶，讓他仍然是自己領土上的國君，條件是以藩屬關係每年進貢一次，以王國貴族的身分出席國家會議，並帶領一定數量的騎兵參與戰事。他更進一步賜予他騎士的名銜，並親手將武器交給他。

此後不久，阿哈瑪就受召參與軍事行動，在知名的塞維亞圍城之戰中支援斐迪南國王。這位摩爾國王帶著五百名格拉納達精選騎兵發動突襲，世界上沒有人比他們更懂得如何駕御坐騎、或持矛作戰。然而，這是一場令人羞恥的行動，因為他們必須違反兄弟們的信仰而拔劍作戰。

這場廣受讚譽的大捷，為阿哈瑪的武勇善戰帶來了愀然不樂的英名。不過，他更真實的盛譽，在於說服斐迪南將人道措施施行於戰爭之中。一二四八年，名城塞維亞向卡斯提爾王國投降，而阿哈瑪帶著悲傷、滿懷憂慮地回到自己的領地。他看到大量的苦難威脅著穆斯林的軍事行動，在他焦慮煩惱的時候，常常沉痛喟嘆：「假使我們沒有那麼廣大長遠的希望，我們的人生會是多麼困乏而悲慘啊！」（Que angosta y miserable seria nuestra vida, sino fuera tan dilatada y espaciosa nuestra esperanza!）

阿哈瑪回返途中接近格拉納達的時候，看到凱旋拱門一座座架了起來，向他的軍功致敬。眾人欣喜不已，蜂湧前來想要看他，因為他的仁心仁政贏得了所有人的愛戴。無論他走到哪裡，都被大聲歡呼為「El Ghalib」（即**征服者**、**勝利者**）。阿哈瑪聽到這稱號，愀然搖頭道：「沒有勝利者，只有神！」從此以後，這句喟嘆成為他的座右銘，以及他子孫的座右銘，阿蘭布拉宮裡他的盾狀飾牌上也刻著這句話，流傳至今。

阿哈瑪為了追求和平，甘受基督教的束縛。但是，組成分子那麼不協調、再加上敵意那麼深遠，他明白這樣做是不可能長久的。因此，他依照「太平時執起武器，暑夏時穿著衣裝」的古訓，利用眼前和平無事的空檔進行改革，鞏固自己的領轄之地，增添軍備武器，並鼓勵那些帶來財富及厚植國力的實用技藝。他將幾個城市的治權，交託給那些英勇、審慎並且最為百姓所悅納的傑出人才。他組織了一支保安警隊，並訂定嚴格的規範來執行法律。貧窮困苦之人總是立即得到他的接見，而他也親自給予幫助與救濟。他為盲人、老人、病弱及所有殘疾之人設立醫院，並且經常來看他們。他不是先訂了日期、擺好陣仗儀隊而來，那會讓每件事都有時間可以先安排好，並掩蓋種種濫行不當之舉。他是突然不期而至，實際觀察、詳細了解病患的治療情形，以及醫療派任人員的所作所為。他設立學校及學院，也以同樣的方式來造訪，督查年輕學子的教育情況。他又設置屠宰場及公共烤爐，讓百姓可以用公允穩定的價格買到健康的食品。他為城市引進豐沛的水源，建設澡堂及水池，並開鑿水渠及運河，以便灌溉、活化維嘉沃原。種種設施讓這座美麗的城市繁榮而富足，城門口行商買賣絡繹不絕，商店裡堆著各國各地的奢侈品和貨物。

阿哈瑪更進一步對於最好的藝匠給予獎勵和優惠，又改善了馬匹和其他家畜的飼育。他也鼓勵節約，又透過他的保護使得土壤的自然肥沃度加倍，他這王國的美麗山谷就像園圃一樣草木繁生。他還扶植蠶絲的生產和織造業，以至於格拉納達的織布機在產品的精細與美觀方面，甚至超過了敘利亞。還有，領土山區裡的金、銀及其他金屬礦，他也下令積極開採。他是第一個在金銀錢幣上印名字的格拉納達國王，十分重視錢幣鑄造的精良與否。

十三世紀將近中期之時，也就是阿哈瑪從塞維亞圍城凱旋歸來之後不久，開始起造輝煌的阿蘭布拉宮。他親自監督建築工事，經常混跡於藝匠和工人之間，指示他們行事。

雖然阿哈瑪在政治軍事上建立了豐功偉業，但本性卻是純樸的，對於享樂也有所節制。他的服飾非但不曾華麗奪目，甚至簡樸得跟臣屬沒有區別。他的後宮只有少數幾個美人，而且他不常造訪，雖然她們都得到很光鮮亮麗的照料。他的妻子都是重要親貴的女兒，他待她們有如朋友，而且是合乎理性考慮的夥伴。甚至，他還能讓她們彼此之間像朋友一般相處。他有許多時間待在庭園裡，尤其是阿蘭布拉宮的花園，裡面有他收藏的珍奇植物，以及最美麗芳香的花朵。他喜歡在花園裡閱讀史書，或者讓人誦讀或講給他聽。他為三個兒子延請了最富學養和品德的名師宿儒，而閒暇之時，他也自己對兒子們授課。

由於阿哈瑪曾經坦誠而自願地把自己恭獻給斐迪南作為附庸，他便始終信守諾言，一再對斐迪南證實自己的忠心追隨。一二五四年，這位盛名遠播的君王於塞維亞駕崩，阿哈瑪便派遣了使節，向繼任的阿隆佐十世（Alonzo X）弔唁。使節團還跟著百名儀表堂堂、出身名門的摩爾騎士。他們在喪禮中圍繞在皇家的棺架四周，每個人手持著點亮的蠟燭。這個隆重的禮敬儀式，在這位穆斯林君主此後的在位期間，每當聖君斐迪南的週年忌日都一再舉行。一到那時，百名摩爾騎士都從格拉納達前往塞維亞，在奢華的總教堂中央，環繞著尊貴死者的紀念碑，手持蠟燭各就定位。

阿哈瑪到了很大年紀，都還保持著強健的身心和精力。他七十九歲時（一二七二年），還騎馬親上戰場，帶著他最精銳的騎士去抵擋入侵領土的行動。部隊從格拉納達出擊的時候，有一名重要的adalide（也就是**領隊**）跑在前面，他的長矛一不留意在門拱上撞斷了。國君的謀士們認為這是不祥之兆而有所警覺，便懇請他撤回。他們的懇切請求一律無效，國王堅持不退；而依據摩爾的史官所言，到了中午，那惡兆便展現了致命的力量。阿哈瑪突然犯病，幾乎要跌下馬來。他被安置在草墊上，撐著背部面對格拉納達，但他的病情愈來愈重，旁人不得不把他的營帳駐紮在維嘉沃原上。御醫們驚惶失措，不知該開什麼藥方。他嘔血、劇烈痙攣，幾小時之後駕崩了。卡斯提爾的親王菲利普（Don Philip，阿隆佐十世的兄弟），當時正在他的身邊。臣民大聲哭號如喪考妣，在發自肺腑的哀泣中，他的屍身塗抹了防腐藥物，安置於銀製棺槨之中，長眠在阿蘭布拉宮一座華貴的大理石墓裡。

我說過，他是納撒家族中第一個坐上王位的人。容我再說，他是一個強盛王國的奠基者，這王國是穆斯林在伊比利半島上發光發熱的最後匯聚地，它將在正史和歷史傳說中留名百世。雖然他的建設極多，而且耗費了巨量的金錢，但他的財庫卻總是滿滿的。這個表面上的矛盾便引發了傳聞，說他熟知魔法，懂得將低等金屬轉化成黃金的祕方。人們若注意到他的國內施政，如同本篇所敘述的，便能輕易理解，是合情合理的魔法，以及平易近人的煉金術，才讓他龐大的財庫充盈滿溢。

尤塞夫：阿蘭布拉宮的竣工者

前文有些地方，描述了某些曾經在這些殿堂裡統御萬民的穆斯林國君。此外，我想要簡短記述那位完成阿蘭布拉宮、並加以裝飾的國王。尤塞夫・阿布・哈吉（Yusef Abul Hagig，有時寫成Haxis[1]），是納撒豪門世族的另一位國君，於主後一三三三年登上了格拉納達的王位。依照穆斯林作者們的描述，他具有高貴的儀表，強健的體力及英俊的面容。他們還說，他讓鬍子長到了端莊貴重的長度，並染成了黑色，使得他的姿容更加英偉。他的舉止態度謙和、可親，而且溫文爾雅。他和善的性情也帶進了作戰之中，禁止過度的殘忍，並吩咐對於老弱婦孺、托缽僧、其他神職人員及隱居之士，都要給予憐憫與保護。雖然他具備了一般慷慨大度的人常見的英勇，他的天賦卻更傾向體現於和平，而不是戰爭。而且，雖然一再受情勢所迫而執戈迎戰，他卻經常時運不濟。

其他一些註定失敗的行動，包括他曾經發起過一場大型戰役，跟摩洛哥的國王聯手，要對抗卡斯提爾、葡萄牙的國王。他在令人懷念的撒拉多（Salado）一役中失敗了。而這一戰對於西班牙的穆斯林政權來說，幾乎可以證明是致命的一擊。

尤塞夫戰敗之後，獲得了一段休兵期。此時，他的性情發出了真正的光輝。他的記憶力非常好，博學多聞。他的鑒賞力總是高雅又細緻，而且被視為當時最好的詩人。為了親自教導人民，並改善他們的道德和言行舉止，他在每個村落都建了學校，設立簡單而統一的教育體系。他立下規定，超過十二戶的小村子就要設立清真寺。並且，滲透到宗教儀式、慶典及大眾娛樂活動中的各種濫行與不雅成分，都要革除。他也戒慎關注著城鎮的警力，建立了夜間的守衛與巡邏，並監督所有的市政事務。他也努力要完成前任國君所肇建的那一片宏偉的建築，還依照自己的計畫建了其他宮殿。阿蘭布拉宮是由明君阿哈瑪

[1] 譯註：即前文提過的尤塞夫一世（Yusef I, 1318-1354）。

所開始起造的，到他這個時代已經完工了。尤塞夫建了華麗的正義之門，一三四八年完工，讓這座城堡有了雄偉氣派的入口。同樣地，他也裝飾了皇宮裡的許多庭院，從牆上銘文一再出現他的大名便可得知。他還建造了高大的馬拉加堡壘，雖然很不幸如今只剩下一堆塌毀的廢墟；不過，這樣或許最能呈現它內部的精雅與華麗，就跟阿蘭布拉宮不相上下。

一位國君的天分，會在他的時代留下印記。格拉納達的貴族都仿效著尤塞夫那種格調高雅的品味，很快地，便在格拉納達城裡遍築起華美奪目的宮殿。這些宮裡的廳堂鋪著馬賽克瓷磚，牆壁與頂棚有細雕為飾，並精心敷上了天藍、朱紅及其他鮮豔的色彩，或者巧妙嵌著雪松木或其他珍貴的木料。這些經過了幾個世紀都還有樣本留存至今，光彩一如當年。這些廳堂很多都設有噴水池，噴濺的流水帶來了清新的涼意。這些廳堂也有木構或石造的高聳塔樓，上有奇巧的雕刻及裝飾，並覆有金屬的板條，在太陽下閃爍生光。這一切都是這個格調高雅的民族，普遍見於建築品味上的精雕細琢。這些正可以借用一位阿拉伯作家的美妙比喻：「在尤塞夫的時代，格拉納達有如一只裝滿了紅綠寶石的銀瓶。」

有一件軼聞，足以顯示這位仁君的寬宏大量。撒拉多戰役之後的停戰協議即將到期了，而尤塞夫想盡辦法要延長，都徒勞無功。他的死敵，也就是卡斯提爾的阿逢索十一世（Alfonzo XI）❷，以強大的兵力展開了作戰，包圍了直布羅陀。尤塞夫不情不願地操戈迎戰，並派遣了部隊去解救直布羅陀。就在他焦急之際，接到了消息，說他所畏懼的大敵突然染上疫病而駕崩了。尤塞夫對此並未表現出歡欣之情，他想到的是死者高尚的品行，並因而心生一股仁者的悲憫。「唉！」他高聲說道：「這世界失去了首屈一指的明君，無論是朋友或敵人的美德，這位君主都懂得尊敬！」

西班牙的史官也證實了這一樁寬宏大量之舉。根據他們的記載，摩爾騎士也跟國王一樣表示傷感，並為阿逢索的逝世穿上了喪服。即使是身在直布羅陀的兵將，在重重包圍之下，一得知敵國國君在營中駕崩了，便自行決定不向那些基督教徒採取任何敵對的行動。待到部隊拔營、要將阿逢索遺體運送離開的那一天，許多直布羅陀的摩爾人都出現了，他們站著默哀，目送那支悲傷的喪儀隊。前線所有的摩爾將領，也同樣表現了對死者的崇敬。他們讓送葬隊伍載運著基督教國君的遺體，從直布羅陀到塞維亞，平平安安地通過。❸

尤塞夫寬大地哀悼了敵國國君之後，並沒有活多久。一三五四年的某一天，他在阿蘭布拉宮的皇家清真寺裡禱告，有個狂徒突然從他後面闖進來，一把匕首刺進了他的側身。聽到國王的呼喊，守衛和廷臣都進來救援。他們看到國王倒在血泊之中，似乎想要說話，可是他連話都講不清楚了。他們把不省人事的國王送回皇宮寢殿，而他幾乎是一到就斷氣了。兇手被砍成了幾大塊，四肢也當眾焚燒，以撫慰百姓的憤怒。

國王的遺體葬在白色大理石的精美石墓之中。長長的墓誌銘，藍底金字記載了他的德行：「長眠於此的既是一位國王，也是殉教的烈士。他出身名門，性情溫和、飽學而有德。他的外貌與舉止之高雅，眾所周知。他的寬厚、虔誠與仁慈，格拉納達舉國讚頌。他是個傑出的君王，卓越的將領，穆斯林的一把利劍，也是最有才幹的君主之中、富有警戒心的掌旗手。」云云。

---

❷ 譯註：阿逢索十一世（1311-1350），在位期間為一三一一～一三五〇。

❸ 原註：「而當時在直布羅陀的城鎮及城堡的摩爾人，知道阿逢索國王崩逝之後，便自行決定不可對基督教徒採取任何敵對的行為，也不可予以攻擊。他們都靜默著，並且告訴彼此：這一天，世界上有個高貴的國王、偉大的君主薨逝了。」

尤塞夫死前呼號迴響的那一座清真寺，至今猶存。不過，為他記載德行的墓碑，早已消失無蹤。然而他的名字，仍然刻在阿蘭布拉宮那些精細雅致的裝飾之間，而且會跟這一片盛名遠播的宮殿群永遠連在一起，這是他秉持著自豪與珍愛而裝飾美化的地方。

神祕的房間

有一天，我正在這座摩爾宮殿裡信步漫遊，遠方廊道裡的某一扇門初次吸引了我的注意，看起來是通往阿蘭布拉宮某個我從未探索過的地方。我試著打開，不過門是鎖著的。我敲門，但無人回應，而且那迴聲似乎是從空屋傳來的。這是一處神祕的所在，位於我常去的城堡一側，我該如何接近這個不為人知的幽暗祕境呢？我應該按照歷史傳說中英雄常用的方式去刺探，夜晚帶著罩燈與刀劍悄悄前去嗎？或是，應該去找口吃的園丁皮佩、天真的朵洛麗絲或多話的馬修來問出祕密？還是說，我該大方公開地去找女堡主安東妮雅，向她問個仔細呢？我選擇了後者，這雖然是最不浪漫、卻是最簡便的辦法。有點失望的是，並未發現有什麼神祕之處。我大可進去探看那個套間，那裡是有鑰匙的。

拿了鑰匙，我立刻走回那扇門。如我之前的猜測，門裡是一套空房間，不過不像是宮殿其他的房間。那建築雖然華麗而陳舊，卻是歐式的，沒有半點摩爾風格。前兩個房間很高，多處破損的頂棚由雪松木所製，鑲板嵌得很深，巧妙雕刻著水果及花朵，夾雜著奇形怪狀的面具或臉孔。

牆面上在古時候顯然掛了織花錦緞，但現在裸露在外，並且受到一幫浮躁的遊客亂塗亂畫，用他們不見經傳的名字糟蹋高貴的歷史陳跡。窗戶脫落了，任由風吹及日曬雨淋，望出去是一座可愛迷人的僻靜小花園，半透光石膏的水池在玫瑰和桃金孃叢裡瑩瑩發亮，四周則是柑橘和香櫞樹，有些樹枝還伸進房間裡來。除了這些房間之外，還有兩間會客廳，比較長但沒那麼高，望出去也是那座花園。鑲板頂棚的區塊上，畫著水果籃、花環，筆力不俗，而且保存得還可以。牆面上還有義大利風格的溼壁畫，不過畫面差不多都剝落了。窗戶也是破敗的狀態，跟其他房間一樣。這一組繽紛多彩的房間，最後是通往一條細柱支撐的戶外廊道，以直角方式沿著那花園的另一邊而走。這一整組套間裝飾得十分細緻高雅，又鄰近那座遺世獨立的小園，地點是百裡挑一的清幽閑靜，而且它的建築相當不同於附近的其他宮室，這些都讓人對它的歷史產生了興趣。經過我的研究，發現這組套間是義大利工匠於十八世紀早期所裝修的，當時菲利普五世（Philip V）和第二任妻子，也就是帕爾瑪公爵的女兒（Duke of Parma）、美麗的伊莉莎白（Elizabetta of Farnese）皇后，即將住進阿蘭布拉宮。這個套間就是為皇后和她的大群侍女而準備的。最為挑高的房間之一，就是她的寢室。一道狹窄的樓梯往上通到一個漂亮宜人的觀景閣，現在由一道牆封住了。它原是摩爾蘇丹后妃的角樓，連著後宮，後來為了美麗的伊莉莎白皇后而裝修成香閨樓閣。它仍然保留著「el tocador de la Reyna」這名稱，也就是**皇后的梳妝樓**。

皇后寢殿有一扇窗戶，可以俯望赫內拉利費宮（Generalife），以及綠蔭重重的臺階地。另一扇窗戶，則可以望見剛才提過的那座遺世獨立的小花園。小園子的風格明顯是摩爾式的，而且也有歷史。它其實是琳達拉薩的花園，在有關阿蘭布拉宮的描述裡常常提到。但這位琳達拉薩究竟是何許人，我來不曾聽人解說過。我稍微研究了一下，得知了她的少許事跡。她是個摩爾美人，活躍於左撇子穆罕默德（Muhamed the Left-handed）❶在位之時。她出身於皇室宗親，也就是馬拉加的大統領。統領曾經在這位國王遭人逐出之時，庇護他住在自己的城裡。而國王重回王位時，大統領便因為忠誠而獲得了賞賜。於是他的女兒在阿蘭布拉宮裡有專屬的套間，國王為她賜婚給納撒家族塞帝麥瑞恩（Cetimerien）的少年親王，他是正義阿班・胡德（Aben Hud the Just）的後代。兩人的婚禮無疑是在皇宮裡舉行的，而他們的蜜月或許就是在這庭樹綠蔭之下度過的。❷

美麗動人的琳達拉薩去世已經四百年了，不過，她故居景物的纖柔之美仍然保留著不少！她所喜愛的小花園，仍然花木扶疏。依舊澄亮如鏡的噴水池，或許曾經映著她的花容月貌。那半透明石膏確實不再白皙，水池底部也生滿了水藻，早已成了蜥蜴的藏身之處。不過一片破敗之中，某些地方卻突顯了這片景象的意義。它就像是在訴說，人和他所做的一切都是脆弱無常，受制於不可違逆的命運。

這些宮室曾經住著矜貴優雅的伊莉莎白，而我卻覺得，今日的荒廢也自有一種動人的魅力，更勝於昔日光彩簇新、隨著宮廷盛會而閃爍生輝的模樣。

我回到住處，也就是都統的套間，對照剛才離開的詩情畫意之地，這一切都顯得淡然乏味、平庸無趣。而這個想法便冒了出來：為什麼我的房間不能換到那些空屋裡去？那才是真正住在阿蘭布拉宮，身邊圍繞著花園和噴水池，一如摩爾人統治的時代。我向安東妮雅女士一家人提出換房的想法，他們十分訝異。他們想不出有任何理性的誘因，能讓人看上那麼破敗、偏遠又寂寥的一個套間。朵洛麗絲高聲說道，那裡可是一片死寂，只有蝙蝠和貓頭鷹到處竄飛，還有狐狸和野貓住在旁邊浴池的地窖裡，夜裡猖狺嚎叫。好心的大嬸還提出更合理的反對。那一帶住了一大票流浪客，還有吉普賽人窩居在附近山丘的洞穴裡。那座宮殿已經廢棄了，很多地方都容易進出。一個外地人獨自住在偏遠而傾塌的套間，其他住民又隔得太遠而聽不到，這消息恐怕會招來夜裡的不速之客，尤其他們向來認為外地人都是荷包滿滿的。然而，我的個性可不會動搖，我的意志對這些好人來說就是法律。於是，叫上木匠和一向未請先到的馬修來協助，門窗很快就修繕牢固、堪以使用；尊貴的伊莉莎白寢室，準備好要迎接我入住了。馬修出於熱心自願擔任貼身侍衛，要睡在前廳。不過我想，不該這樣去測試他的膽量。

儘管抱定全盤的決心毅力，也做了一切的事前預備，我必須承認，在這房間裡度過的第一夜，我感到難以形容的鬱悶。我並不認為影響我的是外在危險的顧慮，反倒是這地方本身的特性，加上周遭異樣的一切：這裡曾經犯下的暴行，還有許多人物風光一時之後的悲慘結局。我回到自己房間的路上，走在孔馬拉斯塔樓那些不祥的大殿底下，想起了小時候常常為之心懾的一段文字：

> 命運坐在幽暗的城垛上，皺著眉頭。當那扇大門打開來迎我進入，深宮內苑裡傳來陰沉迴響的語音，訴說著一樁無以名狀的事件。

---

❶ 譯註：本書〈阿班塞拉吉家族〉比較詳細地陳述了左撇子穆罕默德的生平歷史。而〈三個美麗公主的傳說〉裡所講的左撇子穆罕默德故事，則屬於虛構成分較高的傳說。

❷ 原註：摩爾國王所干預的事情之一，就是他們貴族的婚姻。於是，跟皇室第一人有關聯的每一位王親貴冑，都是在皇宮裡舉行婚禮，而裡頭向來都有一個宮室作為婚禮之用。

安東妮雅一家人陪同我來到這房屋，覺得放我一人在這裡相當危險。我聽見他們的腳步聲遠去，消失在廢棄的前廳和迴聲嗡嗡的廊道，便轉動了門扇的鑰匙。這時，我想起了那些靈異鬼怪的故事，裡面的英雄獨自前去勇闖那中了魔咒的城堡。

即使想到貌美如花的伊莉莎白，以及她身邊曾為這些宮室增色添香的美人，此刻都因為光怪陸離的荒誕奇想，而增添了愁思。這裡上演過她們一瞬而逝的歡悅與美貌，這裡殘留著她們的優雅與賞心樂事，但那些是什麼，又到哪裡去了？——只剩塵土和灰燼！墳地裡的住客！回憶裡的遊魂！

一股模糊難辨的恐懼感悄悄來襲。我雖願意認為這是因為盜賊聽見我們晚上的談話而起了歹念，但我感覺到，這是來自某種無形的、不可思議的東西。溫床裡長埋的迷信甦醒了，正在激發我的想像力，每件東西都開始因為我的心思而受到了影響。窗戶下方的香櫞樹上，風聲的低語隱隱讓人感到不祥。我望向琳達拉薩的花園，樹叢間空出了一片黑影，那是個濃重的、模糊不清而有如鬼魅一般的形狀。我很高興關上了窗戶，但是房間本身卻遭到感染了。上方有一道細微的窸窣聲，一隻蝙蝠從頂棚上的鑲板破洞中竄出，在房裡振翅亂飛，撲打著我那一盞孤燈。這隻惡鳥拍著無聲的雙翅，幾乎要逼近我的臉龐；而在牠剛才現身的雪松木頂棚上，那些奇形怪狀的臉孔浮雕，就像是對著我在擠眉弄眼。

我起了身，對這片刻的軟弱微微笑著，我決心抱著魔咒城堡英雄的十足精神，勇敢對抗。於是我擎起燈火，挺身往宮殿去踏查。儘管心中鼓起了一切力量，這項任務仍然是嚴峻的。我得穿過那些傾倒的牆，還有詭祕的廊道，而燈火的光只能照亮我身邊小小的範圍。我可以說是走在光暈裡而已，四周籠罩著暗不透光的闃黑。拱頂的走廊就好像洞窟一樣，而大殿的頂棚則消失於無光的所在。我回想起人家所說的，那些闖入者對這一帶偏遠又傾毀的宮室所帶來的種種危險。會不會有哪個流浪無賴，來到外面漆黑一片之處，正潛伏在我的前面或後面？我在牆面上的影子，開始擾亂起我自己了。我在廊道的腳步聲陣陣迴響著，讓我駐足四望。我正走過那些充滿傷心回憶的地方。有條黑暗的走道往下通到一座清真寺，完成阿蘭布拉宮的摩爾君王尤塞夫一世就在那裡遭人卑劣地謀刺了。❸而另一個地方，我腳下這個廊道，則是另一位君王遇害之處。他因為對一名親戚橫刀奪愛，而遭其以短劍行凶。

一陣低語，聽起來像是窒息的聲音加上琅琅的鎖鍊，現在傳進了我耳中，似乎是來自阿班塞拉吉大廳那裡。我知道那是地下渠道的水流聲，但是夜裡聽來有種異樣的感覺，喚起了那些悲傷陰鬱的故事。

不久之後，有聲音向我的耳朵襲來，相當真實駭人，絕非來自想像。我穿過大使之殿時，低沉的呻吟和扯破嗓門的暴吼，就像是從我腳底下響起。我駐足傾聽，聲音好像是來自塔樓外面，接著又從裡面傳來；再來是迸發出類似動物的嚎叫聲，再來是悶著的尖叫，以及口齒不清的瘋狂嘶吼。在那種死寂的時刻、僻遠的地方聽到這些聲音，令人驚悚不已。我一點也不想再踏查了，只想比剛才起身行動之時更快速無比地回到房間，進入四壁之中、門上背後的門，然後再次暢快地喘氣。我早晨醒來時，朝陽在窗邊閃耀，那歡欣而信實的光芒，照亮了房屋的每個地方。我簡直無法回想起昨晚黑暗中召喚出來的形影和奇想，也無法相信四周這些坦露而顯豁的景象，竟然曾經披戴著想像出來的恐怖。

可是，那哭嚎和厲聲暴喊並不是我的幻想，我的侍女朵洛麗絲很快就解釋了：嘶吼聲來自一個可憐的狂徒，那是她大嬸的兄弟。他突發嚴重狂躁的時候，就被關到大使之殿底下的一個穹頂房間裡。

---

❸ 譯註：此事發生於一三五四年，也見於本書〈尤塞夫．阿布．哈吉：阿蘭布拉宮的竣工者〉。

接下來幾個夜晚，景物和周邊環境發生了全面的變化。我搬進新房間的那一天，是看不見月亮的；但是它一日一日驅走夜裡的黑暗，終於在塔樓上圓滿生光，清輝遍灑著每一幢宮殿和廳堂。我窗戶下方的花園，之前是籠罩在幽暗之中，現在柔和地照亮了，柑橘和香櫞樹上銀光流洩，水池也在月光下閃爍著，甚至玫瑰叢也是略略可見。

現在，我能體會牆上阿拉伯銘文的詩意了：「多麼美的花園，地上花朵與天上星辰交互爭輝！」那半透明石膏的池裡滿是透亮的流水，有什麼能與之比美呢？只有無雲夜空中清輝四照的滿月！

這麼美好絕俗的夜裡，我會坐在窗邊好幾個小時，呼吸著花園裡的芳香，遙想那些命運困頓的人，他們的故事消逝在這座古雅的老宅院裡。有時在萬籟俱寂之際，遠方的格拉納達總教堂的午夜鐘響，我也邁開了另一次的踏查，在整座宮殿裡四處閒遊，但這次可不同於上一次！不再幽冥而神祕，不再擠滿那些形影不明的敵人，也不再想起暴力血腥的場面。一切都是開闊、敞亮而美好的，每件事物都喚起了愉快而浪漫的遐想。琳達拉薩又來到她的小園裡徘徊；穆斯林統治下的格拉納達，意興高昂的騎士們在獅子苑裡神采高照！在這兼具天時與地利的月夜裡，誰能解其中真味？安達魯西亞的夏天午夜，氣溫宜人有如天堂。我們彷彿飛升到潔淨不染的氣層裡，感覺到心靈裡寧靜平和、精神充盈自足、形體屈伸靈活，這些都使得活著本身就是一種幸福。不過一旦加上了月光，一切又產生了魔法一般的效果。阿蘭布拉宮在月光之下改頭換面，彷如回復了昔日完好的光彩。每一處歲月留下的破口與罅隙，以及每一道朽壞造成的變色、天候褪色都不見了。大理石恢復了原有的白淨，長長的廊柱在月色裡光潔煥發，大殿廳堂覆蓋著柔和的澄輝。我們正行走在阿拉伯故事裡，那一座著了魔法的皇宮。

在這樣的時刻裡，登上皇后梳妝的那座空中小樓閣，看它像只鳥籠般高掛在達洛河谷上，從纖巧的門拱中凝望月下的景致，該是多麼心曠神怡。往右看去，龐大的內華達山脈失去了峻岩嶙峋之狀，而融化成一處仙境，積雪的頂峰閃耀有如銀白的雲靄，襯托著深藍的夜空。攀著梳妝樓的矮護牆俯身下望，格拉納達和阿爾拜辛城舒展開來，像是一幅地圖。萬物都在沉睡中，白色的皇宮和修女院在月光裡安息，再過去還有薄霧氤氳的維嘉沃原逐漸淡去，像是遠方的一方夢土。

有時候，微弱的響板聲會從阿拉梅達大道（Alameda）那裡傳來，那是幾個快樂的安達魯西亞人在跳舞消磨夏夜。又有些時候，傳來吉他模糊的樂音、綺想求愛的歌聲。或許透露著那裡有人在月下意亂情迷，而正在伊人的窗邊唱著情歌。

我在這些最令人浮想聯翩的宮殿、廳堂及陽臺之間流連徘徊，「以攙糖的奇想滋養著自己的悠思謬念」，並將幻想與感官知覺混在一起自得其樂，忘卻自己身處南國的氣候，於是瞥見了這一幅矇矓的月夜光景。所以到了破曉時分，我才回房就寢，讓琳達拉薩的池水聲催我進入夢鄉。

孔馬拉斯塔樓瞭望全景

那是個祥和而美好的早晨，太陽還沒有發威破壞前一晚的清新。趁此清晨登上孔馬拉斯塔樓的頂端，鳥瞰格拉納達和周邊地區，實屬一樂！

一起來吧，可敬的讀者和朋友們，隨著我的腳步來到這座門廳吧，它那繁複的花飾窗格，通往大使之殿。不過，我們不會走進大使之殿，而是從這道門口轉進城牆裡。要小心！這裡的樓梯陡險蜿蜒，光線又不足。但是，格拉納達的國君、王后們經常沿著這道狹窄、晦暗而盤旋的階梯，登上城垛去查看敵軍入侵，或焦急地緊盯著維嘉沃原上的戰事。

我們終於來到了臺階式的屋頂，可以稍微喘一口氣，抬眼去看這個邦國壯觀的全景。嶙峋的山陵，草木繁茂的山谷，肥沃的原野；又有城堡、教堂、摩爾式的塔樓、哥德式的圓屋頂、殘破的廢墟，以及濃密的樹林。我們且走近城垛，低頭直望下方。看，這一側是整片阿蘭布拉宮在我們面前展開，它的庭院及花園也盡入眼底。塔樓腳下是阿伯卡苑（Alberca），內有一座大魚池，四周種植花木。另外那座是獅子苑，裡頭有個著名的噴水池，以及纖巧的摩爾式廊道。宮殿群的中間是小小的琳達拉薩花園，坐落在建築的中心位置，種著玫瑰與香櫞，還有青翠欲滴的灌木叢。

連成帶狀的城垛之間豎著方形的塔樓，散見於整座山丘上方，成為城堡的外界線。你可以看到，有些塔樓已經傾毀，巨大的殘塊埋在藤蔓、無花果樹和蘆薈之間。讓我們再看看這座塔樓的北側。那高度讓人頭暈目眩，因為塔樓的基地設在山丘陡峭一側的樹林裡。我還看到高大的城牆上有條長長的裂縫，表示塔樓曾受過地震的破壞。格拉納達向來都擔心地震，而地震也早晚會讓傾頹的宮殿群淪為一片廢墟。又深又窄的谷地從山間逐漸向上方開展，那是達洛河谷。你可以看到，小河在覆滿綠蔭的臺階地下方，以及果園和花園之間彎彎曲曲地流過。古時候，這條河以生產砂金聞名，如今還偶爾有人來淘砂尋金。那些白色的亭臺，在樹林和葡萄園中四處發著亮光，摩爾人在這些具有鄉村特色的休憩處，享受著花園的清新氣息。曾經有個詩人，把它們巧妙地比作翡翠玉床上的許多真珠。

而那座聳立雲宵的宮殿，有著白色高塔及長長的拱廊，在濃密的樹叢和半空花園之中面對山陵而立，就是赫內拉利費宮。那是摩爾國王的夏宮，他們會在悶熱的那幾個月前去享福，那裡的和風比阿蘭布拉宮更涼快。比夏宮更高之處有一片光禿的山頂，你可以看到一堆不成形的廢墟，那裡便是Silla del Moro，也就是**摩爾王的座椅**，得名於一次動亂當中，遭逢厄運的包迪爾到此避難，他坐在這裡，悲痛地往下望著那眾叛親離的城市。

流水的咕噥細語不時從山谷裡響起，那是一座摩爾式磨坊的水渠所發出的聲音，位置靠近山腳下。再過去有林蔭的馬路就是阿拉梅達大道，它沿著達洛河谷，是頗受歡迎的晚間休憩之處，也是夏夜時分的情人幽會地點。深夜裡，走道邊的長椅還可以聽得見吉他聲。現在這個時刻，除了一些閒步的僧侶及運水的隊伍，你什麼也看不到。運水的人揹著古代東方式的水罐，就像摩爾人用過的那種。水罐裡裝滿冰涼又清澈的泉水，稱作榛果之泉（fountain of Avellanos）。那山路所通向的泉水處，是穆斯林和基督徒都喜愛的遊憩地。旅人伊班．巴圖塔（Ibn Batuta）曾經說過，它被稱作Adinamar，也就是**淚之泉**，摩爾人的史書和歷史傳說裡都稱頌的。

你嚇了一跳！其實不過就是我們驚起了一隻巢裡的鷹。這座老舊的塔樓，整個成了流浪鳥兒養育子孫的巢穴。大群的燕子和岩燕住在每個牆縫和裂口裡，整天在那裡迴翔。而到了晚上，其他的鳥兒都休息了，擠眉弄眼的貓頭鷹從藏身之處登場，在城垛上哀叫著，像是在預示些什麼。看看，剛才驚起的老鷹在我們腳下翱翔來去，掠過樹頭，又振翅飛上了赫內拉利費宮上方的那堆廢墟。

我知道，你抬眼見了那一排高山積雪的頂峰，有如夏季的白雲般，在青空中閃耀著。那是內華達山脈，是格拉納達的驕傲與珍寶，帶來了沁涼的和風，以及終年的綠意；又供應了豐沛的水泉，和源源不絕的清流。就是因為這個壯闊連綿的山群，讓格拉納達結合了南方城市所罕見的多方優勢：有清新的草木、北方氣候的和風，加上熱帶陽光的活力四射，以及晴朗無雲的南方藍天。降雪是天賜的寶物，會順著夏季氣溫的上升而有等比例的融化，將大小水流送往阿普夏拉山的谿壑峽谷，順著一連串歡暢而清幽的山谷，四處播生蒼翠的綠原和肥沃的生機。

這些山巒很可以讓格拉納達引以為榮，雄據著整個安達魯西亞區域，即使從區域中最遠的地方也看得到。騾伕從悶熱的平原地帶望見積霜盈雪的山峰，便歡喜讚歎。而船隻甲板上的西班牙海員，遠在十萬八千里外的藍色地中海上，懷憂遙望著這些山巒，思想起格拉納達的快樂情景，便低聲吟唱起摩爾人的古老傳奇故事。

山巒底下往南是一排乾燥的山丘，在那下方有一列長長的騾隊正緩慢行進著，那裡已經是穆斯林國度的邊境了。就在這些丘陵的某個頂峰處，遭逢厄運的包迪爾最後一次回首遠眺格拉納達，苦悶長嘆，這就是歌謠和故事裡極著名的地點——「摩爾人最後的嘆息」。

乾燥山丘的陡坡往下走，就是舒適宜人的維嘉沃原，這裡是包迪爾的發跡之地。上面是叢叢生意盎然的樹木園林、茂密的果園，而銀白色的申尼爾河在其中蜿蜒流貫，灌養了無數的小支流。支流水源經由摩爾人的古渠道，讓平原保持著終年常綠。這裡有人人喜愛的綠蔭和園圃，鄉村風格的亭臺；苦命的摩爾人就是為了這些，而拚死拚活地奮戰。那些破房子和簡陋的農舍如今住著一些莊稼粗人，屋舍上殘留著花草紋樣及其他富有品味的裝飾，可以看出在穆斯林時代都是格調高雅的住宅。你看，在這熱鬧多事的平原中央，有個地方可以說連結了新舊世界的歷史。連成一線的城牆和塔樓在朝陽下發著光芒，那便是聖塔菲（Santa Fe）。這座城是基督教政權在圍攻格拉納達期間，營地遭到一場大火之後所建造的❶。也正是在這座城裡，哥倫布受召晉見了雄才大略的伊莎貝拉皇后，雙方簽下協定之後，才有了西方世界的地理大發現。從那山崖再過去往西，有一座帕諾橋（bridge of Pinos），摩爾人和基督教徒在這裡發生過許多次血戰。由於哥倫布對西班牙政權不抱指望，便帶著自己的航線開發計畫，由此動身想求助於法蘭西王室，卻在這座橋上被差員追了回去。❷

這座橋的上方，有一長列的山嶺圍著維嘉沃原的西側，古時候這就是格拉納達與基督教領土之間的屏障。在高山處，你還可以發現士兵所住的幾座小鎮。那灰色的城牆與城垛，看起來就像是跟基底部分的岩石融為一體。四處都有孤單的atalaya（也就是**瞭望塔**）矗立在山峰邊沿，可以說是從天空中俯瞰著河谷的另一側。

這些瞭望塔經常警示有敵軍入侵，晚間點亮火炬，白天就燃起烽煙。底下有一條陡峭多石的山間道路，叫作「洛普小徑」（Pass of Lope），這就是基督教軍隊往下進入維嘉沃原的路徑。在灰暗光禿的艾爾薇拉山（mountain of Elvira）底部一帶，嶙峋陡險的山崖伸進大平原的懷裡。入侵的部隊會帶著偽裝的旗幟，伴著喧天吵嚷的鼓陣和小號突然竄進眼底。

格拉納達的摩爾國王伊斯麥・班・費拉（Ismael ben Ferrag）❸，曾經在孔馬拉斯塔樓上目睹過一次

❶ 譯註：聖塔菲建於一四九〇年。

❷ 譯註：伊莎貝拉原本不願資助哥倫布的航海計畫，後來因為國王斐迪南插手，伊莎貝拉才派人追回了哥倫布。

❸ 譯註：伊斯麥一世（Ismail I），一二七九～一三二五、一三一四～一三二五在位。

入侵行動，那是維嘉沃原的一場毀滅性的大劫。當時至今，已過了五百年的歲月。面對這個事件，他表現出相當寬容大方的風度，這是穆斯林君主身上經常可以看到的。有一位阿拉伯作家寫道，他們「的歷史，充滿著度量慷慨的行動、高尚的行為舉止，這些事跡會一直流傳下去，永遠活在人們的記憶中」。不過，我們且坐在矮護牆上，聽我講講這一段佚事。

就在主後紀元一三一九年，伊斯麥在孔馬拉斯塔樓上看到了一支基督教部隊，遠處艾爾薇拉山的四周成了一片白色。阿逢索十一世年幼時期的卡斯提爾攝政王，也就是胡安（Don Juan）和佩德羅（Don Pedro）等親王，先前已經摧毀了從阿爾考德特（Alcaudete）到阿卡拉拉雷爾（Alcala la Real）的城鎮，奪下了伊略拉（Illora）城堡，還把周邊的地區都燒了。現在，他們要大肆破壞格拉納達的外圍門戶，想激使伊斯麥出面一戰。

伊斯麥雖然是個年輕勇敢的君王，面對這挑戰卻遲遲沒有接受。他手上沒有足夠的兵力可用，便等候著鄰近城市調來的兵馬。而那些基督教親王卻誤會他的意圖，便不再指望激他出面；狂行燒殺劫掠之後，便拆毀自己的營帳，準備班師回朝。佩德羅領著篷車隊，胡安在後面壓陣，但他們的大軍行進卻亂成一團，部隊因為先前搶來的戰利品和戰俘而大受拖累。

這時候，伊斯麥國王盼來了他的援軍，便將他們交給他手下百裡挑一的猛將歐斯敏（Osmyn）來號令，讓他們去追擊敵軍。基督徒受制於山間狹窄的道路，大起恐慌。他們的路徑完全受到牽制，而後在邊境地帶遭到大舉屠殺。兩位親王都喪命了，佩德羅的屍身由他的士兵運走了，胡安則丟失在黑夜之中。他的兒子寫信給摩爾國王，祈求尋回父親的屍身，給予隆重的安葬。伊斯麥一時間卻忘了胡安是敵人，曾經大肆摧毀本國首都的門戶。他只把對方視為英勇的騎士，又是皇室的親王。在他的命令之下，開始認真搜尋胡安的遺體，後來在一深窄的山谷中找到，運回了格拉納達。伊斯麥命人在阿蘭布拉宮的一座大堂裡，將胡安安放在高高的棺架上，四周點起火把和蠟燭，為他慎重清洗並著裝。歐斯敏和其他最高等級的騎士都被任命為榮譽守衛，而基督徒戰俘則被召集到遺體周圍禱告。

同時，伊斯麥寫信給胡安的兒子，要他送一支遺體護衛隊過來，並向他保證遺體會獲得謹慎的運送。到了約定日期，一支基督教的騎士隊伍奉命抵達，他們受到伊斯麥隆重的迎接與招待。在他們帶著遺體要離開之時，穆斯林的榮譽守衛騎士護送著這支喪葬隊伍，直達邊境。

到此打住。太陽已經高掛在山上，全副熱力曬著我們的頭頂，我們腳下的臺階式屋頂也已發燙。我們離開這裡吧，到獅子苑水池邊的大拱廊下，好好休息一陣。

逃家記

我們在阿蘭布拉宮遇到了一點小麻煩，讓朵洛麗絲陽光開朗的臉龐蒙上了一層烏雲。這個小姑娘對於各種小寵物，都懷有一種女性的憐愛。而因為她這股泛愛的天性，阿蘭布拉宮的一座廢棄庭院裡，便擠滿了她的寵物。一隻器宇非凡的孔雀和牠的母雀，似乎在這裡君臨天下，統治著傲慢自負的火雞、喋喋抱怨的珠雞，還有亂糟糟的一群平凡的公雞和母雞。不過，朵洛麗絲過去一段時間以來，最愛的卻是一對小鴿子。牠們最近踏入了神聖的婚姻關係，甚至取代了龜殼紋的貓及小貓咪，成為她的新寵。

為了給這對鴿侶一所住宅以便展開家庭生活，朵洛麗絲在靠近廚房處為牠們整理出一個小房間，上面有窗戶，外邊是一座寧靜的摩爾式庭院。牠們幸福地住在這裡，對於庭院及陽光普照的屋頂以外的世界一無所知，也從不熱望著飛上城垛或登上塔樓的頂端。牠們聖潔的結合，終於開花結果，生下兩顆乳白無瑕的蛋，讓關愛著牠們的小姑娘雀躍不已。這一對小夫妻面對這等要事，採取了最令人讚許的做法：牠們輪流坐在窩裡，孵化了兩個蛋，並且提供小幼崽所需的溫暖與庇護；如果其中一隻待在家裡，另一隻就會出外覓食，並且滿載而歸。

這夫妻合作無間的景象，卻突然遇到了衝擊。今天一大早，朵洛麗絲在餵食雄鴿，一時異想天開，想帶牠去看一下廣大遼闊的世界。於是她打開了窗戶，讓牠首次到了阿蘭布拉宮的城牆之外，而底下就是達洛河谷。這隻驚奇的鳥兒，一生之中第一次要試用牠全力鼓動的雙翅。牠向下飛往河谷，又振翅往上驟升，幾乎要衝上了雲霄。牠以前從來沒有飛得這麼高，或體驗過這種飛行的樂趣。牠就像是個揮霍無度的年輕人，驟然來到了大莊園一樣，過度的自由，加上無邊無際的活動空間驟然在牠眼前打開，似乎令牠目眩神馳了。整整一天，牠都來來回回地，從這座塔樓飛到那座塔樓、從這棵樹飛到那棵樹，變幻不定。朵洛麗絲在屋頂上撒穀子，試著要引誘牠回來，一概無效。牠似乎是樂不思蜀，全忘了牠的賢內助，以及稚齡的幼崽。讓朵洛麗絲更加著急的是，牠被兩隻palomas ladrone（也就是**盜鴿**）跟上了。牠們的目的，就是要誘使在外遊蕩的鴿子回到牠們的鴿舍去。而這隻逃家者，就像許多無知少年第一次踏進這世界一樣，似乎被這兩個同伴深深迷住了。牠們向牠展示著生活，並引牠進入社會，心知肚明卻不懷好意。牠一直跟著牠們，飛遍了格拉納達的屋頂與尖塔。雷雨已經來到城裡了，而牠不曾尋找自己的家；夜晚也逼近了，牠仍然沒有回來。讓情況更加悲慘的是，母鴿在窩裡待了好幾個小時沒有離開，到最後也出去尋找牠那背信忘義的伴侶。不過牠離開太久，小幼崽缺乏雙親懷裡的溫暖與庇護，竟然死了。到了深夜，朵洛麗絲聽到消息，有人看到逃家的鳥兒在赫內拉利費宮的塔樓上。這下子，這古皇宮的行政官居然彷彿有了一個鴿舍。而裡面的住客之中，據說有兩三隻那種專事誘騙的鳥兒，這可是所有鄰近愛鴿人士的恐懼。朵洛麗絲立刻下結論道，那兩隻長了羽毛的、據說跟她的逃家者在一起的騙子，就是赫內拉利費宮那裡的後裔。一名軍事參謀立即被帶進了安東妮雅大嬸的屋裡。赫內拉利費宮是個獨立於阿蘭布拉宮的司法管轄區，所以當然，有些行事的細節——如果不是嫉妒——存在於兩邊的監管人之間。因此他們決定，派出口吃的園丁皮佩擔任大使，去見那行政官，問問他的領地裡是否能找出這樣一名逃家者，將牠以阿蘭布拉宮一員的身分而提交出來。於是，皮佩肩負著外交任務出發，在月光下穿過樹林和道路。不過他一小時內就回來了，帶回一件令人痛苦的情報：赫內拉利費宮的鴿舍裡，沒有這樣一隻鴿子。然而那行政官鄭重開了金口承諾，如果有這樣的遊民出現在此，那麼即使是午夜，也會立刻逮捕牠，並將這囚徒送回給那位黑眼珠的小姑娘。

令人難過的事實擺在面前，整座皇宮籠罩著愁悶，而悲傷欲絕的朵洛麗絲在枕上輾轉難眠。

「悲傷停留一晚，」俗諺說：「但歡喜明早就來。」今早我一走出房間，映入眼簾的第一件事，就是朵洛麗絲手上捧著逃家的鴿子，眼中散發著歡喜。牠一大早便出現在城垛上，在屋頂之間害羞地徘徊，不過終究還是進了窗戶，自囚到斗室之中。不過，牠的歸來並不怎麼值得讚賞。因為，牠面對放在面前的飼料，像餓鬼一般狼吞虎嚥，這就說明牠像個揮霍無度的孩子，純粹是迫於飢餓才回來的。朵洛麗絲申斥著牠的背信忘義，給了牠各種離家浪蕩的罵名。不過她畢竟是女人心，同時還是把牠抱在胸口愛撫著、一再親吻著。但是我也看到了，她小心地修剪了牠的翅膀，以免牠將來又飛走。對於那些情人逃家、或者丈夫浪蕩在外的人，我想這個預防措施是有益的。從朵洛麗絲和鴿子的故事裡，可以吸取的或許不只一項發人深省的教訓吧。

陽臺

前文曾提過大使之殿的中央主窗外有一座陽臺。它有點天文臺的功用，而我經常坐在那裡，不僅上觀天文，也下查地理。它不但居高俯瞰著山巒、河谷及原野等絢麗不凡的景觀，低頭下望，還直接展開著一幅熙來攘往的小小人間景象。山丘腳下就是一條alameda（也就是**公用大道**），時髦程度雖然不如申尼爾河畔那條現代風華的大道，但多彩多姿、景色如畫的中央廣場仍然很搶眼。這裡有一小群郊區士紳來往著，加上一些教士和托缽僧也來化緣乞食，還有majos和majas（也就是**比較低階層的俊男靚女，作安達魯西亞式的打扮**），又有趾高氣昂的走私販之類，且不時還有半蒙著臉、神神祕祕的上流人士在幽會。

這一幅動人的圖畫，有西班牙的生活與人物，而我很樂於一探究竟。星象家有大型望遠鏡可以橫掃天文，像是把星辰拉到眼前一樣，而我也有個口袋大小的小望遠鏡可以用來觀察。我拿它來橫掃底下的區域，把形形色色的臉孔都拉過來，有時候近得讓我以為能夠從他們五官的活動和表情猜到他們的對話。所以某種意義上來講，我是個隱形的觀察者，而且又可以立即投身於人群之中，不必離群獨處。對於一個生性有點害羞及好靜，並且像我一樣喜歡旁觀人生戲劇、而不必粉墨登場的人而言，這是一種難得的好處。

在阿蘭布拉宮底下，有一大片郊外地帶滿是狹窄的河谷地，延伸到阿爾拜辛城對面的山丘上。很多房屋都是摩爾式的，圓形的庭院向天空開放，藉著噴水池來降溫。由於居民大多數時候都是在屋裡度過，夏季又待在臺階式的屋頂上，結果像我這種可以從雲端往下看的上空觀察者，就會瞥見他們的家居生活。

我不時就在這個陽臺，看著底下景致隨著一天的不同階段而層層變化，自得其樂。

天空出現了些微的青灰暗紋，山邊小屋也傳來了最早的雞鳴，這時候，郊區一帶開始有了甦醒的響動。在夏季悶熱的氣候之下，清新的黎明時分可是十分寶貴的。人人都趕著太陽升起的時刻，開始一天的忙活。騾伕驅趕著載貨的隊伍上路，旅人把卡賓槍掛在馬鞍後面，在旅舍大門前登上了坐騎。褐色皮膚的鄉下農民催促著慢騰騰的牲畜，牠們身上兩側裝了貨籃，裡面有日照充足的水果，以及新鮮帶露的蔬菜，因為克勤克儉的家庭主婦要趕著上菜市場了。

太陽升起來照耀著山谷，斜射著樹林間透明的綠葉。晨禱的鐘聲在清新透亮的空氣中悠揚響起，宣布禱告的時刻已到。騾伕在教堂前停下了載貨的牲口，把手杖往後插進腰帶，然後把帽子拿在手中走了進去，一邊順順烏黑的頭髮，聽起了彌撒，並祈求這一趟翻山越嶺能夠順利成功。

晨光漸啟，工作勞動的聲音也四處響著。街上滿滿都是人，加上馬匹坐騎及載貨的牲畜，還有嗡嗡糊成一片的人聲，像是翻湧的海洋。太陽漸漸升往高點時，嗡嗡忙碌的聲響就逐漸平息下來，到了正午時分便暫停了。氣喘噓噓的城鎮陷入倦怠之中，大家都要休息好幾個小時，關上窗戶，放下簾子。居民躲進了屋子裡最涼快的安歇處；飽餐過後的僧侶在僧房裡打呼；粗壯的搬運工在路上躺平，身旁是他的貨物。農民和勞工睡在阿拉梅達大道的樹蔭下，蝗蟲浮躁唧唧的鳴聲催著他們入眠。街道上的一片沉寂只有靠著運水人來打破，他叫賣著透亮的飲水：「比山上的雪還涼啊！」（mas fria que la nieve），讓人耳朵振作了起來。

太陽下沉的時候，逐漸又恢復了生氣。當晚禱鐘聲宣告暴烈的日頭已死，整個天地好像在慶祝它終於倒臺。此刻開始響起了歡欣鼓舞的喧鬧聲，居民全都跑出來呼吸晚間的空氣，在達洛河和申尼爾河邊的街道及園圃之間，喜孜孜地享受短暫的黃昏。

夜幕降臨時，多變的景致又呈現了新貌。燈火一處一處亮了起來，這邊是陽臺窗戶裡的一支明燭，那邊則是在聖像前面敬獻一盞燈。城鎮一步一步從遍布的漆黑之中浮現出來，隨著四處的燈火而閃爍搖曳，有如星光點點的蒼穹。庭院和園圃現身而出，然後是街道。無數叮噹作響的吉他，以及響板的磕擊，傳到我身處的高處，組成了一場細微的眾聲合奏。安達魯西亞人快樂而情欲旺盛，「享受當下」是他們的信條。而他們最熱烈實踐的時刻，莫過於溫暖宜人的夏夜。他們會用舞蹈、小情歌，還有熱烈的夜曲，來向情人求愛。

晚間，我獨自坐在這陽臺上享受，輕輕的涼風從山丘邊、從樹梢上沙沙拂過。這時，我那謙卑的記史官馬修正在我手肘旁，指著阿爾拜辛城幽暗街道中的一幢大房子。就我的記憶所及，他講了以下的佚聞。

砌磚工奇遇記

從前，格拉納達有位貧苦的砌磚工，遵守著每一個聖徒日及休息日，此外還有週一的休工日。[1]不過，他因為信仰虔誠而愈來愈窮，幾乎無法為一家數口賺取溫飽了。有天晚上，一陣敲門聲把他從第一次睡夢中吵醒了。他開了門，看見眼前有一個高瘦乾枯、有如死屍模樣的教士。

「聽著，老實的朋友！」他說道：「我看出你是個善良的基督徒，而且值得信賴。你今晚可願意接一件工作嗎？」

「誠心願意，這位老丈，只要事後能付酬勞。」

「會付你酬勞的，不過必須委屈你矇住眼睛。」

[1] 譯註：這是工匠的休工日，至少從十七世紀開始的一項傳統。

砌磚工並未反對，所以矇住眼之後，便由教士帶領，穿過幾條大街曲巷，最後停在一棟房子的大門。教士拿著一把鑰匙，轉動吱嘎作響的鎖頭，打開了一扇聽起來很厚重的門。他們進去之後，門便關上、並落了閂，砌磚工被領著通過了一道響著迴音的廊道，以及一座寬廣的大廳，進入了建築物的內部。到這裡，解開了矇眼布，他看到自己身處一座庭院內，有一盞孤燈微光照著。庭院中央有一座乾掉的老舊摩爾式水池，教士要求他在那底下蓋一個小小的地窖，磚塊和灰漿都放在一旁備用了。於是他整夜工作，不過沒有完成。正要天亮之前，教士放了一塊金子到他手裡，並再次把他的雙眼矇起，帶他回到自己的住宅。

「你可願意，」他說：「再回來完成你的工作？」

「我很樂意，老丈，只要可以得到這麼豐厚的酬勞。」

「好的。那麼明天午夜，我會再來叫門。」他確實來了，而後地窖完成了。

「現在呢，」教士說：「你必須幫我把那些屍體搬過來，埋進地窖裡頭。」

可憐的砌磚工聽了之後毛骨聳然。他順著教士的意思，步步顫抖，踏進了這大宅裡面一個隱密的房間。他心想會看到死亡的陰森景象，不過卻看見三四尊大罈子立在一個角落裡，便鬆了一口氣。那裡面顯然裝滿了錢，他和教士費了很大的力氣，把它們搬起來存放到那墳墓裡去。然後地窖關了起來，步道也改換過，所有變造的痕跡都抹掉了。砌磚工再度矇著雙眼，從不同於來時的另一條路被帶走了。他們在彎彎曲曲的巷弄迷宮裡走了很久之後，停下腳步，教士放了兩塊金子到他手裡。「在這裡等著，」他說：「直到你聽見總教堂的晨禱鐘聲響起。假如你還不到那時候就想解開矇眼布，便將有惡運降臨。」他這麼說完便離開了。砌磚工老實地等著，在手裡掂著金子的重量，拿著它們互相輕敲著，自得其樂。

一到總教堂晨鐘響起的時刻，他解開了矇眼布，看到自己身在申尼爾河岸邊。他由此走了最順的路回到家，拿這兩晚的進帳跟家人歡天喜過了整整兩週。兩週之後，他又貧窮一如既往。

他照常做一點工，做很多禱告，並且遵守聖徒日、休息日，如此年復一年，而他一家人變得骨瘦如柴、衣衫襤褸，像是一群吉普賽人。有天夜裡，他坐在小屋的門口，一個吝嗇的老富翁向他搭訕。這老人是出了名的擁有許多房子、而且錢抓得很緊的地主。富翁從那一雙焦慮而疲憊的眉毛底下，對他覷了一會兒。

「朋友，我聽說你很窮。」

「這是無法否認的事，先生，事實會說話。」

「那麼我想，你會很樂意接一件工作，而且收取低廉的工資。」

「大爺，就像格拉納達任何的砌磚工那麼低廉。」

「正合我意。我有一棟老房子破敗了，還是要整修比較划算，不然沒人要住進去。所以，我得想辦法修補一下，而且要盡可能降低整個開銷。」

於是，砌磚工被帶到一棟廢棄的大房子，房子看起來是快要毀壞了。他穿過了幾間空著的大廳及房間，進到一座內院，在這裡，一座老舊的摩爾式水池吸引了他的目光。他停了下來，像夢一般想起了這個地方。

「請問，」他說道：「這房子以前是誰住的？」

「祝那個人遭殃吧！」老地主大聲道：「以前是個小器的老教士，他除了自己以外都不關心任何人。據說他非常有錢，而且因為沒有親戚，他應該會把所有的財寶都遺留給教會。他突然死去之後，其他教士和托缽僧紛紛跑來，想要占奪他的財產。但是除了一個皮袋裡有一些金幣之外，他們什麼也沒找到。而最倒楣的是我，因為這老傢伙死了之後，還繼續白占著我的房子，沒有交租金，而法律又不能拿來對付死人。人們都傳言說，老教士死去的那房間裡，整晚都傳出叮叮作響的金幣聲，好像他還在數錢似的，有時候庭院還傳來呻吟苦嘆。不論是真是假，這些故事都讓我的房子蒙上惡名，沒有房客想要繼續住下去了。」

「行了，」砌磚工硬聲說道：「讓我免費住在你這房子裡，直到有更好的房客出現為止吧。我會負責整修，並且降服那個惹事的冤魂。我是個虔誠的基督徒，而且很窮；即使那鬼魂出現的模樣是一大袋的錢，也嚇不倒我的！」

富翁高高興興接受了老實砌磚工的建議。砌磚工和家人搬進了那棟房子，並且完成了任務。他一點一點把房子回復成往日的模樣。老教士生前的房間，夜裡也不再傳出金幣的叮噹聲響了，倒是白天開始會在活跳跳的砌磚工口袋裡聽見。總之，他的財富急速增加，讓左鄰右舍都羨慕不已，他成了格拉納達首屈一指的有錢人。他把大量的錢捐給了教會，這無疑是出於良心的要求。他一直嚴守著地窖的祕密，直到臨終之時才對兒孫透露。

獅子苑

這座夢幻老皇宮的特殊魅力，就在於能夠喚起舊日模糊的遐思和景象；而赤裸的現實狀況，也因此蒙上了回憶與想像的外衣。因為我喜歡走在這種「夢幻泡影」之中，在阿蘭布拉宮裡，我便常常尋找最適合心靈虛實變幻的那些地方，而其中首選莫過於獅子苑，以及它周圍的宮室。這一帶，光陰下的手最輕，摩爾式的優雅與輝煌，幾乎都保留著原初的美好。地震動搖過這座宮殿的地基，也震壞了它最堅固的塔樓。可是你看！這些纖細的立柱都沒有傾移，而輕巧細弱的柱道廊拱，也一個都沒有倒下。圓屋頂上那些輕靈纖雅的細雕裝飾，表面上就像早霜的晶狀紋路那般不實在，卻度過了好幾個世紀，現在還幾乎就像是剛從穆斯林匠師手裡完成那般鮮活。我就在這些舊日陳跡之中寫作，利用早晨的清新時刻，身處在凶戾不祥的阿班塞拉吉大殿。他們家族慘遭屠殺的傳奇之地，也就是染上血跡的噴水池，就在我眼前，高高噴濺的水珠幾乎要灑到了我的稿紙上。歷史上那血腥暴力的故事，難以跟四周溫和平靜的景象聯想在一起。這裡的每件事物都是用來喚起良善愉快的情感，每一樣都是那麼精緻又美麗。晨曦從上方輕輕落下，穿過那彷彿仙人巧手所施彩及搭造的穹窿頂塔。透過出入口那座紋樣精雕的寬大拱形結構，我看到了獅子苑，陽光在它四周的廊柱間閃爍著，也照耀在水池上。活潑的燕子縱身投進院裡，接著拔高衝飛而去，在屋頂上方啁啁鳴囀。忙碌的蜜蜂在花床間努力幹活，彩蝶在一株株花草間飛來飛去，在陽光遍照下翩翩舞動，互相嬉鬧著。只要再加上一點想像力，就可以畫出心事重重的後宮美人，徘徊在這些隱密的東方式華麗庭院之間。

不過，如果有人觀賞這一片景致時，想要更加貼近它的命運，便該趁著晚上的暗影沖淡了院裡的亮麗，且待四周的宮室覆上一抹哀色之際，那時候最能夠感受到安詳的哀悽，又或最適合回想起往日的榮光。

在這種時刻，我常去正義之殿（Hall of Justice），那陰暗的拱廊通道跨過了獅子苑上方。這個地方曾經在斐迪南、伊莎貝拉及一群勝利的群臣面前，舉行盛大誇耀的彌撒禮，祝賀他們拿下了阿蘭布拉宮。牆上還看得到十字架，當年就在這裡設立了聖壇，主持儀式的是西班牙的紅衣主教，以及當地最高階的宗教顯貴人物。我想像當時這裡擠滿了大獲全勝的新主，頭戴高冠的高級教士和光頭的僧侶、身披盔甲的騎士和穿著絲衣的群臣，都混在一起；而十字架、牧杖及其他宗教布旗，又混雜著趾高氣昂的西班牙主將們尊貴的徽幡和旗幟，在穆斯林的大殿裡一起炫示著勝利。我又想像著哥倫布，這個未來新大陸的發現者沒沒無名而無人搭理，在遠遠的角落裡占得一方小小席位，觀看這場大典。我還在腦海看見那些基督徒掌權人士匍伏在祭壇前，為了大勝而稱謝不已，穹頂中則是繚繞著聖歌及低音的感恩讚（Te Deum）。

一瞬即逝的幻影都過去了。盛典從美夢中消失，君王、教士和戰士都隨著他們驕慢以對的穆斯林，而一起灰飛煙滅了。他們慶祝大勝的宮殿現已荒廢孤寂，蝙蝠在黃昏的穹頂附近飛動，而貓頭鷹在附近的孔馬拉斯塔樓裡呼叱著。

幾次晚間來到獅子苑之後，有次我驚見一名包頭巾的摩爾人，默默坐在靠近噴水池之處。一剎那間，那就好像是這地方的一個故事所講的：一位幾百年前被施了法術的摩爾人，因咒語破解而現身了。不過，事實證明他只是個普普通通的活人。他是巴巴利的得土安（Tetuan）當地人，在格拉納達的札卡丁（Zacatin）有一家店舖，賣些大黃、小飾物和香水。他說得一口流利的西班牙語，我與他攀談，發現他精明又聰慧。他告訴我，他夏天時偶爾會來到山上，在阿蘭布拉宮待個半天。這兒讓他想起巴巴利的老皇宮有類似的建築和裝修的風格，只是更華麗一點。

我們在皇宮裡走著，他便指出幾處阿拉伯文的銘刻，說它們極富有詩意。

「啊，先生，」他說：「摩爾人占有格拉納達的時候，是比現在還要快樂的民族，他們只想到愛、音樂與詩歌。他們隨時都可以做一段詩，然後唱出來。詩做得最好的男子，以及歌聲最好聽的女人，很可能就會受人歡迎和喜愛。那時候，如果有人乞討麵包，對方就會回答，給我唱個對仗歌詩吧。而最窮的乞丐，如果唱著詩歌來行乞，常常會得到一小塊黃金的賞賜。」

「對詩歌的普遍喜愛，」我問：「到你們身上都消失了嗎？」

「絕對不是的，先生。巴巴利的人們，即使是下層階級，還是像古時候那樣做著對仗詩，而且做得滿好的。但是，這種天分所得的回報不如往日了，有錢人喜歡自己的金幣叮噹作響，而不是詩歌或音樂的聲音。」

他一邊走著，看到一句銘刻文預言著皇宮主人——也就是穆斯林王朝政權的萬世不絕與榮光。他搖搖頭、聳聳肩，對那句話表示了看法。「那或許會成真，」他說：「假使包迪爾不淪為叛徒、把首都拱手讓給基督徒的話，穆斯林或許還會一直在阿蘭布拉宮裡統治著。而西班牙皇室也無法以威脅手段拿下阿蘭布拉宮。」

面對這番痛罵，我努力想要證明包迪爾其實是運氣不好，還想指出，那場分裂雖然導致摩爾人政權的崩潰，卻是起因於他那狠心岳父的殘酷手段。不過，這位摩爾人可不接受任何緩頰。

「老王阿布・哈珊（Abul Hassan）❶或許殘酷，」他說：「但他英勇、機警而愛國。假使他得到適時的支援，格拉納達就還會是我們的。可是，他兒子包迪爾卻阻撓他的計畫，篡位奪權，在皇宮和陣營裡策動叛變、挑撥分裂。願上帝的詛咒懲罰他的背叛！」那摩爾人丟下這些話，離開了阿蘭布拉宮。

我這位頭巾夥伴的氣惱，倒是符合了朋友所講的一樁佚事。那朋友在巴巴利旅行的途中，跟得土安的首長碰了一面。這摩爾首長特別注意他對於西班牙的研究，尤其關注受人喜愛的安達魯西亞地區、格拉納達的各種美好，還有皇宮的遺跡。這朋友的回答，喚醒了摩爾人在西班牙古老帝國的權力與榮光，那是他們內心所珍藏的美好回憶。摩爾首長撫摸著鬍鬚，轉過頭去看他的隨從，激動地脫口悲嘆道：這一根權杖竟然從真信徒的掌握中掉了下去。不過他又勸慰自己，西班牙的國力和財富正在走下坡，終有一天，摩爾人會再度征服自己應得的領土。而且，那一天或許不遠了。到那時，對穆罕默德的敬拜，會重新供奉在哥多華的大清真寺，而信奉穆罕默德的君王會坐上阿蘭布拉宮的王位。

這就是巴巴利的摩爾人之間普遍的願望與信念，他們認為西班牙，或者古時所稱的安達魯西亞，是他們應得的遺產，卻因叛變和武力而被人奪去。遭到驅逐的格拉納達摩爾人後裔，散居於巴巴利的各個城鎮，而這些想法在他們之間滋長著，代代相傳不息。他們有些人住在得土安，保留著祖先的名字，譬如Paez或Medina，且不跟任何不屬同等名門的家族通婚。他們所自豪的家族世系廣受尊敬。伊斯蘭社區裡，那份尊敬只見於皇族世系，很少見於任何繼承而來的名位。

據說，這些家族一直為了祖先的人間天堂而感慨著，每個星期五都會到清真寺禱告，祈求阿拉快快讓格拉納達回到信徒手中。對這件事，他們抱著快樂而自信的期待，就像是基督教十字軍期盼著收復耶穌的石墓一樣。不單如此，有人還說，他們有些人還保留著格拉納達祖宗的房地產、花園的地圖和權狀，甚至還有房屋的鑰匙，以證明他們的遺產主張。等到光復河山的那一天，就要把適用這鑰匙的房子重新蓋起來。

跟這摩爾人的談話，讓我回想起包迪爾的命運。他原有的姓氏，還不如臣民給他取的渾號來得恰當：El Zogoybi，也就是**衰運之人**。他幾乎是從搖籃時期就開始走上衰運，即便到去世都未曾停歇。即使他曾經渴望在青史上留下美名，他的希望卻都悲慘落空！任何稍稍留意摩爾人統治西班牙浪漫歷史的人，一看到所謂包迪爾的暴行劣跡，有誰會不怒火中燒呢？他拿著不實的貞操指控，把溫柔可愛的皇后送去審判生死，誰看了不會為她的噩運而難過感慨呢？據稱他在情緒激動下，殺害了自己的姊妹和她的兩個孩子，誰不會為此而震驚？聽聞阿班塞拉吉一族的騎士慘遭殺害，據稱確定的有三十六人，在他一聲下令斬首於獅子苑，誰不會感到熱血沸騰呢？這一切指控，都以不同方式記述了下來，在唸歌詩、戲劇及歷史傳說裡傳述著，最終牢牢占滿大眾的內心，無法抹滅。受過教育的外國人來訪阿蘭布拉宮，沒有哪個不問問阿班塞拉吉一族被斬首的水池在哪裡，也沒有人不驚懼地看著據說是皇后遭到監禁的那個柵欄廊道。維嘉沃原或內華達山脈的農民，沒有不拿著吉他伴奏，用簡單的對仗詩來唱這些故事的，而聽眾也曉得要痛恨「包迪爾」這個名字。

然而人的名聲，沒有遭過這麼惡質而不公的詆毀。與包迪爾同時代的西班牙作者，所寫的一切足以徵信的史書及書信，我全都查閱過。他們有些人與基督教皇室有私交，而整個戰爭期間其實也都隨行在部隊中。我也透過翻譯，查閱了自己所能找到的阿拉伯文權威著述，卻未發現任何記述可以證實這些陰

❶ 譯註：阿布·哈珊曾兩度在位，分別是一四六四～一四八二、一四八三～一四八五。

慘可恨的指控。這些故事大部分或許要追溯到一般稱為《格拉納達的內戰》（*The Civil Wars of Granada*）這本書，裡頭編造了柴格里、阿班塞拉吉兩家族，在摩爾帝國最後掙扎時期的世仇夙怨。此書原本是以西班牙文寫成，卻偽稱是譯自一位阿拉伯作者，也就是莫夕亞的金茲。從此以後，此書便以多種語言流通著，像是福里安（Florian）❷寫的《哥多華的鞏薩夫》（*Gonsalvo of Cordova*, 1791），就有不少無稽之談取自此書。於是，託名出自金茲之手的書便取代了史實，一直為人們所接受，尤其是格拉納達的鄉間百姓。然而，這本書全都是虛構捏造的，夾雜著扭曲變形的真相，讓它彷彿真實可信。不過，此書裡面就有證據可見其造假，書中對於摩爾人的言行舉止和風俗習慣，有極為嚴重的錯誤描寫；有些場景的描繪，也完全不符合他們的習慣與信仰。穆斯林的作者可不會寫成這副模樣。

實話實說，此書裡的刻意扭曲變造，在我看來幾乎是犯罪。歷史小說無疑是容許自由創造的，不過仍有一些不可踰越的界線。往昔的豪傑早已名列史冊，不該像在世的名人那樣再受到汙蔑。我們也以為，衰運的包迪爾對於西班牙人的敵意尚屬情有可原，並且他也因此而遭人滅國，受了夠多的災殃，實在不必再拿他的名字來恣意毀謗，讓他在故國及他父祖輩的皇宮巨廈裡，變成臭名昭彰的代稱及主題！

若讀者對這些問題有興趣，能接受一些歷史細節，那麼以下這些事實，是從看起來足以徵信的來源，以及阿班塞拉吉家族的興衰追溯之中，一點一滴蒐集起來的。這或許有助於洗刷衰運的包迪爾所受的無恥指控，不再說他無情無義殺害了那個豪門世族；對於他對皇后所謂的控告與監禁，也能夠提供適當的理解。

---

❷ 譯註：Jean-Pierre Claris de Florian（1755-1795），法國作家。

阿班塞拉吉家族

西班牙的穆斯林之中，出身於東方與西非的世家大族，兩者之間存在一道明顯的鴻溝。阿拉伯人屬於前者，他們是最早建立伊斯蘭教義的先知穆罕默德的鄉人後裔，所以認為自己是最純正的部族。而最強大善戰的巴柏（Berber）部族屬於後者，他們來自阿特拉斯山（Atlas）及撒哈拉沙漠，通常被稱為摩爾人。他們制服了沿海地帶的部族，建立了摩洛哥城，而且長期以來，都跟東方的部族爭奪著穆斯林在西班牙的控制權。

東方部族之中，阿班塞拉吉享有顯赫的地位。他們自豪有純正的阿拉伯血緣，是班尼塞拉吉（Beni Seraj）部族之後，這部族可是先知穆罕默德的Ansare（也就是**夥伴**）之一。阿班塞拉吉在哥多華活躍了一段時間，但或許是因為這個西邊哈里發（Caliphat）❶的衰落，便轉往格拉納達。而正是在此地，他們成就了歷史上與傳說中的聲望。耀眼的騎士階層為阿蘭布拉宮添增了光彩，而他們是其中最卓越絕倫的一脈。

他們最高峰、也最危險的昌盛時期，是在穆罕默德．納撒（他的渾號是「El Hayzari」，也就是**左撇子**）搖搖欲墜的統治期間。這個命運多舛的國君於一四二三年登上王位，當時他賞賜了自己珍愛之物給這支騎士家族，並讓他們的部族頭目尤塞夫．阿班．澤拉法（Yusef Aben Zeragh）成為他的vizier，

❶ 譯註：伊斯蘭政權的管轄區。

也就是**宰相**，還將宰相的親朋好友高升到宮廷中最顯耀的位置上。這一舉動惹怒了其他部族，他們的首領之間也動起了陰謀詭計。左撇子穆罕默德也因為自己的行事舉止而失去了人望。他虛榮自負、自私而不顧他人，並且傲慢。他不屑跟臣民處在一起，又禁止馬上比武競賽，那可是貴族及平民百姓的共通喜好；他總是待在阿蘭布拉宮奢華的深宮裡。

結果，到處都起了叛變。皇宮遭軍隊進攻，國王從花園逃走。他逃到了海邊，經喬裝跨海到了非洲，在他的親族——也就是突尼斯（Tunis）國王那裡避難。

這國王逃走之後，他的堂兄弟穆罕默德．埃．札格（Muhamed el Zaguer）占了空出的王位。他改弦易轍，不同於前一任國王。他不僅舉辦露天遊樂會、比武競技，還親自下場參賽，置身壯盛絢麗的陣隊裡。他的馬匹控御、馬上持矛比武、馬上迴轉及其他騎術，都十分傑出。他也跟騎士們一起飲宴同歡，而且讓他們榮耀出場。

原本跟前一任國王相友善的那些人，現在都受到衝擊了。現任國王對他們表露了敵意，導致五百多名大騎士離開了都城。尤塞夫．阿班．澤拉法帶著阿班塞拉吉家族裡的四十人，趁夜離開格拉納達，向卡斯提爾國王胡安（Juan）的宮廷求援去了。年輕又慷慨助人的胡安國王被他們的陳詞說動，便寫了幾封信給突尼斯國王，邀請他一起來討伐篡位者，並讓流亡在外的國王復位。忠心而堅強不屈的宰相，隨同送信的人到了突尼斯，並且跟流亡在外的國王重逢了。這幾封信十分成功，左撇子穆罕默德帶著五百匹非洲駿馬登上了安達魯西亞，加入助陣的還有阿班塞拉吉一族、其他的效忠者，以及基督教的盟友。無論他到哪裡，人民都向他投誠。被派來阻擋他的軍隊，都倒戈相向。格拉納達兵不血刃地光復了，而篡位者躲回阿蘭布拉宮，卻遭自己的士兵斬首（一四二八年），在位僅有兩三年。

再次登上王位的左撇子穆罕默德，大舉封賞了忠心耿耿的宰相，因為是宰相的全力相助才讓他復位的；而阿班塞拉吉一族也再次浸沐在溫煦的皇恩之中。左撇子穆罕默德派遣使節去見胡安國王，答謝他的援助，並提議共結永久的友好同盟。這位卡斯提爾國王卻要求他稱臣，並每年進貢。左撇子拒絕了。而且他想，那年輕的胡安國王並不願結盟，他便投入內戰來鞏固自己的聲明。格拉納達王國再次受到了侵略騷擾，維嘉沃原也荒廢了。打了大大小小的戰役，也有那麼幾次成功，但左撇子最嚴重的危險卻是在自己國內。當時，格拉納達有個騎士，名號是佩卓．威尼加斯大人（Don Pedro Venegas），他在信仰上是個穆斯林，卻是基督徒的後代，他早年的經歷近乎傳說。

他是貴族名門魯魁（Luque）的後裔，不過，八歲時被希阿亞（Yahia Alnayar），也就是阿梅里亞（Almeria）的領酋所俘。希阿亞收他為養子，以穆斯林信仰來教育他，並且把他連同自己的孩子們，也就是塞帝麥瑞恩三王子（Cetimerian princes）一起養育。這是一支尊貴的家族，是格拉納達一位早期國王阿班．胡德的嫡傳後代。佩卓大人與塞帝麥瑞恩公主之間互相有愛苗滋長著。公主是希阿亞的女兒，人人稱其美貌，她的芳名隨著她在格拉納達的宮殿而流傳百世。宮殿雖已成廢墟，仍保有摩爾式的高雅與華麗。經過一段時間，他們結婚了。於是，西班牙的魯魁名門之子接上了阿班．胡德的皇族世系。❷

這就是佩卓大人的故事。他在我們現在要講的年代裡，已經是個成年人了，而且懷著積極進取的雄心。他這時看起來已經有了計謀在醞釀著，想要讓左撇子穆罕默德跌落不穩的王座，然後將尤塞夫．阿

❷譯註：本書〈遺物與家族世系〉一篇也提到佩卓．威尼加斯大人的事跡。

班·阿哈瑪（Yusef Aben Alhamar），也就是塞帝麥瑞恩三王子之中最年長的一個，拱上王位。為了要確保卡斯提爾國王的支援，佩卓大人便祕密出使到哥多華去。他把這密謀內容告訴了胡安國王：只要胡安一來到維嘉沃原，尤塞夫·阿班·阿哈瑪便會帶領大軍歸到他的旗下。如果胡安能助他奪得王位，他願意聲明自己成為胡安的附庸。胡安答應出兵支援，佩卓大人便帶著信息趕回了格拉納達。參與密謀者以各種掩人耳目的方式，一次一點點地離開了都城。而胡安國王一跨過了前線，尤塞夫·阿班·阿哈瑪便帶領八千人來歸，並親吻他的手以示效忠。

格拉納達王國遭到各次戰役而洗劫一空，以及各種密謀煽動了全國半數的人起來叛變，這些都不必描述了。阿班塞拉吉一族在整場困獸之鬥當中，都站在噩運當頭的左撇子穆罕默德這邊。他們最後的基地是羅莎城，在這裡，宰相尤塞夫·阿班·澤拉法在英勇血戰中倒下，他們有許多貴族騎士也被殺了。事實上，在這場慘烈的戰爭裡，阿班塞拉吉一族的運勢可謂一敗塗地。

災星當頭的左撇子再一次被逐下王位，然後到馬拉加去避難，那裡的統領對他仍然是效忠的。尤塞夫·阿班·阿哈瑪，也就是一般所稱的尤塞夫二世，於一四三二年一月一日獲勝而進入了格拉納達。不過他發現，城裡一片淒涼，半數居民都在哀慟之中。沒有哪個貴族世系不損失一些成員。而且，在羅莎城屠殺阿班塞拉吉一族時，最優秀傑出的一些騎士也喪命了。

皇室的儀杖走過寂靜的街道，欠缺誠心的效忠與萬民擁戴，阿蘭布拉宮大殿裡冷冷清清的朝臣禮敬也於事無補。尤塞夫·阿班·阿哈瑪感到自己的王位並不穩固。垮臺的國王還近在馬拉加，突尼斯的國王還支持著他的合法地位，並且向一些基督教王國請求支援。最重要的是，尤塞夫二世覺得自己在格拉納達不得民心，過去的疲憊勞碌也損害他的健康，他陷入了深沉的抑鬱。六個月過去，他去世了。

得知他死去的消息，左撇子穆罕默德從馬拉加趕了回來，又一次回到了王位。從阿班塞拉吉的殘員之中，他選了阿德巴（Abdelbar）來擔任宰相，阿德巴是那個富有雅量的家族世系裡首屈一指的重要人物。受了他的忠告，左撇子約束著自己的報復心態，採取了和解的政策。他也赦免了大多數的敵人。已經死去的尤塞夫二世留下了三個孩子，他們便分配了他的遺產。大兒子阿班·塞林（Aben Celim）被冊封為阿梅里亞的領酋，以及阿普夏拉地區的瑪切納領主（Lord of Marchena）。最小的兒子阿米德，封為盧克先生（Senor of Luchar）。至於女兒艾奎薇拉（Equivila），得到了父親在維嘉沃原的土地，以及格拉納達的札卡丁那裡的房子與店舖。宰相阿德巴還進一步建議國王，藉由通婚來確保這個族系的忠心。於是，左撇子穆罕默德的一個小姨便賜婚給了阿班·塞林為妻。而納撒親王，也就是那死去的篡位國王的弟弟，娶到了美麗的琳達拉薩；她的父親是左撇子忠貞不二的擁護者，也就是馬拉加的統領。琳達拉薩的芳名，仍然用來稱呼阿蘭布拉宮的一座花園。

只有佩卓大人，也就是塞帝麥瑞恩公主的丈夫，沒有得到任何賞賜。他被認為是密謀而掀起了過去那一陣動亂的人，阿班塞拉吉家族指控他是他們一族的災星，害死了他們許多最英勇的騎士。國王每次提到這個人，都以「托納迪佐」（Tornadizo），也就是「**叛徒**」這個鄙薄的名號來稱呼他。佩卓大人發覺自己可能遭到逮捕與懲治，便拋下了妻子塞帝麥瑞恩公主、兩個兒子阿布·卡欽（Abul Cacim）與雷端（Reduan），還有女兒塞帝麥瑞恩，逃到了哈恩。在那裡，他跟自己的義兄，也就是篡位的尤塞夫二世一樣，為了自己的密謀與蠢蠢欲動的野心，深感羞憤與抑鬱。他因雄心破滅而悔憾不已，死於一四三四年。

左撇子穆罕默德的未來還有災難。他有兩個姪子，一個是阿班·歐斯敏（Aben Osmyn），渾名叫

「El Anaf」，也就是**瘸腿**；另一個名叫阿班．伊斯麥（Aben Ismael）。前者住在阿梅里亞，懷有野心；後者住在格拉納達，此地有他的很多朋友。阿班．伊斯麥正要與一名美貌姑娘訂婚之際，他的國王叔父卻出手干預，把她賜給了自己的寵臣。這專橫的作為惹怒了阿班．伊斯麥王子，他便帶著馬匹、兵器，身後跟了大批的騎士，離開格拉納達而往前線去了。此舉引發了普遍的厭惡不滿，尤其是針對阿班塞拉吉一族，因為他們跟這王子站在同一邊。大眾不滿的消息一傳到阿班．歐斯敏耳中，他的雄心一下子竄了起來。他突然進攻格拉納達，發動了民變。他驚動了阿蘭布拉宮裡的國王叔父，逼迫他遜位，自立為王。此事發生於一四四五年九月。

此時，阿班塞拉吉一族認為左撇子國王大勢已去，並認為他沒有統治的能力。他們由族中的宰相阿德巴帶領著，還有許多騎士隨同，一起放棄了朝廷，到蒙特夫里奧（Montefrio）建立根據地。在這裡，阿德巴寫信給避難於卡斯提爾的阿班．伊斯麥，邀他加入隊伍，並提出要支持他登上王位。阿德巴又建議他悄悄離開卡斯提爾，以免被那裡的國王胡安二世所阻擋。不過，王子卻相信卡斯提爾國王寬大為懷，並將整個事情都告訴他。阿班．伊斯麥王子沒有錯，胡安二世不但允許他離開，還答應要支援他；為了實踐諾言，還讓王子帶了幾封信給前線的將帥。阿班．伊斯麥隨著護送人員，浩浩蕩蕩地離開，安全抵達了蒙特夫里奧。阿德巴及其擁護者（他們最重要的人都屬於阿班塞拉吉一族）便立他為格拉納達國王。兩個堂兄弟為了爭奪王位，掀起了漫長的內戰。阿班．歐斯敏有納瓦拉（Navarre）和阿拉貢（Aragon）兩國國王興兵相助。至於胡安二世，因為跟造反的臣民在作戰，對於阿班．伊斯麥只能提供小小的助力。

於是幾年下來，國家因內部的紛爭而分裂，又因外來的侵略而衰敗荒蕪，幾乎沒有哪一塊土地不染上鮮血。阿班·歐斯敏相當驍勇，經常以武裝來表彰自己的形象。但是他殘酷又專橫，以鐵腕統治國家。他的反覆無常惹惱了貴族，他的暴虐也令他失去了民心，而他敵對的堂兄弟卻以良善之心來跟所有人協調和解。因此，一直有人從格拉納達叛逃到蒙特夫里奧戒備森嚴的營寨，而阿班·伊斯麥陣營的力量便持續在成長。最後，卡斯提爾國王跟納瓦拉、阿拉貢的國王達成和解，派了一支精銳部隊去援助阿班·伊斯麥。現在，阿班·伊斯麥離開了蒙特夫里奧的城池，要展開作戰了。聯合部隊踏進了格拉納達，阿班·歐斯敏則出面來迎戰。血戰持續著，而敵對的堂兄弟雙方都勇猛無畏。阿班·歐斯敏戰敗了，退回到城門裡去。他號召百姓拿起武器，但很少人響應他，因為他的殘酷已經導致眾叛親離。他發現自己已經勢無可為，便決定以一種報復的姿態來結束自己的鴻圖霸業。他把自己關進阿蘭布拉宮，在這裡召來了一些他懷疑心有不忠的大騎士。他們一進來，便一個接一個被殺掉。這件事就是某些人所認為的那場屠殺，而「阿班塞拉吉大殿」的凶名也由此而來。他幹下了這樁殘暴的報復行徑，並且從民眾的叫喊聲中，得知阿班·伊斯麥已經被立為這座城裡的國王。於是，他跟著自己的附庸勢力一起，沿著太陽之山、達洛河谷逃到了阿普夏拉山。在那山裡，他跟追隨者過著類似盜匪的生活，強迫村莊和道路交付特別稅。

阿班·伊斯麥二世於一四五四年登上王位，他藉著禮敬和貴重的禮物，穩住了胡安二世的友誼。他大大賞賜了那些忠貞的人，也撫慰那些因他而殉身的家庭。他在位期間，阿班塞拉吉加族再度成為數一數二受到榮寵的騎士門第，光耀著他的皇宮。不過，阿班·伊斯麥並不是個好戰的人。他的統治成就，毋寧是在於公共設施的建立。某些設施的殘跡，在太陽之山仍然看得到。

同樣是在一四五四年，胡安二世駕崩了，繼位的是卡斯提爾的亨利四世（Henry IV），外號是「昏君」。阿班．伊斯麥並不跟繼位者更新打從前任國君以來的友好同盟關係，因為他發覺格拉納達的百姓並不樂見此事。亨利國王因為受到忽視而憤慨，便假藉進貢拖欠為由，三番兩次劫掠格拉納達王國。他也支持阿班．歐斯敏那一幫盜匪，並雇用了他們其中某些人。不過，他那些自尊自重的騎士拒絕跟異教的亡命之徒有所牽連，便決定要抓捕阿班．歐斯敏。不過他逃走了，先到了塞維亞，而後到了卡斯提爾。

一四五六年，在基督徒某一次大舉劫掠維嘉沃原的時候，阿班．伊斯麥為了確保和平，便同意每年付給卡斯提爾國王一筆貢品，同時釋放六百名基督徒俘虜。或者，萬一俘虜的數量有短缺，便以摩爾人為人質來補上。阿班．伊斯麥實踐了協約上的嚴苛條款，得到了多年的平靜，這個多戰國家的君主們通常可做不到這樣。他在位期間，格拉納達十分國泰民安，而且是歡樂熱鬧的盛地。他皇后的父親是領酋希阿亞．亞伯拉罕．阿納亞（Hiaya Abraham Alnayar），也是阿梅里亞的親王。他和皇后有兩個兒子：阿布．哈珊，以及阿比．阿達拉（Abi Abdallah，渾號叫作「El Zagal」，**情郎**）。兩人分別是包迪爾的父親及叔父。現在，我們已經來到了指向格拉納達受降的多事之秋。

一四六五年，「吾王」❸阿布．哈珊在父親去世之後繼任王位。他最早的措施之一，就是拒絕再讓卡斯提爾國王徵取貢品而貶低我國。拒絕納貢，是接下來慘烈戰爭的原因之一。不過，我只講述有關阿班塞拉吉一族命運的事情，以及針對包迪爾而發的指控。

讀者還記得，渾名「托納迪佐」的佩卓．威尼加斯大人於一四三三年逃離格拉納達，丟下了阿布．卡欽、雷端兩個兒子，以及女兒塞帝麥瑞恩。三人在格拉納達一直擁有很高的地位，因為他們的母親是皇族的後代；而且，他們因為前後任的阿梅里亞親王，而跟前任及現任的國王都建立了親戚關係。那兩個兒子以自己的天分和英勇而聞名。至於女兒塞帝麥瑞恩則嫁給領酋希阿亞，他是尤塞夫國王的孫子，也是「情郎」的堂兄弟。有這麼緊密的關係，難怪阿布．卡欽．威尼加斯會高升為吾王阿布．哈珊的宰相，而雷端．威尼加斯則是他首屈一指的愛將。對於他們官位高升，阿班塞拉吉一族心懷不滿。因為阿班塞拉吉銘記著家族當年所受的災殃，以及族裡許多人的死難，這些都是佩卓大人的密謀在尤塞夫．阿班．阿哈瑪的時代所挑起的。從那時起，阿班塞拉吉與威尼加斯兩家便結下了夙怨。而由於皇室後宮發生了一樁可怕的分裂，這夙怨便結得更深了。

吾王阿布．哈珊年輕的時候，娶了自己的堂妹安霞（Ayxa la Horra）。她的父親是他的伯父，也就是多災多難的左撇子穆罕默德。阿布．哈珊跟她生了兩個兒子，長子就是包迪爾，也是預定中的王位繼承人。不幸的是，阿布．哈珊年紀稍長之後，又娶了另一個妻子伊莎貝拉．德．索麗絲（Isabella de Solis）。這是個年輕貌美的基督徒俘虜，她的摩爾名字「卓拉雅」（Zoraya）比較為人所知，她也生了兩個兒子。後宮妃子之間的敵對，在皇宮裡便形成了兩派，雙方都為了確保自己的孩子能繼任王位而擔憂著。卓拉雅的支持者是首相阿布．卡欽．威尼加斯，以及他的弟弟雷端．威尼加斯，還有他們的許多盟友。這有一部分是因為，同情卓拉雅跟他們一樣是基督徒出身；另一部分則是因為她才是國王的寵妃。

阿班塞拉吉則相反，他們集結在安霞的身邊。這一方面是因為他們跟威尼加斯家族有夙怨，但更主要的無疑是，忠於安霞，就是忠於過去對他們有恩的左撇子穆罕默德。

---

❸ 譯註：「吾王」（西班牙文Muley）是阿布．哈珊的渾號。

皇宮裡的不和愈來愈嚴重，各種詭計密謀上演著，就如同一般皇宮裡通常會發生的那樣。有人巧妙地進讒言，讓吾王阿布・哈珊懷疑安霞參與了一樁祕密計畫，要推翻他，並讓她兒子包迪爾繼任王位。他在驟然盛怒之下，把他們都關進了孔馬拉斯塔樓，並威脅要取包迪爾的性命。到了午夜時分，焦急的母親利用自己的披巾、以及她的女侍，讓兒子從塔樓的窗戶降落下去。她的幾名親信備好了快馬在等著，要載他往阿普夏拉山去。可能就是安霞妃遭到囚禁的這個故事，導致人們誤傳包迪爾把自己的皇后囚禁在塔樓中，要讓她受審。但這件事沒有其他半點根據，而且在這裡我們看到的是：專制暴虐的獄卒是他的父親，而遭囚禁的妃子，則是他的母親。

阿班塞拉吉一族在阿蘭布拉宮的大殿裡遭到屠殺之事，某些人認為大約就在此時發生，而且也是吾王阿布・哈珊做的，因為他懷疑他們參與了這樁密謀造反之事。據說，是首相阿布・卡欽・威尼加斯建議要殺掉幾個阿班塞拉吉的騎士，以殺雞儆猴。假使真的是這樣，這種粗暴手段後來證實是無效的。阿班塞拉吉一族仍然勇敢無畏，就像他們的忠誠一樣，繼續擁護著安霞和她兒子包迪爾的繼承地位，在隨後的戰爭裡從頭到尾都未曾改變。至於威尼加斯一族，則是吾王阿布・哈珊和「情郎」這一邊的要角。兩個家族互相敵對，他們最終的命運倒是值得一說。在格拉納達猶作困獸之鬥時，威尼加斯一族是屬於向征服者投降輸誠的那一邊，他們宣布放棄穆斯林的信條，回歸到他們祖先改宗之前的信仰。他們得到官位和莊園作為賞賜，跟西班牙皇室通婚，在當地的貴族之間留下了血脈。阿班塞拉吉一族仍舊謹守自己的信仰，也效忠著國王，堅持著他們已經無望的信條。他們隨著穆斯林統治土崩瓦解的殘骸，一起下了臺。身後什麼也沒有留下，只在歷史上留下了英勇與浪漫的名字。

我相信，這一篇歷史概述已經講得夠多了，讓有關包迪爾與阿班塞拉吉一族的無稽之談得以真相大白。關於他指控自己的皇后、對姊妹下毒手，這些故事都一樣無憑無據。他在家庭關係裡，似乎是仁慈而又深情的。史書上說他只有一個妻子，也就是莫瑞瑪（Morayma）。她的父親，是羅莎城的老統領阿里．阿塔。在歌謠和故事裡頭，阿里．阿塔有名的是他在邊境戰事中的功業。他有一次對基督徒的領土大肆燒殺擄掠，終於自己倒下了，而包迪爾也遭人囚禁。在包迪爾一生的波折之中，莫瑞瑪一直不離不棄。他被卡斯提爾的統治者逐下王位時，她也跟著離開，一起到了阿普夏拉河谷裡分配給他的一小塊領地。斐迪南國王出於嫉妒而防備著他，用巧妙的詭計奪去了他這片領土，可以說是把他排擠出自己的故國，於是他便準備啟程前往非洲。只是到了這時候，莫瑞瑪因憂慮及長期的受苦而耗弱，健康和心神都支撐不住了，而啃蝕人心的抑鬱又推了一把，於是便長年病著。包迪爾一往情深地對待她，直到最後。船班耽誤了幾個星期，讓疑心的斐迪南國王大為惱火。最後莫瑞瑪死了，顯然是死於心碎。這消息由情報員傳給了斐迪南，因為包迪爾前往非洲的唯一阻礙已經不在了，正合他的心意。

包迪爾的流亡之路

我心裡感懷著時運不濟的包迪爾，便出發去尋訪他統治與落難時的遺址。在孔馬拉斯塔樓裡，緊接著大使之殿底下有兩個穹頂房間，中間隔著窄窄的走道。這兩間據說就是他和他母親（也就是秉性純良的安霞）遭囚禁的地方。確實沒錯，塔樓裡沒有其他地方可做此用途。這些房間的外牆十分厚實，上面鑿了小小的窗戶，並以鐵柵加固。有一條狹窄的石造廊道，外邊連著低矮的護牆，在窗外沿著塔樓的三面而建，不過它離地面相當高。可以推想，那皇后便是趁著黑夜，從這條廊道，藉助自己的披巾及侍女而讓兒子降落到山坡去。而他有幾名忠實的親信正備好了快馬，要把他載往山間。

三四百年過去了，這個戲劇性的場景仍然幾乎沒有改變。我在那廊道上漫步，想像著焦急的皇后攀靠著護牆，她身為母親的心陣陣抽痛，傾聽兒子沿著狹窄的達洛河谷飛馳，傳來最後的馬蹄聲。

接著，我又尋找包迪爾的首都和王國即將投降之時，他離開阿蘭布拉宮最後所走的那一道大門。他破碎的心忽然產生了一個哀鬱的想法，或者一種出於迷信的感覺，他要求基督教統治者，此後再也不要允許任何人出入這一道門。依據古代史書所載，這項請求得到了伊莎貝拉的同情而應允了，於是那門便封了起來。❶

我想要找到這個出入口，一段時間都沒有找到。最後，我那謙遜的隨從馬修說，它一定是用石塊堵起來的那個出入口。據他父親、祖父所言，那才是奇哥王離開這座城堡所走的門口。這道門有點神祕，在最年老的居民記憶中，它從來沒有打開過。

他帶著我到那地點去。這道出入口位在曾經很龐大的建物「七層塔樓」（la Torre de los Siete Suelos）中央。附近的人都說，這一帶有奇怪的幽靈，還有摩爾人的魔咒。根據旅人史溫賓（Swinburne）的說法，這裡原本是一個大型出入口。格拉納達的古史研究者指稱，這個入口通往皇居裡國王貼身侍衛的駐守營房。因此，它很可能就成為皇宮最直接的出入之處，而宏偉的正義之門則作為國家進入城堡的出入口。包迪爾踏出這個門口，往下到了維嘉沃原，在這裡交出了都城的鑰匙給西班牙的統治者。而他讓宰相阿班·孔米夏（Aben Comixa）留在正義之門那裡，迎接一小部分基督教的軍隊與官員，城堡要獻降給他們。❷

曾經固若金湯的七層塔樓，如今已頹圮殘破，那是法軍要放棄這座城堡時用砲彈炸毀的。大塊的樓牆散落一地，上面覆蓋著茂密的草木，或者葡萄藤和無花果樹的影子。大門的拱形結構雖遭到砲彈轟炸，倒是留了下來。不過，可憐的包迪爾最後的願望，卻是再一次地、在不經意之中實現了。因為，出入口已經被廢墟中鬆塌的石塊所堵住，仍然無法通過。

我跨上了馬，沿著穆斯林統治者離宮之後的路徑走去。越過了烈士之丘（Los Martyros），再沿著

---

❶ 原註：「阿蘭布拉宮曾經有一道門，那是摩爾的奇哥王離去所走之處。那時他放棄了抵抗，向西班牙國王斐迪南束手就擒，並獻出了這座城池與堡壘。奇哥王提出一項請求，為了紀念這次意義重大的征服，希望這道出入口永遠關閉。斐迪南國王同意了。從此以後，這道門再也沒有打開，不過周圍也築起了一道稜堡。」——引自摩勒里（Moreri）的《歷史辭典》（*Historical Dictionary*）

❷ 原註：即使是格拉納達受降的目擊者，對於一些小細節也各有不同的說法。筆者在修訂版的《征服格拉納達編年紀》（*The Chronicle of the Conquest of Granada*, 1850）依據最新、最可信的一些來源，努力調整了各家的說法，並整理在此。

同名的一座修女院的花園外牆，我往下走到一處崎嶇的河谷地。那裡長滿了一叢叢的蘆薈、印地安無花果樹，還排列著洞窟和破屋子，聚滿了吉普賽人。這下坡很陡，滿路嶙峋，我還比較樂意下來牽著馬匹。包迪爾走的就是這條傷心之路，揮淚離去，避免穿過城裡。或許有部分是因為，不願讓城裡居民看見他屈辱的樣子，但最主要的原因還是在於，要避免造成百姓騷動的一切可能。而最後一個理由無疑是，派去接收占領城堡的那一支隊伍，會從同一條路上山。

出了這條混亂、滿是哀愁聯想的河谷，再通過puerta de los molinos，也就是**磨坊之門**，我往前走上一條名為「普拉多」（Prado）的公用大道。然後沿著申尼爾河，到了一座小教堂。它曾經是清真寺，如今是聖塞巴斯欽（San Sebastian）隱居所。依照傳說，包迪爾就在這裡向斐迪南國王交出了格拉納達城的鑰匙。我從這裡慢慢騎著馬，穿過維嘉沃原來到一個村莊。不幸的國王包迪爾的親人和僕役傭丁，當年就在這裡等著他。他前一晚就把他們送出了阿蘭布拉宮，這樣他的母親及妻子就不會目睹他所受的屈辱，或者不會曝露在征服者的目光之下。順著那抑鬱的皇室流亡隊伍所走的路徑，我走到了一連串貧瘠荒涼的高原下方，這是在阿普夏拉山的周邊。落難的包迪爾就是在其中一座高原的頂端，對格拉納達看了最後一眼。於是那裡以他的悲傷為名，而稱作「淚之丘」（la Cuesta de las Lagrimas）。再往下走，是一條砂石道路蜿蜒穿過了崎嶇慘澹的一片荒地。在這條路上流亡，讓不幸的國王感到加倍悲涼。

我策馬登上一塊岩石的頂部，包迪爾就在這裡收回告別的目光，最後一次吐出了悲嘆。這裡仍然被稱作「摩爾人最後的嘆息」（el ultimo suspiro del Moro）。從那樣的一個王國與宮殿居所被驅逐出來，誰會不解他的苦痛呢？獻出了阿蘭布拉宮，他彷彿獻出了他家族世系的一切榮耀，以及人生中的一切光榮與喜悅。

也正是在這裡，他因為母親的責備而加重了滿腹的辛酸。母親安霞過去常常在險境之中協助他，也試著要把她自己的決心灌輸給他，卻徒勞無功。她說：「一個大男人卻保不住這一切，你就去學女人哭算了。」這一番話倒是流露出王妃那一副尊貴的氣味，而沒有母親的安撫包容。

瓦格拉（Guevara）主教對查理五世講了這一段軼事，而這皇帝對於包迪爾的搖擺不定與軟弱，露出了輕蔑的表情。「假使我是他，或者他是我，」傲慢的皇帝說道：「我寧可讓這座阿蘭布拉宮成為我的墓塚，也不要失去王國住在阿普夏拉山裡。」一手握大權、占盡風光的那些人，面對潰敗之人而宣講這一番英雄道理，還真是不費吹灰之力啊！他們太不了解，在失去一切而只剩生命的時候，生命本身還是可以在運勢衰落之中展現卓絕的意義！

我慢慢走了淚之丘，讓馬兒踩著閒蕩的步伐，回到了格拉納達。在我心中，卻把包迪爾命運不幸的故事翻轉了過來。總合了各個具體事實之後，我找到了一種對他有利的平衡。在他短暫、動盪又多災多難的統治期間，他都表現出溫良與和善的性格。先不說別的，他以親切又儒雅的舉止贏得民心；總是寬大為懷，對那些偶爾頂撞冒犯他的人，從不忍加諸任何刑罰。他生性勇敢，只是缺乏道德勇氣，而且在困難與危殆之時，會猶疑不定而缺乏決斷。軟弱的心志讓他失去了英雄的高貴，使得自己的命運無法展現出雄渾與尊嚴，並加速了他的敗亡。穆斯林統治西班牙的這一齣精采好戲裡，他該當淪為亡國之君。

格拉納達的公眾慶典

我那位忠心耿耿的僕從、以往穿得破破爛爛的導遊馬修，對於慶典活動及節日可是怪熱衷的。他講起格拉納達的民間或宗教慶典時鉅細靡遺，真是再精采動聽不過了。在一年一度的基督聖體節慶典的準備期間，他不停來回阿蘭布拉宮及底下的城鎮之間，每天為我講述正在進行中的繽紛布置，還努力要引我從清涼縹緲的幽居裡下去親眼見證──雖然他都白費了力氣。到了活動當天的前一晚，我終於拗不過他的請求，從阿蘭布拉宮的豪華廳堂下山了。我任由他帶路，就像是很久以前愛探險的哈倫．阿拉奇（Haroun Alraschid）❶由他的大宰相吉亞法（Giaffar）引路一樣。雖然離日落還早，但是城門那兒早已擠滿了山間饒有古味的村人，以及維嘉沃原上曬得棕黑的農民。廣大的多山地帶布滿了小鎮、村落，而格拉納達一直是個聚集點。在摩爾人統治期間，這一帶的騎士都來到格拉納達，參加費瓦蘭布拉廣場那些五光十色、模擬戰爭的慶典活動。至今，居民中有頭有臉的人，也都到這裡來參加盛大的教會典禮。當然，來自阿普夏拉山、隆達山的許多山間居民，如今都如同熱心的基督徒一樣向十字架頂禮。不過，他們都帶有摩爾人血緣的印記，無疑就是包迪爾那些善變的臣民後代。

由馬修帶路，我才得以穿過街道上滿滿的節日人潮，來到費瓦蘭布拉廣場。這個寬廣的地方舉辦馬上比武及競技賽，摩爾人有關愛情和騎士的唸歌詩常常歌詠此地。沿著廣場四周搭起了一條木造的拱廊通道，因為隔天就有盛大的宗教遶行活動。這裡作為散步道之用，晚上燈火已經點得通明透亮。而廣場的四面，也都各自在看臺上設好了樂隊。格拉納達的時髦亮麗之人，所有可以展示美貌或華服的男男女女，都蜂湧來到這拱形廊道，在費瓦蘭布拉廣場上走來走去。這裡也有majos和majas，也就是**鄉下來的俊男靚女**，有著姣好的身形、明亮的雙眸，還有歡快的安達魯西亞式裝扮。他們有些來自隆達地區，那裡正是山區的堅固堡壘，以非法走私客、鬥牛士及美女而聞名。

這些歡心愉快、各色各樣的人們一直在廊道上走動著，至於廣場中央，則是周邊鄉間來的村夫農婦。他們並沒有擺出姿態來展示什麼，只為了單純而滿足的喜悅而來。整個廣場上都是他們，家人及鄰居等，各自成群，好像吉普賽人紮營一樣。有人在聽吉他琤琤伴奏的傳統唸歌詩，有人愉快地聊天，有的人則隨著響板而翩翩起舞。我在這人山人海之處穿梭前進，馬修跟在我後邊。我有時會走過某個鄉間聚餐，他們席地而坐，飲食雖儉樸卻很快樂地吃著。如果我信步經過時跟他們對上了目光，他們幾乎都會邀我加入他們簡單的餐飲。這種好客的作風承自過去的穆斯林入侵者，而最初的來源則是阿拉伯人的營帳；如今本地隨處可見，連最貧窮的西班牙人也奉行不渝。

夜晚降臨，廊道上的歡娛氣氛逐漸散去，樂隊也停止演奏，光鮮熱鬧的群眾都往家裡散去了。廣場中央仍然待著不少人，馬修口氣篤定地向我說，這些村民、男女與小孩大部分都會在那裡過夜，以赤地為席、蒼空為幕來睡一覺。這倒是沒錯，在這種宜人的天氣，夏夜是不需要什麼遮蔽物的。床鋪是多餘之物，很多困苦的西班牙村民從沒享用過，他們之中有些人甚至還對它表示鄙夷。一般西班牙人都裹著自己的棕色斗篷，躺在他的manta（也就是**驢皮毯**）上睡得舒舒服服；如果還有個馬鞍當作枕頭，就算是奢侈的配備了。不久，證實了馬修說的話，村民大眾都躺在地上入眠了。不到午夜，費瓦蘭布拉廣場

❶ 譯註：中東地區的伊斯蘭王國阿巴斯（Abbasid）的一位哈里發（763-809）。

上就是軍隊就地露宿一般的景象。

隔天破曉，我由馬修陪同，再訪廣場。上面還是睡著一群一群的人，有些人是前一晚跳舞狂歡而累了的；有的是前一天工作下崗之後才離開自己的村子，費了大半個夜晚徒步跋涉過來，現在為了今天的慶典活動補充體力而睡得正沉。有不少住在山間及平原上遙遠村落的人們是晚上出發，陸陸續續跟著妻兒抵達了這裡。他們的精神都很好，彼此問候著，又說著笑話及打趣。快樂喧譁的聲音，隨著一日的開啟而愈來愈響亮。

現在城門那裡又湧進了各個村莊的代表，他們沿著街道走著，都要來充實這支龐大的隊伍。各村代表都由他們的牧師領隊，舉著他們各自的十字架和旗幟，還有聖母瑪麗亞及守護聖徒的圖像，這些可都是農民之間互相比拚及眼紅的東西。他們就像是古代騎士的齊聚，每一城鎮與村莊都派出自己的菁英、戰士、旗號來保護首都，或者為了首都的慶典活動而共襄盛舉。

最後，四面八方的小隊伍都聚攏了，成為一個大型團隊。大家緩緩順著費瓦蘭布拉廣場而走，穿過了大街，街上的每扇窗戶與陽臺都掛上了織毯。這個遶行大隊中有各種宗教階層加入，有民政及軍事當局的官員，有各教區及村莊的重要人物。每個教會及修道院都貢獻出自己的旗幟、圖像及聖物，為了這個場合而傾其財力。大主教位居大隊中央，走在一幢錦緞頂罩底下，身邊圍繞著次級要員及他們的妻兒家人。這一群人跟著許多樂隊的宏大聲量與節奏起落而走著，穿過了無以數計、卻又安靜無譁的群眾，向著總教堂前去。

看到這一支僧侶大隊走過費瓦蘭布拉廣場，在古代這裡可是穆斯林隆重大慶典及騎士階層的活動地點，我不禁因時代與習俗的變遷而感到震撼。誠然，透過廣場上的裝飾物，古今的對比就已重重烙在了心上。為了遶行活動而搭起的木造廊道延伸好幾百呎，廊道前面都圍著帆布。帆布上，卑微卻愛國的藝匠們畫的卻是征服格拉納達的一系列重要場景與戰功，就像史書和歷史傳說所描寫的那樣。就是這樣，格拉納達的浪漫傳說混進了每樣事物裡，而在大眾心目中保持著鮮活的印象。

我們迂迴地走向阿蘭布拉宮時，馬修十分興奮，叨叨絮絮說個不停。「啊，先生，」他高聲說道：「講到盛大的慶典，世界上可沒有哪個地方比得上格拉納達。在這裡，人不需要花錢就可以享受，一切都免費為他準備得好好的。」「除了那光復日！啊，先生，光復的那一天！」（Pero, el dia de la Toma! ah, senor! el dia de la Toma!）那是偉大的一天，為馬修心目中的完美幸福加上了冠冕。我發現，光復的那一天就是斐迪南與伊莎貝拉的大軍拿下或占去格拉納達的週年紀念日。

根據馬修的說法，那一天全城都會縱酒狂歡。阿蘭布拉宮塔樓上的大警鐘，會從早到晚噹噹響個不停。那聲音傳遍了整個維嘉沃原，在山嶺間迴響著，召喚或遠或近的農民一齊來到首都的盛會活動。「姑娘會很高興，」馬修說：「如果她有機會去敲鐘的話。那是一道魔法，可以確保她一年內找到丈夫。」

那一整天，阿蘭布拉宮都對大眾開放。摩爾人曾經統御的大殿、庭園裡，迴響著吉他與響板的聲音，還有歡欣快樂的人們。他們穿著安達魯西亞的絢麗服裝，表演著從摩爾人那裡繼承下來的傳統舞蹈。

一列大型隊伍在大街上行進，象徵著對這座城池的占領。斐迪南與伊莎貝拉的旗幟、往昔征服城池時的遺物，都從庫房裡拿了出來，由Alferez mayor，也就是**大旗號手**高舉著，展現勝利的姿態。可移動式的營隊用聖壇，過去都隨著統治者帶到所有的營地去，現已移置於總教堂的皇家禮拜堂，安放在他們的石墓前，而斐迪南與伊莎貝拉的雕像就躺在巨型的大理石棺槨上。然後，舉行大彌撒來紀念這次大征服。彌撒禮的某個特定部分，大旗號手會戴上帽子，在這兩位征服者的墳前揮舞著軍旗。

還有一個比較古怪好笑的大征服紀念橋段，是晚上在戲院裡演出的。有一齣流行劇碼，名為「萬福瑪麗亞」（AVE MARIA），主題是在呈現賀南多・德・波哥（Hernando del Pulgar，渾名是「奇功先生」）的豐功偉業。波哥是個魯莽荒唐的戰士，也是格拉納達百姓很喜歡的英雄角色。在格拉納達圍城之時，年輕的摩爾騎士、西班牙騎士正互相逞兇鬥狠。有一回，奇功先生波哥帶著一群人，趁午夜闖進了格拉納達，在大清真寺的大門釘上了自己匕首所刻的瑪麗亞祝聖語「萬福瑪麗亞」文字，然後安全撤退。

雖然摩爾騎士欽佩這種悍勇的行為，卻又必須痛恨它。因此隔天，摩爾騎士之中數一數二粗壯結實的塔菲（Tarfe），便在基督教軍隊前方走著，馬尾巴上拖著那一塊刻有「萬福瑪麗亞」祝聖語的板子。而加西拉索（Garcilaso de la Vega）激切地想要維護聖母，一回合交手便殺死了摩爾人塔菲。然後，他懷著虔誠與勝利之姿，在長矛的末端高掛起那塊板子。

這齣以戰功為主題的戲，在平民百姓間受到極大的歡迎。雖然它在這個時代演出已經顯得荒謬，卻從來不會吸引不到群眾，大家都為虛幻的場景而完完全全地入戲了。當人們所喜愛的波哥在摩爾人的首都裡面一邊邁步，一邊滔滔不絕說著話，他便會得到大家欣喜若狂的喝采。而當他把板子釘上清真寺的門上時，戲院必會隨著震天雷動的掌聲而搖撼著。另一方面，飾演摩爾人的那些倒楣演員，就得要承受群眾憤怒所帶來的壓力。有時候，那就好像是拉曼查的英雄唐吉訶德看到金斯（Gines de Passamonte）表演木偶戲一樣憤怒。❷因為，異教徒塔菲拔下那木板、把它綁在馬尾巴的時候，有些觀眾便已怒火中燒，隨時可以跳上舞臺去為聖母的受辱報仇雪恨。

順帶要提到，賀南多．德．波哥的真實後裔是撒拉（Salar）侯爵。撒拉侯爵身為這位魯莽英雄的合法代表人，在上述奇功英雄的紀念及敬拜活動中，便繼承了權利，可以在特定場合騎馬進入總教堂。他可以坐進合唱席，在舉聖餐禮的時候可以戴上帽子，儘管這些特權常常受到神職人員固執的質疑。我偶爾會在社交場合遇到他。他是個年輕人，有令人愉悅的外表及舉止。他明亮的黑眼珠裡，好像潛藏著一種跟他祖先一樣的火光。基督聖體節慶典中，費瓦蘭布拉廣場所布置的畫作裡，有些便栩栩如生描繪了這位家族英雄的戰功。波哥家族有個頭髮灰白的老僕人，看著這些畫作便落下了眼淚，還快步回家去告訴侯爵。老家僕激切的熱忱與滿腔熱血，在他的年輕主人那裡只引起了輕輕一笑。於是他仗著西班牙老家僕的自由地位，立刻轉往侯爵的兄弟。「來吧，先生，」他高聲說：「您比您的兄弟更善體人意，快來看看您祖先至高的榮耀吧！」

為了重現這次偉大的格拉納達光復，幾乎山間的每一村落、小鎮都有自己的週年活動。以鄉間的盛會、粗陋的典禮，來紀念格拉納達脫離了摩爾人的桎梏。按照馬修的說法，這些場合裡會拿出古代的盔甲及武器，大型的雙手劍、沉重的火繩槍，以及其他戰爭相關的遺物。這些都是自從大征服的時期，一代又一代珍藏著的東西。而且，村莊裡會因為保存有某些老軍械（或許就是某一座征服者當年使用過的隆巴德砲）而歡喜著。它會整天在山間響個不停，只要村裡負擔得起足夠的彈藥開支就行了。

在那一天裡，還會上演一種模仿戰爭的戲碼。有些身穿舊式盔甲的群眾在街上行進著，扮演信仰的

❷ 譯註：金斯也是《唐吉訶德》裡的人物。

捍衛者；另外有些人，則打扮成摩爾戰士。公共廣場上會支起帳篷，裡面放上神壇，上有聖母像。基督教戰士上來要表現他們的虔誠，而異教徒便圍住營帳，不讓他們進來，接下來雙方便假意打了起來。不過，這場打鬥的結局一律都是仁義之師獲勝，而摩爾人則戰敗而淪為俘虜。囚禁的聖母像解救出來了，並且高高抬起以示勝利。然後是一場盛大的行進，征服者做出歡呼、昂揚榮耀的模樣，而他們的俘虜則身披鎖鍊被牽著走，讓觀眾看得十分歡喜、又受到了薰陶。

這些慶典儀式大大消耗了小聚落裡的財源，有時還因資金短缺而停辦。不過，如果時機又好轉了，或者已經存夠了錢來舉辦，慶典又會隨著新興的熱情與奢靡而恢復。

馬修告訴我，他有時也會支援這些慶祝活動，並在戰事中參上一腳，不過總是扮演正確信仰的那一邊。「因為呢，先生，」希梅內斯樞機主教這位衣衫襤褸的後裔，帶著某種姿態拍著自己的胸脯，說道：「我可是個老基督徒啊！」

當地傳說

西班牙的平民百姓，對於講故事抱有一股東方式的熱情，很喜歡奇聞異事。他們喜歡夏夜時分圍在自家門口，或於冬季待在鄉間客棧煙囪下方深廣的角落裡，抱著無窮的喜悅，聆聽那些聖徒的奇跡傳說、旅人的冒險經歷，以及強盜匪徒和走私客的大膽行徑。鄉間的野性與偏僻，知識又不太普及，聊天也很少有共同的主題，而且每個人在這塊土地上的行旅移動還維持著原始的型態，大多過著浪漫歷險的生活；這些都促使人們喜愛口耳相傳的故事，並大大增強了誇張和難以置信的成分。不過，最為普遍的主題就是有關摩爾人所埋的寶藏，整個鄉間到處都在傳。走過山野地帶，也就是古時候發生突襲、打家劫舍的現場，無論是哪一座摩爾式瞭望塔，坐落在山崖上也好，聳立在岩石打造的村落裡也好，當你的驟伕遭人緊緊問起，都莫不先擱下雪茄，而講起瞭望塔底下穆斯林埋金的故事。在城鎮裡，無論哪一座坍塌的堡壘，也莫不各有黃金傳說，由鄰里間的窮人代代流傳著。

這些傳說就跟大部分流傳廣遠的故事一樣，都沒有什麼事實根據。就在摩爾人與基督徒作戰、整個國家紛紛擾擾的幾百年間，城鎮、堡壘都會頻仍而突然間更換主人。而居民在圍城和燒殺擄掠之下，便不得不將錢財和珠寶都埋進地下，或者藏在地窖和牆壁中，就好像現在東方受到集權統治或戰爭中的國家那樣。摩爾人被趕走的時候也一樣，許多人都把最值錢的動產藏了起來，巴望著自己的流亡只是暫時的，將來有一天還能夠回來取得這些財寶。幾百年後，當然偶爾碰巧會從摩爾城堡、房屋的遺跡之中挖出埋藏的金銀幣。不過，只要有少許這類的事，就可以編造出千百個傳說。

這樣產生的故事，通常會帶有一點東方的色彩，再加上阿拉伯和哥德的混合風。這種混合風在我看來是西班牙每件事物中都具備的特色，尤其在南方省分。埋藏的財物總是被下了咒語，並且用魔法和護符來鎮守著。有時候，是由粗野的怪獸或火爆的巨龍來守護，有時是被咒語所鎮的摩爾人。他們穿著盔甲坐在一旁，抽出了寶劍，但是一動也不動有如雕像，不眠不休長年監守著。

阿蘭布拉宮在歷史上有特殊的地位，在這一類流行傳說裡當然是個藏寶地。而且，不時挖掘的各個遺跡地，也強化了這些傳說。有一次找到了一隻陶罐，裡面有摩爾錢幣，以及一隻雞的骨骸。據某些精明的觀察員看來，這雞必定是被活埋的。又有一次是挖到一個罐子，裡面是一隻陶土燒製的大甲蟲，上面刻有阿拉伯銘文，據說是具有神祕作用的強大護身符。就這樣，阿蘭布拉宮裡那一窩衣衫破爛的居民，心思就陷進了白日夢裡，一直到這座老城的每一個殿堂、塔樓、地窖都按照那些神奇傳說而翻遍了為止。我相信，前面的章節已經讓讀者們多少熟悉了阿蘭布拉宮的各處，我現在就要開始多談談與宮殿有關的奇聞異事。我已經透過走逛踏查之中所聽來的各種傳聞殘段及隻言片語，而努力拼湊出那些傳說的形貌。考查古史的人也是以同樣的方式，從幾乎磨滅的銘刻文字裡找到一些斷簡殘篇，而建立起中規中矩的歷史記載。

如果這些傳說讓過度小心謹慎的讀者起了疑心，他應該要記得這個地方的特性，並且抱著適度的寬容。他在這裡不該期待日常生活所依據的同一套可能性法則；他必須記住，他踏上的是下了咒的宮殿廳堂，這裡一整個都是「鬼地方」。

阿爾拜辛高山的高處，也就是格拉納達最高的部分，從狹窄的達洛河谷拔地而起，直接正對著阿蘭布拉宮，昔日一座摩爾皇宮僅有的殘跡就在這裡。其實它湮沒已久，我費了許多工夫才找到，尋找過程中還多虧有睿智又見多識廣的馬修協助。這一幢建築幾百年來都被稱作「風向標之宮」，得名於古時候它的一座小角樓上方，有一尊騎馬戰士的青銅像隨著每一陣風而轉動。在格拉納達的穆斯林心目中，這風向標是個重要的衛國之寶。根據某些傳說，它上面刻著阿拉伯銘文，意為：

「智者阿班．哈布如是說：安達魯西亞以此抵禦意外。」

依據古老的摩爾史記，塔里克是率大軍進攻西班牙的一名征服者，而阿班．哈布是他的一員將領，後來受塔里克之命成了格拉納達的大統領。藉著那尊小銅像，阿班應該是想要永久地告誡安達魯西亞的穆斯林：四周都有敵軍環伺，而安全要靠他們不斷守衛及隨時應戰。

而其他人，譬如基督教的史學家馬摩爾（Marmol），則認定「巴迪斯．阿班．哈布」（Badis Aben Habus）是格拉納達的蘇丹王。而風向標的用意，是在永遠告誡著穆斯林政權的不穩定。它上面的阿拉伯銘文是：

「阿班．哈布如是預言：安達魯西亞終有一天會滅亡而消失。」

這一段預示性的銘文還有另一個版本，是一位穆斯林史學家提供的，他是根據托缽僧希迪．哈珊

（Sidi Hasan）的權威敘述，希迪大約活躍於斐迪南和伊莎貝拉的時期。這座老城整修之時曾經拆下風向標，而他那時候出現了。

「我看過它，」可敬的老僧說：「親眼目睹。它是個七邊形，刻著以下的文句：

『美麗的格拉納達，宮殿設有一個衛國之寶。』

『騎馬戰士不壞之身，但隨風轉動。』

這對智慧之人吐露了一個祕密：不久之後，就會有一場大難毀掉這座宮殿和它的主人。」

結果，這次無事生非去動了預兆功用的風向標，之後不久就發生了以下的事情。格拉納達的老國王，也就是吾王阿布・哈珊，坐在一座奢華的亭臺下閱兵，他的部隊在他面前行進著。他們的盔甲磨得發亮，身著絢麗的絲袍，騎在快馬上，手執刀劍、槍矛與盾牌，上面還有金銀的雕飾。忽然間，一陣暴風雨從西南方颳了過來。不一會兒便烏雲蔽空，大雨傾盆。山間落下的洪流夾帶著岩石與樹木，達洛河水漫到了岸上，沖走了磨坊。橋梁坍塌，園圃淹沒。洪水灌進城鎮裡，摧毀房屋，淹死了居民，甚至漫延到大清真寺廣場。眾人驚慌湧進入清真寺，懇求阿拉的保祐，認為這惡劣的天氣是致命災難的前兆。而確實，根據阿拉伯歷史家阿馬卡里（Al Makkari）的說法，它正是一個兆頭與前奏，接著就是那一場惡戰，結果讓格拉納達的穆斯林王國土崩瓦解。

以上是我依據史書的記載整理而成，足見史書就足以道出有關風向標之宮，以及護國騎馬戰士像的預兆異事。

接下來要講的，有關阿班・哈布及其皇宮的事跡，更加令人驚奇。如果對其真實性有任何懷疑的話，請心生疑慮的讀者去找馬修，還有阿蘭布拉宮裡他那些傳述歷史的夥伴吧。

阿拉伯占星師的傳說

數百年前，有個摩爾國王名叫阿班．哈布，統治著格拉納達王國。他是個退役的征服者，也就是說，他年輕時經常打家劫舍、燒殺掠奪，如今因為衰老而不復當年之勇，「渴望著休息」，心中最想要的就是跟這世界和平相處，謹慎運用自己的權力，安靜享受他從鄰邦劫掠而來的財物。

然而，這個最明理而安詳的老王遇到了年輕的對手。這些小王爺充滿了他年少時期對於名聲與戰爭的熱情，要他償還從他們父輩那裡奪走的財物。他領土中某些比較遙遠的地區，在他年輕力壯時曾經受到他專橫的對待，如今在他渴望休養生息之際，也隱隱有叛變之勢，想要把他圍在首都裡。於是他四面受敵了。而且，格拉納達周圍都是荒野而陡峭的高山，會遮住進犯來襲的敵軍。惡運臨頭的阿班．哈布便隨時處在警戒擔憂之中，不知道敵人會從哪一面殺出來。

他在山中建造了瞭望塔，在每條通路都設了關口守衛，並下令一有敵軍接近，夜晚便點起火炬、白天燃起烽煙，但都沒有用。那些精明的敵人騙過了每一道防禦，從事先沒料到的某個曲徑裡衝出來，在他眼皮底下破壞他的土地，然後帶著囚犯和戰利品快速逃回山中。安享晚年的退役老將，可曾遇過比這更不安的困境嗎？

就在阿班．哈布受困於這些擾攘騷亂之時，一名阿拉伯老醫生來到了他的宮廷。他灰白的鬍子留到了腰際，處處都顯露著他的高壽。但是他卻從埃及幾乎一路徒步至此，除了一根刻著象形文字的手杖之外，沒有任何協助。他聲名遠播，名叫伊布拉罕．伊班．阿布．阿猶（Ibrahim Ebn Abu Ayub），據說從穆罕默德在世之時活到現在；最後一位先知夥伴（companions of the Prophet）阿布・阿猶（Abu Ayub），就是他的父親。小時候，他曾跟隨阿姆魯（Amru）的遠征軍到了埃及，在那裡待了許多年，跟著埃及祭司研究暗黑之術，尤其是魔法。

還有，據說他發現了長生的祕訣，所以才活到兩百歲的高壽；雖然說呢，由於他足足苦了多年才發現那祕訣，他能延續不變的就只有灰白的鬚髮及皺紋而已。

這奇特的老人受到國王的高度禮遇。就像大多數不復當年勇的國王一樣，他開始寵信起醫生了。他在宮裡為老醫生安排了房間，不過，這占星師更喜歡住在山邊的洞穴裡。那也就是阿蘭布拉宮後來所起造的山巒，高高俯瞰著格拉納達。他要求把那洞穴拓寬，形成一個高大的房廳，上頂鑿一圓洞，讓他能夠好似井底觀天一般，甚至中午時分也可以看到星辰。這房廳的牆上刻著埃及的象形文字，還有神祕的符號，以及象徵星座的圖案。房廳裡有許多器具，是他指導格拉納達的巧匠所製造的。不過，這些東西的奧祕作用只有他自己才知曉。

不久之後，大賢者伊布拉罕成了國王所寵信的諮詢者，每次遇到危急都向他尋求建議。阿班・哈布曾經怨嘆鄰邦對他不公不義，深深哀嘆自己必須日夜不斷保持警戒，以避免他們的侵襲。他講完之後，占星師沉默了一會兒，答道：「噢，大王，您可知道，我在埃及的時候，曾看過一件非常奇妙的東西，是異教的老祭司製作的。在波薩（Borsa）城上方、俯望著尼羅大河谷的一座山上，有個公羊的塑像，公羊身上是一隻雞，都是熔化了黃銅所製的，它們在一個支軸上轉動著。每當國家受到外軍的威脅，公羊就會轉到敵軍的方向，雞就會啼叫起來。靠著這些警示，城裡的居民便知道危險將至，也知道敵軍是從哪個方向進攻，便能夠採取即時措施來防禦。」

「讚美阿拉！」安詳的阿班．哈布高聲說道：「有這樣一頭羊來幫我看著四周的高山，該是多好的寶物啊。還有那隻雞，會在危險時啼叫！真主阿拉至上！有這些哨兵站在山頂上，我在宮裡睡覺就安心了！」

占星師等到國王的興奮之情平息之後，繼續說道：

「戰爭獲勝的阿姆魯（願他安息！）完全征服埃及之後，我留下來跟一群當地的祭司在一起，研究他們偶像崇拜中的儀式及典禮，想要熟習他們聞名四方的奧祕知識。有一天，我坐在尼羅河岸跟一個老祭司交談，那時他指著附近沙漠中那些高聳如山的巨大金字塔。『比起埋藏在這些巨塔裡的知識，』他說：『我們能教給你的，根本不值一文。在中央金字塔的中心處有一個黝暗肅靜的祕室，裡面藏有大祭司的木乃伊，就是大祭司出力監造了那龐大驚人的金字塔。跟他一起入葬的是一本神奇的知識之書，書中囊括了有關魔法與奇術的一切祕密。這本書在亞當墮落之後交給了亞當，接著代代相傳，來到了智慧的所羅門王手中，幫助他建造了耶路撒冷神廟。而這本書是怎麼為金字塔的建造者所獲，只有他這個知道一切的人才曉得了。』

「我聽了埃及祭司這一番話，瘋狂地想得到那本書。我驅使我們遠征軍的大批兵將，加上一些埃及本地人，指揮他們打穿了金字塔的堅硬大石，費了一番艱辛，終於走進內部的一條密道。沿著密道，鑽過可怕的迷宮，我踏進了這金字塔的中心位置，甚至來到那黝暗肅靜的祕室，也就是大祭司的木乃伊躺了許久的地方。我破壞了一層層的棺匣，拆開重重的裹布和繃條，終於在木乃伊胸前發現了那本奇書。我顫抖的手抓住了書本，摸索著走出了金字塔，木乃伊就留在那黑暗無聲的祕室裡，等候復活與審判的末日。」

「阿布・阿猶的兒子啊，」阿班・哈布高聲說道：「您是個了不起的旅人，又看過奇異的事物。不過，那金字塔裡的祕密，以及智慧所羅門王的知識之書，對我有什麼用處呢？」

「噢，大王，是這樣的。讀了這本書之後，我學到了所有的魔法，還能夠命令精靈來幫助我完成事情。波薩城那個衛國之寶的祕密，我就是因此而熟知的。我還能製造出這種寶物，不光如此，還可以另造一個功能更強大的。」

「噢，阿布・阿猶聰慧的兒子，」阿班・哈布落下淚說：「這樣的護國之寶，更勝過山上所有的瞭望塔、邊境的崗哨啊。給我一個這樣的守衛，我寶庫裡的財富便都任你取用了。」

占星師立刻動工，以滿足國王的願望。他要求在皇宮最高處豎立一座大型塔樓，那就位在阿爾拜辛山的高處。塔樓是由來自埃及的石塊所造，而且據說是取自一座金字塔。塔樓的高處有一個圓形的房廳，裡頭的窗戶都朝著指南針的每一點。每扇窗前放著一張桌子，桌上就像棋盤一樣，設有一組仿造的馬匹兵卒部隊，還有那個方向的君王雕像，全都是木造的。每一張桌子都配著一根不比粗勾針更大的矛，矛上面刻著一些加爾丁（Chaldean）地區的字體。這個房廳的黃銅門扇長年關閉著，配上鋼製的鎖，而鑰匙則在國王手裡。

塔樓頂端，有一尊青銅製的摩爾騎馬戰士像，固定在支軸上，一隻手持著盾牌，而長矛直直豎立著。騎馬戰士面向格拉納達，好像在守衛這個城市一般；但如果有任何敵人接近了，銅像就會轉往那個方向，並且橫持著長矛，彷彿準備要行動了。

這尊衛國之寶完成之後，阿班・哈布迫不及待要試試。他殷殷期盼有敵人來犯，就像是他退役之後的嘆息那般強烈。他這願望很快就實現了。有天一大早，塔樓上派駐看守的哨兵帶來了好消息，說是青

銅騎馬戰士轉向了艾爾薇拉山，它的長矛直指著洛普小徑。❶

「對軍隊擂鼓鳴號吧，整個格拉納達都要戒備起來。」阿班．哈布說。

「噢，大王，」占星師說：「別讓您的國家陷入不安，也別召您的戰士來到部隊。我們可不需要靠武力才能讓您退敵脫困。摒退您的侍從吧，我們一起去看看那塔樓房廳的奧祕。」

年老的阿班．哈布爬上了塔樓階梯，靠在更老的伊布拉罕手臂上。他們開了黃銅門的鎖，走進裡面。朝向洛普小徑的那扇窗子是開著的，「這個方向，」占星師說：「有危險了。噢，大王，請走近來看看這桌子的奧妙。」

阿班．哈布大王走近了那像是設了棋盤的桌子，上面擺了小小的木雕像。他發現它們都在動，吃了一驚。戰馬騰躍奔跑，戰士的武器擺起了架勢。還有一陣微弱的鼓號聲響、武器鐺鐺相擊，以及戰馬嘶叫。但這些音量、距離都像是蜜蜂或夏蠅一樣，趁人中午躺在樹蔭下昏睡時，到他耳邊嗡嗡細鳴。

「噢，大王請看，」占星師說：「這證明您的敵人此刻已經上陣了。他們一定藉著洛普小徑正在翻山越嶺。如果您想令他們恐慌騷亂，讓他們活著撤退回去，就拿這神矛比較粗鈍的一端來敲敲小木人。如果您想掀起一場血腥的戰鬥和大屠殺，就拿比較尖的一端來敲。」

一陣怒容出現在阿班．哈布的臉上，他顫抖急切地握著矛杖，巍巍顫顫走向了桌子，灰白的鬍鬚因興奮而掀動著。「阿布．阿猶的兒子啊，」他帶著輕笑高聲說：「我想我們該流點血！」

❶ 譯註：〈孔馬拉斯塔樓瞭望全景〉這篇提到，艾爾薇拉山的洛普小徑，是基督教軍隊侵擾維嘉沃原、進攻格拉納達王國常走的路徑。

他一邊說著，一邊將神矛刺向一具小雕像，又用粗鈍的一端去擊打其他幾個。遭刺的雕像倒了下來，就像是死在棋盤上；而其他幾個轉過來彼此相向，亂糟糟地開始盲砍濫殺。

占星師很難去制止這個最平和的國王，免得他把敵人殺個精光。他總算把國王勸離了塔樓，並且派遣偵察兵穿過洛普小徑到山裡去。他們帶著情報回來，說一支基督教部隊曾經來到內華達山脈的中心，在格拉納達幾乎可以看得到的距離。在那裡，他們發生了內鬨，彼此拔刀相向，經過一場屠殺之後已經撤回邊境之外了。

這證實了衛國之寶的效力，讓阿班．哈布大喜過望。「我總算，」他說：「可以過上安穩太平的日子了，而且所有敵人都在我的掌控之中。噢，阿布．阿猶聰慧的兒子，為了回報這樣的美事，我該賞給你什麼好呢？」

「噢，大王，一個老法術師想要的很少、也很簡單。只要讓我的洞穴增添設備，適合作為隱居之所，我就心滿意足了。」

「真正的智者謙抑自持，是多麼的高貴！」阿班．哈布朗聲說道，暗中卻為了賞金低廉而竊喜。他對寶庫出納員下令，伊布拉罕要補全、布置他的隱室，無論需要多少錢，都撥給他。

於是占星師提出要求，要在堅硬的岩石上鑿出幾個隔間，整個形成一組而連接到他上觀星象的那個房廳。這些房間裡，他要鋪上奢華的軟坐墊和躺椅，牆壁上要掛著大馬士革最柔軟的絲綢。「我老了，」他說：「骨頭沒辦法再靠著石榻，這些潮溼的牆也需要鋪蓋起來。」

他還要起造浴池，裡面要提供每一種香水、香油。「浴池是必需的，」他說：「它可以緩解年老造成的僵硬，並且讓身體在苦讀疲累之後恢復清新靈活。」

他讓房間裡掛上了無數銀製、水晶製的燈具，裡面還注入了香油，那是依照他在埃及古墓裡所發現的配方而調製的。這油的特性是可以長年使用，並且散發著一種柔和的光，就像是調整過的日光。「太陽的光，」他說：「對老人的眼睛太過眩目而強烈；而這燈具的光，很適合學人術士的苦讀之用。」

為了供應這個隱室每日所需的開銷，阿班．哈布的寶庫出納員叫苦了，並且向國王抱怨。阿班．哈布聳聳肩，「我們必須耐著性子，」他說：「老人家這個術士隱室的想法，是從金字塔、從埃及的大廢墟裡面學來的。不過所有事情都會有結束的一刻，他的洞窟布置也是一樣。」

國王說得沒錯，隱室終於完成，蓋出了一座奢華的地下宮殿。占星師表示心滿意足，然後把自己關在裡面，整整三天埋首於書中。最後他再次出現在寶庫出納員的面前，「還需要一樣東西，」他說：「在思慮勞累的空檔中可以消磨時間。」

「噢，大智大慧的伊布拉罕，我受命要為您的獨居生活配置每一件必需品，您還需要什麼呢？」

「我很想要有幾個舞姬。」

「舞姬！」出納員驚訝地複述著。

「舞姬，」大賢者鄭重答道：「而且要年輕貌美的，因為年輕與美貌看著就讓人精神一振。幾個就夠了吧，我身為學人術士，生活習慣單純，又容易滿足。」

投入法術研究的伊布拉罕在隱室裡過著這麼有智慧的生活，而安詳的阿班．哈布則用塔樓裡的雕像進行著狂暴的作戰行動。對一個像他那樣好靜的老人而言，那個設施十分令人愉快。它讓戰爭變得輕而易舉，又能夠讓他在房裡像對著一大群蒼蠅一樣橫掃千軍，自得其樂。

有一陣子，他因為耽溺在自己情緒裡而挑起了騷亂，他甚至嘲諷、侮辱鄰邦，誘使他們入侵。但是漸漸的，他們對一再發生的災難有所警覺了，最後再也沒人敢入侵他的領土了。有好幾個月，那青銅騎馬戰士一直靜止，他的長矛也豎立著。可敬的老王開始抱怨他失去了慣有的消遣活動，然後對他一成不變的平靜生活逐漸變得暴躁易怒。

後來有一天，保家衛國的騎馬戰士突然轉動了，並且放低了長矛，指向瓜迪斯山（Guadix）的正中心。阿班．哈布匆匆趕往塔樓，但是那個方向的神桌卻毫無動靜，每一個戰士都沒有動作。他感到困惑，便派了一支騎兵隊去搜山，並偵察情況。他們去了三天之後回來了。

「我們搜遍了每一條山路，」他們說：但沒有任何頭盔或槍矛的影子。查訪過程中唯一找到的，是個中午時分睡在噴水池旁的一個基督教絕色美女，我們把她帶回來了。」

「絕世美人！」阿班．哈布高聲說著，他的雙眼一亮：「把她帶到我這裡來。」

那美女於是被帶到他的面前。她身上穿戴著奢華的裝飾，那飾品在阿拉伯統治時期，曾流行於北方哥德風格的西班牙人之間。瑩白耀眼的真珠纏繞著她烏黑的秀髮，前額上有燦爛的寶石，跟她眼珠的神采相互爭輝。她頸子上有一條金鍊，上面墜著一把銀製的琴，讓她掛在身邊。

她那深色眼珠的光采，好像火光一樣投在衰老、但又躍躍欲試的阿班．哈布心田上。她那凌波婀娜的步履，讓他的各種感官都暈眩了。「絕美的姑娘啊，」他興奮地喊著：「妳是何方神聖呢？」

「我的父親是近年統治著這片土地的一位哥德君王。父親的部隊彷彿遭受魔法似地，在這山間被擊垮了。他被迫流亡在外，而他的女兒成了俘虜。」

「小心啊，大王！」伊布拉罕低聲說道：「她或許是我們聽說過的北方女巫，她們有最誘人的美貌，會迷惑那些不設防的人。依我之見，她的眼中有魔法，一舉一動都有巫術。毫無疑問，這就是衛國之寶所指的敵人。」

「阿布・阿猶的兒子啊，」國王回答道：「就我所知，我相信您是有智慧的人，是個法術高明之士，可是您不太懂得女人吧。在這方面，我可不輸任何人，甚至不輸給智慧的所羅門王，即使他妻妾成群。在這個美人身上，我看不出有什麼危險。她看起來多麼賞心悅目，我見了十分歡喜。」

「噢，大王，容稟！」占星師回答道：「我藉由衛國之寶，讓您贏得多次勝利，但我從未得到恩寵。請將這迷途的俘虜賜予我，用她的銀琴來撫慰孤單的我。如果她真是女巫，我有破解咒可以對抗她的魔法。」

「什麼！你還要女人！」阿班・哈布大吼：「那些舞姬還不足以撫慰你嗎？」

「我確實有了舞姬沒錯，但還沒有歌姬。我很想要有個小小的吟遊樂師，在我苦讀勞累之時來放鬆我的心情。」

「且別提您那隱士的渴望吧，」國王不耐煩地說道：「這個姑娘我要了。我在她身上會得到許多樂趣，甚至就像智慧所羅門王的父親大衛得到書拉密之女雅比夏（Abishag the Shunammite）的陪伴那樣。」❷

占星師再怎麼懇求與爭論，國王的回應只是更加地不容置辯，結果他們不歡而散。大賢者把自己關在隱居所裡，為他的挫敗悶悶不樂。然而在起身離開之前，他再次對國王提出警告，要他小心那個危險的女俘。但是，這熱戀中的老人哪裡聽得進忠告？阿班・哈布整個人已經沉溺於激情之中。他唯一考慮

❷譯註：雅比夏是極為美貌的年輕女子，臣子安排她為年老的大衛王侍寢。

的，就是設法讓自己贏得哥德美女的歡心。他確實無法在年齡上取勝，但他有的是財富，而年老的情郎通常出手很大方。格拉納達的札卡丁受到一番搜刮，找出了最珍貴的東方商品。絲綢、首飾、寶石、高雅的香水，還有一切亞洲和非洲所出產的昂貴珍稀之物，都大量獻給了這位妃子。為了討她歡喜，也安排了各種表演及娛樂活動。吟遊樂師、舞蹈、比武競賽、鬥牛——格拉納達一時之間成了不眠不休的表演場。

哥德王妃看待這一切五光十色，卻像是一個早已習於奢華的人。對於收到的每樣東西，她都當作是在向她高貴的身分、甚或是美貌來致敬，因為美貌甚至比身分貴賤更高不可攀。不只這樣，她彷彿在刺激國王揮霍而抽乾他的寶庫，並且暗自竊喜，把他的過度慷慨當作只是理所當然之事。而即使全心全意地關切而不惜開銷，這年高德劭的情郎卻不敢自以為贏得了她半點的歡心。她的確從來沒對他皺過眉頭，但她也從來不笑。只要他帶著情欲來求歡，她便奏起那把銀製的琴。那琴音中有一種魔力，國王一下子便開始打盹；昏睡感悄悄上身，然後便漸漸沉睡。他醒來之後會感到神清氣爽，但那火熱的情欲也完全冷卻了。這相當不利於他的求愛，但是這些沉睡都伴著好夢，完全迷住了這個昏頭昏腦的老情郎，所以他便持續地做夢。整個格拉納達都看不起他的癡心迷戀，怨他為了聽一首歌而奉上大批財寶。

終於，阿班．哈布有難臨頭了，而且他的護國之寶並沒有發出任何警示。首都爆發了一起叛變，武裝暴民包圍了他的皇宮，要他和那基督教愛妾納命來，一下子喚醒了國王胸中昔日驍勇善戰的精神，他帶頭領著一些侍衛出擊，把叛軍打得四散奔逃，叛變在初起之時就粉碎了。

國王重回平靜的生活，他想找來占星師。而占星師還關在自己的隱居所裡，反覆想著那件怨憎的苦事。

阿班・哈布走近他身邊，帶著一種和解的口吻。「噢，阿布・阿猶聰慧的兒子，」他說：「您真的為我預測到這個美女俘虜所帶來的危險。您這麼敏銳地察覺兇險，那麼請告訴我，我該怎麼做才能避免？」

「離開致險的源頭，也就是那個異教姑娘。」

「我寧可離開我的王國。」阿班・哈布叫道。占星師回答：「您會賠了夫人又折兵的。」

「別這麼尖刻又生氣，噢，最淵博的學士。請想想一個國王和一個情郎的雙重憂慮，然後設想一個保護的方法，讓我免於那虎視眈眈的惡事吧。我不在乎榮華富貴，不在乎權力，只為了求得平靜而苦惱著。我但願擁有一個安詳的引退避靜之處，讓我可以避開這個塵世、所有的憂慮、虛華與煩擾，而將我剩餘的時光投注於安寧與愛之中。」

占星師從濃眉底下望了他一會兒，「那麼，如果我提供了這樣一個避靜之處，您願意賜予什麼？」

「您可以明講想要的賞賜，無論是什麼。只要是在我力量所及的範圍內，在我還活著的時候，那都會是您的。」

「噢，大王，您可曾聽說過天堂之園（garden of Irem），那是阿拉伯世界的樂土之一。」

「我聽過這個園子，《可蘭經》上有記載，就在〈黎明〉這一章。而且，我還聽到曾去過麥加的朝聖者，講過跟它有關的奇異之事。但我認為那些都是荒誕不經的傳聞，就像是到過遠方國度的旅人常講的那些。」

「噢，大王，不要不信旅人的故事。」占星師嚴肅地回應說：「他們可是從世界盡頭之處，獲得了最珍貴的知識。至於天堂之園以及宮殿，一般所講的都是真的。我是親眼看過的，請聽聽我的冒險事跡，因為它跟您所要求的東西有關。

「我年輕的時候，只是沙漠裡的一個阿拉伯人，負責照料父親的駱駝。穿越亞登（Aden）沙漠的時候，有一頭駱駝脫隊走丟了。我找了好幾天卻一無所獲，最後因為疲累又昏眩，便在中午時分躺了下來，睡在一口枯井旁的棕櫚樹下。

「我醒來的時候，發現自己在一城鎮的大門口。我走了進去，看到寬廣的大道、廣場及市集。但這裡到處靜悄悄的，一個居民也沒有。我四處蹓躂，最後走進一座豪華的宮殿。裡面點綴著噴水池和魚塘、樹叢和花朵、結著美味水果的園子，但還是看不到半個人。這孤寂感讓我害怕，我便加緊腳步離去。而踏出城門之後，我回頭一望，卻再也看不到這城鎮了，只有寂靜的沙漠在我面前伸展著。

「我在附近遇到一名伊斯蘭苦行僧，他熟知當地的傳說和祕聞，我向他講述了剛才發生在我身上的事。他說，這是遠近馳名的天堂之園，是沙漠裡的一種奇觀，只偶爾示現給某些像你這樣的迷途失神之人。塔樓、宮殿，園圃圍牆上有結實累累的果樹，讓他看了開心；然後一切又消失了，只留下孤寂的一片沙漠。曾有這樣的故事：古時候，阿迪特人（Addites）住在這個地方，而國王沙達德（Sheddad），也就是艾德（Ad）的兒子、諾亞（Noah）的曾孫，在此建立了一座雄偉的都城。建造完工的時候，他看著都城恢宏的氣勢，滿懷著自豪與驕慢之心。他決定要建一座皇宮，裡面要有花園，足以比擬《可蘭經》裡講到的那些瓊樓玉宇。但由於他的膽大妄為，上天對他降下了詛咒。他和臣民都被掃出這片土地，而那座絢麗的都城、皇宮和花園，都永遠受到咒語所制。咒語永遠記住了他的罪愆，而將這一切景象都隱藏起來，只有某些片刻才看得到。

「噢，大王，這故事和我所見到的奇異景象，一直留在我的心底。後來我待在埃及，全心投入智慧所羅門王的知識之書，幾年後我決定回去重訪天堂之園。我確實去了，而且它對我受過教育的雙眼示現了。我占有了沙達德的宮殿，在那虛構的樂園裡度過了幾天。看守這地方的精靈會聽從我的魔法，向我透露用什麼咒語能將這整座宮殿從無變成有、而後又使之消失無蹤。這樣一座皇宮及庭園，噢，大王，我可以就在這裡為您造出來，就在您這城鎮上方的山裡。我不正知道一切神祕的咒語嗎？我不正握有智慧所羅門王的知識之書嗎？」

「噢，阿布．阿猶聰慧的兒子！」阿班．哈布急切而顫抖著，高聲道：「您既是個旅人，又見過並了解奇妙的事物！為我造出這樣的天堂吧，而且任何賞賜都可以要求，甚至要我王國的一半都行。」

「唉！」他回答道：「您知道我是個老人，又是個學士，很容易滿足的。我想要的賞賜就只是最好的馱獸，讓牠背著東西進入那宮殿的神奇大門。」

國王高高興興答應了如此溫和謙遜的要求，而占星師便開始動工了。在山丘頂上，也就是他的地底隱居所的正上方，依他的要求豎立起一座高大的入口望樓，穿過一座堅固塔樓的中央。

那外面還有一個拱廊高大的門廳，裡面則有厚重的門緊閉著出入口。在出入口的拱心石上，占星師手繪了一支大鑰匙的圖案；而在門廳上方的外拱心石，則刻上一隻大手，那位置比出入口更高。❸這些都是有法力的鎮國之物，他還對著它們，用著不為人知的語言反覆誦念了許多句子。

入口碉堡完工之後，占星師在自己的觀星室裡閉關了兩天，進行祕密的施咒。第三天他登上了山，

❸ 譯註：由此處的描述可知，占星師所建的就是阿蘭布拉宮的「正義之門」。不過，作者並沒有將〈阿拉伯占星師的傳說〉當作史實。

在山頂上度過了一整天。夜深之後他下山，晉見了阿班．哈布。

「噢，大王，總算，」他說：「我的工作完成了。山頂上矗立著一座殫精竭慮、或者說極盡人心所嚮往的瓊樓玉宇。它有奢華的廳堂和廊道、優美的花園、清涼的噴水池，還有芳香的浴間。簡單的說，整座山都轉化成一片樂土了。就像天堂之園一樣，有一個法力強大的咒語在保護它，讓人無法看到或找到，除非是掌握了鎮國之寶的祕密。」

「這就夠了！」阿班．哈布興奮地喊道：「明早出現第一道曙光的時候，我們就上山進住。」

那晚，心情愉快的國王沒怎麼睡。晨曦微微照在內華達山脈的積雪山頂時，他便跨上坐騎，只帶了幾個特選的隨從，登上一條通往山丘的陡窄小徑。他的身旁是那位哥德王妃，她騎在白色的鞍馬上，整套衣服都有珠寶璀璨生光，而那把銀製的琴則掛在她的脖子上。占星師走在國王的另一側，拄著刻有象形文字的手杖，因為他從來沒有跨上任何坐騎。

阿班．哈布想要看他上方閃亮的宮殿塔樓，以及園圃中沿著高地而伸展的綠蔭臺階地，不過此刻，還看不到這類景象的任何一處。「那就是這地方的奧祕與安全之處，」占星師說道：「您必須走進那個施有咒語的入口碉堡，擁有了這個地方，才能看到任何東西。」

他們走向入口碉堡時，占星師停了下來，對國王指著那刻在門拱上的神祕大手和鑰匙。「這些，」他說：「就是保衛這個樂園入口的護符。除非那隻手伸下來抓到那把鑰匙，否則無論是人力或法術，都無法擊敗這座山陵的主人。」

阿班．哈布對著那兩個神祕的護符目瞪口呆、驚奇無語的時候，王妃的鞍馬往前走著，把她載進了出入口，來到了望樓的中心位置。

「看啊，」占星師高聲喊著：「應許給我的賞賜。最好的馱獸載著東西，走進了魔法之門。」

阿班．哈布微笑看著他認為是古稀老人的打趣。但當他發現占星師滿懷急切時，他灰白的鬍子便氣得發抖。

「阿布．阿猶的兒子啊，」他厲聲說道：「這是模稜兩可的話語吧？你明知我的承諾是什麼意思：最好的馱獸揹負著東西，走進這出入口。到我的廄裡找一匹最壯的騾子，讓牠揹上我最珍貴的財寶，這些都是屬於你的。但你竟敢打她的主意，她可是我心中的摯愛啊。」

「我要財寶做什麼？」占星師也大聲說著，面帶不屑：「我不是已經擁有了智慧所羅門王的知識之書，並且因而掌握了地下的神祕寶藏嗎？照理說王妃是我的了。君無戲言，我說她已經是屬於我的了。」

王妃從鞍馬背上高傲地向下望著，面對兩個白鬍子老人在爭奪她的年輕與美貌，她玫瑰般的唇邊揚起了一抹輕蔑的微笑。國王盛怒，口不擇言，「沙漠裡的賤種，」他吼道：「你或許主掌許多學問，但記住是我主掌著你。別以為你可以跟國王玩這種把戲！」

「我的主上！大王！」占星師複誦著：「小小鼴鼠丘的國王，卻想以權力壓過擁有所羅門王鎮國之寶的人！永別了，阿班．哈布。在你的國度裡稱王，在你的傻瓜樂園裡縱情享福吧。至於我，將會在術士的隱居之處嘲笑著你。」

他一邊說著，便抓住那鞍馬的籠頭，手杖往地上一擊，便跟那哥德王妃從望樓中央沉了下去。他們頭上的地面再度合起，沒有一點剛才降下的開口痕跡。

阿班．哈布一時之間震驚無言。等他恢復了神智，他命令上千個役工，帶著鋤子和鍬鏟來挖掘那占星師消失無蹤的地方。他們挖著掘著，卻徒勞無功。山的胸懷堅硬有如燧石，阻擋著他們的工具。有時他們挖穿了一條小徑，一當他們放棄了，地面又立刻合起來。阿班・哈布來到山腳下，尋找通往占星師地底宮殿的洞穴口，但是根本找不著。原來的入口處，如今是一大塊原生未鑿的岩石表面。隨著伊布拉罕的消失，他的護國之寶也停止運作了。青銅騎馬戰士像靜止不動，臉朝向山丘，長矛指向占星師下沉的地點，彷彿那裡還潛伏著阿班・哈布最致命的大敵。

大山的胸懷裡不時傳出細微的音樂聲，以及女人的聲音。有天，一個農夫向國王報告說，昨天晚上他發現岩石上出現一道縫隙。他悄悄潛入，最後看到一座地底大廳，占星師坐在裡面的豪華躺椅上，聽著王妃的銀琴打盹入睡，那琴聲對他的神智彷彿有神奇的魔力。

阿班・哈布要找那岩石的縫隙，但它又合上了。他想了別的辦法要搜挖出他的對手，但一切努力都白費了。那隻大手和鑰匙的法力太強大了，不是人力所能對抗。至於山巔上，那說好的宮殿和花園的地點，仍然是空空如也的一片荒地。要不是那誇大其詞的人間仙境被施了咒而隱藏不見，就是那占星師在瞎編故事而已。人們慈悲為懷，認為是後者。有些人把那地方稱作「國王的愚念」（The King's Folly），有些人則稱之為「傻瓜天堂」（The Fool's Paradise）。

阿班・哈布懊喪的事還不只這樣。他過去閒來無事時，操作護國騎馬戰士而擊退、嘲弄並離間的那些鄰邦，發現他不再受到魔咒的保護，便從四面八方攻進了他的領土。而這個最平和無爭的國王，餘生便交織著動亂紛擾。

最後阿班・哈布駕崩而下葬了。此後時光飛逝，阿蘭布拉宮便蓋在那個多事的山上，而某種程度來看，也實現了傳說中引人嚮往的天堂之園。被下了咒語的出入口，無疑是受了那神祕的大手和鑰匙所保護，還完整存在著。它如今是「正義之門」，也是通往城堡的雄偉出入口。據說在這出入口底下，老占星師還住在他地下的居所裡，在躺椅上打著盹，讓王妃的銀琴催他入眠。

退役的老哨兵若輪到守衛這出入口，夏夜裡便偶爾會聽到那旋律，然後屈服於它的催眠魔力，而靜靜在崗位上打起瞌睡。不單如此，那令人睡意朦朧的力量遍布整個地區，即使是白天的守衛也可能被發現在那望樓的長條石椅上打盹，或睡在附近的樹下。所以事實上，此地是整個基督教世界裡最嗜睡的軍事崗位了。古老的傳說都說，這一切會一代一代延續下去。除非那神祕的大手抓住了命中註定的鑰匙，完全解除這整座山的魔咒，否則王妃會一直為占星師所俘虜；而占星師呢，會受制於王妃的睡眠魔力，直到最後的審判之日。

〈阿拉伯占星師〉小記

阿爾・馬卡里（Al Makkari）所著西班牙的伊斯蘭王朝歷史中，引用了一個阿拉伯作者的說法，來說明那個護國小銅像的事；此說有點接近上一篇的敘述。

阿爾．馬卡里說，卡迪茲（Cadiz）曾經有一座方形的塔樓，高達一百庫比[1]，以巨石建造而成，這些巨石由黃銅緊緊鉗住。塔頂有一尊人像，右手持著手杖，臉部朝向阿特拉斯山脈（the Atlantic），左手食指則指向直布羅陀海峽。據說，它是古時候由安達魯斯地區的幾位哥德國王所建的，作為航海人的標誌或指引。巴巴利、安達魯斯的穆斯林，都認為它對大海施著魔咒，而視之為護國寶物。在它指引之下，一個叫馬袞（Majus）的民族有大批海盜駕著大船來到了岸邊，船頭有一張方形的帆，船尾也有一張。他們每六、七年出現一次，劫走海上所見的每樣東西。他們藉著那尊人像的指引，穿過了直布羅陀海峽來到地中海，登上安達魯斯的岸邊，殺人放火破壞一切。有時候，他們會到地中海的另一邊去燒殺劫掠，最遠到達敘利亞。

到了內戰時期，一名穆斯林海軍上將占領了卡迪茲。他聽說塔樓上的人像是純金所造，便讓它掉到地上，結果摔成了幾塊，這才證明它是鍍了金的黃銅。人像遭到破壞之後，它對大海的魔咒也消失了。

從那時以後，就再也沒有看到海盜了。只發生了兩次叫囂，在海岸邊就被殲滅了，一次在Marsu-l-Majus，也就是**馬袞的海港**，另一次則靠近Al-Aghan海岬。

阿爾．馬卡里提到的沿海入侵者，肯定是北方的古斯堪地納維亞人。

阿蘭布拉宮的訪客

將近三個月以來，我在阿蘭布拉宮裡享受著無人打擾的帝王之夢。這長時間的平靜，是往昔許多統治者都未曾有過的體驗。在這一段時光裡，季節進行著尋常的變換。我剛抵達的時候，事事物物都帶著五月的清新。樹葉還是柔軟而透光的，石榴還未開出豔紅的花朵。中尼爾河、達洛河的果園裡都開著花，岩石上垂掛著野花，格拉納達彷彿被玫瑰的野性所包圍。無數夜鶯就在花叢裡鳴唱；不只晚上，連整個白天都唱著呢。

現在夏天來到，儘管長年不斷的綠林還密密覆蓋著城鎮及雪山腳下的深窄河谷，可是玫瑰枯萎、夜鶯沉寂，遠方的鄉村也開始缺水而燥熱了。

阿蘭布拉宮因應著氣候溫度，各有不同的休憩處。其中最特別的，就是幾乎都在地底下的浴堂。此處雖有明顯的破敗跡象，卻仍保留著古老東方的風格。入口是一座普通大小的廳，建築纖細而高雅。一進去便走向一座小巧的庭園，先前還開著花。小廳上方有窄窄的廊道，由大理石柱和摩爾基督徒式的拱形結構支撐起來。走道中央有個半透明石膏的水池，仍然噴濺著流水，為此處帶來清涼。小廳四邊都有深入的凹壁，裡面有高起的平臺。沐浴完畢的澡客到這裡斜倚在靠墊上，伴隨著空氣中的香氛及廊道上輕柔的樂聲，放鬆地沉入舒泰閒逸的安歇。這小廳之外還有一些更加隱蔽的內室，那是最裡層、最神聖

---

❶ 譯註：cubit 是以人的下臂為基準的一種古代長度單位，1庫比大約是45.7公分。

不可接近的香閨密苑，後宮美人在這裡享受著奢侈的沐浴。一團柔和而神祕的光，穿過圓形穹頂上的小洞孔，遍照著這個地方。往昔優雅的格調，還看得出痕跡；后妃們曾經斜倚的半透明石膏浴池，也都還在。遍布的荒蕪與寂靜，使這些地下宮室成了蝙蝠喜愛的居所。牠們白天時棲息在黑暗的角落和幽蔽之處，一受到打擾，便在暮光昏暗的宮室中神祕飛撲著，加強了這些房間裡荒廢破敗的氣息，實為筆墨難以形容。

這深宮儘管年久失修，卻仍然清涼雅致，有種石窟裡的清新與僻靜。夏季一來，我便在這裡度過白天暑熱的時光，到了夕陽西下再出來，或者趁著晚間到浴殿的大水池裡洗澡、甚至游泳。藉著這種方式，我便多多少少能夠對抗令人慵懶無力的天候了。

不過，我君臨萬民的美夢終於結束了。有天早晨，槍聲把我吵醒，聲音在塔樓之間迴蕩著，彷彿這座城堡發生了意外。我衝了出去，看見一名老騎士帶著幾個家丁，占領了大使之殿。他是個老伯爵，從他格拉納達的宅邸登上了阿蘭布拉宮，要小住一段時間，以享受更新鮮的空氣。他又是個退役軍人及長年的運動員，正努力在陽臺上射擊燕子，充當美味的早餐。但這是一場不死不傷的娛樂活動，因為雖然他的隨從很敏捷地幫忙裝填槍枝，而他也一直快速地射擊，我卻無法指責他殺死了任何一隻鳥兒。還不只這樣，那些鳥兒似乎也很享受這場活動，並嘲笑他技術太差。牠們盤旋掃掠到陽臺邊上，拔身飛起的同時又啁啾鳴叫著。

這位老先生的來到徹底改變了狀況，但沒有造成忌妒或摩擦衝突。我們心照不宣共享著這個帝國，就像格拉納達的那些末代國王一樣；差別只在於，我們保持著一種最不傷和氣的同盟關係。他君臨著獅子苑及附近的宮室，而我還是平和地享有浴殿及琳達拉薩的小花園。我們在庭園拱廊下一起用餐，那裡有池水帶來涼意，而沿著大理石步道的渠路裡，還有咕嚕冒泡的細流。

到了晚上，一群家人會圍著這位可敬的老騎士。他的第二任伯爵夫人，會由前妻所生的女兒卡門（Carmen）陪同從城裡過來。卡門是他們唯一的孩子，還是少女年紀，嬌小迷人。另外還有他在職務上要顧到的幾個人，包括特遣牧師、律師、祕書、管家、其他職官，以及他龐大財產的管理人，他們會為他帶來城裡的消息或傳聞，然後跟他一起組成晚間的tresillo（也就是**紙牌戲**）派對。所以，他維持著一種私家型態的宮廷，每個人都對他表示恭敬，想辦法讓他高興，但都看不出一點兒卑躬屈膝或犧牲自尊的意味。事實上，伯爵的言行舉止絲毫沒有要他們低下的意思。無論人們怎麼形容西班牙式的自尊，它都很少讓人畏懼，或者限制社交或居家生活的交流。沒有哪個民族的親戚關係，像他們那麼坦誠而溫暖；或者即使上級與下屬之間，也不像他們可以避免一方姿態高傲、另一方巴結諂媚的關係。在親屬、上下級關係這幾個方面，西班牙的生活型態（尤其是地區行省）都還保留著舊日那種明顯的單純坦然。

在我看來，這一群家人之中最有趣的一員是伯爵的女兒，也就是可愛的小卡門。她大約只有十六歲，外表會被認為只是個小孩。但她可是家裡的偶像，大家都叫她「小姊兒」（la Nina），這稱號有小孩意味、但又親暱。她的身型還沒有完全成熟，但已經有這個地區常見的精美勻稱與柔婉雅致。她藍色的眼珠、嬌美的面容和淡色的頭髮，在安達魯西亞並不常見。這讓她的舉手投足有種和煦、婉約的氣息，而不同於西班牙美女常有的明豔，不過倒是很符合她的質樸與坦誠待人的率真。同時，她也具有本地好姑娘那種天生的聰穎，以及多才多藝。她所做的任何事，都做得很好，而且看起來都毫不費力。她唱歌、彈奏吉他和別的樂器，也跳本地的古風舞蹈，都引人讚賞。但她從來不是有意要討人喜歡；她做的每件事都是自然而然，都發自她活潑愉快的天性。

這個迷人的小東西來到這裡，在阿蘭布拉宮散播了一種前所未有的魅力，而且看起來跟這裡融為一體。伯爵和夫人跟著特遣牧師或祕書一起在獅子苑的門廳底下玩著紙牌戲時，她便由伴娘一般的朵洛麗絲陪著，坐在噴水池邊，拿著吉他來自娛，唱起西班牙很常見的流行歌謠。或者唱著我更喜歡的，有關摩爾人的傳統唸歌詩。

我一想到阿蘭布拉宮，就必回憶起這個可愛的小姑娘。她在宮裡的大理石廳堂中玩耍，那童稚的模樣快樂又天真；時而還隨著摩爾人的響板聲起舞，或者唱起銀亮的歌聲，交織著池水的清音。

遺物與家族世系

如果我曾經對於伯爵一家感到興味盎然，彷彿看到了一幅西班牙的家居生活畫，那麼，一知道他們的歷史背景還連結到格拉納達的英雄時代，我的興趣又更提高了。這可敬的老騎士，完完全全不是逞凶好鬥之人；或者說，他帶上武器之後所幹的事，頂多就是去打燕子、岩燕。而其實，我發現他是哥多華的鞏薩夫（Gonsalvo）的後裔，也是現有的繼位者。鞏薩夫就是最高統帥（the Grand Captain），曾經在格拉納達的城牆前贏得他最榮耀的幾頂桂冠，而且也是斐迪南和伊莎貝拉所指派去商討受降條件的騎士之一。還不只這樣，「伯爵」這頭銜是他自己選的，用來表示他跟某個古代的摩爾親王是遠親。這中間的關聯，是透過那親王宅邸裡的一個孩子，也就是渾名為「托納迪佐」的佩卓・威尼加斯大人而牽起來的。❶藉由這個方式，他的女兒，也就是富有魅力的小卡門，說不定就可以名正言順成為塞帝麥瑞恩王妃、或者大美人琳達拉薩的繼位者了。❷

我從伯爵那裡得知，他有一些格拉納達投降時的奇特遺物，保存在家族的典藏庫裡。於是有天一大早，我就陪著他下山，到他格拉納達的宅邸裡去檢視。這些遺物中最重要的，就是最高統帥的一把劍。這一把武器沒有那些鋪張眩目的裝飾，只有一段樸實的象牙劍柄，以及寬身的薄刃，正是大將軍的武器最適合的模樣。而最高統帥的寶劍名正言順流落到這麼羸弱不振的手裡，或許就是對世襲榮銜的註解

---

❶ 譯註：「托納迪佐」（Tornadizo）是叛徒之意。佩卓・威尼加斯大人的事跡，詳見〈阿班塞拉吉家族〉。此處的「某個古代的摩爾親王」就是作者於〈阿班塞拉吉家族〉一篇中所提到的希阿亞。希阿亞領養了原屬基督教血統的佩卓・威尼加斯，而佩卓後來娶了希阿亞的女兒。佩卓和本篇的老伯爵都是「魯魁」名門之後，所以老伯爵可以透過佩卓，而攀連到佩卓的岳父，也就是摩爾領酋希阿亞。

❷ 原註：為了避免這個說法被視為空想胡扯，請讀者參考以下的家族世系。這是歷史學家阿堪塔拉（Alcantara），依據柯瓦拉侯爵（Corvera）典藏的一份阿拉伯文羊皮手稿，而推測出來的。它見證了基督徒與穆斯林之間奇特的親緣關係。這種關係是在多次的摩爾人戰爭中，經由俘虜及通婚而建立起來的。

曾經攻克穆瓦希德王朝（Almohades）的摩爾王阿班・胡德，其嫡系後裔傳到了阿梅里亞的領酋，也就是希阿亞。希阿亞娶了伯梅攸（Bermejo）國王的一個女兒，而生了三個孩子，一般稱為「塞帝麥瑞恩三王子」。第一個是尤塞夫・阿班・阿哈瑪，他曾經篡奪格拉納達的王位。第二個是納撒親王，他娶了以美貌聞名的琳達拉薩。第三個是塞帝麥瑞恩公主，她嫁給佩卓・威尼加斯。佩卓小時候被摩爾人所俘，他原本是貴族名門魯魁的後代。而這個名門目前的長老，正是老伯爵。

吧。

格拉納達投降時的其他遺物，還包括幾把又大又重的espingarda（也就是**毛瑟槍**），地位等同於老兵器庫裡存放的大型雙刃劍，看起來好像巨人時代的遺物。

在各種世襲榮銜之中，我發現老伯爵還擔任大旗號手。在重大而肅穆的場合裡，他獲有殊榮可以高舉著斐迪南與伊莎貝拉的古老軍旗，在他們的墳墓上揮舞著。老伯爵也給我看了一組絲絨披掛，上面用金線、銀線做出奢華的織繡，這是給六匹馬使用的。當年，格拉納達、塞維亞即將公告新的統治者到來，老伯爵隆重登場時就是帶著牠們。他騎著其中一匹馬，而隨從穿著華麗的制服，牽著其他五匹。

我曾經想在伯爵宅邸的那些遺物古董之中，找到格拉納達摩爾人的鎧甲和武器，譬如我以前聽說過的，征服者後代所保留的戰利品之類。不過在這方面，倒是讓我失望了。我對這方面感到特別好奇，因為許多人對於西班牙的摩爾人都抱著一個錯誤的想法，以為他們是一般東方的外型。其實正好相反。從摩爾人自己的作者所言可知，他們在許多方面都採用了基督徒的做法。包頭巾尤其被視為穆斯林的標幟，但通常已經捨棄不用了。只有西邊的省分裡，階級高而有錢的人及任職於政府機關的人還繼續使用著。取而代之的，一般是一種紅色或綠色的羊毛帽，或許跟源自巴巴利的帽子是同一種，人們稱之為Tunis或Fez。如今，整個東部地區都在使用，不過上面是有包頭巾的。而猶太人，則被規定要戴黃色的這款帽子。

在莫夕亞、瓦倫西亞及其他東部省分，也許在公共場所會看到高階級的男子不包頭巾。戰將國王阿班．胡德就從不使用包頭巾，而他的對手兼競爭者、也就是起造阿蘭布拉宮的阿哈瑪，也是一樣。類似十六、十七世紀西班牙的一種短斗篷，叫作Taylasan，是各種身分的人都穿的。它上面有個兜帽，有社會地位的人有時會將兜帽戴到頭上來，而低階級的人從不這麼做。

如依布魯・薩德（Ibnu Said）所描述的，十三世紀穆斯林騎士的戰場配備大部分是基督徒的做法了。在全套的鎧甲之外，會加一件深紅色的短外袍。他的頭盔是晶亮的鋼鐵所製，盾牌甩在背上。他手上揮舞著鈍鋒長矛，有時是雙鋒。他的馬鞍又大又重，前端及後端都明顯突起。他騎上鞍座時，有一布條在他身後飄動著。

在格拉納達作家阿爾卡第（Al Khattib）活躍的十四世紀，安達魯斯地區的穆斯林回復到東方式的裝束，穿著與武器裝備也是阿拉伯式的：輕便的頭盔，輕薄但鍛造精良的胸背甲，細長的槍，通常接著中空的槍柄；阿拉伯式的馬鞍，以及由四摺層羚羊皮所製的臂盾。那個時期，格拉納達騎士的武器和配備都打造得相當華麗。他們的盔甲都鑲嵌著金與銀。他們的彎刀擁有最鋒利的大馬士革刀刃，刀鞘則是精雕細琢，而且上了琺瑯。金絲腰帶上則鑲了寶石。他們費茲（Fez）製造的匕首柄上鑲有珠寶，長矛上裝飾著鮮豔的彩帶。馬匹則蓋著風格相配的絲絨與刺繡的披掛。

上面這些細節描述，都出自當時一名傑出的作家。這便證實了，古時候摩爾基督徒的西班牙文唸歌詩，雖然有時被認為作者不詳，但裡面的英勇形象是言而有據的。這些描述也生動傳達出格拉納達的騎士在整軍列隊行進中，或者在費瓦蘭布拉廣場參加尚武講勇的慶典中，那種鮮明耀眼的形象。

赫內拉利費宮

在阿蘭布拉宮的上方高處，崇山峻嶺的懷裡，綠蔭遮蔽與寬廣嚴整的臺階地之間，矗立著赫內拉利費宮的高聳塔樓，以及白色的圍牆。那是一座神仙宮闕，充滿了傳說故事裡的回憶。這裡還看得到一些巨大的柏樹，在摩爾人的時代就長成了。而傳說中，它們牽連著包迪爾和后妃的一段佳話。

在那場浪漫的大征服登場的許多人，畫像都保存在這裡：斐迪南與伊莎貝拉；龐塞・德・里昂（Rodrigo Ponce de Leon）❶，也就是英勇的卡迪茲侯爵；還有加西拉索，他像海克力斯（Hurcules）那樣強大，在一場惡鬥中殺掉了摩爾人塔菲。❷這裡還有一幅肖像，人們長久以來以為是那個不幸的包迪爾，現在則據說是阿班・胡德，這個摩爾國王就是阿梅里亞歷代親王的祖先。這些君王之中，有一位在大征服將結束之際投靠了斐迪南與伊莎貝拉，於是名號改為基督教的佩卓・德・格拉納達・威尼加斯大人（Don Pedro de Granada Venegas）。他的後代就是赫內拉利費宮現任的物業主坎波特哈爾（Campotejar）侯爵。不過，這位物業主卻住在外島，這座宮殿不再是親王的居所了。

然而，這裡的每樣東西還是散發著南方的婀娜柔美：水果、花朵、芳香、青翠的棚架、桃金孃樹籬、清新的空氣，以及噴湧的清水。在這裡，我有機會親眼目睹畫家們所喜愛描繪的，那些南方宮殿及花園的景致。那天，是伯爵女兒的聖人日❸，她把幾個少年朋友從格拉納達帶上來玩，在涼風習習的廳堂裡、摩爾宮殿的綠蔭下，度過一個漫長的夏日。造訪赫內拉利費宮，是早晨的一個享受。這群歡歡喜喜的人兒，三兩成群，遊訪了綠蔭步道、瑩亮的水池、連綿的義大利式階梯，還有寬廣的臺階，以及大理石的細柱。而其他人，包括我在內，在戶外的廊柱道坐了下來，往下俯瞰著一大片視野：阿蘭布拉宮、格拉納達城、維嘉沃原都在遠處底下，而遠處是地平線一般的山嶺。那真是一個夢幻世界，整個在夏日豔陽之中閃爍生光。坐在這裡，處處可聞琤琤的吉他聲、輕叩的響板，從達洛河谷隱約傳了上來。而在半山腰處，我們注意到樹下有個喜慶的聚會。人們穿著正宗安達魯西亞的服裝自得其樂，有人躺在草地上，有人隨著音樂起舞。

這一番景致與樂音，加上此處有皇家內苑的深僻，周遭充滿了甜美的謐靜，天氣又宜人舒適，整個令人陶醉。這群朋友之中有一個人熟知此地的故事，便講起了幾個廣為流行的奇聞及傳說，都跟這座古老摩爾宮殿有關。這些故事都是「有如夢境的內容」，不過，我從這裡面拼湊出底下這一則傳說，但願有幸能夠一娛讀者。

---

❶ 譯註：龐塞．德．里昂（1443-1492），卡斯提爾王國的知名戰將，征服格拉納達王國有功。

❷ 譯註：加西拉索的事跡，見〈格拉納達的公眾慶典〉。

❸ 譯註：某個聖人在一年當中的紀念日，而以此聖人之名來取名的人，也會在這一天慶祝。

阿米德王子（又名：愛的朝聖者）的傳說

格拉納達曾經有一個摩爾國王，只得一個兒子，取名叫「阿米德」（Ahmed）。大臣們又給他加上了「al Kamel」這個外號，意為**完美無缺的**，這是因為王子剛出生落地之時，他們就在他身上看到了一些確信無疑的秀異徵象。占星師們所看到的未來，都說這些徵象是吉兆，並預言了對他有利的各項條件，這些都會使他成為完美無缺的王子，接著成為強盛的君王。他的命運裡只有一片烏雲，但即使這雲也帶有玫瑰的色彩：他會是風流多情的性格，而且會因為這股柔情而遇到重大的危險。不過，如果他在成年以前可以避開情愛的誘惑，這些危險便能夠防止，而他往後的人生將會暢行無阻，順心如意。

為了避免所有這一類的危險，國王做了明智的決定，要將王子養在僻靜之處，那裡沒有半個女子，也聽不到半點情愛的言語。為了這目的，國王在比阿蘭布拉宮更高的山嶺上方，建了一座華美的宮殿。那裡有美麗的園圃，但四周圍著高牆，那其實就是如今所稱的赫內拉利費宮。小王子被關在這座宮殿裡，並交託給伊班．波納班（Eben Bonabben）來護衛及指導。伊班既有智慧、且正經無邪，是百裡挑一的阿拉伯賢哲。他人生的大部分時間都待在埃及，學習象形文字，並且在墳墓及金字塔之間從事研究。他對於埃及木乃伊的著迷程度，高過最誘人的、活色生香的美人。這賢哲受到囑咐，要教導小王子所有的知識，但要讓他完完全全不識情愛。

「為了達到目的，你就用上任何你覺得合適的預防措施吧。」國王這麼說：「但要記得，噢，伊班．波納班：要是我兒子在你的照顧下，曉得了任何一點那些禁忌的知識，你的項上人頭便要拿來交換。」

對這道威脅，智慧波納班無邪無欲的眼神裡，浮起了一抹枯黃的笑容。「陛下請對您的兒子放心，我也對自己的項上人頭放心：我豈是教人無用的情欲的那種人？」

小王子受著賢哲小心警戒的照料，在僻靜的宮殿及園圃之間長大了。他有黑奴作為隨從，他們都聾啞又醜怪，不識情愛為何物；即使他們知道，也沒有言詞可以表達。小王子心智內涵的學習，都受到伊班．波納班的悉心照料。他想要啟發王子走進深奧難解的埃及傳統知識；但是在這方面，小王子很少有進步。很快就證明了，他對於深奧的知識沒有興趣。

不過就一個年幼的王子而言，他有驚人的可塑性，很能接受任何的勸告，並且始終服從這位最高輔導員。他忍住不打呵欠，耐心聆聽伊班．波納班又長、又飽學的講述。他從這裡面，吸收到點點滴滴的各方面知識，就這樣快樂長到了二十歲，成為大量智慧的一個奇蹟，但是完完全全不識情愛。

可是大約在這時候，王子的行為產生了變化。他全然放棄了學習；他到花園裡閒步漫行，在噴水池邊沉思著。他在各種學習項目中，學過一點音樂。音樂現在占去了他大部分的時間，而他對於詩歌的興趣也愈來愈明顯了。大賢者伊班．波納班有所警覺，透過嚴格的代數課程，努力要為他驅走那些無用的嗜好，但王子卻心懷厭惡地抗拒著。「我受不了代數，」他說：「那是我所憎惡的，我想要一些更能夠訴說心情的東西。」

大賢哲伊班．波納班聽了這番話，搖搖他無情無欲的頭，「到這裡就沒法再學習知識了，」他這麼想著：「王子發現自己有一顆心！」此時他焦急地望著自己的學生，知道他本性中潛藏的柔情開始活動了，只缺一個對象而已。王子懷著自己也不知來由的迷醉感，在赫內拉利費宮的花園裡漫步。有時他會坐下來，耽溺在美妙的白日夢裡。然後他會抓起魯特琴，撥奏出最動人的音符；接著又把琴丟在一邊，突然發出嘆息與哀鳴。

漸漸地，這股情愛傾向開始擴展到不動的事物上。他有自己特別喜愛的花卉，很溫柔認真地疼惜著。然後他又開始關注幾棵樹，特別是其中一棵有著優美的樹形、下垂的葉子。他對它傾注了滿懷的愛意，在樹皮上刻下自己的名字，在樹枝上掛了花環，並拿著魯特琴伴奏，唱對仗詩讚美它。

伊班·波納班面對學生這種受到刺激的狀況，感到擔憂。他看到學生正走到了禁忌知識的邊緣上，只要一丁點的暗示，就可能讓他揭開那致命的祕密。他為了王子的安全、以及保住自己的人頭而恐懼著，便急著將王子從花園的誘惑裡拉走，關進了赫內拉利費宮最高的塔樓上。那裡有美麗的房室，並能俯瞰著幾乎一望無際的視野，但也遠遠地離開了芳香的氣味，以及魅力迷人的綠蔭。那些對於太過善感的阿米德來說，都是危險的。

然而，該要怎麼做，才能在牢籠裡讓他得到調劑，在枯躁無聊的時光裡哄住他呢？他過去已經試完了幾乎每一種有趣的知識，而代數就不必提了。幸運的是，伊班·波納班在埃及的時候，曾經向一位猶太拉比❶學過鳥語。拉比是從智慧所羅門王那裡直系傳承下來的，而所羅門王又受教於席巴女王（Queen of Sheba）❷。一聽到這一門學問，王子的雙眼興奮發亮，如飢似渴地學了起來。於是他很快跟師傅一樣，成為精通鳥語的藝師了。

赫內拉利費宮頂上再也不是個荒寂的地方，王子有了觸手可及的對象可以跟他講話。他認識的第一個朋友是老鷹。牠的窩巢築在高聳堡壘的一道裂縫裡，牠從這兒出發，飛得又高又遠去尋找獵物。不過，王子在牠身上找不到太多喜歡或讚賞之處。老鷹只是空中的劫掠之徒，大搖大擺、誇傲自負，牠談的都是有關搶奪、屠殺，以及死命的榨取。

他認識的第二個對象是貓頭鷹。牠看起來博學多聞，有一顆大大的頭，以及閃亮的雙眼。牠整天都坐在牆上的洞裡，眨眼或瞪眼，夜晚才起身漫遊。牠看起來很有智慧，談的是星象、月亮，也稍稍提過魔法術。牠傾心於形而上的學問，而王子發現牠的談吐甚至比賢哲伊班．波納班更加嚴肅乏味。

接著還有一隻蝙蝠，整個白天都倒吊在穹頂的黑暗角落裡，黃昏時分才懶懶散散地飛出來。不過，牠對於所有事物都只抱著模模糊糊的看法，還譏嘲那些牠自己都看不清的東西，而且牠似乎對任何事物都提不起興趣。

除了這些以外，還有一隻燕子，王子一開始對牠大為傾心。牠很能言善道，但是講得沒完沒了、又急又快。而且牠永遠都在飛，很少停得久一點，好讓談話可以持續下去。最後才知道牠只是一知半解，只能輕輕掠過事情表面而已；看似什麼都懂，其實沒有哪件事是徹底了解的。

能讓王子有機會練習剛學的語言的，就僅有這幾個長著羽毛的同伴。塔樓太高了，其他鳥兒無法常常來到這裡。他很快就厭倦了這些新朋友，牠們講的話很少有心智的交流，更沒有半點情感交流，所以，王子再度回到了孤獨的處境。冬天過去了，春天帶來了遍地的花朵、綠意與芬芳的氣息，這也是鳥兒可以求偶、築巢的快樂時光。好像突如其來似的，天地間響起的歌聲及旋律，從赫內拉利費宮的樹林和園圃間傾洩而出，而王子在幽靜獨處的塔樓裡也聽到了。他從每一處，都聽到了同樣的宇宙主題

❶ 譯註：rabbi，猶太教的領酋和經師。
❷ 譯註：依照《希伯來聖經》的記載，統治著非洲東部，年代與所羅門王相當。

「愛——愛——愛」在播送著，並且回應著各種音符和聲調。王子靜靜聆聽著，並感到困惑。「愛究竟是什麼，」他想：「怎麼世界上好像充滿了這種東西，可是我卻對它一無所知？」他向他的老鷹朋友尋求解答。這鳥中的暴徒用一種鄙夷的口吻回答，「你必須求問於，」牠說：「地球上那些庸碌平和的鳥兒，牠們生來就是我們這種蒼穹之王的獵物。我的專長就是戰爭，攻擊我喜歡的東西。我是個戰士，一點也不懂所謂的愛是什麼。」

王子心懷憎惡離開了牠，轉向貓頭鷹尋求慰藉。「這隻鳥，」他說：「有平和的習性，說不定能解答我的問題。」於是他要貓頭鷹告訴他愛是什麼，怎麼樹林裡所有鳥兒都在歌詠。

對這問題，貓頭鷹露出自尊受到冒犯的神情。「我的夜晚，」牠說道：「都用來讀書、做研究。而白天，則待在研究室裡反覆思考我所學到的一切。至於你講的這些唱歌的鳥兒，我從來不聽的。我鄙視牠們，還有牠們唱的主題。讚美阿拉，我可不會唱歌。我是個學人術士，一點也不懂所謂的愛是什麼。」

王子現在又轉向蝙蝠朋友正倒吊著的穹頂，提出了同樣的問題。蝙蝠皺起了鼻子，露出了最尖刻易怒的表情。「為什麼在我白天打盹的時候，要拿這種沒用的問題來打擾我？」牠氣衝衝地說道。「我只到黃昏才行動，那時候所有鳥兒都休息了，我也不必費心去管牠們。我不是鳥，也不是獸類，而且感謝老天讓我生來如此。我曾經看過牠們一整群的惡行，而討厭牠們全體。總而言之，我是個厭世隱遁之徒，一點也不懂所謂的愛是什麼。」

王子最後的辦法是去找燕子，牠在塔樓頂處迴旋時被他叫住了。燕子一如往常忙個不停，簡直沒時間回答問題。「講實在話，」牠說：「我有這麼多公事要管，還有這麼多目標要追求，沒有時間去想那個問題。我每天要拜訪上千個地方，有上千的要事等著巡視，沒有半點餘暇去管那些歌唱小事。總而言之，我是個世界公民，一點也不懂所謂的愛是什麼。」燕子一邊說著，便縱身投進了河谷，一下子便不見蹤影了。

王子仍然失望又困惑，但也因為難以滿足好奇心而更感到難耐了。正抱著這種心情之時，他那年老的輔導員走進了塔樓。王子急著跑去見他，「噢，伊班．波納班，」他高聲道：「您對我傳授了這世界上的許多知識，但有一樣東西，我仍然一無所知，很樂於蒙您賜教。」

「王子殿下儘管提問，任何在微臣知識範圍內的事，都任您來問。」

「那麼告訴我，噢，最富有學識的賢哲，所謂的愛，是一種什麼東西呢？」

伊班．波納班有如受到雷擊般震驚。他顫抖著，臉色蒼白，感覺自己的人頭在雙肩上搖搖欲墜。

「是什麼緣故讓王子殿下有了這個問題？他從哪裡學到這麼沒用的一個字呢？」

王子帶著他來到塔樓窗邊。「聽聽，噢，伊班．波納班。」他說。賢人傾聽著。夜鶯坐在塔樓底下的灌木叢裡，對著牠的玫瑰情人唱歌。每處花朵綻放的莖枝上、叢生的草木裡，都揚起了一道旋律，而「愛——愛——愛」仍然是不變的主調。

「真主阿拉至上！偉大的阿拉！」智慧的波納班高聲道：「即使空中的鳥兒都一齊要揭露這個祕密，有誰還以為能對人心隱瞞呢？」

然後他轉向阿米德，「噢，王子殿下，」他大聲說：「堵住您的雙耳，避開這些誘惑的歌聲。關上您的心，抵擋這危險的知識。要知道，這愛就是道德腐敗的一半誘因。就是這個東西，在教內弟兄與朋友之間引起了憤恨和爭端，而後造成了反叛謀殺，以及毀滅性的戰爭。隨之而來的就是憂慮與悲傷，還有疲憊的白天與無眠的夜晚。它使得花朵枯萎，還妨礙了青春的喜悅，並且造成年華早衰的疾病與痛苦。阿拉保祐您，願王子殿下完全不懂得所謂的愛！」

賢哲伊班．波納班匆匆退下了，留下王子一人，陷入了更深的困惑之中。他想從心裡驅除這個題目，可是沒有用。它仍然占滿了他的心心念念，而徒勞的臆想也戲弄著他，讓他筋疲力盡。當他聆聽鳥兒美妙的旋律時，他對自己說，當然了，那音符裡並沒有悲傷的意思，每個音符聽起來都是喜悅歡欣的。如果愛竟是悲慘和爭端的原因，為什麼這些鳥兒並未獨自垂頭喪氣，或者互相撕扯成碎片，反倒是快樂地在樹叢間飛來飛去，或者在花叢中相互遊戲取樂呢？

他在臥椅上躺了一個早上，沉思著這件難解的事。房間的窗戶打開著，迎進晨間的和風，風中瀰漫著達洛河谷的柑橘花香氣。夜鶯的聲音微微可聞，仍然唱著那常有的主題。王子正在聽著而嘆息的時候，空中突然傳來了俯衝的聲響。一隻美麗的鴿子受到老鷹追逐，從窗外衝了進來，掉在地上喘著大氣。而那追殺者對獵物卻煞步不追，往山裡高飛而去了。

王子撿起氣喘噓噓的鳥兒，理順了牠的羽毛，把牠安放在自己胸口。經過安撫而讓鳥兒平靜下來之後，他將牠放進金籠子裡，並親手來餵牠最白而精細的麥子，以及最純淨的水。然而，小鳥卻拒絕了食物。牠喪氣憔悴地坐下，令人哀憐地悲嘆著。

「你為何苦惱呢？」阿米德問道：「你心所願的每樣東西，不是都擁有了嗎？」

「唉，才不是！」鴿子回答道：「我這不是跟心愛的伴侶分開了嗎，而且是在快樂的春天，在這愛的季節！」

「愛！」阿米德重複著：「我懇求你，可愛的鳥兒，你能告訴我什麼是愛嗎？」

「這個我太了解了，王子。愛是一個人心裡受苦，兩個人幸福快樂，三個人便相爭敵對的事。它是一股吸引力，把兩個生物牽在一起，並透過美好的同心同理而結合起來，使得兩人在一起成為樂事，分開則成為慘事。難道沒有任何人，讓你感到這種柔情的牽絆嗎？」

「我愛我的老師伊班．波納班更勝於其他人。但他經常很煩冗無趣，有時候我覺得，沒有他的陪伴會更快樂。」

「這不是我所說的同心。我說的愛，是生命的奧祕與原理：青春年華中享有陶醉歡樂，而年長之後，享有清醒平靜的喜悅。往前看吧，王子殿下。看看這個幸福的季節裡，天地萬物充滿了多少愛。每隻生物都有自己的伴侶，最微不足道的小鳥也對牠的愛侶歌唱。甲蟲向塵土裡的甲蟲伊人求愛，而你看到在塔樓上方翩翩飛舞、空中戲耍的蝴蝶，也彼此相愛而幸福快樂。唉，王子殿下，你度過了這麼長久的珍貴青春歲月，卻不知道愛是什麼嗎？難道就沒有異性的可人兒，沒有美麗的公主或可愛的姑娘曾經捕獲你的心，讓你胸中充滿甜蜜的痛苦、加上溫情脈脈的渴望，而形成輕柔的騷亂嗎？」

「我開始了解了，」王子嘆息著說：「這樣的騷亂，我經歷過不只一次，而不明來由。那麼，在這種悲涼欲絕的獨居之地，我該到哪裡尋找你所描述的對象呢？」

再多談一點，王子的第一堂情愛課程便完成了。

「唉呀！」他說道：「如果情愛真的是一件樂事，而情愛受阻是恨事，阿拉必會禁止我去破壞任何深情熱愛之人的喜悅。」他打開了鳥籠，抱出鴿子，愛憐地親吻了牠，然後帶到窗口。「去吧，快樂的鳥兒。」他說：「趁著年少與春光，跟你心愛的伴侶去享受。在這沉悶的塔樓裡，愛從來就進不來，我豈能讓你成為囚徒的同伴？」

鴿子歡天喜地拍著翅膀，一瞬間就到了空中。然後雙翅呼嘯，往下撲進達洛河邊花開處處的綠蔭中。

王子目送著牠，隨而轉為苦澀的哀怨。曾經讓他心生喜悅的鳥兒鳴唱，現在卻增添了他的苦悶。愛！愛！愛！啊，可憐可嘆的青春！他現在能聽懂那曲調了。

接著他看到了賢哲波納班，雙眼燃起了火光。「為什麼您要讓我保持這麼極度的無知？」他大叫著。「為什麼生命的大奧祕、大原理不讓我知道，而我發現最低下的蟲子竟懂得那麼多？你看，天地萬物都在歡欣喜悅之中啊，每隻動物都有牠的伴侶。這——這就是我想要找人求教的愛。為什麼就只有我被排除在外，不能享有愛？為什麼我的大把青春都浪費掉了，卻絲毫沒有體會過愛的喜樂？」

賢哲波納班知道，再怎麼避口不談，也沒有用了。因此，他向王子透露了占星師的預言，以及在他受教育時，要事先防止那預言中的惡事。「而現在，王子殿下，」他接著：「我的性命就操在您手裡了。就讓您的父王發現，您在我的守護下竟得知了愛的情感吧，而我將要賠上自己的人頭。」

王子就像大部分同齡的青年那樣通情達理，平順地聽信了師傅的委屈，因為他說的並沒有錯。除此之外，他也確實離不開伊班．波納班。而且，他目前只是從理論上認識了愛之情感；所以，他同意把對愛的認識藏在心中，而不是讓老賢哲冒著被殺頭的危險。

然而，他的守口如瓶卻註定要受到進一步的考驗。此後幾天的某個早晨，他正在塔樓的城垛上思索著，他曾經放走的那隻鴿子來到空中徘徊不去，然後毫不畏懼地降落到他肩上。

王子在胸前撫摸著牠。「快樂的鳥兒啊，」他說：「你乘著早晨的翅膀，可以說一飛就能到天涯海角。自從我們分開之後，你去了哪裡呢？」

「王子殿下，我從某個遙遠的國度，為您帶來一些消息，答謝您放我自由。我所飛過的原野囊括了平原和高山，在我凌空翱翔時，看見了底下有個漂亮的花園，裡面有各種果樹和花卉。它就在一條蜿蜒小溪的河岸綠地上，而花園中央是一座高大莊嚴的宮殿。我因為飛行疲憊了，便降落在某個綠蔭裡休息。在我下方的青翠河岸上，有位年輕的公主，正值嬌美如花的芳齡。她身邊環繞著年紀相仿的女侍，她們給她戴上花環、花冠。但野地或園圃裡的花兒，沒有一朵比得上她的嬌豔。可是，她的花容月貌不為人知，因為那園圃四周圍著高牆，常人都不許進入。我一看見這美貌的女子，年少、純真，未受到塵世汙染，我想，這便是上天所造來喚起王子愛意的那個人兒吧。」

這一番形容，為阿米德敏感易燃的心煽起了火苗。他性情中一切潛藏的愛意立刻找到了對象，他對那公主懷抱著難以估量的熱情。他寫了一封信，用上最熱情如火的文句，吐露著他熾熱的心意。但又哀嘆自己不幸受到束縛，讓他無法去找到她，投身到她的石榴裙下。他添上了詞句最動人的對仗詩，因為他天生就是個詩人，而且還有了情愛的靈感。他在信中的提稱語是：「給不相識的美人，受囚的王子阿米德之筆」。然後，他在信紙上灑了麝香和玫瑰香水，交給了鴿子。

「去吧，最可靠的使者！」他說：「飛過山嶺和谷地，河流與平原。別在樹蔭下歇息，也別降落在地上，直到這封信交給了我的意中人為止。」

鴿子高飛到空中，抓緊一個方向快速趕路。王子目送著牠，直到牠成為雲裡的一個小點，逐漸消失在山的後面。

他日復一日等候愛的使者回來，卻都沒有等到，他開始責怪牠的善忘。而一天傍晚，守信諾的鳥兒搖搖晃晃飛進了他的房間，筋疲力盡倒在他腳邊。有位可惡的弓箭手，飛箭刺中了牠的胸膛，但牠還是苦苦撐著，只為完成任務。王子悲傷俯看著這個小小的殉職者，看見牠的脖子上掛了一串真珠，珠串上連著一幅小小的琺瑯畫像，蓋在翅膀下。這畫像是個漂亮的公主，正值花樣年華。這無疑就是那花園裡不相識的美人，不過她是誰，又在哪裡呢？她是怎麼收到他的書信，而這幅畫又怎麼送來，當作她對他熱情的一分答禮呢？很不幸，守信的鴿子已死，一切都成了謎團，疑霧重重。

王子端詳著這幅畫，直到雙眼滿是淚水。他把畫像按在自己的嘴唇、心窩上，坐了好幾個鐘頭，抱著一股幾近溫柔的心痛，想著畫中人。「好美的模樣！」他說：「唉，卻只是一幅畫像！妳水亮的眼睛對我發著柔光，玫瑰色的雙唇看起來好像在吐露著鼓勵。這一切都是空想！」這眼睛、紅唇，在更生動的正本上看起來是一樣的嗎？可是在這浩瀚的世界裡，我能期待到哪裡找到本人呢？誰知道什麼山、什麼國疆會把我們分開？什麼不利的機運會帶來阻攔？也許現在，即使是現在，就有些多情人正擠在她的身邊，而我卻像囚徒一樣待在這座塔樓裡，白費我的時間來愛慕一幅畫出來的形象。」

阿米德王子下定了決心。「我要逃離這個地方，」他說：「這裡是個可恨的牢獄。然後，愛的朝聖者就要走遍全世界，去找這不相識的公主。」在白天每個人還醒著的時候想要逃出塔樓，或許是件難事，但晚上宮殿的守衛就鬆了。因為沒有人曉得王子有任何這樣的企圖，他一向都是順從地受著囚禁。但是，在夜黑風高之時脫逃、又對這國家相當陌生，他要怎麼自己找到出路呢？

他一尋思，想到了貓頭鷹。牠習慣在晚上漫遊，必定知道每一條小徑和祕密道路。他便在自己的幽居裡尋找牠，請求牠略講一下對於當地的認識。對這問題，貓頭鷹露出了十分自得自滿的神情。「你要知道，噢，王子殿下，」他說：「我們貓頭鷹是個很古老而龐大的家族，雖然是敗落了，但是在西班牙各處仍擁有廢棄的城堡和宮殿。山間的塔樓、平原上的城寨或城鎮裡的舊堡壘，裡面很少不住著某個兄弟、叔伯或表兄弟，並且四處巡迴拜訪一堆親戚。我打探過每一個隱蔽處和角落，也曉得大地上的每一個祕密。」

王子得知貓頭鷹如此熟知地形地勢，大喜過望。他便推心置腹，把自己的柔情蜜意及逃脫的意圖都告訴了牠，敦促牠成為自己的同伴及諮詢員。

「去去去！」貓頭鷹不悅地說：「我是那種會陷進情愛的鳥嗎？我的所有時間，可都是用來對月沉思的。」

「我沒有冒犯您的意思，最莊重的貓頭鷹，」王子答道：「請從對月沉思之中暫時抽身，幫助我逃走，您便能事事如意順心。」

「我已經事事如意了。」貓頭鷹說：「我吃得儉省，幾隻老鼠就夠了，牆壁上的洞也足夠作為我的書房。像我這樣的學者，還需要什麼別的呢？」

「請您想想，最有智慧的貓頭鷹：您在樹洞裡擠眉弄眼、望著月亮，這世界便白白失去您的一切智慧。我有一天會成為君王，可以將您晉升到一個榮耀又尊貴的位置呢。」

貓頭鷹雖然是個學人，超脫了生命的世俗欲望，卻並未失去雄心。於是牠最後被說服了，要跟王子一起逃走，並且在他的朝聖之路上擔任嚮導和明師。

情人的計畫都執行得很敏捷。王子把自己所有的珠寶都蒐集起來，藏在身上作為旅費。當天晚上，他利用頭巾從塔樓的陽臺降下去，並攀爬過赫內拉利費宮的外牆。由貓頭鷹引路，他在天亮之前便順利逃到了山間。

他現在要跟他的明師商量，看未來的路線怎麼走。

「我可否這樣提議，」貓頭鷹說：「我建議你前往塞維亞。你要知道，多年前我曾經去拜訪一位叔叔。他是隻十分莊重而有能力的貓頭鷹，住在當地大堡壘那個塌毀的側翼裡。我夜晚盤旋在城鎮上空時，經常注意到一座孤立的塔樓裡亮著一盞燈火。後來我降落到城垛上，看到牠從一位阿拉伯法師的燈火裡走了出來。法師身處在他的魔法書堆裡，而他的肩頭棲著一個老伴。那是隻老烏鴉，從埃及跟著他來到這裡。我認識那烏鴉，我的許多知識就是跟牠學的。法師後來死了，但烏鴉還住在那塔樓裡，因為這些鳥兒都活得很長壽。我會建議您，噢，王子殿下，去找那烏鴉吧。牠是個占卜師、法師，能夠驅使魔法術。所有的烏鴉，尤其是來自埃及的那些，都是以魔法術而聞名的。」

王子為這富有智慧的建議而振奮了，便照著上路前往塞維亞。他只在夜間行進，以便配合他的同伴，而白天就躺在某個黑暗的洞穴，或者傾頹的塔樓裡。貓頭鷹知道每一個這類的藏身之處，而且對於廢墟抱著最強的好古之心。

某一天的破曉時分，他們終於抵達了塞維亞城。而貓頭鷹由於討厭擁擠街道上的強光和喧鬧，便在城門之前停了下來，住進了一棵中空的樹裡。

王子進了城門，果然找到了那魔法師之塔。它高聳在城裡房屋的上方，好像一棵棕櫚樹立在沙漠的小灌木叢裡。這塔樓其實就是如今還存在的那一座，叫作「吉拉達」（Giralda），是塞維亞知名的摩爾式塔樓。

王子沿著大幅盤繞的階梯爬上了塔樓頂層，找到了熟習魔法的烏鴉。那是一隻年老、富有神祕感、灰頭髮的鳥兒，羽毛亂糟糟的。牠的一隻眼睛上生了薄膜，發著像是鬼魂一樣的怒視。牠單腳站著，頭歪向一邊，正用牠剩下的那隻眼睛在端詳走道上的一幅圖畫。

王子因為牠的年高德劭及超乎尋常的智慧，抱著一股自然的敬畏，向牠走近。「打擾了，最年長而智慧深邃的烏鴉，」他高聲說道：「我恐怕有一點打擾到世上那些高明玄妙的研究了。您的面前是一個崇奉情愛的信徒，他很樂意聽您建議他要怎樣才能找到情感的對象。」

「換句話說，」烏鴉的眼神意味深長：「你是想要試試我的手相術。來吧，給我看看你的手，讓我來解讀那神祕的命運之線。」

「抱歉，」王子說：「我來不是要打探命運的安排，阿拉不讓凡人看到那些的。我是愛的朝聖者，我不過是想要搜尋線索，好去找到我朝聖的目標。」

「在充滿情愛的安達魯西亞，你怎麼可能不知道如何找對象？」老烏鴉睜著牠的獨眼，話中有話地笑著說：「尤其啊，在多情泛濫的塞維亞，黑眼珠的姑娘到處在柑橘樹下跳著森布拉舞（zambra），你怎麼會有這種困惑？」

王子羞紅了臉，聽到一隻獨腳的老鳥對於這麼鄭重的談話卻輕鬆以對，他有點嚇著了。「請相信我，」他鄭重地說：「我並不是像您所暗示的那樣，想抄一條輕薄隨興的捷徑。安達魯西亞的黑眼姑娘在瓜達幾維河（Guadalquivir）邊的柑橘樹下跳舞，對我來說都是空的。我要找的是一位素不相識、但純潔無瑕的美人，也就是這畫像裡的本人。而我懇求您，法力高強無比的烏鴉，如果這是在您所知、或法術辦得到的範圍內，請告訴我可以到哪裡找到她。」

王子嚴肅的態度，讓灰髮烏鴉聞之見絀了。

「我哪裡懂，」他冷冷地回應：「什麼年輕貌美的人？我去的地方都是老舊的、衰敗的，不是清新而漂亮的。我可是惡運的前兆，我都在煙囪上端呱呱預示著死亡，並且拍著翅膀來到病重之人的窗口。

你想要有關於那位素不相識的美人的消息，必須到別處去找。」

「可是，如果不是在熟悉命運之書的智慧之子當中去找，我還能去哪裡找呢？要知道，我可是天命所註定的皇室之子，為了一項神祕的任務而來到這世界，而這任務或許牽連著各國的命運啊。」

烏鴉一聽到這事情關係著重要的時刻，牽涉到星辰，便改變了口氣與態度，很認真聽著王子的故事。故事講完之後，他回答說：「要找到這公主，我本身倒沒有訊息可以給你，因為我並沒有飛到花園裡、或者飛到女士的樹蔭附近。我只能催促你去哥多華，去找偉大的阿德拉曼（Abderahman）的棕櫚樹，它就在大清真寺的庭院裡。在那樹下，你會遇到一個偉大的旅人，他走訪過所有的國家和宮廷，是皇后和公主們所喜愛的人。有關你想找的對象，他會給你好消息的。」

「萬分感謝您這項寶貴的訊息，」王子說：「再會了，可敬無比的法術師。」

「再會吧，愛的朝聖者。」烏鴉面無表情地說著，接著又對著地上的圖畫陷入了沉思。

王子邁出了塞維亞城，找著他那個仍在空樹洞中打盹的貓頭鷹旅伴，出發前往哥多華。

他順著沿路的園圃、柑橘及香櫞樹林，俯瞰著美麗的瓜達幾維河谷而往哥多華去。到達城門的時候，貓頭鷹飛進了城牆上的黑洞裡，而王子進去尋找偉大的阿德拉曼很久以前所種的棕櫚樹。這樹就在清真寺庭院的中央，矗立在柑橘及柏樹之間。庭院迴廊底下，苦行僧和托缽僧坐在一起。而許多踏進清真寺之前的信徒，正在水池邊進行著淨體禮。

棕櫚樹下，某個人彷彿口若懸河似地講著，而一群人圍著在聆聽。「這個人，」王子對自己說道：「必定就是那偉大的旅者，他會給我訊息去找那不相識的公主。」他混進了人群中，卻詫異地發現他們都在聽一隻鸚鵡講話。鸚鵡穿著鮮綠色的外衣，有著講求實際的眼神、一副自傲的冠羽，就像是一隻自信十足的鳥兒。

「怎麼會這樣，」王子問了一名旁觀者：「這麼多神情肅穆的人，竟樂意聽一隻鳥兒喋喋不休地講話？」

「你可不知道自己在講誰呢，」另一個旁觀者說：「這隻鸚鵡是那知名的波斯鸚鵡的後代，牠說故事的才能是眾人皆知的。牠的舌上能吐出一切東方的學問，而且還能像講話一樣快速引用詩句。牠曾經走訪外國的好幾個宮廷，在各處都被視為飽學之士。牠也是女性所喜愛的對象，她們都十分仰慕能夠引用詩句的飽學鸚鵡。」

「行了，」王子說：「我會跟這位傑出的旅者進行私下的談話。」

他要求進行私下的晤談，並解釋了他這趟旅程的目的何在。但他還來不及提到目的，鸚鵡就爆出了乾巴巴的、樂不可支的笑聲，單是這樣就連眼淚都流出來了。「請原諒我樂成這樣。」牠說：「但光是提到愛，就讓我笑出來了。」

這一場笑樂來得很不是時候，王子嚇著了。「愛不就是，」他說：「大自然的神祕所在，生命的奧妙原理，一體同仁的牽絆嗎？」

「那是沒價值的東西！」鸚鵡大聲打斷了他：「拜託，你從哪裡學到這種多愁善感的詞啊？相信我，愛是很不流行的東西，我們在機巧聰明的夥伴、高雅脫俗的人們身上，從來不會聽到愛。」

王子想起了他的鴿子朋友所講的另一番話，便嘆了口氣。但是他想，鸚鵡在宮廷裡住過，裝作自己是聰明人、高雅光鮮的紳士，牠並不懂所謂的愛是什麼。王子不願引起鸚鵡再去譏笑他滿心的情感，便針對他這次來訪的目的而提出詢問。

「請告訴我，」他說：「最飽經人情世故的鸚鵡，您在每個地方都獲准進入美人所在的樹蔭最深處，您在旅行的過程中，可曾見過這幅畫像裡的本人？」

鸚鵡以爪子取過那畫像，牠的頭從一邊轉到另一邊去，兩隻眼睛都仔細檢視了一番。「以我的信譽來擔保，」牠說：「這是很美的容貌，太美了。只是，一個人在旅途中看過了那麼多美女，他簡直沒辦法——不過等等，老天保祐！現在我再看一次，很肯定這位是艾蒂翟娜（Aldegonda）公主。我怎能忘記我極為喜愛的這個人兒啊！」

「艾蒂翟娜公主！」王子複誦著：「那麼，要去哪裡找到她？」

「慢慢來，慢慢來，」鸚鵡說：「急著強求還不如從長計議。她是托雷多的基督國王唯一的女兒。由於那些愛管閒事的占星家之流的預言，她在十七歲之前都一直養在深閨，不讓外界接觸。你看不到她的，常人都沒辦法看到她。我從前得到過允許，到面前去娛樂她。而我身為一隻見過世面的鸚鵡，敢向你出言保證，我一生中，曾經跟更蠢得多的那些公主交談過呢。」

「實不相瞞，親愛的鸚鵡，」王子說道：「我是某個王國的繼承人，有一天會登上王位。我知道您是多才多藝的鳥兒，而且了解世事。請幫助我得到這位公主，我會提拔你成為宮廷裡的高層。」

「我實話實說，」鸚鵡說：「如果可以的話，希望那是個閒職。因為，我們這種聰明人是很不喜歡出力辦事的。」

事情很快安排好了。王子從他進城的同一道大門邁出了哥多華，叫起了城牆凹洞裡的貓頭鷹，向新旅伴介紹了這位博學多聞的好兄弟，然後他們踏上了旅途。

他們慢慢走著，沒辦法像王子那麼心急。鸚鵡習慣了養尊處優的生活，而且不愛在一大早就受到打擾。另一方面，貓頭鷹大白天都在睡覺，而且因為長睡而費了很多時間。牠的好古也很礙事，遇到每個廢墟都堅持要停下來勘察，而且對此地每座古老的塔樓、城堡都有長長的傳奇故事要講。王子原本以為，牠和鸚鵡都是富有知識的鳥兒，應該可以相處愉快。但是王子大錯特錯了，牠們兩個永遠在起口角。

牠們一個機巧聰明，另一個深富哲思。鸚鵡引用詩句，愛挑剔新的讀法，對於學問的細節處又雄辯滔滔。貓頭鷹對於這類知識都認為是雕蟲小技，牠只喜歡形而上的玄思。然後鸚鵡會唱起歌來，重複著雋言妙語，並且拿笑話去砸那位嚴肅莊重的夥伴。這一切都使得貓頭鷹覺得是在傷害牠的自尊，讓牠怒目而視、鬱悶在心而且滿肚子氣，然後一整天都不講話。

王子不去注意夥伴們的爭吵；那美麗公主的畫像，讓他沉浸在自己的幻夢和沉思之中。這一趟旅途，他們走過了莫雷納山脈（Sierra Morena）的險路，穿越了拉曼查、卡斯提爾烈日曝曬的平原，又沿著蜿蜒流過西班牙、葡萄牙大半地區的「金色太加斯河」（Golden Tagus）的岸邊而行。終於，他們望見了一座壯闊的城堡，城牆和塔樓就立在一個岩石岬角上，而岬角之下是滾滾繞過的太加斯河。

「看啊！」貓頭鷹叫著：「是知名的古城托雷多，以古跡而聞名。看那些古雅的圓屋頂和塔樓，年代久遠，又帶著傳奇性的雄姿。我有好多祖先都曾經在裡面沉思呢。」

「吓！」鸚鵡一叫，打斷了牠肅穆而好古的痴迷情懷：「古跡、傳說故事、還有你的祖先，跟我們有什麼關係啊？注意那些跟目的比較相關的事物吧，要注意妙齡美人的住所。最終目標，噢，王子殿下，是要注意您千里相尋的公主住處。」

王子注視著鸚鵡所指的方向，在太加斯河邊一片美麗的草地上，他看見了一座壯麗的宮殿，從舒適宜人的花園綠蔭之中拔地而起。那正是鴿子以前所描述的，畫像本人的住所。他懷著怦怦心跳注視著，「也許此時此刻，」他想：「公主正在樹蔭底下玩耍，或踩著小巧的步伐走在壯麗的臺階地上，又或者，在那些高高的穹頂之下小憩。」他再定睛一看，發覺花園的圍牆很高而難以進入，而且有幾個武裝衛兵在附近巡邏著。

王子轉頭面對鸚鵡，「噢，最飽經人情世故的鳥兒，」他說：「您能說人語，快快去那花園裡，找到我靈魂所屬的偶像。請告訴她，阿米德王子，也就是愛的朝聖者，受到天命的引導，為了找她，已經來到了太加斯河花開遍地的河岸邊。」

鸚鵡為了自己奉命出使而感到驕傲。牠飛向那花園，登上高牆，在草地和樹林上頭盤旋一會兒之後，降落在俯瞰河流的涼亭陽臺上。在這裡，牠從豎鉸鏈窗望進去，看到公主斜躺在椅榻上，雙眼盯著一張紙看，眼淚卻悄悄流下她蒼白的臉頰。

牠順了順翅膀，拉好鮮綠色的外衣，抬高了冠羽，然後慇懃地棲息在她身邊，接著用一種柔和的口吻說道，「擦乾你的淚水，最美麗的公主，」牠說：「我來這裡，為你的心帶來慰藉。」

公主聽到這聲音，感到十分訝異，轉頭卻什麼也沒看到，只有一隻綠衣的小鳥在她面前輕快移動，並鞠躬致意。「唉！你能帶來什麼慰藉，」她說：「我看你只是一隻鸚鵡呀？」

這質疑讓鸚鵡有點著惱了。「我一生中可是曾經慰藉過許多美人的，」牠說：「不過不提那些了。此刻，我是一位皇室王子所派來的大使。你可知道，格拉納達的王子阿米德，為了找你而來到這裡。甚至，現在已經紮營在花開遍地的太加斯河畔了。」

聽了這些話，美麗公主的雙眼閃著光芒，比她小王冠上的鑽石還要亮。「噢，最貼心的鸚鵡，」她大聲說道：「你這訊息真是令人歡喜。我曾因為懷疑阿米德變心了，而虛弱無力、心生厭倦，病得幾乎要死了。你快快回去告訴他，他信上寫的字字句句，都刻印在我的心上，他的詩句是我的精神糧食。不過也要告訴他，他必須準備好藉著武藝來證明他的愛。明天是我的十七歲生日，父王會舉行一場盛大的比武競賽。有幾個王子會來參賽，而獲勝者的獎品就是擁有我。」

鸚鵡再度展開翅膀，刷刷穿過樹林，飛回了王子等待牠歸來的地方。阿米德找到了心愛畫像的本人，得知她的善良和真心。只有那些受天所眷顧的人，才能想像他那股狂喜；他們幸運地實現了夢想，影像也變成了真實。不過，還有一件事會有礙他命運的轉變，就是即將來到的比武競賽。事實上，太加斯河岸已經出現了閃亮耀眼的盔甲，並迴響著各個武士的小號聲。他們都帶著神氣的隨從，昂首闊步地前往托雷多城去參加競賽。控制著王子命運的那顆星，也控制著公主的命運；在公主十七歲生日之前，她也被隔絕於外界，保護她不接近情愛。然而，她美貌的名聲並沒有因為深閨獨住而埋沒，反倒是加強了。幾個強健有力的王子為了擁有她而一拚高下。而她的父王相當精明，為了避免因偏私不公而造成敵對，便讓王子們自己比武而決定勝負。在競爭對手之中，有幾個是出了名的有力而本領高強。這對於不幸的阿米德真是一大困難，因為他對於武器並不拿手，也不熟悉騎士之道。「我這王子真是走衰運！」他說：「偏是在深宮之中，由一個學者帶大的！代數、玄學對於情愛之事有什麼用呢？唉，伊班．波納班！為什麼您沒想到教我學武呢？」面對這情形，貓頭鷹打破了沉默。牠在長篇大論之前，先發出了虔誠的讚美，因為牠是很忠貞的穆斯林。

「讚美阿拉！上帝多麼偉大！」牠高聲說道：「祂的手中盡是奧祕之物，祂一個人便操縱著王子們的命運！噢，王子殿下，您要知道這片大地充滿了奧祕，眾人都無由得知，除非是像我本人這樣，才能夠在黑暗中摸索知識。您可知道，附近山嶺之中有個洞窟，洞中有一張鐵桌，桌上躺著一具魔法盔甲。那桌子旁邊，站著一匹被施了魔咒的戰馬，牠關在那裡已經好幾代了。」

王子很訝異地注視著，而貓頭鷹眨著牠圓圓的大眼睛，豎起頭上的角羽，繼續講下去。

「很多年前，我曾經陪同父親走訪牠的物業，而去到這些地帶。我們在那個山洞停留過，所以我得知了這祕密。這是我們家族裡的一個傳說，在我還是一隻小貓頭鷹崽子的時候，從祖父那裡聽說，這盔甲是屬於一個摩爾的魔法師所有。托雷多城遭到基督徒占領期間，魔法師就躲在這山洞裡，後來在這裡去世，留下他施了魔咒的戰馬及武器。它們只能由穆斯林來使用，而且是趁著日出到中午之間。在這一段時間裡，任何使用的人都可以打敗任何對手。」

「好了，我們去找這個山洞吧！」王子高聲說道。

王子由他的傳奇明師帶領著，找到了山洞。它在托雷多四周的岩石高崖上，是最荒無人煙的一口崖壁凹穴，只有貓頭鷹或古物搜尋家那種留神追蹤的眼睛，才能找到它的入口。永久花油點著一盞陰森恐怖的燈火，發出肅穆的火光照著這裡面。洞穴中央的鐵桌上，放著魔法盔甲，一把長矛靠在桌邊。桌旁站著一匹阿拉伯戰馬，身覆披掛準備上戰場，不過牠卻像雕塑一樣靜止不動。那副盔甲明亮，毫無鏽痕，就像古時候一樣發著光；馬匹的情況也相當良好，就像剛從牧場裡過來的一樣。阿米德一伸手摸牠的脖子，牠便以蹄蹭地，發出好大一聲歡喜的嘶鳴，搖撼著洞壁。王子配備充裕；「有馬也有人，武器手一伸」，他決定在即將來到的比武競技裡上場迎戰。

熱鬧滾滾的早晨到了。托雷多城堡建於高崖上，而比武參賽的人們就在下方的vega（也就是**平地**）上準備著。平地上為觀眾搭了看臺、廊道，上面披著絢麗的繡旗，還有絲織的遮陽篷。當地的美人都齊集到廊道上，而下方是昂首闊步、裝飾著羽毛的武士們，身邊還跟著隨從和貴冑子弟。這群人之中有好些耀眼的王子，要在這場競賽中一較高下。不過，當艾蒂犖娜一出現在皇家涼亭，當地的美人全都相形失色，那是她第一次現身在愛慕她的世人眼前。見到她超凡絕俗的嬌美，人群中傳出一陣驚異的低語。而那些為了得到她而參賽的王子們，以前只能相信她傳言中的美貌，如今為了這差異而感到了十倍的熱情。

然而，公主卻顯出了憂慮的表情。那神色在她的雙頰上起伏，她露出不安不樂的表情，遊目遠望著那一群插了羽毛的武士。比武的小號聲將要響起時，傳令官宣布有位異邦的武士駕到。阿米德騎馬來到了賽場。他的包頭巾上戴著嵌有珠寶的鋼盔，胸背護甲上浮雕著金飾；他的彎刀和匕首是費茲的工匠所造，閃著寶石的光芒；他肩膀上揹著圓盾，手上執著施有魔法的長矛；他的阿拉伯駿馬，身上有刺繡華美的披掛，並且拖到了地上。這神氣的馬兒昂首踱步，嗅著空氣。牠再次傲視那一整排武士，快活地嘶鳴著。那王子高貴優雅的舉止吸引了每個人的目光，當他的名字「愛的朝聖者」一宣布出來，廊道裡的美人便掀起了一陣全面的興奮與激動。

可是，阿米德走進競賽場時，他們把他擋下來了。他聽到，只有王子才允許參加比賽。他便揭露了自己的名字與身分，結果更糟！他是個穆斯林，不能參加這種以基督徒公主為獎賞的比武競技賽。

參賽王子帶著傲慢與惡意的眼神，圍住了他。有個舉止無禮、個頭高大的人，鄙夷他年輕細瘦的身形，並嘲笑他那個情聖的名號。王子燃起了怒火，便向這對手叫陣比武。他們站開了一段距離，繞圈走步，然後舉起了武器。魔法長矛第一次出擊，這個嘲笑人的壯漢便在自己馬鞍上歪了一邊。這時他原本是可以穩住的，可是天啊！他還得應付癲狂的馬匹和一身盔甲，沒辦法一下子控制住這一切。阿拉伯戰馬衝進了密集的武士群中，長矛掀翻了在場的每樣東西。溫良的王子在忙亂中被載著奔往競賽場，打亂了裡面的高下貴賤，眾人都為了他不由自主的怪異行為而心生不悅。臣民和賓客身上發生了這一場混亂，讓國王動氣震怒了。他叫出所有侍衛，他們即時趕到，就跟下馬一樣迅速。國王丟開了袍服，抓起圓盾和長矛，騎上了馬，要御駕親征去嚇退這個異邦人。老天！國王陛下的表現也沒有好過一般人，戰馬和長矛並不在乎人身分的高低。讓阿米德驚嚇的是，他被載著全速衝向國王，一瞬間，國王的御足已經騰到半空中，而王冠也在塵土裡打滾。

這時，太陽已經到達子午線，魔咒的力量便自行收回了。阿拉伯戰馬靈活地穿過平地，跳過籬笆，縱身躍進了太加斯河，游進湍急的流水中，載著屏息又驚異的王子回到了山洞，像一尊雕像一般回到牠鐵桌旁邊的位置。王子歡喜地下了馬，放好了盔甲，等候著命運進一步的宣判。然後他坐在山洞裡，反覆想著這兇猛的戰馬和盔甲，讓他掉進了一切無望的亂局裡。他害得托雷多的騎士們丟臉、又惹得國王大為震怒，他應該再也不敢到城裡露臉了。還有，公主會怎麼看待這麼粗魯放縱的一場好事？他滿心焦急，於是將兩隻長了翅膀的使者送出去打探消息。鸚鵡打探了所有的公共場所，以及城鎮中人群聚集之地，很快便帶著一堆閒聊的內容回來了。

整個托雷多是一片驚惶失措。公主不省人事地被送回了宮裡，比武競賽在一片混亂中結束了。每個人都在談論那個穆斯林騎士突然的出現、強大駭人的武藝，以及莫名其妙的消失無蹤。有人宣稱說他是個摩爾法師，其他人則認為他是個披著人形的惡鬼。更有人講起傳聞，說有一些戰士被施了咒藏在山洞裡，而他或許就是巢穴裡忽然冒出來的其中一個。所有人都同意，凡人不可能做出這些特異之事，或者讓武藝高強又健壯的基督戰士落馬墮地。

貓頭鷹晚上動身，在幽暗的城鎮裡盤旋，棲息在屋頂和煙囪上。接著，牠再繞飛到托雷多岩峰頂上的皇宮，潛行到宮裡的陽臺和城垛處。牠在每道縫隙處偷聽著，並睜大了眼睛緊盯著每扇有光的窗戶，結果惹得兩三個宮女驚駭大叫。一直到灰色曙光微微出現在山上，貓頭鷹才從緊密的追蹤行動中歸來，向王子講述牠的見聞。

「我窺探著皇宮裡頂尖的一座高塔，」牠說：「那時透過一扇豎鉸鏈窗，看到了一個美麗的公主。她正斜躺在椅榻上，身邊有侍女和醫生，但她都不理他們的醫治和安撫。他們退下之後，我看到她從胸口拿出了一封信，讀了信又親吻它，然後放聲哀哭。我身為一個學士聽了這哀哭，只有深受感動。」

阿米德溫柔的心腸為這些消息感到難過。「您講的千真萬確，噢，大賢哲伊班．波納班，」他大聲說著：「情人所遭遇的就是憂心、悲傷與無眠的夜。求阿拉保祐公主，別受到這所謂『愛』的害處吧！」

從托雷多傳來的進一步訊息，證實了貓頭鷹的報告。這個城鎮深感不安並警戒著，而公主被送往皇宮裡最高的一座塔樓，通往塔樓每一條路都有重兵把守。同時，一股強烈的憂鬱籠罩著她，她食不下嚥，對於一切安慰都置若罔聞，卻沒有人猜得到原因何在。最高明的醫生都試了他們的醫術，卻仍舊無效。人們認為她是受了魔咒，而國王發出公告，說任何人若能成功治好公主的病，就能獲得皇室寶庫裡最昂貴的珠寶。

貓頭鷹正在角落裡打盹時，聽到了這個公告。牠轉動著大眼珠，看起來比平常更加神祕了。

「偉大的阿拉！」牠喊道：「能成功治病的人可好命了，他只要懂得在皇室寶庫裡挑選珠寶就夠了。」

「最尊貴的貓頭鷹，您的意思是？」阿米德問道。

「噢，王子殿下，請仔細聽著。您要知道，我們貓頭鷹是富有學識的一群，而且大力投入了晦暗而布滿塵埃的研究。我上次夜裡潛行在托雷多的那些圓屋頂及角樓時，發現了老學究貓頭鷹的一個團體，牠們正在一座大穹頂塔樓裡舉行會議，而皇家的財寶就存放在這塔樓之中。牠們在討論古時候寶石和珠寶飾物的形制、銘刻和設計，每個國家和時代的風尚。不過牠們感興趣的，大多是打從哥德王羅德利可（Roderick the Goth）❸時代以來，就留存在寶庫裡的某些遺物和魔法之物。這些東西裡，有一個用鋼條封住的檀香木箱子，是東方藝匠所製，上面刻有神祕的文字，只有少數學識之士才懂。這個箱子及其刻文，在好幾場討論中都受到這團體的注目，並引發了長久而嚴肅的爭辯。我到訪的時候，有隻很老的貓頭鷹最近才從埃及過來，坐在那箱蓋上講授著有關刻文之事，並從刻文裡證實說，這寶箱裡藏有智慧所羅門王的王座絲毯。毫無疑問，那絲毯是在耶路撒冷陷落之時，隨著避難的猶太人而帶到了托雷多。」

貓頭鷹結束了陳年往事的長篇大論時，王子陷進沉思裡已有一段時間了。「我曾經，」他說：「聽大賢人伊班．波納班說過，那魔法之物的奇妙功能。它在耶路撒冷陷落時遺失，應該是沒人找得到了。毫無疑問，它對於托雷多的基督徒而言，仍然是未解之謎。如果我能夠拿到那條毯子，財富就穩操在手了。」

隔天，王子換掉華服，穿上了阿拉伯人在沙漠裡裡的簡單服裝。他把自己的容貌染成黃褐色，沒有人認得出，他就是在比武競賽裡掀起一番仰慕與恐慌的風光戰士。他拄著手杖，身邊帶著錢袋，以及牧人的小蘆笛，往托雷多而去。他來到了皇宮的大門口，宣稱自己是能夠治好公主而有資格領賞的人。

衛兵本來想把他鬨出去，「連本地最有學問的人都做不到的事，你這樣一個阿拉伯浪人自以為能幹什麼？」他們說。不過，國王卻聽到了這陣喧嘩，便吩咐把這阿拉伯人帶到他面前來。

「大權在握的國王陛下，」阿米德說道：「您的面前是個來自貝都因（Bedouin）的阿拉伯人，一生中大部分都在沙漠中的偏遠之地度過。眾所周知，這些偏遠地方常有惡魔和邪靈，趁著我們這些窮牧人獨自放牧之時，來危害我們。它們闖進來，占奪我們的羊群和牛群，有時候甚至讓溫馴的駱駝也發起火了。要對付這種情況，我們的破解之道就是音樂。我們有些神奇的調子，是一代一代傳下來的，讓我們吟唱及吹奏來驅走這些邪靈。我來自一個有天分的家族，擁有這種法術最強大的神力。如果有任何這類邪惡的力量施咒於令千金，我以我的人頭做擔保，能夠把她從魔掌中解救出來。」

國王了解、也明白阿拉伯人所掌握的奧祕，便因為王子自信的言語而燃起了希望。他立即引導王子來到那最高的塔樓，這裡有幾道門固守著，而最頂層就是公主的房間。窗戶外頭是一座裝有欄杆的陽臺，俯瞰著托雷多城及周遭的鄉間地區。窗戶遮住不透光，因為公主躺在裡頭，被絲毫無法緩解的強烈悲傷所吞噬。

王子坐在陽臺上，用蘆笛吹奏了幾首阿拉伯的鄉野曲調，這是他向格拉納達的赫內拉利費宮裡的隨從學來的。公主還是沒有知覺，在場的醫生們都搖著頭，並露出不信任與輕蔑的微笑。最後王子把蘆笛擱在一邊，用一種簡單的旋律，吟唱著他吐露愛意的那封信裡的情愛詞句。

公主聽出了那心聲，一股翩翩的喜悅悄悄浮上心頭。她抬起頭傾聽著，淚水湧上了雙眼，流下了臉

❸ 譯註：哥德王羅德利可，七一〇～七一二年在位，後為穆斯林所殺，此後穆斯林便統治了伊比利半島。

頰。她的胸口，也因為情緒的激動而上下起伏。她本想要求把這吟唱歌手帶到她面前來，但閨女的羞澀讓她保持沉默。國王看出了她的心思，便下令將阿米德帶進房間裡。兩個情人小心翼翼，只交流著視線，但那些視線卻訴說了千言萬語。音樂的勝利沒有比這更圓滿的了。公主的嫩頰恢復了玫瑰色，嘴脣恢復了光彩，而傷心欲絕的眼中也有了露珠般的光輝。

所有的醫生都驚訝地彼此注視著。國王對這阿拉伯的吟唱歌手既欽佩、又敬畏。「了不起的年輕人！」他高聲說道；「你應該從今以後擔任我宮中的首席御醫。而且，除了你的曲調以外，其他的藥方我都不採用。現在，請收下你的獎賞，也就是我國寶庫中最珍貴的珠寶。」

「噢，國王陛下，」阿米德回答：「我不在意金銀或寶石。您的寶庫之中有一件古物，是曾經統治托雷多的穆斯林所傳下來的。那是個檀香木箱，裡面裝著一條絲毯。給我那個箱子，我就滿足了。」

這名阿拉伯人的謙遜，讓在場所有人都感到訝異。而當箱子取來，拿出毯子時，大家更訝異了。那是綠色的精絲所製，上面有希伯來及加爾丁文字。御醫們彼此相視，聳聳肩，為了這個新醫生的單純而微笑著，他竟會滿足於這麼微薄的酬勞。

「這條毯子，」王子說：「曾經覆蓋著智慧所羅門王的寶座，值得放在美人的腳下。」

他一邊說著，便將毯子打開，放在陽臺一張已經拿來給公主的坐墊底下，然後自己便坐在她的腳邊。

「誰能，」他說：「抵抗命運之書上所註定的事呢？看，占星師們的預言成真了。噢，國王陛下，您可知道，令千金與我已經祕密相愛很久了。看著，我就是愛的朝聖者！」

這些話才剛從他口中說出，那毯子便升到了空中，載走了王子和公主。國王和醫生們張大了嘴巴、瞪大了眼睛直盯著。到最後，它變成了一朵白雲懷裡的一小點，然後消失在藍色的蒼穹之中。

國王氣憤地召來寶庫出納員。「怎麼會這樣，」他說：「你任由一個異教徒拿走了這樣的魔法之物？」

「唉呀，陛下，我們不知道它是什麼東西，也無法解讀箱子上的刻文。如果它確實是智慧所羅門王寶座上的毯子，它便擁有魔力，能夠載著擁有它的人到處飛。」

國王集結了一支強大的軍隊，往格拉納達出發，要追回逃走的兩個人。他長途跋涉，十分勞累。在維嘉沃原紮營之後，他派了一名傳令官去要回自己的女兒。格拉納達的國王親自率領全體朝臣來見他。而他看到，這國王便是吟唱歌手本人！因為阿米德在自己的父王駕崩之後已經登基，而美麗的艾蒂羣娜就是他的皇后。

基督國王發現女兒獲准維持她的宗教信仰，便順順利利地消氣了。這倒不是他特別虔誠，而是因為宗教向來是君主的尊貴及禮儀的核心。血戰並未發生，反而迎來了一連串的慶典與歡樂。之後，國王滿心歡喜回到托雷多，年輕的佳偶繼續待在阿蘭布拉宮，快樂又明智地治理著國家。

不妨再提到，貓頭鷹和鸚鵡各自隨著王子之後，從容地返回了格拉納達。貓頭鷹在夜間旅行，並在牠家族遺留下來的幾座物業裡停歇過。而鸚鵡在旅途上，則快活地巡繞著每一座鄉鎮與城市。

對於牠們在朝聖過程中的勞務，阿米德感激回饋。他指派貓頭鷹擔任他的宰相，而鸚鵡則主掌禮儀。不消說，從來沒有一片國土的治理比這更清明，也沒有哪個朝廷的應對進退比他們更嚴守禮節了。

山間漫遊

我以前經常在一日將盡、炎熱消歇之時，到附近的山丘和綠蔭深谷之間長程漫遊，藉以自娛。陪伴在我身邊的，是那位熟知歷史掌故的隨從馬修。在這種時候，我都毫無限制地容許他所熱衷的閒聊。幾乎沒有哪一塊岩石、哪一片廢墟或破敗的水池，或者寂靜的山中幽谷，是他講不出奇聞異事的，尤其是有關黃金的傳說。因為，可憐蟲發送那些祕藏的財寶，可從來沒有這麼大方的呢。

在某一次散步時，馬修比平常還要健談。那次是接近日落之時，我們從宏偉的正義之門出發，往上爬著一條樹林小徑，最後來到了一叢無花果樹與石榴，位置在七層塔樓底下。據說，包迪爾獻出城池之時，就是從這座塔樓裡走出來的。馬修指著地基處的一個拱道，跟我講到一個精靈。祂打從摩爾人的時代就在這塔樓出沒，守護著穆斯林國王的財寶。有時祂是在午夜時分以無頭馬的模樣現身，後面追著六頭狺狺吼叫的惡犬，一起掃過阿蘭布拉宮的道路，以及格拉納達的街道。

「不過，馬修，你可曾在任何一次漫步的時候，親眼看到祂？」我問道。

「沒有，先生，這要感謝上帝！但我那位裁縫師祖父知道有幾個人看過，因為祂在祖父的時代比現在更常出來走動。有時候以這種模樣出現，有時又是另一種。格拉納達每個人都聽過貝魯多（Belludo），因為當小孩哭鬧的時候，老太太和保母都會拿祂來嚇唬他們。有人說，祂就是個殘酷的摩爾國王的鬼魂，他生前殺了自己的六個兒子，而且把他們埋在這些地窖裡，所以，晚上他們就追著他要報仇。」

我耐著性子，接受了心思簡單的馬修所講的，有關這個駭人鬼魅的一些荒誕細節。在為人所遺忘的古早時代裡，那鬼故事是格拉納達的育兒故事、大眾傳說所喜愛的主題。而且，當地一位年老而飽學的歷史學家及地形學者，還鄭重提過這個鬼故事。

離開了這個充滿故事的高塔，我們繼續沿著赫內拉利費宮結實累累的果園走著。果園裡，兩三隻夜鶯正高唱著繁複的旋律。過了這些果園，我們經過幾座摩爾人的池子，它有門就鑿在山壁岩石上，不過是關著的。馬修告訴我，這些水池都是他和朋友小時候最愛的洗澡地方。但後來聽了一個故事，說有個醜怪的摩爾人會從那扇岩石山門裡出現，誘捉沒有防備的澡客，他們就嚇跑了。

過了這些鬼怪出沒的水池，我們漫步走上一條荒寂的騾子小徑，曲曲折折地繞著山丘。很快地，我們發現來到了荒涼而陰鬱的山間，沒有樹木，四處只有稀疏少量的草。眼前所見，是一片嚴酷與貧瘠。簡直無法想像，我們身後不遠處就是格拉納達，那裡有繁花盛開的果園、臺階式的花園。而我們竟然就身處在舒適宜人、處處草木與水池的格拉納達城近郊。不過，這就是西班牙的本來面目。一離開花草樹木，就是野地與荒漠，而沙漠與花園向來也都靠得很近。

馬修說了，我們正在通過的狹徑叫作el Barranco de la tinaja，也就是**陶罐河谷**。這是因為，古時候在這裡發現過滿滿一罐的摩爾人黃金。可憐的馬修，腦子裡還一直在想著那些關於黃金的傳說。

「河谷比較窄的那裡，一堆石頭上立著十字架，那倒是什麼意思？」

「喔，沒什麼，就是有個騾伕多年前在那裡遭人殺害了。」

「那麼，馬修，即使是在阿蘭布拉宮附近，也有搶匪及殺人凶手嗎？」

「現在沒有了，先生，那都是過去的事了。以前城堡裡有許多不法之徒，不過都已經除掉了。還包括就住在城堡外頭、山邊洞窟裡的吉普賽人，他們很多人都是什麼都幹得出來的。我們這裡已經很久沒有凶殺案件了。當年殺害騾伕的凶手，也在城堡裡處以絞刑了。」

我們順著河谷繼續走，左手邊有個陡峭崎嶇的高地，叫作Silla del Moro，也就是「**摩爾人的椅子**」。這是得名於前面提過的故事，說那個衰運當頭的包迪爾在人民暴動期間逃到了此處，整天就坐在這岩石頂端，悲傷地望著底下那分崩離析的都城。

最後，我們來到了格拉納達上空那個山岬的最高處，叫作「太陽之山」（mountain of the sun）。夜晚降臨了，落日正照在這最高的地方。四處都可以看到形單影隻的牧人，正驅著牲畜走下坡地，要將牠們送回圈欄裡過夜。或者有騾伕和他那些慢吞吞的牲口，正通過一條山徑，趕著入夜之前抵達城門。

此刻，總教堂深沉悠遠的鐘聲，迴蕩在山間小徑裡，表示晚禱的時間到了。每座教堂的鐘樓，以及山間修道院清脆悅耳的鐘響，也紛紛回應著。山間轉折處的牧人、道路中間的騾伕都停下了腳步，每個人都摘下了帽子，停在那裡一動不動，喃喃低誦著自己的晚禱。這種習俗，自有一種令人愉快的肅穆感。這片土地上的每個人，都在一種富有旋律的信號下，同一時間集結起來，感謝著上帝這一天的恩惠。四面八方籠罩著一股短暫的神聖氛圍，這時太陽的光輝完全隱沒了，為這場景增添了不少靜穆。

此時此刻，周圍的荒蕪與寂寥又強化了這一股感覺。我們身處在太陽出沒的山巔，草木不生、崎嶇難行。而廢棄的浴池、水池，還有大型建物崩壞的地基，都透露著這裡往日的人煙繁盛，只是如今一切都沉寂荒廢了。

我們在這些古早的遺跡之間信步而行，看到了一個圓形的凹洞，深深鑽進了山壁裡去。馬修指出，這是此地神祕而令人好奇的一處。我猜想，這是孜孜不倦的摩爾人認真挖掘的，為的是要得到他們所珍愛的、最純淨的飲水。

不過，馬修卻講了另一個故事，而且更符合他的性情。根據他的父親、祖父所堅信的某個傳說，這是鑽進山裡地底洞窟的一道入口，而包迪爾和他的廷臣就被魔咒封在裡面。他們晚上才會在各自的時間從這裡出來，去重遊他們的故居。

「啊，先生，這山裡充滿了這一類的奇事。另一個地方也有一個像這樣的洞，裡面有個鍊子吊起來的鐵壺。沒有人知道那壺裡有什麼，因為它一直是蓋住的。不過，每個人都猜想裡面裝滿了摩爾人的黃金。很多人想把它拉過來，它看起來是搆得到的。但每次一碰到，它就會沉得更低，而且有一陣子不會再上升。至少有一個人認為那壺必定是被下了咒的，他便拿十字架去碰一碰，想要破解咒術。他相信自己是破解了，因為那壺就沉到了看不見的地方，再也看不到了。」

「這一切都是真的，先生，因為我祖父是親眼見證的人。」

「什麼，馬修，他看到過那壺嗎？」

「沒有，先生。不過他看過那壺所吊掛的洞。」

「那他還是沒看過那鐵壺，馬修。」

愈來愈暗的落日餘輝，在這種天氣裡為時不久，告誡我們該離開這鬼魅出沒之地了。我們走下山間小徑時，再也看不到放牧之人或騾伕了，而且聽不到任何聲音，只剩我們自己的腳步，還有蟋蟀孤單的唧唧鳴聲。山谷裡的暗影愈來愈深，最後我們周身一片黑暗，只有內華達山高聳的頂峰，還留有一點天光。積雪的山峰在深藍的蒼天下反射著光芒，而且在極度純淨的大氣之中，看起來離我們很近。

「今晚這大山看起來好近啊！」馬修說：「好像你能用手碰到似的，可是它卻在好長好長的五里格之外。」[1]他說著話的時候，一顆星星出現在雪白的山峰上方，也是目前天空中唯一看得到的。它是多麼純淨，又大又亮，而且美麗，讓單純老實的馬修不禁發出了喜悅的讚歎。

「好漂亮的星星啊！這麼清澈晶瑩——再沒有比這更燦爛的星星了！」

我經常講到，西班牙的一般百姓，對於自然事物之美具有敏銳的感受。星辰的光彩、花朵的嬌美或芬芳、水泉的瑩潔清澈，都能引發他們詩意的喜悅。而且，他們富麗的語言又有悅耳動聽的字詞，足以表達他們的欣喜陶醉！

「不過馬修，那些光又是什麼？我看那光沿著內華達山一閃一閃的，就在積雪區域的下方；或許會被誤以為是星光，只不過是紅色的，而且背後是那山的陰暗一面。」

「先生，那是有人升了火，他們在收集冰雪以供應格拉納達使用。那些人每天下午便牽著騾子和驢子上山，然後輪流，有人在火堆旁邊休息及取暖，有些人則在馱籃裡裝滿了冰。然後他們會下山，在太陽升起之前回到格拉納達的城門。先生，這內華達山可是安達魯西亞中間的一大塊冰，讓此地整個夏天都保持清涼。」

現在天色完全暗了。我們正在穿越河谷，那裡有標示騾伕遭人殺害的十字架。這時我見到遠處有幾團火光，看起來是往河谷走了上來。更靠近一點時，原來那是一列身穿黑衣的模糊人影，手裡持著火把。任何時候看到這樣一行人，已經夠陰森的了，在這種荒郊野外更是如此。

馬修靠過來，低聲告訴我，那是個送葬的隊伍，他們抬著遺體要去山間的墓葬地。

這一行人通過的時候，哀傷愁苦的火光照在他們粗獷的面容及喪服上，形成了最奇幻的效果。不過它照出了那屍體的面容，卻又毛骨悚然之至；因為依照西班牙的習俗，屍體是放在棺架上而沒有蓋住的。這一列陰慘慘的隊伍盤旋走上了黑暗的山間小徑，我還望了好一會兒。這讓我想起一個老故事，講到有一列惡鬼抬著罪人的屍體，上了斯通博利（Stromboli）的火山口。

「啊，先生，」馬修喊著：「我可以跟您說一個故事，是講這一帶山裡曾經看過的一列隊伍。不過您會笑我，說那是我的裁縫祖父時代的一則傳說。」

「絕不會的，馬修。奇聞異事是我最喜歡不過的東西了。」

「好的，先生。這故事是關於我們剛才曾經講到的，那些在內華達山上收集冰雪的人。

「您可知道，很多年前，在我祖父那時代，有個老傢伙叫作尼古拉叔叔（Tio Nicolo）。他在騾子的馱籃裡裝滿了冰雪，正要下山去。他因為感到睏倦，便騎在騾子上很快就睡著了，他的頭一頓一頓、左晃右晃。而那頭騾子倒是腳步穩健，沿著峭壁邊緣、下陡坡及崎嶇不平的河谷地走著，如履平地，既安全又平穩。尼古拉叔叔終於醒來了，他望著四周、揉揉眼睛——確確實實，他的神智是清醒的。月亮照耀得有如白晝，他看見格拉納達城就在自己下方，像是看著自己的手一樣清清楚楚，而且隨著城裡的白色建築而閃耀著，就像是月光下的銀盤。可是老天！先生，那裡可一點都不像是他幾小時之前離開的城鎮。他看不到總教堂，也沒有大型圓屋頂、小角樓，看不到小教堂和尖頂，也沒有女修道院和尖塔，這些地方的最高處都該有至福的十字架才對。他只看到摩爾人的清真寺、宣禮塔、圓屋頂，每個最上端都裝著皎潔生輝的新月，就像你在巴巴利的旗子上看到的那樣。

「那麼，先生，正如您會想到的，尼古拉叔叔對這一切大為困惑。不過，當他往下望著城鎮時，有

❶ 譯註：一「里格」（league）約4.828公里（僅適用於陸地）。

一支大軍正往山上前進著。他們沿著曲折的河谷而行，有時在月光下、有時在陰影中。大軍接近之後，他看到那裡有馬匹與步兵，都穿戴著摩爾人的盔甲。尼古拉叔叔手忙腳亂想要離開他們的方向，但他的老騾子卻站定著，紋絲不動，同時還像一片葉子似地發著抖。因為呢，先生，不會說話的牲畜，也像我們人一樣會受到驚嚇的。好了，先生，這支幽靈部隊往前而來。有些人看起來是在吹小號，有些人打鼓及擊鈸，可是他們卻沒有發出半點聲響。他們全都悄無聲息地前進著，就好像我在格拉納達的戲院舞臺上看到畫裡的軍隊走過舞臺，而且他們全都蒼白得像死人一樣。最後，在這支軍隊的後方，兩名摩爾騎兵之間，是格拉納達的大宗教審判官，騎著一匹雪白的騾子。尼古拉叔叔想知道，審判官為什麼會在這一群人之中，因為他是以痛恨摩爾人聞名的。而且實際上，他痛恨所有的異教徒、猶太教徒及異端分子，過去常藉由火刑和鞭笞來揪出這些人。

「然而，尼古拉叔叔倒是覺得自己安全了，因為此刻，這麼聖潔的神父就近在眼前。於是他畫了十字，為自己禱告求助。這時，老兄！他和他的老騾子挨了一拳，倒在了陡峭的河岸邊上。然後他們狼狽地滾了下去，直到底部。尼古拉叔叔直到日出之後許久，神智才清醒了過來。這時他發現自己身處在一個深深的河谷底下，騾子在他身邊吃草，馱籃裡的雪都已經融化。他帶著嚴重的瘀傷，爬著回到了格拉納達。不過他很高興這城鎮一如往常，有著基督教的教堂和十字架。

「他向人講述昨晚的奇遇，每個人都笑他。有人說他根本是做了夢，因為他在騾子上打盹。有人則認為，這一切都是他瞎編的——但是先生，那奇怪而讓人們後來比較認真去想這件事的，是那大審判官就死在那一年裡。我曾聽我的裁縫師祖父說過，幽靈大軍帶走了那神父的肖像，這比大家敢去臆測的還更有深意。」

「那麼你，馬修好友，是想暗示說，這山區的內部有一處類似摩爾人的監牢或煉獄，而審判官神父就是被帶到那裡去的。」

「上帝不允許的，先生！我對這事一無所知，我只是說出從祖父那裡所聽來的。」

馬修的故事，就是我以上簡要敘述的，還插入許多評論、加進了小細節。他講完之前，我們便抵達了阿蘭布拉宮的大門。

在我們漫遊過程的前段，也就是在七層塔樓那裡，馬修所敘述的奇聞異事，促使我一如以往地研究起鬼怪之事。我發現，那駭人的鬼魅貝魯多，在為人所遺忘的古早年代裡，是格拉納達的育兒故事及大眾傳說常見的主題。而且，當地一位年老的歷史學家及地形學者，還鄭重提過這個鬼故事。我把其中一則流行傳說中分散的片段都蒐集了起來，並辛辛苦苦核對過，然後整理成底下這一篇故事。這篇文字只欠缺篇尾幾條知識淵博的附註和參考文獻，不然就可以躋身為擲地有聲的著作，通過鑒定而隆重地進入史實之列了。

摩爾遺寶的傳說

在阿蘭布拉宮堡壘內部，皇宮前面是一條寬廣的大道，叫作蓄水池廣場，得名於一座地底下挖掘的隱藏式大水池，打從摩爾人時代就有了。這條大道的一個角落裡，有一口鑿穿岩石而成的摩爾式深水井，裡面的水又冰又涼，清徹有如水晶。摩爾人所鑿的水井向來都很有名，因為眾所周知，他們費了很大的工夫，才鑿出了最純淨又甜美的泉流和池水。我們現在要講的這個，就是聞名整個格拉納達的一口井。它聞名的程度，讓運水之人有的在肩上揹著大水罈，有些則是驅著他們前頭的驢子，而驢子載著陶罐，隨他們從大清早到深夜時分，沿著阿蘭布拉宮的木棧陡坡爬上爬下。

打從有文字的時代，水池和水井就一直是炎熱地區知名的閒聊地點。現在所講的那口水井邊，就有一群整天不散的人聚在一起。有老弱殘病之人、上了年紀的女人，還有城堡裡其他無所事事的好奇之人。他們坐在石條椅上，上方有橫跨水井的遮篷，為收費員擋陽光。他們磨磨嘰嘰聊著城堡裡的閒事，向每個來取水的人詢問城裡的新聞，然後對他們所見所聞的每件事發表長篇大論。一天裡，沒有哪個時刻不見流連不去的家庭主婦、偷懶無事的女傭。她們或者頭頂著、或者手裡抱著壺罐，花許多時間去聽這些重要人物講著沒完沒了的閒言碎語。

來到這裡的運水人之中，有個背部厚實、外八字腿的壯碩矮傢伙，名叫佩卓·基爾（Pedro Gil），簡稱佩里基（Peregil）。他擔任運水工，當然了，就是個Gallego，也就是**加利西亞**（Galicia）**當地人**。大自然對於人類，就好像對動物一樣，造出了不同族群來做不同的苦工。在法國，擦亮鞋靴的都是薩瓦（Savoyard）人，飯店裡的搬運工都是瑞士人。至於英國流行裙箍和髮粉的時代，只有沼澤地裡生活打滾的愛爾蘭人才有辦法穩定地晃著轎子。那麼在西班牙，運水工和揹重工全都是精壯矮小的加利西亞當地人。沒有人會說「給我一個搬運工」，而是說「叫一個加利西亞人來」。

言歸正傳。加利西亞人佩里基的營生，一開始只是他放在肩上的一個大陶罐。漸漸地，他在世上立足了，能買得起相應等級的牲畜，也就是肥碩亂毛的驢子來當助手了。他這長耳朵的副官的身體兩側，在類似馱籃的東西裡，裝著他的水罈子，上面蓋著無花果葉，以免曬到太陽。整個格拉納達，再沒有更勤奮、更快活的運水工了。他在驢子後頭艱辛邁步的時候，街道上響著他快樂的歌聲，唱著西班牙城鎮四處迴蕩的尋常夏季之歌：「誰要水？比冰雪還涼的水唷——（Quien quiere agua-agua mas fria que la nieve?）誰要阿蘭布拉宮的井水，涼如冰、純淨如水晶的水唷——？」他以閃亮亮的玻璃杯賣水給顧客時，總是來上一句討喜的話而招人笑臉。而如果碰巧，顧客是個秀麗的太太或酒渦小姐，他總是帶著詭祕會心的笑臉稱讚她的美貌，令人難以抗拒。於是，加利西亞人佩里基便成了數一數二的客氣有禮、討人喜歡又快活的人兒，聞名整個格拉納達。

不過，唱得最大聲、最愛說笑的人，內心可不是最無憂無慮的。在一團和氣的背後，老實的佩里基卻有他的掛慮和困難。他有一家子穿得破兮兮的孩子要養，他們都餓著，像一窩小燕子一樣嗷嗷待哺。無論他晚上什麼時候一回到家，他們便圍住吵著要食物。他也有個賢內助，但她什麼都行，就是幫不了他。她在婚前是村裡的美人，她跳波麗露的舞技、扣響板的工夫都是出了名的。而且，她還保持著早年的這些嗜好，把老實的佩里基辛苦賺來的錢花在俗麗的裝飾品上。她還徵用了驢子，在星期日、聖徒日，以及西班牙比一週天數還多到數不清的節日，到鄉間去參加野餐派對。除了這一切，她還有點邋逷，又愛賴床。尤其糟糕的是，她還是一流的長舌婦。總是漫不經心流連在長舌鄰居們的屋裡，而不顧家裡、不做家務以及一切別的事。

然而，佩里基卻以仁慈來對待弱者，乖乖讓婚姻之軛套住自己的脖子。佩里基一個人承擔了妻小的沉重花費，那精神就像載著水罈的驢子一樣溫順。而且，即使他或許私下痛罵，卻從來沒敢去質疑他的邋逷老婆不顧家務。

他也愛自己的孩子，就像貓頭鷹愛著自己的小崽鷹一樣。他在孩子們身上看到自己既有變化、也有不變的形象，因為他們都是壯實、背部較長、外八字腿的一窩小孩。老實的佩里基最感幸福的時刻，就是他難得放自己一個假，而且有一把銅板可以花用，於是帶上所有的孩子，有的抱在手上，有的拉著他裙角，有的在他身後亦步亦趨地跟著，來到維嘉沃原的果園裡嬉戲。至於他的妻子，則到達洛河的安哥斯圖娜（Angosturas），跟那些節日朋友們一起跳舞。

某個夏天的深夜裡，大部分的運水工都已經休息了。白天是不尋常的燠熱，晚上則是宜人的月夜。這讓南方地帶的居民不禁想補償自己白天所受的高熱和慵懶，到戶外去走走，享受一下空氣酥軟的芬芳，直到午夜之後。所以，買水的顧客也還在外頭。佩里基就像是個拚命努力的體貼父親，想到了飢腸轆轆的孩子們。「再跑一趟水井吧，」他自言自語：「為孩子們去賺星期天的一頓飯。」

他一邊說著，鼓足力氣慢慢爬上陡坡，前往阿蘭布拉宮。他像往常一樣唱著歌，時不時拿短棍重重打在驢子側身，既順著歌唱的起伏節奏，或者也催促著牲畜。在西班牙，所有載重的牲畜都是靠著不流血的挨打，來換取食物的。

到達水井時，人都走光了，他只見月光下一個身著摩爾裝束的陌生人，獨自坐在石條椅上。佩里基起初頓了一下，驚訝地望著他，而且不乏畏懼之感。但那摩爾人虛弱招手請他過來，「我虛弱無力，身體不舒服，」他說：「請幫助我回到城裡，我會付出你這些水罈可以賺到的雙倍金錢。」

對這陌生人的請求，小運水工溫熱的心腸感到憐憫。「上帝不允許，」他說：「我因為尋常的人道之舉，就要求付費或酬勞。」於是他把這摩爾人扶上驢子，慢慢地前往格拉納達。這可憐的摩爾人十分衰弱，必須把他扶穩在牲口上，免得他掉到地上去。

他們進城之後，運水工詢問應該把他送往哪裡去。「唉！」摩爾人病懨懨地答道：「我沒有家，也沒有住處，我是個外地人。請讓我今晚在您的屋簷下容身，我會給您豐富的酬謝。」

老實的佩里基發現，自己無意間載上了一個異教的來客。但他宅心仁厚，不會拒絕讓這孤苦無依的兄弟借宿一晚，所以他把摩爾人帶回了住處。孩子們聽到驢子的踏步聲，原本如平常一樣鬧哄哄地衝出來，一看到包著頭巾的陌生人，卻嚇跑了回去，躲在母親的身後。她勇敢走上前來，就像一隻母雞看到流浪狗靠近，便豎起羽毛擋住了牠的雛兒。

「這個異教朋友，」她大聲說道：「是什麼人，你這麼晚了把他帶回家裡，是要讓宗教審判所找上我們嗎？」

「閉嘴，太太，」這個加利西亞人回答說：「這是個生病的可憐外地人，沒有朋友，也無家可歸。你難道要趕他出去死在街道上嗎？」

太太本來還想再抱怨的，因為她雖然住著破房子，仍然憤怒地堅稱房子是自己的。但是，小運水工這次硬氣不為所動，拒絕在婚姻之軛底下彎腰。他協助那可憐的摩爾人下馬，在地上，也就是屋子裡最涼快之處為他鋪上地毯和羊皮，這是他身為窮人唯一能提供的床鋪了。

過了一會兒，摩爾人犯了劇烈的痙攣，而單純的運水工用盡了一切方式都無法幫得上忙。可憐的病人以眼神感謝他的好意。在發作的一次空檔裡，病人把他叫到身邊，低聲對他說話。「我的死期，」他說：「恐怕近了。如果我死了，我把這盒子遺贈給你，答謝你的善行。」一邊說著，他打開自己的albornoz（也就是斗篷），出現了一個小小的檀香木盒綑在他身上。「上帝賜福，朋友，」可敬的小加利西亞人回答道：「你還可以活好多年享用自己的財寶啊，不論它是什麼。」摩爾人搖搖頭。他的手放在那盒子上，本來還想些有關的事，但他又發了更劇烈的痙攣，過了一會兒就斷氣了。

運水工的太太此刻卻是心煩意亂。「這都是因為，」她說：「你那愚蠢的好心總是為了幫助別人而自找麻煩。要是被人發現我們屋裡有屍體，我們會怎麼樣？我們會被當作殺人犯而送進牢裡。如果我們逃命，也會被公證員和保安官罰到身無分文的。」

可憐的佩里基也同樣心亂如麻，幾乎要後悔自己做了一件好事。最後他忽然想到，「天還沒亮，」他說：「我可以把這屍體運出城外，埋在申尼爾河岸的砂地。沒有人看到這摩爾人進到我們屋裡，也沒有人會知道半點他死去的事。」

一邊說著就動手了。太太幫著他，他們把這不幸的穆斯林的屍身裹進他斷氣的那張地毯裡，橫放在驢子上，讓佩里基牽著往河岸而去。

惡運總是這樣來的。運水工的對面住著一個理髮匠，叫作佩卓羅．佩盧果（Pedrillo Pedrugo）。他在一幫閒言碎語的人裡，是最愛探人隱私、愛講閒話及搬弄是非的一個。他是個黃鼠狼面孔、生著蜘蛛腳的惡棍，身段柔軟而慣於含沙射影。塞維亞那個知名的理髮師❶，也比不上他對別人的事知道得那麼廣博；而且，他保住事情不洩露的能耐，還比不上一個篩子。據說，他睡覺時一次只閉著一隻眼，另一隻眼張開著，因此即使睡覺時，他也可以看到、聽到所有發生的事。說真的，他就像是一分醜事紀事報，供應了格拉納達的那些包打聽，而且他的顧客比其他所有的好弟兄還多。

這個愛管閒事的理髮匠，聽到佩里基在晚上不尋常的時刻才回到家，還有他太太及小孩的高聲談話。他的頭立即探出小窗子向外瞧，他看到，鄰居幫著一個摩爾裝束的人進了自己的屋子。這是多麼奇怪的一件事，所以佩卓羅一晚都沒有闔眼。每隔五分鐘，他便來到槍火孔邊，窺看他鄰居門扇裂縫中所洩出的燈光。還不到天亮，他便看到佩里基驅著驢子，載著不尋常的東西出門去了。

性好刺探的理髮匠坐立不安。他悄悄穿上衣服，一聲不響地溜出去，隔著一段距離跟蹤運水工。最後看到他在申尼爾河邊的砂岸上挖了一個洞，把某個看來像是屍體的東西埋了進去。

理髮匠匆匆回到家，在自己的店裡坐立不安，把每件東西都翻了個遍，一直到日出時分。然後他在手臂下挾著一個臉盆，出發到了他的每日常客，也就是鎮長的家裡。

鎮長才剛起床。佩卓羅讓他在椅子上坐了下來，在他脖子上圍了理容巾，放了一盆熱水在他下巴底下，以手指軟化他的鬍鬚。

「怪了！」佩卓羅說著，他可以一邊理容、同時又散播閒事：「怪了！才一個晚上，搶劫、殺人和埋屍全都來了呢！」

「嘿！怎麼回事！你說什麼？」鎮長喊了起來。

---

❶ 譯註：歌劇作曲家羅西尼（Gioachino Rossini，1792-1868）的名作《塞維亞理髮師》（*Il Barbiere di Siviglia*，一八一六年首演），裡面的主角費加洛（Figaro）知道塞維亞城裡大大小小的事情。

「我說，」理髮匠回答著，一邊在這位顯要的鼻子、嘴唇邊抹著肥皂；西班牙的理髮匠，可不屑使用刷子：「我說呢，佩里基，那個加利西亞人，在神聖的昨晚，搶劫並殺害了一個摩爾穆斯林，然後把他埋了——這一晚還真是邪門（Maldita sea la noche）！」

「但你是怎麼知道的？」鎮長問道。

「別急，大人，全都會講給您聽的。」佩卓羅答道，一邊按著他的鼻子一帶，拿剃刀刮過他的臉頰。接著，他講述了自己所看到的一切。他同時間做著兩件事，在搶劫、殺害及埋葬穆斯林的時候，又刮著鎮長的鬍鬚，清洗了他的下巴，然後拿一條髒布巾抹乾。

湊巧的是，這鎮長也是整個格拉納達數一數二大權在握、同時既獨裁又貪腐的惡老。可是又不能否定，他也很看重司法公正，因為他用黃金的重量來販賣正義。他認定現在這個案件是殺人及搶劫，那贓物無疑是很多的，那麼，要如何讓法院能夠正當合法地擁有呢？若只是補到犯法者，是餵了絞刑架；但補到贓物，才會肥到法官，而從他的信念來看，這才是正義的偉大目標。他一邊想著，便召來了他最信賴的保安官。那是個瘦巴巴、一臉餓相的惡棍。依照他位階的習慣穿著，他罩著古代西班牙的裝束：一頂寬邊的黑色海狸皮帽，兩側折起；古雅的輪狀衣領；小小的黑色斗篷垂掛在肩上；鏽黑色的內層衣物，襯出他瘦長結實的身形；而他手上則是一根細細的白色杖子，那是他職權上令人畏懼的標誌。他身為一頭古代西班牙種的司法獵犬，追蹤了那倒楣運水工的足跡。而憑著他的速度和準確性，在可憐的佩里基回到住處之前，他便已經撲上他的下半身，把他和驢子一起帶到法律裁決者的面前。

鎮長傾身向著佩里基，眉頭蹙得死緊。「聽著，你這嫌犯！」他吼著，聲音讓那加利西亞草民的雙膝一起軟了下去：「聽著，你這嫌犯！不必否認你的罪，我什麼都知道了。對於你所幹的事，絞刑架是應有的報應。不過我很慈悲的，願意聽聽你的辯詞。在你屋子裡被殺的是個摩爾人，是個異教徒，也就是我們信仰的敵人。毫無疑問，你是出於一股宗教的熱忱而宰了他。所以，我會從寬處置的。把你從他那裡搶來的財物交上來，我們便不再談這件案子。」

可憐的運水工呼喊了每個聖徒的名字，想證實自己的清白。悲哀啊！祂們一個都沒有出現。假使他們出現的話，鎮長便會懷疑整個事情的經過。運水工陳述了那個瀕死摩爾人的整個故事，講出最直白簡單的真相，但什麼都沒有用。「你是想堅持說，」法官逼問道：「這摩爾人沒有你所圖謀的黃金、也沒有珠寶嗎？」

「我想要洗清罪名，裁判閣下。」運水工回答：「他只有一個小小的檀香木盒，他遺贈給了我，答謝我的救助。」

「檀香木盒！檀香木盒哪！」鎮長大聲說著，眼中像是看到珍貴珠寶似的亮了起來：「那麼這盒子在哪裡？你藏到哪去了？」

「請大人開恩，」運水工答道：「它在我驢子的一個馱籃裡，並誠心任由裁判閣下處置。」

他才一說完，那熱心的保安官箭步出去，一下子便帶著那神祕的檀香木盒回來了。鎮長急切又顫抖的手打開了盒子，所有人都湊過來要看那裡面眾所期待的寶物。他們都失望了，裡面什麼也沒有，只有一張寫滿了阿拉伯文的羊皮紙卷，還有一小段蠟燭條。

如果將一個囚徒定罪卻沒有任何收穫的話，那麼，即使西班牙的法曹也會公正無私的。鎮長從失望中回過神來，知道這案子裡確實沒有贓物，便平心靜氣聽著運水工的解釋，而他妻子的證詞也提出了支持。因此，鎮長確信他是無辜的，便把他釋放了。不只這樣，還允許他帶走摩爾人的遺物，也就是檀香木盒及裡面的東西，好好嘉獎了他的仁心助人。不過，鎮長扣留了他的驢子，來支付開銷及收費。

看吧，那走衰運的加利西亞小民，再度淪落到運水工的貧苦日子，肩上扛著大大的陶罈，辛苦邁步走上阿蘭布拉宮的水井。

他在夏日中午的大熱天裡，費力登上了山坡，這時他慣有的好性情都棄他而去了。「鎮長的走狗！」他會大喊著：「奪走了窮人維生的工具，那可是我在世上最好的朋友啊！」而當他回想起工作上所愛的好夥伴時，他天性中一切的良善又冒了出來。「啊，我心愛的驢子！」他會把重擔放在石頭上，抹去額頭上的汗水，這樣大聲說道：「啊，心愛的驢子！我相信，你一定思念著你的老主人！我相信，你一定思念著那些水罈子！——可憐的馱獸。」

他回家時，妻子抽泣並抱怨著迎接他，讓他更痛苦了。她很顯然有占上風的理由，因為她曾警告他，不要做這種好心待客的天大蠢事，結果這事給他帶來了一切的不幸。而且，她逮住每一次機會，拿她卓越的智慧去痛批她的丈夫，就像是個精明的女人一樣。如果她的孩子們缺少食物或需要衣服，她便帶著譏諷去回應——「去找你們的爹啊！他可是阿蘭布拉宮奇哥王的後裔，要他從摩爾人的寶盒裡拿出什麼來救你們吧。」

可憐人可曾因為做了一件好事，而受到這麼嚴重的懲罰嗎？霉運當頭的佩里基，身體和精神上都深受傷害了，卻還是溫和地容忍了妻子的埋怨。某個晚上，在一整個大熱天的勞累之後，妻子一如往常地嘲諷他，而他終於失去耐性了。他沒敢回嘴，但視線落到了檀香木盒上。盒子擺在櫥櫃裡，蓋子半開著，彷彿在嘲笑他的惱怒。他抓起了盒子，憤憤不平摔到了地上：「那一天很倒楣不幸，讓我看到了你這東西，」他大吼道：「或者收留了你的主人在我屋裡！」盒子撞到地上時，蓋子整個打開，而羊皮紙卷便展開了。

佩里基悶悶不語，坐著盯了紙卷一會兒，後來他恢復了思緒。「誰知道呢，」他想著：「這份文書也許有點重要性吧，因為那摩爾人似乎是小心翼翼保護著呢？」因此他撿起紙卷，收進懷裡。隔天早上，他沿街叫賣涼水的時候，停在一家摩爾人的店門口。他是丹吉爾（Tangier）當地的人，在札卡丁賣些小飾物、香水。佩里基請他解釋紙卷上的內容。

摩爾人仔細讀了紙卷，然後撫鬚微笑著。「這份手稿，」他說：「是一種咒語，用來解開魔法所封藏的財寶。據說這咒語的力量，連最堅固的門栓和柵欄、甚至極堅硬的岩石都抵擋不住！」

「去！」小加利西亞人大聲道：「這跟我有什麼關係？我又不是咒術師，對於埋藏的寶藏也一無所知啊。」一邊說著，他扛起了水罈子，把紙卷留在那摩爾人的手裡，賣力走上了他每天繞行的路徑。

然而那一天，當他黃昏在阿蘭布拉宮水井邊休息的時候，他聽到幾個閒聊的人聚在那裡。他們所聊的在那種日落時分也並不少見，主要是些老故事，以及有關自然界異象的傳說。由於他們都窮得跟老鼠一樣，大家特別喜歡的流行主題，就是摩爾人在阿蘭布拉宮各處所留下的，那些魔法所封住的財寶。他們尤其一致相信，在七層塔樓的地底深處，埋了大量的寶物。

這些故事聽在老實的佩里基心裡，留下了前所未有的印象。他獨自走下變暗的路上要回家去，而這些故事在他心坎裡愈沉愈深了。「畢竟，如果真有寶物在塔樓的地底下，而且如果我留在摩爾人那邊的紙卷能幫我得到寶藏的話！」這奇想造成一陣狂喜，讓他的水罈差點掉了下去。

那天晚上，這個念頭在他腦子裡攪動著，於是輾轉不安又翻來覆去，幾乎無法闔眼入眠。天剛一亮，他便前往那摩爾人的店舖，把自己亂紛紛的心思告訴了他。「您懂阿拉伯文，」他說：「試想我們一起去七層塔樓，試試那咒語。如果失敗了，我們也不會過得比以前更糟。但如果成功了，就平分我們所發現的財寶。」

「且慢，」那穆斯林答道：「光有這些文字是不夠的，還必須在午夜裡念出來，旁邊點上一枝特製備用的細燭，而我卻不知道那蠟燭的成分。沒有這蠟燭，那紙卷也沒有用。」

「不必再說了！」小加利西亞人高聲說道：「我那裡就有這樣的細燭，我一會兒就帶來這裡。」說完他便飛奔回家，帶著檀香木盒裡找到的那一段黃色蠟燭，很快又回來了。

摩爾店主摸著、嗅著，「這是用罕見又高價的香料，」他說：「再結合黃色的蠟！這種細燭就是紙卷裡指明的。蠟燭點著的時候，最堅固的牆、最神祕的岩洞都會一直打開著。但是，蠟燭熄滅之前，要對還逗留在裡頭的人警告一聲，不然他會跟財寶一同被封在裡面。」

現在兩人都同意，當天夜晚就去試試那咒語。所以稍晚的時候，除了蝙蝠和貓頭鷹之外就沒別的東西在響動，他們便爬上阿蘭布拉宮的林丘，走近了令人不舒服的塔樓。那塔樓被樹木圍繞著，而且許多的傳說故事讓它變得難以接近。藉著燈籠的光線，他們摸索著穿過了灌木叢，踏過掉落的石塊，來到了塔樓底下的地窖門口。他們嚇得發抖，走下了一段岩石所鑿的臺階。步道通往一個潮溼又陰鬱的空房，然後又有另一道臺階通向更深的地窖。就這樣，他們走下了四道，通到一個又一個的地窖，而第四個地窖的地板卻沒有開口了。不過依照慣例，下面還有三個地窖。據說是不可能再往下走了，剩下的那些都被施了強大的咒術而緊閉著。地窖裡的空氣又溼又冷，有一股土腥味，而且燈籠的光線太微弱了。他們摒住呼吸，心裡忐忑不安，在這裡停了一下子。後來，他們隱約聽到鐘塔上的午夜鳴響，於是點起了蠟燭條，它散發著沒藥、乳香及酥合香的氣味。

那摩爾人開始快速念起咒語。快要念完的時候，傳來了一陣像是地底雷響的聲音。地面震動著，地板打開了，出現了一道臺階。他們怕得發抖，往下走去，藉著燈籠的光而看出自己到了另一個地窖，裡面刻滿了阿拉伯文字。地窖中央立著一個大櫃子，上面有七道鋼條保護著，每一道的末端都坐著一個武裝的摩爾人，但他們都被咒語的法力所控制，動也不動有如雕像一般。櫃子前面有幾個罈子，裡面裝滿金銀及寶石。罈子裡面最大的一個，他們插進了手臂一直到肘部，而且每一次探進去，都滿手掏出澄黃的摩爾大金塊，或者同樣貴金屬製的手鐲及飾物。有時候，東方真珠做的項鍊也會纏到他們手指間。他們往口袋裡塞進戰利品的時候還在發抖，呼吸急促，而且害怕地對兩個被施了咒的摩爾人看了好幾次。那兩人肅容坐著，紋風不動，眼睛不眨一下地瞪著他們。最後，某些不明的聲音讓他們突然受到驚嚇，他們便衝上臺階，互相跌跌撞撞地回到上面的樓層，倒轉弄熄了燭條，那臺階便轟隆轟隆重新闔起來了。

他們驚恐萬分，直到摸索著路徑走出塔樓，看到樹林間閃爍的星星，才稍停下來。接著他們坐在草地上分著戰利品，並決定暫且刮取罈子裡的這一些就行了，改天再找一個晚上回來把它們搜刮一空。此外，為了確保雙方都講信用，他們分別持有那兩個法物，一個人掌握紙卷，另一個人則拿蠟燭。事情完成，他們便抱著輕快的心情，以及滿滿的口袋，動身回到格拉納達去。

他們往前走向下坡的時候，精明的摩爾人在心地單純的小運水工耳邊，低聲給了一句忠告。

「佩里基好友，」他說：「這一切事情都必須嚴格保密，直到我們獲得寶物、並運到安全之處為止。萬一有半點風聲傳到鎮長耳裡，我們就白費工夫了。」

「當然，」加利西亞人答道：「再沒有比這更真確的了。」

「佩里基好友，」摩爾人又說：「你是個謹慎小心的人，我一點不懷疑你能保守祕密。可是你有個太太呢。」

「她不會聽到有關此事的隻言片語，」小運水工信誓旦旦地回答。「好了，」摩爾人說：「我信賴你的謹慎及承諾。」

再也沒有比這更可靠又真心的承諾了。但是可嘆啊！男人對妻子能保住什麼祕密呢？運水工佩里基這樣的人肯定做不到的，他可是百裡挑一的有愛、又馴良的丈夫呢。他回到家時，看到妻子擺著臭臉待在一個角落裡。「好呀，」他一進門妻子就大叫：「閒晃到了這麼晚，你可總算回來了！我還納悶著，你怎麼沒帶另一個摩爾人回來當室友呢。」然後她大哭起來，開始絞著手、搥著胸。「我這命苦的女人哪！」她高聲說道：「以後我會落到什麼地步？我的家受到律師和保安官的剝皮、侵占。我的丈夫一事無成，也不再帶回麵包給家人，而是早晚都出外蹓躂，還跟著異教的摩爾人一起！噢，我的孩子，我的孩子啊！我們會落到什麼地步？我們都得要上街乞討了！」

老實的佩里基被妻子的苦惱煩亂深深打動，禁不住抽泣了起來。他的內心跟口袋一樣發脹，而且撐不住了。他把手插進口袋裡，掏出三四個大金塊，快速塞進了她的胸口。那可憐的女人吃驚地瞪大了眼，看不懂這一陣金塊雨是怎麼回事。在她從驚訝中恢復過來之前，小加利西亞人又拉出一條金鍊子在她面前晃著。他歡欣雀躍著，笑開了一張嘴。

「聖母保祐！」他妻子驚聲說道：「你做了什麼，佩里基？你肯定不是去殺人搶劫吧！」

這想法才剛一進到那可憐女人的腦袋裡，她馬上便認定了這件事。她已經看到了監牢，還有不遠處的絞刑架，而外八字腿的小加利西亞人便吊在上面。她整個人被這些想像的景象給嚇壞了，陷進了嚴重的歇斯底里。

可憐的他能怎麼辦呢？他除了把自己好運的經過全盤托出以外，也沒有別的辦法可以安撫她，並掃除她心中那些幻想了。不過，他是先要她立下最重的承諾，緊緊守住祕密不讓任何人知道，才對她講出了經過。

她的喜悅是筆墨難以形容的。她的手臂猛然環住丈夫的脖子，這種愛撫差一點要勒死他了。「現在呢，太太，」這小矮子打從心裡歡喜地高聲說道：「你對摩爾人的遺物想要說什麼呢？從此以後，可別再罵我幫助苦難同胞了。」

老實的加利西亞人躺到他的羊皮地毯上，而且睡得很沉，好像躺在羽絨床一般。他的妻子可不是這樣。她拿出了他口袋中的所有東西，放在那地毯上，計算著阿拉伯金幣的數量，試戴項鍊和耳環，幻想著有一天可以享用這些財寶時，自己會是什麼模樣。

隔天，老實的加利西亞人拿了一枚大大的金幣，去了札卡丁的珠寶店，謊稱是在阿蘭布拉宮的廢墟裡找到的，想要出售。珠寶商看到那上面刻有阿拉伯文，而且是純金所製。可是，他卻只給了三分之一的價格，而運水工已經滿意得不得了。佩里基買了孩子們的新衣，還有每一種玩具，加上可以豐盛供應一餐的許多材料。他回到屋裡一坐下來，孩子們圍著他跳舞，而他在中間興奮歡騰，成了最快樂的父親。

運水工的妻子，意外嚴守著她對這祕密的承諾。整整一天半，她在外頭都帶著神祕的神情，和一顆澎湃欲裂的心，但她即使跟那些閒聊碎嘴的人一起，還是保持著平靜。是沒錯，她是忍不住對自己唱了幾首歌，對她襤褸的衣服表示抱歉，並講到要訂做一件新的上身短掛，上頭縫滿金色的蕾絲和小珠子，還要一條新的蕾絲紗巾。她隱約透露說，丈夫有意要放棄運水的生意，因為身體健康不太適合了。其實她想著呢，他們夏天應該退居到鄉間去，這樣孩子們或者可以享受到山裡的空氣，因為在這種炎熱的季節，城市裡是過不下去的。

鄰居們看著彼此，心想這可憐的女人是腦子壞了吧。她唱的曲子，還有那些優雅造作的姿態，在她的朋友之間都傳遍了，成了在她背後譏嘲取樂的話題。

不過，如果說她在外頭還有所節制，在家裡她便補償了自己。她把一串華麗的東方真珠繞在脖子上，摩爾式的手鐲戴在手臂上，鑽石羽飾戴在頭上，然後穿著邋遢的破衣服在房間裡翩翩移步，不時還停在破鏡子前欣賞自己。不只這樣，她單純的虛榮心有一股衝動。有那麼一次，她忍不住到窗口展露自己，享受一下過路人看到她這些華麗飾物的樣子。

都是命中註定。佩卓羅，也就是那愛管閒事的理髮匠，當時正好閒坐在街道對面的店裡，而他那雙總是不停窺探的眼睛，瞥見了鑽石的光芒。他立刻便來到槍火孔邊，偵察著運水工那個邋遢的妻子，她的打扮有東方新娘子的光彩呢。他一準確掌握了她有哪些飾品，便全速跑到鎮長那裡。不一會兒，貪婪的保安官也到場了。那天還沒結束，倒楣的佩里基再一次被拖到了法官的面前。

「這是怎麼回事，惡徒！」鎮長震怒大吼道：「你跟我講過，死在你家的那個異教徒，除了一個空盒子之外什麼也沒留下。現在，我卻聽說你太太穿著破衣服，戴著真珠和鑽石在招搖。你這壞蛋！把那個可憐受害人的贓物交上來，然後準備上絞刑架吧，它等你可等到膩了。」

嚇壞的運水工雙膝下跪，把他取得財寶的神奇方式，全都講了出來。鎮長、保安官，還有那個性好刺探的理髮匠，都心懷貪念，聽著這個阿拉伯魔咒寶藏的故事。保安官受到差遣，去把協助念咒的摩爾人帶了過來。那穆斯林一到，明白自己落到貪婪無情的法曹人員手裡，便感到了幾分恐懼。當他看到運水工站在那裡，面露窘迫的表情、垂頭喪氣時，他已明瞭了整件事。「可厭的畜牲，」他經過運水工身邊時，這樣說道：「我沒警告過你，別向你妻子透露嗎？」

摩爾人講的經過，恰恰符合他這個同伴所說。不過，鎮長裝作還不相信，威脅說要拘禁他們，然後進行嚴密的調查。

「且慢，好心的鎮長大人，」穆斯林說著，他此時已經恢復了平常的精明和自制：「我們可別因為爭搶，而損壞了財神的恩惠。除了我們幾人之外，沒有別人知道這件事，我們就保密吧。地穴裡的財寶，足夠我們所有人都致富的。答應要公平分配的話，所有的財寶都可以拿得到。拒絕這麼做的話，地穴便會永遠關閉著。」

鎮長在一旁跟保安官商量著，而保安官在自己的職位上可是一頭老狐狸。「無論如何，先答應吧，」他說：「等到您獲得財寶再說。到時候，您說不定可以奪得全部。而如果他和同伙膽敢咕噥半句，就拿出對付異教徒和巫師的柴堆和火刑柱，嚇嚇他們。」

鎮長喜歡這個提議。他放鬆了額頭，轉向了摩爾人。「這個故事挺怪異，」他說：「也許是真的，不過我必須眼見為憑。今天晚上，你得在我面前再念一次那咒語。如果確實有那堆財寶，我們就友好地來平分，然後再也不提起這件事。但如果你欺騙我，就別想跟我求饒，同時你還得受到監禁。」

摩爾人和運水工都歡歡喜喜接受了這些條件，樂於讓事實來證明他們所言屬實。

快到午夜之時，鎮長由保安官、愛管閒事的理髮匠陪同著，三人武器齊備，悄悄出發了。他們把摩爾人和運水工當作囚犯一樣帶著走，還牽了運水工的壯驢，要去載滿心期待的財寶。他們都沒有被人發現，來到了那塔樓。把驢子栓在無花果樹下之後，他們便走下了塔樓的第四個地窖。

紙卷拿了出來，黃色細燭也點亮了，接著摩爾人念起咒語。地面像先前那樣震動著，步道在轟轟聲中打開，出現了窄窄的臺階。鎮長、保安官和理髮匠都驚呆了，不敢往下走去。摩爾人和運水工進入了底層的地窖，裡面兩個摩爾人如先前一樣坐著，不言不語，動都不動。他們搬走了兩個大罈子，裡面都裝滿了金幣和寶石。運水工把它們一個接一個抬上自己肩頭，雖然他是背部厚實的小個子，而且習於搬運重物，但這重量還是讓他舉步維艱。當他將兩大罈放在驢身的兩側時，發現這已經是牠所能負擔的極限了。

「目前這樣就夠了吧，」摩爾人說：「我們能夠帶走而不被發現的財寶，就是這麼多了，而且也足夠讓我們如願以償地致富了。」

「還有更多財寶在後頭嗎？」鎮長逼問道。

「最貴重的寶物，」摩爾人說：「就是鋼條封住的那個大寶箱，裡面都是真珠和寶石。」

「那我們就用盡一切辦法，把寶箱也搬上去吧。」貪得無饜的鎮長高聲說道。

「我可不想再下來了，」摩爾人說堅決地說：「對明理的人來說，夠了就是夠了，再多就是多餘的。」

「而我，」運水工說：「也不想再增加負載了，以免壓垮我可憐驢子的背。」

鎮長發現命令、威嚇或懇求都沒有用，便轉向他的兩個跟班。「幫幫我，」他說：「把這寶箱搬上去，裡面的東西由我們三人來平分。」一邊說著，他便走下了臺階，而發抖又不情不願的保安官和理髮匠在後面跟著。

摩爾人一看到他們剛剛走到底，便熄掉了黃蠟燭。步道照例發出巨響而關上了，那三個重要人物便埋進了地宮裡。

然後，他快步奔上其他幾道臺階，到戶外才停了下來。而小運水工跟著他，短腿盡可能地加快。

「你做了什麼？」佩里基一緩過氣來，就大聲說著：「鎮長和其他兩人，都關在地窖裡了。」

「這是阿拉的旨意！」摩爾人一本虔誠說道。

「那你不打算放走他們嗎？」加利西亞人問道。

「阿拉不允許的！」摩爾人輕撫著鬍子回答：「命運之書裡記載著，在將來某個冒險家來這裡破解魔咒之前，他們會一直被封鎮著。真主的旨意完成了！」他一邊說著，便將那一段黃蠟燭遠遠拋進了幽谷密林之中。

現在，已經沒有破解方法了。於是，摩爾人和運水工隨著負載沉重的驢子走向城裡去。老實的佩里基也忍不住擁抱、親吻著這個長耳朵的勞動夥伴，因為牠從法律的霸占中重回他的身邊了。其實呢，也不知道此刻是哪件事讓這心地單純的矮個子最感到愉快，是得到財寶，還是收回了驢子？

幸運的兩個人友善而公平地均分著他們的戰利品。只不過摩爾人有點偏好小飾物，所以他那一份取了大部分的真珠、寶石和其他的首飾。而五倍大的大型華麗金飾，他便給了運水工作為替代，運水工對此也萬分滿意。他們小心翼翼，不逗留在會遭遇意外之處，盡快跑到了別的國家，享用這些財寶而不受干擾。摩爾人回到非洲，到了他的故鄉丹吉爾城；至於加利西亞人，則帶著妻子、孩子和驢子，到葡萄牙過著最好的生活。在那裡，按照妻子的忠告和指導，他成了一個重要人物。她幫這個可敬的矮個子打扮起來，長身和短腿穿上了緊身短上衣和長襪，帽子上插著羽毛，側身帶著寶劍。然後，他的舊名「佩里基」擱在一邊，換上了一個更響亮的名號「佩卓・基爾大人」（Don Pedro Gil）。他的孩子們即使生著外八字的短腿，卻逐漸長大成為活潑進取、心性開朗的一代。至於基爾夫人，裙擺有了摺邊，加上了蕾絲，從頭到腳都有流蘇，每根手指上都有閃亮的指環，她成了一個邋遢而又服飾光鮮的樣本。

至於鎮長及他的隨從呢，一直被關在七層塔樓底下，直到今天都還讓魔咒鎮住。只要西班牙缺了打小報告的理髮匠、詐欺行騙的保安官，或者貪腐的鎮長，或許有人會去尋找他們。不過，如果他們必須一直等待釋放的那一天，封鎮恐怕會持續到世界末日吧。

公主塔樓

有天晚上，我散步走上了一條窄窄的峽谷。那上面有無花果樹、石榴和桃金孃遮蔭，把阿蘭布拉宮城堡的這一片地跟赫內拉利費宮隔開。阿蘭布拉宮的外牆裡，有一座摩爾式的塔樓，比樹頂還高，映著落日紅霞，那浪漫的外觀讓我目瞪口呆。它的極高之處有一扇孤零零的窗子，俯瞰著底下河谷的景致。我正在端詳讚歎時，有個頭戴鮮花的年輕女子探出頭來。她的地位顯然遠高出住在城堡老塔樓裡的一般居民。驀然瞥見有如古畫的她，讓我想起了神仙故事所描述的，被囚禁的美人；而隨從馬修所告訴我的事，又加深了這些綺思遐想。他說這就是「公主塔樓」，依照傳說，這裡曾經是摩爾國王女兒的居所，故因而得名。後來我造訪過這座塔樓，通常不對外地人開放，但還是很值得一看，因為裡面的建築之美、裝飾之精雅，跟這整座皇宮的其他地方都不相上下。那格調優雅的中央大廳，加上大理石水池、高挑的廊拱、紋樣富麗精雕的頂棚，還有那小而比例恰當的房間，裡面有花草刻紋及粉飾灰泥，這一切雖然因為年久失修而有了損壞，但還是符合故事裡所說的，古時候是屬於皇室美人的香閨。

窩居在阿蘭布拉宮外階梯之下的瘦小老仙子，經常參加安東妮雅大嬸的聊天晚會，講了有關摩爾三公主的精采故事。三公主曾經被格拉納達的專橫父王關在這座塔樓裡，只准許晚上騎馬外出到山上，而且不准任何人出現在她們所經之處，違者處死。據老仙子所說，月圓的時候，還是偶爾會有人看到她們在山邊的寂靜之處騎馬走動。那女用的馬身上罩著錦繡披掛，還有閃亮的珠寶。一當有人要跟她們說話時，她們便消失了。

不過，在我更進一步講這些公主的任何故事之前，讀者或許很急著想要多了解那位住在塔樓裡、頭戴鮮花從高層窗戶探出頭的美麗姑娘。後來得知，她是一名可敬的退役副官的新婚妻子。副官雖然帶傷多年，卻仍有那勇氣把一個年輕豐滿的安達魯西亞姑娘納進懷中。願這位優秀的老騎士愛其所擇，並且能體會，公主塔樓對於美人是個安全可靠的居所，更勝於它在穆斯林時代可能提供的保障——如果我們相信底下這一篇傳說的話！

三個美麗公主的傳說

古時候，格拉納達有個摩爾國王在位。他名叫穆罕默德，臣民為他冠上了「El Hayzari」的名號，也就是**左撇子**。有人說，他有這個名號是因為他的左手確實比右手來得靈活。有人則說，他處理每件事常常導致不好的結局；或者換句話說，只要他一出手就會把事情搞砸。他確實如此，不管是因為運氣不好或處理不當，他一直都遇到麻煩。他有三次被人拉下王位。而且有一次，他喬裝成漁夫逃到非洲去，才勉強撿回一條命。❶但他還是勇往直前，就像他犯錯失誤一樣。他雖然處事不利，仍然手執彎刀，每一次都靠著苦戰重登王位。然而，他並沒有從逆境中學到智慧，反而更加堅持己見，左手也因為固執而更加強硬不屈。他因為這樣給自己和國家帶來了公務上的惡果，願意潛心研究格拉納達阿拉伯統治史的人們，不妨去查查。現在這則傳說，涉及的只是他的家務事。

有一天，這位穆罕默德由朝臣陪同，騎著馬來到艾爾薇拉山腳下，遇見一隊人馬，這些人突襲了基督徒的領地之後正要回來。他們領著一長列驢子，上面載了戰利品，還有許多男女俘虜。在俘虜之中，國王對一位美麗的姑娘驚為天人。她的服著華麗，坐在一匹女用馬上，不管騎在旁邊的保母怎麼出言安慰，仍舊不斷嚶嚶哭泣著。

國王驚見她的美貌，詢問了那馬隊的隊長，得知她是前線城堡統領的女兒。而那城堡就在這次突襲行動中，遭到出其不意的攻擊和洗劫。穆罕默德便下令將她從劫掠物之中收歸皇室，把她送到阿蘭布拉的後宮裡。後宮裡做了各種安排來平撫她的憂傷，而國王也愈來愈愛她，想要立她為皇后。這西班牙少女起先拒絕了他——因為他是個異教徒，是她國家的大敵；更糟的是，他已經衰老了。

國王發現他的熱烈追求都沒有用，於是，決定要請跟著這姑娘一起被俘的保母來幫他。保母出生於安達魯西亞，她的基督教名字已經不得而知了。摩爾傳說裡提到她時，唯一的名號就是「明智的卡蒂嘉」（the discreet Kadiga）。這可是名副其實的明智，她的整個故事可以為證。摩爾國王一跟她私下談話，她便立刻感到他的想法有說服力，並對她的小姐進行他所交代的任務。

「去去去！」她高聲說道：「現在到底是在哭什麼、發什麼牢騷？在這座華麗皇宮裡當女主人，擁有一切的花園和水池，難道輸給關在你父親那座前線的老塔樓裡嗎？至於說這位穆罕默德是異教徒，那又有什麼關係？你嫁給他，又不是嫁給他的宗教。如果他年紀有點大了，你會愈早成為寡婦，而且是你自己的主人。無論如何，你在他的手掌心裡，要不成為皇后就一定是個奴隸。落在強盜手裡的時候，把自己一切貨物賣個好價錢，還勝過讓人強力奪走呢。」

明智的卡蒂嘉的一番勸說奏效了。西班牙小姐擦乾了眼淚，成為左撇子穆罕默德的妻子，甚至表面上改信了她丈夫的宗教。而明智的保母則立刻成為伊斯蘭教義的熱烈擁護者，並由此而獲得了「卡蒂嘉」這個阿拉伯名字，並獲准繼續擔任她小姐的貼身侍女。

經過了適當的時間，摩爾國王便有了可愛的三胞胎女兒，成了驕傲又幸福的父親。他原本希望她們是兒子，但他安慰自己說，對一個有點老、又左撇子的男人來說，一次生三個女兒也算是喜事一樁了。

按照所有穆斯林國王的慣例做法，他召喚占星師來看看這一樁喜事。他們畫出了三個小公主的星

❶ 原註：讀者會發現，這一任國王緊密連結著阿班塞拉吉家族的命運。他的故事到了傳說裡，則有些虛構的成分。

盤，卻搖著頭，「噢，國王，女兒呢，」他們說：「總是任人擺布的資產。但是在她們到了適婚年齡時，最需要您的注意。到那時候，請召集她們到您的羽翼下，不要交託給其他人來保護。」

朝臣都肯定左撇子穆罕默德是個明智的國君，他當然也這樣自認為。占星師的預言只讓他感到了些微不安而已，他相信自己的足智多謀可以保護女兒，勝過命運女神的安排。這三胞胎是國君夫婦兩人最後的結晶，皇后再也沒有為他誕下一男半女，而且幾年之內就去世了。稚齡的女兒留給丈夫來愛顧，並由明智的卡蒂嘉來盡忠。

在三位公主面臨危險時期，也就是適婚年齡之前，還要經過好多年。「不過，及早預防是好事。」英明的國王這麼說著。所以，他決定讓她們住進皇家的薩洛夫雷尼亞（Salobrena）城堡受撫養。這是一座豪華的皇宮，外面可說是包著一層強大的摩爾式碉堡，立在一座山丘頂上，俯瞰著地中海。它是皇室的別莊，穆斯林國王在裡面軟禁了一些可能危害自己安全的親族。別莊裡允許他們有一切的奢侈品及娛樂享受，而他們就在裡面舒服閒散地度過餘生。

三位公主待在這裡，隔絕於外界，但身邊有各種享受，還有女奴在旁伺候她們的所需所求。她們有漂亮的花園可供消遣，那裡種滿了奇花異果，還有芬芳的樹林，以及灑了香水的浴間。這城堡有三面下臨著蔥籠的山谷，山谷地有各種農作物，四周則圍繞著騰空而起的阿普夏拉山。另外一面，則是俯瞰著陽光充足的大海。

住在這個舒適的深閨、宜人的氣候，以及晴朗無雲的天空之下，三位公主長得美麗出奇。不過，她們雖然受到同樣的養育，卻早就萌發出不同的性格。她們的芳名是：塞妲（Zayda）、卓蕾妲（Zorayda）及卓拉海妲（Zorahayda）。

塞妲是最早出生的，具有勇敢無畏的精神，在各方面都帶領著兩個妹妹，正如她也是帶頭而來到這世界。她好奇又敢問，對於事物總喜歡追根究柢。

卓蕾妲對於美異常敏感，這無疑說明了她為什麼喜歡在鏡子或水池前照看自己的模樣，以及她為何喜愛花朵、珠寶，還有其他富有美感的飾物。

至於最晚出生的卓拉海妲，她柔順怕羞，且極為敏感。她有取之不盡的溫情，這一點可見於她那些寵物花卉、寵物鳥兒、小動物的數量，她對這些都懷著最深的疼惜之心來照顧。而她的娛樂也一樣具有溫柔和順的特質，並且混雜著幽思和幻想。她會在陽臺坐上好幾個小時，凝望著夏夜裡閃亮的星星，或者月光所照亮的大海。在這樣的時刻，從海灘那裡隱約傳來的漁人之歌，或者從某艘泛流的輕舟上傳來的摩爾笛聲，都足以讓她的情感高漲而狂迷。然而天氣惡劣時，一道小小的吼聲就會把她嚇壞，一記雷響也足以害她昏倒。

一年又一年平順安詳地過去了。明智的卡蒂嘉受託要照顧三位公主，她忠於自己所受的信賴，認真不懈地照料著她們。

如前文所說，薩洛夫雷尼亞的城堡是建在海岸的山丘頂上。它有一道外牆延伸到山丘側邊，最後接著一塊橫伸到海上的岩石，最底下則是一道窄窄的沙灘，讓起伏的潮水淘洗著。這岩石上有一座小小的瞭望臺，做成亭臺的模樣，窗戶上裝有櫺格，讓海風可以吹進來。公主們常常來到這裡，度過炎熱的中午時分。

富有好奇心的塞妲，有天坐在亭臺的一扇窗邊，她的姊妹則斜倚在靠墊上，正在午睡。她注意到有一艘槳帆船沿著海岸駛了過來，上面的船槳按照節奏划動著。當它愈來愈靠近，她見到裡面載滿了武裝士兵。這船在瞭望塔之下落了錨，幾個摩爾兵卒下船來到狹窄的海灘上，還帶著幾個基督教囚徒。好奇的塞妲叫醒了妹妹們，三人一起小心窺看著，而紋樣交錯的窗屏可以遮住她們不被人發現。囚徒之中有三個西班牙騎士，都是盛裝打扮。他們都正值青春年少，具有貴族儀表，雖然銬著枷鎖、又讓敵人圍住，但是高傲自持的姿態，正透露了他們靈魂的崇高。三位公主懷著熱切又緊張屏息的心情凝望著。過去她們一直住在這城堡裡，圈養在女性侍從之中，除了黑奴或海岸邊粗俗的漁夫，沒有見過其他男性。所以，那三個風度翩翩的騎士既明白展現了年輕的陽剛之美，難怪會引起公主胸中的騷動。

「可有人走起路來，比那深紅色衣服的騎士還要高貴嗎？」大姊塞妲高聲說道：「看，他的舉手投足多麼尊貴，旁邊那些人倒好像他的奴隸一樣！」

「可是注意一下穿綠色的那位，」卓蕾妲叫道：「這麼高雅！這麼有格調！」

「多好的氣度！」溫順的卓拉海妲什麼也沒說，但心裡偷偷喜歡著藍色衣服的騎士。

公主們一直盯著看，直到那些囚徒離開了視線為止。她們重重嘆了一口長氣，轉過身去，彼此相視了一下，然後坐到了椅墊上，陷進了深深的幽思。

明智的卡蒂嘉發覺了她們的情況。公主們講述了自己所看到的事，而保母枯萎的心甚至也溫熱了起來。「傻孩子！」她高聲說：「我敢保證，他們被俘會使得許多既美貌、家世又好的女子，在她們的家鄉感到心痛！啊，孩子們，你們並不知道這些騎士在自己國家都過著什麼生活：在比武競賽中奔騰跳躍著；為佳人全心奉獻；彬彬有禮又唱著求愛歌曲呢！」

塞妲陡然起了好奇心。她不知足地追問著，讓保母翻出了自己年少時期及故鄉最生動的景象。當話題轉到西班牙女子的美貌時，美麗的卓蕾妲揚起了臉蛋，不著痕跡地從鏡子裡端詳著自己。而提到月光下唱的求愛歌曲時，卓拉海妲便抑制著自己吃力的嘆息。

好奇的塞妲每天都提出新的問題，而賢明的保母每天一再講著她的故事，她這些溫良的聽眾都興致勃勃地聆聽，雖然也經常嘆息著。明智的老保母最後才警醒，她這樣做可能會帶來危害。她以前一直都只把公主們當作是孩子，但她們在她眼皮底下不知不覺成熟了，如今在她面前綻放的是三位嬌美的姑娘，正值適婚年紀。保母心想，是時候該提醒國王了。

有天早上，左撇子穆罕默德坐在阿蘭布拉宮一座避暑堂的躺椅上，此時一名奴隸從薩洛夫雷尼亞的城堡過來，轉達賢婦卡蒂嘉的訊息，為了公主的生日而向他賀喜。那奴隸同時呈上了一個飾有花朵的精緻小籃子，裡面用葡萄藤和無花果葉作為襯墊，上面擺了桃子、杏果、油桃，果子上覆著這些果子的花朵、絨毛，還有露珠般的甜漿，這一切都呈現著初熟而誘人的狀態。國王熟知水果與花朵在東方語言裡的意思，便快速猜到了這個進獻有什麼象徵涵意。

「那麼，」他說：「占星師所指的危機時刻已經到了。我的女兒都到了適婚年齡，該怎麼做才好呢？她們一直都被關起來，不讓男人看見；她們都在明智的卡蒂嘉看管之下——這一切都很好，但她們還沒有照占星師的指點由我親自看管。我必須把她們召集到自己的羽翼之下，不能交託給其他人來保護。」

他一邊說著，便下令阿蘭布拉宮的一座塔樓要準備好迎接她們。然後他領著衛兵出發，前往薩洛夫雷尼亞的城堡，要親自帶她們回家。

穆罕默德大約有三年沒見到自己的女兒了。他看到短短的時光對她們外表所造成的驚人改變，簡直無法相信自己的眼睛。在這一段期間，她們已經跨過了女人生命中那條神奇的界線，從粗胚、不成形而無知無識的女孩，轉為芳華正茂、容光煥發而懂得思考的女人。那就像是從扁平乏味、荒涼而無趣的拉曼查平原，來到了安達魯西亞曲線玲瓏的谷地，以及飽滿自信的山嶺。

塞妲的體態高挑而纖細，帶著自傲的舉止，以及一雙洞察世情的眼睛。她踏著莊重而堅定的腳步走了進來，深深禮敬了穆罕默德，尊他為國君更多於自己的父親。卓蕾妲是中等身高，有著誘人的眼神，踩著悠遊的步伐。她有一種明豔的美，而且在盛裝華服的襯托之下更為奪目。她帶著微笑走向父親，親吻了他的手，並借用一位知名阿拉伯詩人的幾句詩來向他致意，讓國王十分高興。卓拉海妲顯得害羞退卻，比她的姊姊們都瘦小些。她的美是溫婉而楚楚可憐的，尋求著疼愛與保護。她不太適合像大姊那樣發號施令，也不像二姊那樣明豔照人。她的樣子倒是可以鑽進剛健熱情的胸懷裡，在裡面棲身而感到心滿意足。她走向父親，腳步畏縮且幾乎搖晃不穩。她原本是要牽起父親的手來親吻，但卻直望著他的臉，看到父愛的笑容散發著光彩，她的本性柔情便傾洩而出，摟住了父親的脖子。

左撇子穆罕默德端詳著如花似玉的女兒們，既驕傲又困擾。他雖然為了她們的花容月貌而歡喜不已，卻暗自想起了占星師的預言。「三個女兒！三個女兒！」他對自己咕噥著，「都到了適婚年齡了啊！這麼令人垂涎的西方果子，要有一條龍來看守著！」

他準備回到格拉納達。於是派遣傳令官先行，下令每個人都要避開他要經過的道路。而且公主快要到達之處，所有的門、窗都必須關上。安排好之後，他出發了，擔任護送的是一支面貌醜陋、身穿閃亮鎧甲的黑人騎兵隊。

公主們密密覆著面紗，跟在國王身邊，騎著白色的女用馬匹。馬匹覆蓋著絲絨披掛，披掛上有金線刺繡，而且拖到了地上。馬銜環和馬蹬都是金製的，而絲製的馬籠頭上還裝飾著真珠和寶石。馬兒身上覆蓋著小小的銀鈴，讓牠們在緩步前行時發出最悅耳的叮叮之聲。不過，可憐了那些倒楣的人，聽到鈴聲細響時還在路上流連，而衛兵便奉命毫不留情地把他們砍倒在地。

隊伍逐漸靠近了格拉納達，這時，他們在中尼爾河的岸邊卻趕上一小群摩爾士兵押送著幾個囚徒。這些士兵來不及避開道路，他們便伏倒在地，臉部向下，並命令那些囚徒也照著做。公主們在亭臺上所看到的那三個騎士，就在囚徒之中。騎士們或許是聽不懂，或許是太過傲氣而不遵從命令。他們就一直站著，直視著國王的隊伍靠近。

國王的命令受到公然違抗，讓他一把怒火燒了起來。他抽出了彎刀往前一伸，正準備要以左手砍出一刀，而那恐怕會殺死至少一個直視不屈的人。這時公主們都圍到他身邊，為囚徒求情。即使是內向的卓拉海妲也忘了自己的羞怯，為他們力辯著。穆罕默德停手了，但還是舉著彎刀，這時侍衛隊長在他面前跪了下來。「陛下，請不要這麼做，」他說：「那可能會讓整個王國大大蒙羞。他們三個都是英勇而尊貴的西班牙騎士，有如雄獅一般出陣殺敵，卻在戰役中受俘了。他們都出身名門，說不定能換取很高的贖金呢。」

「夠了！」國王說：「我會饒恕他們的性命，但要處罰他們的膽大妄為。把他們押進佛米龍塔樓（Vermilion Tower）罰做苦工。」

穆罕默德正犯下一個常見的笨拙失誤。這一場風暴裡，騷亂激動讓三位公主都掀起了面紗，露出了她們的美貌風采。而國王因為拉長的談話，也使得那美貌有時間發揮充分的力量。在那個時代，人們都比現在更突然地墜入愛河之中，所有古代的故事都可以看出這一點。那麼難怪，三個騎士的心都完完全全被迷住了，更何況仰慕之外又添加了感恩之心。不過有點不尋常、但也不難肯定的是，他們每一位都各自對一個佳人癡迷著。至於公主呢，她們比以往更著迷這幾個囚徒的高貴舉止；而剛才所聽到的，有關他們的勇猛與高貴的出身，也都珍藏在她們心中。

隊伍繼續前進。三位公主坐在叮叮細響的馬兒上，陷入了幽思，不時還往後面偷覷著那些基督教囚徒。而他們正要被帶往佛米龍塔樓，關進指定的囚室。

為公主們準備的宅院，可是數一數二極盡構思的精巧華美。那是在一座離阿蘭布拉宮主體稍遠的塔樓，不過還是藉由環繞整個山丘頂端的城牆，而連接著主體。這塔樓有一邊可以往下看到城堡的內部，而塔樓底下是小小的花園，種滿了最珍奇的花卉。另外一邊，俯瞰著一道幽深的綠蔭峽谷，隔開了阿蘭布拉宮和赫內拉利費宮的兩處基地。塔樓內部分成輕靈的小型宮室群，以輕靈的阿拉伯風格做了華美的裝飾；小宮室環繞著一座高聳的大殿，它的穹頂幾乎伸到了塔樓頂尖之處。這大殿的牆壁和頂棚上，裝飾著花草紋樣及細雕，上面有閃亮的金粉和燦爛的彩繪。大理石的步道中央有個半透明石膏噴水池，周邊圍繞著芳香的灌木和花卉。池子噴起水柱，為整座大殿帶來涼意，流水聲聲催人入夢。大殿四周懸掛著金絲和銀絲的鳥籠，裡面有毛羽精細或聲音甜美的鳥兒在唱歌。

根據回報，公主們在薩洛夫雷尼亞的城堡時，一直過得快快樂樂的，國王便以為她們對於阿蘭布拉宮會著迷不已。不過令他意外的是，她們竟開始有了怨言，變得悶悶不樂，對身邊的任何事情都看不順意。她們聞不到花香，夜鶯歌唱打擾了她們的睡眠。而半透明石膏水池永遠在滴流噴濺，日以繼夜、夜以繼日，也讓她們失去了所有耐性。

國王本身有點易怒、專制的性情，得知此事後一開始非常氣憤。但他也省悟，女兒已經到達一個年齡，女性的心思成長了，欲念也增強了。「她們都不是孩子了，」他對自己這麼說：「她們是已經長成了的女人，要有適當的事物來吸引她們。」因此，他對格拉納達的整個札卡丁地區，垂詢了所有的裁縫師、珠寶匠、金銀工藝的巧手。公主的身邊，便堆滿了絲製的、質地輕軟及織錦的袍服，喀什米爾的羊毛披肩，真珠及鑽石項鍊，以及戒指、手鐲、踝環，還有各式各樣的珍奇之物。

然而一切都沒有用。公主們在華服美飾之中仍然面色蒼白、無精打采。她們像是枯萎的玫瑰花苞，在花梗上低垂著。國王過去對自己的判斷通常抱著一種令人稱道的信心，從不接受別人的勸告。「可是，三個適婚姑娘突如其來的念頭與反覆無常，」他說：「卻足以搞亂最精明不過的頭腦。」所以他有生以來，就這麼一次請人給予建議。他所諮詢的就是那個經驗豐富的保母。

「卡蒂嘉，」國王說：「我知道你是世界上百裡挑一的明智女人，也是最值得信賴的。基於這些原因，我一直任用你照顧我的女兒。做父親的不可能太防著他所深深託付的人。現在，我希望你找出纏著公主的那個怪毛病，並想辦法讓她們恢復健康與活力。」卡蒂嘉答應暗中去執行。其實，她對於公主的毛病，比她們自己更加了解。不過，她把自己跟公主們關在一起，努力讓自己融入而取得她們的信任。

「親愛的孩子們，住在這麼華美的地方，還能得到心裡想要的任何東西，為什麼你們卻這麼傷心欲絕、垂頭喪氣？」

公主們茫然望著香閨，嘆了一口氣。

「你們還想要什麼嗎？我可否給你們那隻鸚鵡，牠會講各種語言，整個格拉納達都視為開心果？」

「多令人討厭啊！」塞妲公主喊道：「那麼討人嫌、呱呱亂叫的鳥兒，愛講話卻沒有思想。人們一定是沒有腦子，才會忍受這種討厭的東西。」

「我可不可以送來直布羅陀岩石上的猴子，拿牠好笑的舉動來供你們消遣？」

「猴子！呿！」卓蕾妲叫道：「可憎的人類模仿者，我厭惡那種噁心的動物。」

「知名的黑人歌手卡森（Casem），來自皇室在摩洛哥的後宮，你們覺得如何？他們說，他的嗓子像女人一樣美妙。」

「這些黑奴讓我看了害怕，」嬌小的卓拉海妲說：「而且，我對音樂也失去一切興致了。」

「啊，我的孩子，」老婦詭祕地回答：「假使你聽到我昨晚所聽的，也就是我們旅途中見到的三個西班牙騎士所唱的音樂，你就不會這麼說了。不過孩子，唉呀！是什麼事使你們的臉這麼紅，而且心裡怦怦直跳？」

「沒事，沒事的，好保母。請繼續說吧。」

「好吧。我昨晚經過佛米龍塔樓，看到三個騎士做了一天苦工之後正在休息。有一個是吉他彈得非常流暢優雅，另外兩個依著旋律在唱歌。而且他們的唱奏有一種味道，讓每個衛士都好像雕像、或是中了咒一樣迷住了。阿拉原諒我！聽到故鄉的歌曲，我忍不住感動了。然後，還看到三個這個高貴又英俊的年輕人身受鎖鍊、為人奴隸！」

講到這裡，仁慈的老婦眼淚都止不住了。「也許呢，保母，您能設法讓我們看一眼這些騎士。」塞妲說著。「我想，」卓蕾妲說：「來一點音樂很能讓人恢復活力的。」

羞怯的卓拉海妲什麼也沒說，只是環抱著卡蒂嘉的脖子。「饒了我吧！」明智的老婦驚叫道：「我的孩子，你們在說什麼？你們父王如果聽到這種事，會殺了我們的。沒有錯，這些騎士顯然都是受過良好教養、人品高尚的年輕人。但他們是什麼人？他們可是我們信仰的敵人啊。而且你們連想都不可以想他們，除非是懷著一股厭惡。」

女人的心意裡有一股值得欽佩的勇氣，尤其是在適婚年齡之時，而且它不怕危險和禁令的阻攔。公主們圍在老保母身邊勸誘著、懇求著，還表明說，拒絕會使她們心碎的。

卡蒂嘉該怎麼做呢？她固然是世界上最明智的老婦，而且是國王首屈一指的忠僕，但她要看著三個美麗的公主只為了琤琤的吉他聲而心碎嗎？此外，雖然她長期跟摩爾人生活在一起，還仿效女主人而改變了宗教信仰，就像是個可靠的信徒，但她仍然是西班牙人出身的，基督教一直藏在她的內心。於是，她便著手策畫，想要滿足公主們的心願。

關在佛米龍塔樓的基督囚徒們，是由一個大鬍子、寬肩膀的背骨仔所看管的。他名叫胡珊・巴巴（Hussein Baba），以收受賄賂而聞名。卡蒂嘉私下去找他，悄悄塞了一大塊金子到他手裡。「胡珊・巴巴，」她說：「我的主子，也就是三位公主，關在一座塔樓裡，因為沒有娛樂而難過著。她們聽說了那三名西班牙騎士的音樂才華，很想聽他們演奏一段。我相信你的心腸很好，不會拒絕她們這麼純真的心願吧。」

「什麼！這是要害我的人頭，高掛在我看守的塔樓大門上齜牙咧嘴嗎？如果國王發現的話，那可是我的下場啊。」

「不會發生任何這樣的危險，整件事可以既滿足公主的一時興致，而她們的父王又絕不會知道。你曉得，城牆外有一道深深的峽谷，直通到公主所住的塔樓底下。你讓那三個基督徒在那邊工作，在勞作的空檔間，就讓他們彈奏及唱歌，當作他們自己的消遣。這麼一來，公主就可以透過自己塔樓的窗戶而聽到。而你可以放心，她們會因為你的恭順從命而有重賞。」

這熱心的老婦講了一大串，最後她慷慨地按著那個背骨仔的右手，留下了另一塊黃金。

她這一番有力的勸說，令人難以抗拒。隔天，三個騎士就被派往峽谷裡去工作。在正午炎熱的時候，他們的工作夥伴都在樹蔭下小睡，衛兵也在崗位上昏昏打盹。他們便坐在塔樓底下的草叢中，由吉他伴奏著，唱起西班牙的迴旋歌曲。

山谷很深，塔樓很高，但他們的聲音在寧靜的夏天中午，清楚地傳了上去。公主在陽臺上聆聽著。她們以前就從保母那裡學了西班牙語，而那婉轉的歌曲便打動了她們。但明智的卡蒂嘉正好相反，她大吃了一驚。「阿拉保祐我們！」她高聲說道：「他們唱的是求愛的短歌，是唱給你們聽的。哪個人聽說過這麼膽大妄為的事？我要去找看守奴工的人，扎扎實實棒打他們一頓。」

「什麼！要打這麼儀表翩翩的騎士，因為他們唱得這麼迷人？！」三個公主一聽這話都嚇壞了。仁慈的老婦雖然感到一股義憤，她的性情卻是隨和的，情緒很容易就平撫下來了。此外，那音樂聲好像讓她的主子們很受用，她們的臉頰上玫瑰綻放，雙眼也開始閃著亮光。因此，對於騎士們的情愛小曲，卡蒂嘉也不再有異議了。

歌曲唱完，公主們沉默了一會兒。最後，卓蕾妲拿起魯特琴，用著微弱、顫抖但卻甜美的歌聲，唱了一首阿拉伯小曲子，裡面的主題是：「玫瑰深藏在她的葉裡，但她快樂地聆聽著夜鶯的歌唱。」

從這天以後，騎士們幾乎每天都到山谷裡工作。體貼的胡珊．巴巴愈來愈縱容，而且每天在工作崗位上都更加愛睡。有一段時間，流行的曲子和歌謠用來進行著暗示意味的交談。這些歌曲有某種程度是在彼此對答，並交流著雙方的情感。逐漸地，公主也會趁著衛兵沒有發現的時候，出現在陽臺上。她們也跟騎士說話，不過是靠著花朵，花裡有他們彼此都熟悉的象徵意涵；交談的困難讓這無聲交流更有吸引力了，並且加強了他們獨一無二的熱情。愛情樂於在困境裡奮鬥，而且在最貧瘠的土壤上，會竭盡全力地綻放。

這一段祕密交談對於公主們的外表和精神所帶來的改變，讓左撇子國王既驚訝又滿意。但最歡喜的莫過於明智的卡蒂嘉，她認為這一切要歸功於她的能幹。

這一場心電通訊，終究遭到阻礙了。騎士們有幾天不曾出現在那山谷裡，公主從塔樓望出去，什麼也沒有。她們從陽臺上伸長了天鵝般的頸子，看不到人；她們彷彿關在鳥籠裡的夜鶯唱著歌，也是徒勞。她們的基督徒情郎，半點影子也不見，樹林子裡也沒傳出半個音符。明智的卡蒂嘉動身去搜尋情報，很快便帶著滿臉的煩惱回來了。「啊，孩子們！」她叫道：「我看出整個情況會演變成怎麼樣，但你們會找到出路的，你們現在可以把魯特琴掛在柳樹上。西班牙騎士被他們的家族贖回去了，他們已經下山到了格拉納達，準備要回自己的國家了。」

聽到這消息，三個美麗的公主感到沮喪。塞妲為了她們所受的輕視而憤怒，因為她們就這樣遭人拋棄了，沒有一句道別。卓蕾妲絞著雙手哭著。她看著鏡子，擦掉眼淚，重新又哭了起來。溫柔的卓拉海妲倚在陽臺上，默默流淚。她的淚珠一滴一滴，落在無情無義的騎士以前常坐的河岸花朵上。

明智的卡蒂嘉盡了全力去安撫她們的悲傷。「別難過，我的孩子們，」她說：「等你們習慣之後，這些就沒什麼了，世界就是這樣的。啊！你們到了跟我一樣的年紀之後，就懂得怎麼看待這些男人了。我敢保證，這些騎士會在哥多華、塞維亞的西班牙美女中找到情人，而且很快就會在她們陽臺下唱著求愛歌，再也不會想起阿蘭布拉宮裡的摩爾美人了。所以別難過了，孩子們，把他們揮出心中吧。」

明智的卡蒂嘉這些話，只有添增了三位公主的憂傷。接著兩天，她們都傷心欲絕。第三天早上，那善心的老婦滿心憤慨、怒氣沖沖地走進了她們的房間。

「誰會相信男人有這麼傲慢無禮的！」她一想到可以表達內心的話，便這樣高聲說著：「但是我這一場謀畫騙了你們可敬的父王，倒真是遭到報應了。別再跟我講你們的西班牙騎士了。」

「為什麼，發生什麼事了，好心的卡蒂嘉？」公主們高聲問道，急得喘不過氣來。

「發生什麼事了？——有人背叛了！或者發生了幾乎一樣糟的事，有人在計畫背叛之事，而且是針對我，也就是最忠實的臣子，最值得信賴的保母！是的，孩子們，西班牙騎士竟膽敢賄賂我，要我說服你們跟他們逃到哥多華，然後嫁給他們！」

講到這裡，精明過人的老婦用手遮住了臉，禁不住傷心憤慨而痛哭起來。三個美麗的公主臉色發白又轉紅、發紅又變白，還發著抖。她們低頭看著地上，又害羞地互相對望，一語不發。同時，老婦因為情緒激動不已，坐在那邊前後搖晃著，時不時高聲哭號著。「我竟然會活到受這種侮辱！我，我可是最忠實可靠的僕人哪！」

最後，最年長的公主，也就是最有勇氣、也一向站在領導地位的那個，走向卡蒂嘉，把手放在她肩上。「好吧，保母，」她說：「假設我們願意跟這些基督騎士們遠走高飛，有可能做到嗎？」

熱心的老婦一下子停止了悲泣，抬頭往上看著。「有可能的，」她回應道：「當然是有可能的。騎士們不就已經賄賂了胡珊·巴巴那個沒節操的衛兵隊長，而且安排了這一整個計畫嗎？不過，想到要欺騙你們的父王！你們父王可是那麼信任我呀！」這樣說著，可敬的老婦不禁重又悲泣起來，並且前後搖晃，還絞著雙手。

「但我們父王可從來沒有信賴我們，」大公主說：「他只信得過門栓和柵欄，對待我們卻像囚徒一樣。」

「怎麼不是，就是這樣沒錯！」老婦再次停止了悲泣而回答道：「他對待你們確實很沒道理。一直把你們關在這裡，讓你們在一座擺臭臉的老舊塔樓中虛擲青春，就像是任由玫瑰花在花瓶裡枯萎。不過，這可是要逃離你們的故鄉啊！」

「不就是在我們要落腳的地方，也就是在母親的故鄉，我們才能過著自由的生活嗎？而且，我們是不是可以每個人嫁一個年輕的丈夫，而取代嚴格的老父呢？」

「怎麼不是，正是這樣沒錯！你們的父王，我得老實說，是比較獨裁的。不過呢，」她又陷入了悲泣：「你們可會留我一人在這裡，承受他的報復？」

「絕對不會的，親愛的卡蒂嘉。你不能跟我們一起遠走他鄉嗎？」

「說得很對，孩子。實話告訴你們，我跟胡珊．巴巴商量這事的時候，他就答應過，如果我跟你們一起逃走，他會照顧我的。不過，你們可要想想，你們願意放棄父王的信仰嗎？」

「基督教就是我們母親原來的信仰，」大公主說：「我已經準備好要接受了。我相信，我的姊妹們也是如此。」

「這也說得很對。」老婦興奮起來，高聲說道：「那就是你們母親原來的信仰，而她臨終之時，還痛心感嘆自己曾經宣誓放棄。我答應過她，要照顧好你們的靈魂。現在我很高興地看到，你們的靈魂已走在一條恰當的得救之路上。是啊，孩子們，我生來也是個基督徒，而且在內心裡也一直是基督徒，我決心要回歸這個信仰了。我曾經跟胡珊．巴巴談過這件事。他是西班牙人出身，來自離我故鄉不遠的地方。他也一樣急著想看到自己的家鄉，並且重回教會。那幾個騎士們承諾過，如果我們打算在回返故鄉的路上就結為夫妻，他們會提供大筆的盤纏。」

總歸一句，這位極為慎重、又懂得未雨綢繆的老婦，已經向騎士和背骨仔詢問過，而且商議了整個逃走的計畫。大公主立即同意了，而且跟以往一樣，她的做法讓姊妹們有樣學樣。三公主固然還在猶豫著，因為她生性溫和羞怯，在她胸中有女兒的情感與青春的熱情在彼此拉扯。然而如往常一樣，青春的熱情獲勝了。她帶著無聲的淚水，忍住的嘆息，也準備著要逃走了。

古時候，阿蘭布拉宮所在的崎嶇山丘上，曾經鑿穿了岩石而開出許多地下通道，可以從這座堡壘而通向格拉納達城的各個地方，遠至達洛河及申尼爾河岸的那些暗門。地下通道是不同時期的摩爾國王所建造的，目的是為了在突發的政變中有路可逃，或者為了不公開的軍事活動而祕密派兵之用。很多通道目前都完全找不到了，不過還有一些留下來。一部分是堆滿了廢棄物，一部分則築牆堵住。在摩爾人統治下，這些歷史遺跡都是出於嫉妒而做的預防，以及摩爾政府的好戰謀略。胡珊．巴巴循著一條地道來執行任務，帶著公主們來到城牆之外的一個暗門。騎士們會在這裡備好快馬，要載著所有人越過邊境。

到了約定的那天晚上，公主所住的塔樓一如往常上鎖，阿蘭布拉宮也沉沉入睡了。午夜時分，明智的卡蒂嘉在俯瞰花園的一扇窗戶陽臺上傾聽著。背骨仔胡珊．巴巴已經到底下，並且發出了約定的信號。保母把繩梯的一端繫緊在陽臺上之後垂到花園裡，然後爬了下去。大公主、二公主一顆心怦怦跳著，也隨她下去了。可是輪到三公主卓拉海妲的時候，她躊躇不前，還瑟瑟發抖。她三番兩次大著膽子將纖纖小腳踩到梯上，但又縮了回來。而她拖延得愈久，可憐的小心臟就跳得愈慌。她留戀地回望那華貴高雅的閨房。她曾經住在裡面，當然是像籠中鳥一樣地住著。可是在裡面她很安全，誰說她會遭到什麼危險，而如今她竟然要飛向廣大的世界了！此刻她暗自想著那位風度翩翩的基督騎士，她的小腳立刻便踩在了梯子上；很快地又想到父王，她便縮了回來。她是那麼年輕、溫柔、充滿愛意；可是又那麼退縮、不了解這個世界。她想要平衡胸中的衝突，真是做不到。

姊姊們懇求她、保母責備她、背骨仔在陽臺底下罵她，都沒有用。溫柔的摩爾小閨女站到了私奔的邊緣，驚疑不斷，搖擺不定。罪惡的甜蜜感引誘著她，但是伴隨而來的風險又讓她心生恐懼。

每分每秒都增添著被發現的危險，遠處傳來了重重的腳步聲。「巡邏兵在查更了，」背骨仔喊著：「如果還留著不走，我們就會死。立刻下來吧，公主，不然我們要丟下你了。」

卓拉海妲這一下子滿心驚懼。然後她解開了繩梯，毅然決然丟下了陽臺。

「我下定決心了！」她喊道：「我現在沒有勇氣逃走！親愛的姊姊，願阿拉指引並保祐你們！」

想到要丟下她一人，兩個姊姊都感到震驚，並且原本願意留著不走。可是巡邏兵愈走愈近了，背骨仔大發雷霆，把她們都趕進了地下通道。他們在可怕的迷宮裡，摸索著山嶺內部所鑿穿的路徑，最後成功抵達一扇開往城牆外頭的鐵門，沒被人發現。西班牙騎士都打扮成守衛的摩爾士兵，由背骨仔發號施令，等著要接他們。

卓拉海妲的情郎得知她拒絕離開塔樓，情緒便失控了。但是不能再浪費時間來痛惜。兩位公主被扶上了她們情人的後方，明智的卡蒂嘉上馬坐在背骨仔後面。他們全速趕往洛普小徑的方向，由小徑穿過山間，通往哥多華。

他們還沒跑遠，就聽到阿蘭布拉宮的城垛上傳來了軍鼓和小號的聲音。

「我們脫逃被發現了。」背骨仔說。

「我們有快馬，夜裡又暗，還是可以拋開一切追捕的。」騎士們說。

他們把馬刺一夾，快速衝過了維嘉沃原，來到了艾爾薇拉山腳下，這山好像海岬一樣橫亙在平原上。背骨仔停了下傾聽著，「到現在呢，」他說：「還沒有人趕上我們，我們可以順利逃進山裡去。」

他說話的時候，有一道小小的火光從阿蘭布拉宮的塔樓頂端竄了起來。

「糟了！」背骨仔大喊：「那烽火會讓通路上的所有士兵都警戒起來。快走，快走！像瘋了一樣快馬加鞭吧，不能再耗時間了。」

他們猛衝了出去，掃過的路徑繞著大石嶙峋的艾爾薇拉山，喀啦喀啦的馬蹄聲在山石之間迴響著。在他們飛奔的同時，阿蘭布拉宮的烽火收到了各個方向的回應，一道一道的火光在瞭望塔或山間塔樓頂上點燃了起來。

「前進！前進！」背骨仔吼著，還咒罵個不停：「到那橋上，要在烽火警戒抵達之前趕到橋上去！」

他們在山岬上迴繞著，遠遠看到了那座有名的帕諾橋。那橋跨過了一條湍急的河流，河裡經常染著摩爾人和基督教徒的鮮血。糟的是橋上的塔樓已經點起烽火，而且出現了發著亮光的武裝人員。背骨仔勒住他的馬匹，踩在馬蹬上向四周查看了一下。接著他向幾個騎士做了手勢，便離開了那條路，順著河流走了一段，然後衝進了水裡。騎士呼喚公主抓緊他們，也衝進了水裡。他們由馬匹載著走了一段，進入了急流之處，滔滔河水在他們四周翻湧。但美麗的公主緊緊抓住基督騎士，一句怨言也沒有。騎士們安全抵達對岸，然後由背骨仔帶領，循著荒涼無人的路徑及野溪谷，穿山越嶺，避開了所有常用道路。總歸一句，他們成功抵達了古城哥多華。他們回歸了自己的國家、朋友團聚，受到歡欣鼓舞的慶祝，因為他們出身最高貴的家族。美麗的公主立刻為教會所接納。經過一切該有的儀式而成了正規的基督徒之後，便出嫁為幸福的人妻。

我們匆匆讓公主順利涉河、上山而逃走的過程中，卻忘了提到明智的卡蒂嘉的命運。在快馬跨越維嘉沃原的路上，她像一隻貓一樣緊抓著胡珊．巴巴。每次馬匹跳躍時她都尖叫著，招來鬍鬚背骨仔一大堆咒罵。但當他準備要策馬入河時，她感到無限的驚恐。「別把我拉那麼緊，」胡珊．巴巴喝道：「抓著我的腰帶，什麼都不要怕！」皮腰帶束著那虎背熊腰的背骨仔，她便雙手緊緊抓住。但當他跟騎士一起在山頂上停下來喘口氣的時候，卻再也找不到那保母了。

「卡蒂嘉怎麼了？」公主們警覺地喊道。

「只有阿拉才知道了！」背骨仔答道：「我的腰帶在河流中間鬆掉了，而卡蒂嘉就隨著它一起沖進了流水中。這是阿拉的旨意；不過那腰帶上繡有花樣，很值錢的。」

沒時間再做無益的懊悔，但公主仍然深深哀嘆她們失去了這位明智的顧問。不過，這個命大的老婦並沒有在水裡喪失超過九條命的一半。當時，有個漁夫正要拉起河流底下一段距離的漁網，便把她拉上了陸地，而且對於這麼神奇的網獲還頗為吃驚。明智的卡蒂嘉後來怎麼樣了，傳說裡沒有提到。可以肯定的是，她從不在左撇子穆罕默德的勢力範圍內涉險，足見她的明智。

賢明的國王發現女兒逃走、以及發現最忠誠的老僕欺騙他的時候，採取了什麼行動，也幾乎不得而知了。這是他唯一請人給予諮詢建議的例子，後來也沒聽說他再出現類似的敗筆。不過，他很小心地保護著剩下的那個沒想要私奔的女兒。確實呢，有人覺得，她暗暗後悔自己留了下來。也有人看到她不時倚在塔樓的城垛上，鬱鬱寡歡望向哥多華方向的山嶺。有時候，也聽到她的魯特琴音伴隨傷感的情歌。據說，歌曲裡是在哀嘆她失去了姊姊和情人，並且痛悼自己孤單的生活。她年紀輕輕就過世了，而且根據常見的傳聞，她是埋葬在那塔樓底下的地窖裡。而她的早逝，衍生的傳說故事可不只一種。

接下來的傳說，某種程度上看似來自於前面這個故事，卻是緊緊連結著幾個歷史人物的名字，因而並不是全然不可信的。伯爵的女兒卡門與她的幾個年輕朋友，在一次聊天晚會裡聽人讀過這故事。他們認為故事裡某些部分有很高的真實性。而朵洛麗絲比他們更熟知阿蘭布拉宮那些不可信的事跡，她完完全全相信這個故事。

阿蘭布拉宮玫瑰的傳說

摩爾人投降而獻出格拉納達之後的一段時間裡，這個宜人的城市，便是西班牙統治者所喜愛而常來的居住地。但是，後來他們因為接連發生的大地震而嚇跑了；有幾棟宮室倒塌，摩爾人的舊塔樓也嚴重受創，只剩地基。

此後很多很多年悠悠流逝，格拉納達也很少有皇族成員大駕光臨。尊貴的皇宮一直靜默著、緊閉著，阿蘭布拉宮就像是個遭到忽視的美人，悲痛孤寂地坐著，待在那些無人聞問的花園之間。「公主塔樓」一度是三個美麗摩爾公主的居所，也落在這一大片孤寂之中。蜘蛛所結的絲網跨過了鍍金的穹頂，蝙蝠和貓頭鷹結巢在塞妲、卓蕾妲、卓拉海妲三位公主曾經增色添香的宮室中。這座塔樓備受冷落，或許部分是因為附近居民有些迷信的想法。有傳言說，年紀輕輕就在這塔樓中去世的卓拉海妲，鬼魂常常在月下獨坐在大殿中的水池旁邊，或者在城垛附近嗚咽哀鳴。還有，午夜走過溪谷的行人，也會聽到她銀製魯特琴的琴音。

終於，格拉納達再度受到了皇室的喜愛。全世界都知道，菲利普五世是波旁（Bourbon）家族裡第一個君臨西班牙的人。❶全世界也都知道，他的二度婚姻娶了伊莉莎白（或伊莎貝拉，兩個名字是一樣的），她就是來自帕爾瑪的美麗公主。全世界又知道，由於這個偶然的結合，來自法國的君王和來自義大利的王后，一起坐在西班牙的寶座上。為了這一對身分顯赫的新人到訪，阿蘭布拉宮便盡可能快速重整並裝修了起來。王室的到來，讓這座先前廢棄的皇宮整個煥然一新。軍鼓與小號噹啷聲響，戰馬在大道和宮殿外踏步作聲，盔甲燦亮，還有旗幟在望樓和城垛上招展飄揚著，這些都讓人回想起這座城堡古老尚武的榮光。不過，統御著皇宮內部的，卻是一種柔和的情調。袍服擦出窸窸窣窣的輕響，前廳裡恭敬的朝臣步伐謹慎、細語噥噥，見習騎士和貼身宮女在花園裡漫步徘徊，還有，豎鉸鏈窗裡隱隱流洩出音樂聲。

跟隨在皇室身邊的一大群人之中，有一個是皇后所喜愛的見習騎士，名叫路易茲．德．阿拉孔（Ruyz de Alarcon）。說他是皇后喜愛的見習騎士，便同時也道出了對他的讚頌。因為，尊貴的伊莉莎白身邊的每個見習騎士，都是因為優雅、俊美與嫻熟社交禮儀而中選的。路易茲快滿十八歲了，體態靈

❶ 譯註：十八世紀早期，菲利普五世統治了西班牙。

巧而輕盈，像是年輕的安提諾烏斯（Antinous）❷那麼優雅。他對皇后總是恭恭敬敬的，不過內心卻是個頑皮的小夥子。他在宮廷裡受到女性的寵溺，而且對於女人的萬種風情，已有了超齡的領略。

這個閒散的見習騎士，有天早上在赫內拉利費宮的樹林間蹓躂，俯瞰著阿蘭布拉宮的基地。他身邊帶著皇后喜愛的矛隼，作為消遣。在蹓躂途中，他看見一隻鳥兒飛出了灌木叢，便解開矛隼的頭罩讓牠飛去。這鷹隼飛到了高空中，然後俯衝下去去抓牠的獵物。但沒抓著，牠便高飛離開了，也不管那見習騎士怎麼叫牠。溜走的鳥兒任性地飛著，而見習騎士緊盯在後，最後看牠降落在一座遙遠孤立的塔樓城垛上。那是位在阿蘭布拉宮的外牆，立在一峽谷的邊緣，而峽谷分開了這座皇城和赫內拉利費宮的基地。那其實就是「公主塔樓」。

見習騎士來到了峽谷下面，走向這座塔樓。可是從谷中並沒有通路可走，而且塔樓那麼高，想爬上去，任何方法都沒用。因此，為了找到塔樓的大門，他便繞了一大圈，到了塔樓面向阿蘭布拉宮牆內的那一側。

塔樓前方有個小小的花園，園外圍著蘆葦製的棚架，上面垂著桃金孃。見習騎士打開了便門，穿過了花床、玫瑰花叢而到了塔樓的門口。門是關著的，而且上了栓。門上有個縫隙，讓他可以窺探進去。那裡面是個小小的摩爾式廳堂，牆面有細雕紋樣，纖巧的大理石柱，還有一個半透明石膏水池，池邊圍繞著花草。廳堂中央有個鍍金的鳥籠，裡面有隻鳥兒在鳴唱。籠子底下的椅子上，躺著一隻龜殼紋樣的貓，周身纏繞著一捲一捲的絲料或女性織繡物。還有一把裝飾著緞帶的吉他，斜倚在水池邊。

路易茲感到驚訝，這座孤寂的、而且正如他所想的已經荒廢的塔樓裡，竟然留有這些女性而風格雅致的東西。這些讓他想起了阿蘭布拉宮裡盛傳的那些魔法廳堂的故事。而那隻龜殼紋樣的貓，說不定就是某個被施了咒的公主。

他輕輕敲了門，有張美麗的臉從上面的小窗子往外探看著，隨即又縮了回去。他等候著，期待門會打開。但他的等待落空了，裡面沒有傳來腳步聲，一切都靜悄悄的。是他的感官騙了他嗎？還是說，那美麗的幽魂是塔樓裡的仙子？他再次敲了門，而且敲得更響。過了一會兒，那張光采照人的臉再一次往外探看著，那是個如花似玉的十五歲小姑娘。

見習騎士脫下了羽飾的軟呢帽，以最客氣有禮的口吻，請求對方允許他爬上塔樓去找回他的矛隼。

「我不敢開門，先生，」那小姑娘臉紅答道：「我大嬸不准許的。」

「我求你了，好姑娘，那可是皇后最喜愛的一隻鷹。沒有找到牠，我不敢回皇宮去。」

「你是宮裡的騎士嗎？」

「是的，好姑娘。但如果我失去這隻鷹，我會失去皇后的寵愛、還有我的地位。」

「聖母瑪麗亞！我大嬸特別交代我要栓好了門，就是為了防你們這些宮裡的騎士。」

「惡劣的騎士當然要防，但我不是，我只是個單純而無害的見習騎士啊！如果你拒絕我這個小小的要求，我會身敗名裂的。」

小姑娘的心被這個沮喪的見習騎士打動了。假如他竟然因為得不到這一點微不足道的施惠而身敗名裂，那可真是天大的可惜。而且當然了，他不可能會是大嬸所形容為吃人族的那種危險人物，一直悄悄潛行著想捕食不知世事的姑娘。他這麼溫良謙遜，手中拿著帽子站在那裡請求著，看起來是多麼迷人

❷ 譯註：安提諾烏斯（生於110-115年之間，卒於130年），古羅馬皇帝哈德良（Hadrianus, 76-138）的男寵。

啊。

不懷好意的見習騎士見這守衛開始動搖了，便加倍拿動聽的話來懇求著，說好閨女的本性不會拒絕他的。於是，這個害羞的塔樓小小守門員下樓了，顫抖著手打開了門。而如果見習騎士剛剛只是從窗口瞥見了她的面容，現在整個人一現身，可讓他神魂顛倒了。

她穿著安達魯西亞式的馬甲和上身短掛，突顯出她圓潤但小巧而對稱的身形，距離成年女性還差得遠。她滑順的秀髮在額頭上工工整整分了邊，並且按照當地普遍的習慣，裝飾著一朵剛採的玫瑰。是沒錯，她的臉上帶有一點南國陽光的熾曬之色，但那反而增添了她兩頰的嬌紅，而且讓她迷人的明眸更加有光彩。

路易茲才看一眼就掌握了這一切，因為他現在無法耽擱了。他只是咕噥著道謝，接著便輕巧地奔上迴旋的樓梯，去找那隻矛隼。

他很快便回來了，而那隻溜走的鳥兒便停在他拳頭上。那時候，小姑娘坐在廳堂裡的水池邊，正在捲著絲線。不過她一個激動，卻把捲軸掉在了走道上。那見習騎士一個箭步上去撿了起來，然後單膝跪著優雅地交給了她。不過，他又捉住了那伸過來取物的手而印上了一個吻，那比他過去印在主子玉手上的吻，都更加熱情而投入。

「萬福瑪麗亞，先生！」姑娘高聲叫著，因為惶恐和吃驚而更加臉紅了，她過去可從來沒有受過這樣的致意。

謙遜的見習騎士一再致歉，並向她保證，在宮裡，這種做法是在表達最深的尊崇與敬意。

她的怒意——如果她感到惱怒的話——輕易被撫平了，但激動和羞窘還在。她坐在那裡，臉兒愈來愈紅，雙眼垂著只看自己的工作，把她原本要捲好的絲線都纏在了一起。

狡黠的見習騎士在對面看出了她的困窘，樂得從中搞到一點好處。但是他原本流利圓滑的話語，卻在嘴脣上停住了；他想要表現出翩翩舉止，卻手笨腳拙而無能為力。這機敏靈巧的見習騎士，曾經優雅厚顏地周旋在最懂人情世故的宮廷女子之間。但讓他意外的是，他發現自己在這單純的十五歲小姑娘面前，卻感到畏懼與窘迫。

事實上，天真的閨女因為自有一股謙遜與單純；而這一種衛兵，倒是比警戒的大嬸所交代的門栓和柵欄都要有效。而且呢，女性的柔懷豈能擋得住愛情初次的低語？小姑娘因為天真直率，本能地理解了那見習騎士支支吾吾而難以表達的話。而她的一顆心，也由於第一次看到石榴裙下的情人而怦怦跳著——而且還是這樣的一個情人！

那見習騎士的結巴雖然是真的，卻只持續了一會兒。這時遠遠傳來一道刺耳的聲音，他便恢復了平時的從容與自信。

「我大嬸從彌撒活動回來了！」姑娘害怕地喊道：「先生，我拜託您離開吧。」

「我不，除非你將頭髮上的玫瑰賞給我留念。」

她匆匆把那玫瑰從烏黑的頭髮上摘了下來。「拿去，」她又激動又害羞地高聲說：「但請您離開。」

見習騎士拿著玫瑰，同時又吻了她送出玫瑰的玉手。然後他把花兒擱在軟呢帽裡，讓矛隼停在他拳頭上，跳出了花園去，順便帶走了溫柔哈辛妲（Jacinta）的心。

機敏的大嬸到達塔樓時，察覺了姪女的激動，廳堂裡也有一股混亂的氣氛。不過一句解釋就夠了：

「有隻矛隼追著獵物到這裡來了。」

「天可憐見！想不到有鷹隼飛進了塔樓哪。有人聽說過這麼粗魯放肆的鳥兒嗎？怎麼會，籠子裡的鳥兒不安全了嗎！」

機敏的菲蒂翚妲（Fredegonda）是一流謹慎的老處女。她對於自己所稱的「異性」愈來愈害怕而不信任，這是隨著她長期獨身的生活而逐漸加強的。這位好女士從來沒有受過異性的作弄，而且她的面容天生就有一層防護，禁止所有人入侵她的地盤。但是，那些最沒有理由為了自己而擔心受怕的婦女，卻最樂意監看著她們身邊更有吸引力的人。這名喚哈辛妲的姪女，是個戰爭中殉難的軍官所留下的孤女。她過去在修道院裡受教育，而最近才從那教會庇護所裡轉由她的大嬸來直接監護。在嬸娘的龐大陰影之下，她過著單調平板的生活，不為人知，就好比是一朵玫瑰開在荊棘底下。這種比喻可不是完全偶發的。因為說實在話，即使她幽居在此處，她的清新與朝氣之美卻曾經吸引了大眾的目光。而且，附近鄉民都用著安達魯西亞常見的那種詩意的措詞，而為她取了「阿蘭布拉宮的玫瑰」這個名號。

只要宮廷還待在格拉納達，謹慎小心的大嬸便一直全心監看著這個富有魅力的小姪女，還誇說自己的警戒十分成功。確實沒錯，從塔樓底下，月夜樹林裡傳來的琤琤吉他聲、小情歌的歌聲，都讓這位好女士不時受到打擾；但她會督促姪女堵住耳朵，別聽那些無用的吟唱。她還肯定，這些都是異性的伎倆，會讓純潔的閨女受到引誘而敗壞名節。啊！用正經無邪的說教來對抗月夜下的求愛之歌，那單純的閨女還會遇上什麼意外之事嗎？

最後，菲利普國王提早結束了在格拉納達的停留，突然帶著他的朝臣離開了。機警的菲蒂翚妲看著皇室的儀杖從正義之門走了出來，並走下了通往城鎮的大道。最後一道旗幟消失在她的視野的時候，她興高采烈地回到她的塔樓裡，因為一切的擔憂都結束了。但讓她驚訝的是，有一匹輕巧的阿拉伯戰馬正在花園便門外踏著地。而讓她更驚嚇的是，她看到玫瑰叢裡有個年輕人，穿著刺繡花稍的服裝，正跪在她姪女的腳下。聽見她的腳步聲，他做了溫文有禮的道別，輕輕跳過了蘆葦和桃金孃的圍籬，躍上他的馬匹，一下子便不見人影了。

溫婉的哈辛妲因為感到悲傷，全然沒想到大嬸的不悅。她撲身到大嬸的臂彎裡，猛地開始啜泣落淚。

「我的天！」她喊道：「他走了！他走了！他走了！我再也見不到他了！」

「走了，誰走了？我看到跪在你腳邊的年輕人，是誰？」

「那是皇后的一名見習騎士，大嬸，他來向我道別。」

「皇后的見習騎士，孩子！」戒慎恐懼的菲蒂鞏妲低聲複誦著：「你什麼時候認識了這個皇后的見習騎士？」

「就是矛隼闖進了塔樓的那個早上。那是皇后的矛隼，他到這裡來追捕牠。」

「啊，真傻，傻女孩！要知道，矛隼的危險，可一半也及不上那些昂首闊步的年輕見習騎士。而且，你們這種傻鳥正是他們要獵捕的。」

大嬸一開始很氣憤，因為儘管她自認為警戒小心，卻還是幾乎在她的眼皮底下，讓這對年輕愛侶發生了一段淡淡的交往。不過她發現，心思單純的姪女雖然沒有了門栓或柵欄的保護，而曝露在異性的詭計之下，卻經歷了烈燄般的考驗而毫髮無傷地回來了。大嬸便找了理由來自我安慰說，這都多虧了她那些貞潔與謹慎的道德格律，她可說是全身沉浸其中、直到嘴邊的。

，大嬸雖然在自傲上添加了自我慰藉，而見習騎士三番兩次的忠貞誓言，卻教姪女視如珍寶。不過，不斷到處留情的男人，他的愛算什麼呢？四處流蕩的河水，對岸上的每一朵花兒都要調戲一下，然後就離開，留下花兒在那裡垂淚。幾天、幾個星期、幾個月都過去了，見習騎士卻毫無音訊。石榴果子成熟了，葡萄藤結實累累，秋雨從山上奔流而下，內華達山脈蓋上了雪白的斗篷，冬天的狂風在阿蘭布拉宮的廳堂之間嚎叫著——而他卻沒有回來。冬天過去了。和煦的春天迸出了歌唱、花開與芳香的微風。冰雪從山上消融了，最後只剩高聳的內華達山頂，在夏季燠熱的空氣中晶亮生光。而那個健忘的見習騎士仍然沒消沒息。

同時，可憐的小哈辛妲變得臉色蒼白，滿懷憂思。她放棄了以前的工作和娛樂，絲線亂成一團，吉他的弦也鬆了。她把花木放著不管，對鳥兒的歌聲聽而不聞。而她的雙眼曾經是那麼明亮，卻因為背地垂泣而黯淡無光。如果說造了什麼幽居，可以讓一個害相思病的姑娘孵育著感情，那應該就是像阿蘭布拉宮這樣的地方了。在這裡，每樣東西彷彿都可以喚起溫柔而浪漫的夢想。這裡就是情人們的天堂，在這樂園裡，要孤單過日——不只孤單，而且還遭人遺棄——是多麼困難啊！

「唉，傻孩子！」古板無趣又完美無瑕的菲蒂鞏妲，看見姪女鬱鬱寡歡的時候，會這麼說：「我以前沒警告過你嗎？要提防那些男人的捉弄和欺騙。對一個出身名門、家族又有野心的人，你還能期待什麼？你可是一個孤兒，一個敗落又貧窮的家族後代呢。你要明白：如果那年輕人是真心的，而他父親身為朝廷裡首屈一指的尊貴之人，便會禁止兒子去跟像你這麼卑賤又沒有遺產的人結合。所以死了心吧，把心裡那些沒用的念頭都清掉。」

完美無瑕的菲蒂鞏妲這一番話，只會加重姪女的鬱悶，不過哈辛妲只求能暗自沉溺其中。一個仲夏的深夜裡，她的大嬸已經就寢了，她人還留在塔樓的大廳裡，坐在半透明石膏水池旁邊。就是在這裡，那言而無信的見習騎士第一次跪下來，並親吻了她的手；也是在這裡，他常常發誓說永遠忠貞不移。可憐小姑娘的一顆心，重重擔負著悲傷與溫柔的回憶。她的眼淚開始流下來，一滴一滴緩緩掉進水池裡。漸漸地，晶瑩的水起了騷動，不斷地冒泡、冒泡、冒泡，沸騰並湧動著。最後，有個摩爾式盛裝打扮的女人身影，慢慢清晰現身了。

哈辛妲嚇得跑出了大廳，不敢回來。隔天早上，她把所見之事告訴了大嬸。不過，這好女士認為那是她胡思亂想而產生幻象，或者，是她在水池邊睡著而做了夢。「你一直在想著曾經住在這塔樓的那三個摩爾公主的故事，」她繼續說著：「然後才夜有所夢。」

「什麼故事，大嬸？我一無所知啊。」

「你肯定聽過那三個公主的。塞妲、卓蕾妲、卓拉海妲，被她們的父王幽禁在這塔樓裡，後來打算跟著三個基督徒騎士私奔。前兩個公主成功逃走了，但第三個卻下不了決心，據說她死在塔樓裡。」

「我想起來了，以前聽說過。」哈辛妲說：「我還為溫柔的卓拉海妲的下場而哭過。」

「你很可能為她的下場而哭過，」大嬸接著說：「因為卓拉海妲的情郎是你的祖先。他為這一個摩爾伊人而長年悲嘆著，不過，時間療癒了他的傷痛。他娶了一個西班牙女子，而你就是他們的後代。」

哈辛妲反覆想著這些話。「我昨晚所看到的不是腦中的幻象，」她對自己這麼說：「我很確定的。如果祂確實是溫柔的卓拉海妲的幽魂，而且聽說在塔樓裡徘徊不去，那我還怕什麼呢？我今晚還要在水池邊守著，說不定還會再遇到祂。」

接近午夜時分，萬籟俱寂，她再次坐在大廳裡。阿蘭布拉宮遠處的瞭望塔響起午夜鐘聲的時候，水池又起了騷動，不斷地冒泡、冒泡、冒泡並湧動著。最後，摩爾女人再度現身了。祂生得年輕貌美，打扮得珠光寶氣，手上還拿著一把銀製的魯特琴。哈辛妲顫抖無力，不過，那幽魂柔和而傷感的聲音，還有蒼白憂鬱的面孔上那一種甜美的表情，讓她定下心來。

「陽世間的女孩兒，」祂說：「什麼事讓你苦惱著？為什麼你的眼淚攪擾了我的水池，你的嘆息與傷感打擾了夜裡沉寂的時光？」

「我哭是因為男人的無情無義，我為了自己的孤零、遭人遺棄而悲嘆。」

「不要難過，你的悲傷會過去的。你眼前所見的，是摩爾時代的公主，祂跟你一樣，為了愛而感到不幸。曾經有個基督徒騎士，也就是你的祖先，令我傾心不已，而且本來要帶我回到他的故鄉，並納進他的教會。我的內心是改宗信仰的人了，但我缺乏可以支撐信仰的勇氣，猶豫到時間太遲了。對這件事，那邪惡的精靈獲准對我施加魔法，所以我一直被鎮在塔樓裡，要等到有個純正的基督徒願意屈尊來破解魔咒。你可願意擔起這件任務？」

「我願意。」這姑娘發抖地說。

「那麼到這裡來吧，不要害怕。把你的手浸在池水裡，向我灑水，依照你信仰的方式來為我施洗。這樣就可以驅除魔咒，而我受困的靈魂也就可以安息了。」

這姑娘畏縮著腳步走上前去，雙手浸到水池裡，手掌掬著水灑向了那鬼魂蒼白的臉上。鬼魂帶著難以言喻的溫煦笑了。她將銀製魯特琴放在哈辛妲的腳邊，白色的雙臂交叉在胸前，然後融化不見了，就彷彿只是一陣露珠落回了水池裡。

哈辛妲滿懷著敬畏與驚奇，離開了大廳。那天夜裡，她幾乎沒有闔眼。但是破曉時分，她從不平靜的睡眠中醒來的時候，覺得這一切像是個凌亂的夢。然而一下樓來到大廳，那景象的真實性得到證實了。因為水池旁邊，她看到了銀製魯特琴就在晨曦之中瑩瑩發亮。

她快步去找大嬸，講了昨晚發生的事，並喚大嬸來看魯特琴，讓它證實她故事的真實性。如果那好女士還有任何一點兒懷疑不定，哈辛妲一撥奏那把琴，便驅走了那些懷疑。因為她奏出了十分美妙的聲音，菲蒂罣妲的心雖然冰清玉潔又冷漠無感，也要融解了，連亙古寒冬之地也化成了潺湲的流水。除了超凡絕俗的旋律，沒有別的力量能有這種效果。

魯特琴不凡的力量，一天比一天更明顯。經過這塔樓的行人都耽擱了，而且可以說像是著了魔咒一般，陷進了屏息的狂喜出神。鳥兒也群集在附近的樹上，停下了自己的歌唱，在著魔的靜默之中聆聽著。

有傳言很快把這消息散播了出去。格拉納達的居民蜂湧來到阿蘭布拉宮，想要聽一段繚繞於公主塔樓的仙樂。

嬌美的小小吟唱人，最後從她的深閨裡被請了出來。當地有錢有勢的人，爭著誰才能延請她並奉為上賓；或者甚至，誰才能請得動那把魯特琴的魅力，吸引大批風靡的人們到自己的沙龍來。不管她到哪兒去，戒慎恐懼的大嬸都像一條惡龍守在她身邊，嚇阻那一大群為她的歌聲而迷戀不去的熱情仰慕者。有關她神奇魔力的報導，傳遍了一個又一個城鎮。馬拉加、塞維亞、哥多華，都為了這件事接二連三陷入瘋狂。整個安達魯西亞，大家都只談論著阿蘭布拉宮那位美麗的吟唱歌手。魯特琴的魔力這麼神奇，而吟唱者的靈感又來自情愛，那麼，安達魯西亞這些愛好音樂又浪漫多情的人們，除此之外還能怎樣呢！

就在整個安達魯西亞都為了音樂而瘋狂之時，西班牙宮廷裡正瀰漫著另一股氣氛。眾所周知，菲利普五世對於自己的身體健康犯有過度的憂慮，陷入各種幻想裡。有時候，他會連續好幾個星期待在床上，為著想像中的病痛而呻吟不斷。還有幾次他堅持要放棄王位，讓他的皇后十分氣惱。她極為嚮往宮廷的榮耀，以及皇冠的光芒。於是，她便幹練而持續不斷地為低能的夫君代操權柄。

要去除皇上的抑鬱病症，人們發現，沒有比音樂更有效的了。所以，皇后便留意著將最好的藝人，包括歌唱和樂器兩方面，都留在身邊。而且，知名的義大利歌手法里內利（Farinelli）❸也留在宮中，當作一種御醫。

然而，在我們敘述的這個時刻，有個怪物卻超過以前所有的反常行徑，把波旁家族賢聖明睿的心智都給顛翻了。由於長期受制於想像出來的疾病，國王一概拒絕法里內利的歌聲，以及宮廷提琴手的整個樂團。他已幾近於放棄了自己的靈魂，認為自己是徹底地死了。

這個狀況，假使國王保持臥病靜養，就像適合死人的那樣，那麼原本會是無害之至的，甚至對於皇后和朝臣都方便。但讓他們憂惱的是，國王堅持他們要為他舉辦葬禮。且讓他們有苦難言的是，國王愈來愈不耐煩了，為著不讓他入土為安而痛斥他們的失職與不敬。該怎麼辦呢？在禮儀嚴謹的宮廷裡，違抗了國王正面的命令，對於唯唯諾諾的朝臣而言乃是罪大惡極。但是要遵從他，把他活生生地埋葬，又是極端嚴重的弒君！

在這可怕的兩難之中，宮裡聽到了傳言，說有女性的吟唱者讓整個安達魯西亞都神魂顛倒了。皇后下了最緊急的懿旨，要召她來到宮廷當時的所在地——聖・伊德豐索（St. Ildefonso）。

過了幾天，皇后正跟著貼身侍女在那些華麗的花園裡走著。那些花園的徑道、臺階地和噴水池的打造，都是為了蓋過凡爾賽宮的光彩而打造的。這時，聲名遠播的吟唱人被帶到了她的面前。伊莉莎白皇后驚訝地望著她年輕而率真的面容，這小姑娘可是讓全世界都發狂了呢。她身穿安達魯西亞的古式服裝，銀琴拿在手上，謙遜地站著，目光低垂。不過，她有一股單純又清新的美，透露著她就是「阿蘭布拉宮的玫瑰」。

和往常一樣，她身邊還跟著永遠警戒的菲蒂鞏妲。在皇后的垂詢下，大嬸交代了自己先祖和後代的整個來龍去脈。如果高貴的伊莉莎白對於哈辛妲的外表感到了興趣，那麼當皇后知道哈辛妲出身於一個雖然貧窮衰落、卻值得讚揚的世系，而她的父親曾經為了皇室而英勇殉身，皇后便更加高興了。「如果你的力量相稱於他們的名望，」皇后說：「而且能夠驅走那控制了國王的邪靈，那麼我會好好關照你的報酬，而榮譽和財富也會伴隨著你。」

皇后等不及要試試她的技藝，便立刻領著路，來到了鬱鬱寡歡的國王的寢宮。

哈辛妲目光低垂地跟著，穿過了一堆花園、好幾群朝臣。最後他們來到一個大房間，裡面掛著黑色布幔。窗戶都關著，以阻隔日光。一些黃色的細燭插在銀製的壁式燭臺上，散發著愁苦的光。光線微弱照出穿著喪服的沉默人影，還有腳步無聲、愁眉苦臉的朝臣來來去去。靈床或棺木架的中間，平躺著這位想被埋葬的國王。他的雙手交疊在胸前，鼻尖略略可見。

皇后默默走了進來，指了指陰暗角落裡的一張擱腳凳，示意哈辛妲坐下來並開始。起初，她畏縮地撥著魯特琴，但接下來，她更加有了自信與活力。她奏出了十分柔和輕逸的和聲，在場全體簡直無法相

③譯註：法里內利（1705-1782），義大利著名的閹伶歌手。

信這是世間所有。至於國王，他本來自認為已經屬於陰間，便以為那是某種天使的旋律，或天體星辰的音樂。主旋律逐漸變化著，吟唱者的歌聲也伴隨著樂器。她唱出一首傳奇唸歌詩，描述著阿蘭布拉宮的古代榮光，以及摩爾人的豐功偉業。她的全副靈魂投入了主旋律裡，因為她自己的愛情故事，連上了有關阿蘭布拉宮的回憶。這葬儀室裡繚繞著動聽的歌聲，穿透了國王陰鬱的內心。他抬頭張望著，從椅榻上起身坐著，眼睛燃起了亮光。他終於一躍到了地板上，叫人拿來劍與圓盾。

音樂的勝利，或者魔法魯特琴的勝利，就此圓滿達成。憂鬱的邪靈驅走了，而且可以說，往生者復活了。房間裡的窗戶推開了，輝煌耀眼的西班牙陽光，猛然照進了往日愁雲慘霧的寢宮。大家的眼睛都在找這位嬌美的小魔女，不過魯特琴從她手中掉了下去。她從地面上消失了，然後下一刻，便被路易茲緊抱在胸前。

這對快樂的情人，後來很快便舉行了盛大的婚禮。阿蘭布拉宮的玫瑰，成了宮廷裡的點綴與解憂人。「可是等等，別講得這麼快。」我聽到讀者在叫喊：「這樣就跳到故事結尾，也太快了吧！首先要讓我們知道，路易茲是怎麼對哈辛妲解釋他長期的遺忘呢？」沒有比這更容易的了。那德高望重、又歷史悠久的理由就是，有個尊貴的、很重實際的老父反對他的心願。而且呢，兩個情投意合的年輕人，很快便達到了心平氣和的理解，然後埋掉過去所遭遇的一切悲傷。

但是，尊貴又重實際的老父，怎麼接受了這一樁結合呢？

噢！關於這一點，皇后的一兩句話就輕易解決了他的顧慮。更何況，尊銜和賞賜紛紛送給了這位如花似玉的皇室寵兒。除此之外，你知道，哈辛妲的魯特琴具有一種魔力，可以改變最頑固的頭腦，以及最硬的心腸。

那麼，魔法魯特琴後來怎樣了呢？

噢，這是最費解的一件事，而且顯然證明了這整個故事的真實性。魯特琴留在這家族裡一段時間，不過後來被偷走了。如人們所猜想，那是偉大的歌手法里內利純粹出於嫉妒而幹的。他死後，那琴轉到了其他義大利人手上。他們不曉得它有神祕的力量，而把它熔掉了，琴弦則安裝到一把舊的克雷莫納（Cremona）小提琴上。那琴弦還保留著某些神奇的力量。就對讀者小聲透露一點點吧，但可不要多講了——那把小提琴現在風靡了全世界，就是帕格尼尼（Paganini）❹的琴啊！

老兵

我在這城堡裡遊蕩而認識的奇人異士之中，有一個是英勇而老殘了的退役上校，他像老鷹一樣窩居在一座摩爾塔樓裡。他很愛講自己的故事，那裡面都交織著冒險、不幸事故，以及人生的波折。而這些都出現在幾乎每個西班牙著名人物的人生裡，就像《希布拉斯》（*Gil Blas*）的內容那樣曲折多變又離

❹ 譯註：帕格尼尼（1782-1804），義大利小提琴演奏家，作曲家，對於小提琴的演奏技術頗有創新。

奇。

他十二歲時人在美國，曾見過華盛頓將軍，他認為這是他一生中最具重大意義而且幸運的事。此後，他參與了國內的所有戰爭。這個半島上大多數的監獄及地窖，他都如數家珍。他瘸了一條腿，雙手都受了傷殘，全身傷痕累累，讓他有點像是西班牙苦難的活紀念碑。在這碑上，每一場戰爭與動亂都有一道疤，就好像魯賓遜在樹上刻出痕跡，記下荒島拘禁的每一年。然而，這位英勇的老騎士最重大的不幸，似乎是有一次在馬拉加危急混亂的時候帶兵，而他被居民推為將軍，要保護他們抵擋法國的入侵。此事造成他後來多次向政府進行正當請求（just claims）。我恐怕這會害他至臨死之前都要耗盡力氣去撰寫、印行訴狀及回憶錄，導致他焦慮不安、散盡家財，還對不起朋友。朋友們來拜訪他，每個都得要聽上半小時的冗長文件，還要帶走好幾本他放在口袋裡的小冊子。不過，整個西班牙都是這樣。到哪你都遇得到某個可敬的活死人，在角落裡懷著鬱悶憂思，滋育著某個耿耿於懷的怨恨不滿，還有他所念念不忘的不義之事。除此之外，一個西班牙人若對政府提起法律訴訟案件，或者訴求某種權益，人們或許會認為他的餘生都不得脫身了。

我到了這老兵的房舍去拜訪他，那是位在Torre del Vino，也就是**紅酒塔樓**的上半部。他的房間小小的，但讓人覺得舒適，還可俯瞰維嘉沃原的美麗景觀。房裡的布置帶有軍人的嚴格條理：三柄毛瑟槍、一個手槍托架，都擦得明亮發光，懸掛在牆上。還有一把軍刀和手杖相鄰掛著，上方有兩頂捲邊帽，一頂行軍用，另一頂是日常所用。一座小櫥子裡有幾本書，就是他的圖書館了。其中一本是發霉的、載錄哲學格言的古舊小書，是他最愛讀的。他對這本書可是一天又一天地翻閱、沉思。而每一條格言如果有一點苦口良藥的味道，或者談到了這世界的不公不義，他都拿來應用到自己的遭遇上。

不過，他還是會跟人打交道，心腸也好。只要不去談他所受的不公之事、他的哲學，他還是個令人愉快的好夥伴。我喜歡這些年長歷經風霜的幸運兒，也愛聽他們慘烈戰爭中的佚事。拜訪本篇這個人的過程中，我得知了這城堡中另一位老將領的一些奇聞異事。他們兩人在某些方面有些類似，也在戰爭中經歷了相似的遭遇。這些事跡，在我詢問了當地的老居民之後，又得到了補充。尤其在馬修父親所講的傳說故事當中，我準備要介紹給讀者的那位可敬之人，正是一個受人喜愛的主角。

都統與公證員

古早時候，曾有一個頑強不屈的老騎士擔任都統，管轄著阿蘭布拉宮。他在戰爭中失去了一條手臂，所以通常以「el Gobernador Manco」，也就是「**獨臂都統**」來稱呼他。事實上，他很以身為老軍人而自豪。他的鬍髭往眼睛方向翹著，一雙軍靴，一把烤肉叉那麼長的托雷多寶劍，籃狀劍柄裡還包著手帕。

不只這樣。他還極度矜貴自重、重視禮數排場，對於自己的特許權和尊榮從不讓步。在他統領之下，阿蘭布拉宮不論是作為皇室的居地、或一片領土，它的特許權都受到嚴令遵守。任何人除非是屬於某個階級，否則一概不准許攜帶槍砲、甚至劍或棍棒進入這座城堡。而且，每個騎馬者都必須在大門口下馬，然後牽著馬籠頭進來。但由於阿蘭布拉宮的山丘正好在格拉納達城正中央，可說是首都裡的贅疣。所以任何時候，對於統治這個省區的總督來說，遇到省區內部卻有另一個主權，也就是在他省域中央有這麼一小塊獨立地區，都是一件煩人的事。而這裡要談的案例中，這個老都統很容易起嫉妒心，爭執著最小的主權與司法問題；再加上，閒散浪蕩之人逐漸占用了這座城堡作為庇護所，造成一系列的麻煩失序、掠奪破壞而危害了守法的市民，於是事情又更加惱人了。

所以了，總督大人和都統之間，有著長期難解的鬥爭和嫉恨，而都統這一邊又更為毒辣些。因為兩個鄰近的統治者之中比較小的那個，對於自己的尊嚴總是最斤斤計較。莊嚴氣派的總督府邸坐落於新廣場（Plaza Nueva），那正是阿蘭布拉宮的山丘腳下。這裡總是有衛兵在忙活和行進，還有家事幫傭及公務人員。突出的稜堡高高俯瞰著總督府邸，以及前頭的市民廣場。在這稜堡上，老都統有時會趾高氣昂地走來走去，托雷多寶劍掛在身邊，警覺地盯著他的對手，好似老鷹從枯樹上的巢裡在偵察牠的獵物。

他每次下山到城裡，總是帶著一大隊人馬，他會騎在馬上而身邊環繞著衛兵，或者坐在寬大的椅榻上。那椅榻是一種古老又笨重的西班牙式物件，上有木刻及漆金的皮革，由八匹騾子拉著，旁邊有忙碌來去的僕人、侍從及聽差。這些場合裡他自命不凡，認為旁觀者都懷著敬畏與欽佩在瞻仰他，當他是國王的代理人。不過格拉納達那些精明的人，尤其是在總督府邸裡進進出出的人們，常會譏諷他這種繁文縟節的陣仗，並暗指他的隨從閒散浪蕩，還用「丐幫國王」這種渾名來稱呼他。這兩個頑強的對手之間，最爭執得沒完的就是，都統主張他有權擁有城裡免稅進出的所有物資，這些他要用在自己或駐軍的身上。漸漸地，他這特權造成了廣泛的非法買賣。有一幫走私販子便在城堡裡的破屋裡、以及鄰近地區的許多洞窟裡住下來，然後在駐軍的縱容之下做著熱絡的生意。

這引起了總督大人的警覺，便諮詢了他的法律顧問兼總管。那顧問是個精明又愛管閒事的escribano（也就是**法律公證員**），很樂於有機會可以構陷阿蘭布拉宮的那個老獨夫，讓他掉進法律細則的迷宮裡去。他建議總督，要堅持自己有權檢查通過自己城門的每一組車隊，他還為總督代筆寫了一封長信來主張這項權利。獨臂都統是個有話直說、脣槍舌劍的老軍人，他痛恨那種比惡魔還壞的公證員，而現在這個甚至比其他所有的公證員還要壞。

「什麼！」他猛地翹起了八字鬍髭，說道：「這總督叫他的代筆人來愚弄本人嗎？我要讓他知道，老軍人可不會讓這種書生伎倆所困住。」

他抓起筆來，以凌亂的字跡寫了一封潦草的短信。信裡不肯屈就於議論講理，而只堅持著自己有權讓貨物運輸免於搜查。他並威脅說，任何關稅局的官員，若竟敢拿髒手去干涉任何受到阿蘭布拉宮旗幟所保護的車隊，他就要報復。兩個獨夫之間掀起了這項爭執之際，正巧有一天，一匹騾子載著要給阿蘭布拉宮的物資，來到了申尼爾河的門關，準備要從這裡穿過城郊前往宮裡。這車隊的領頭是個脾氣暴躁的老下士，長期以來都在都統底下服務著，是都統很信得過的人。他就像托雷多的老刀刃，既生鏽又死忠。

接近城鎮大門的時候，這下士把阿蘭布拉宮的旗幟放在騾子的馱鞍上，然後他挺直了身子，頭朝著前方走在前面。不過，他也像隻惡犬要通過敵營一樣，側目警覺著，隨時可以發火咆哮起來。

「是誰要通過？」守門的哨兵問道。

「阿蘭布拉宮的士兵！」下士沒轉頭便回答著：「你運送什麼？」

「給駐軍的物資。」

「去吧。」

那下士直直向前走著，車隊跟在後頭。但還沒走幾步，一群關稅局官員便從小小的收費室裡衝了出來。

「喂，你們！」帶頭的官員大喊：「騾伕，停下來，打開那些包裹。」

下士轉了過來，擺出戰鬥的姿勢。「看到阿蘭布拉宮的旗幟要放尊敬點，」他說：「這些東西都是要給都統的。」

「沒用的東西要給都統，還蓋著他的旗子。騾伕，我說停下來。」

「阻擋車隊就是你自找麻煩！」下士扣住毛瑟槍大吼著。

騾伕給他的牲口重重一鞭，而那關稅局官員跳上前來，拉住了籠頭。下士立刻端起火槍瞄準，把他打死了。

街上隨即陷入一陣混亂。

老下士被逮捕了。他挨了好多下腳踢、挨揍，也挨了棍子，這些都是一般西班牙亂民隨興奉上的，當作是此後法律懲罰的初體驗。接著，他被上了鐐銬，帶進了城裡的監獄。而車隊被亂翻一陣之後，他的夥伴獲准繼續前往阿蘭布拉宮。

老都統聽到他的旗幟受到侮辱、他的下士又遭逮捕，大為震怒。他在摩爾大殿裡大發雷霆了一陣子，又在稜堡上咆哮著，滿肚子火爆地俯瞰著總督的宅邸。發了第一頓脾氣之後，他下令要求放了那下士。因為，只有他自己才有權去審判在他治下的那些犯行。總督又藉助那個見獵心喜的公證員之手，寫了很長的回應，持論說因為這樁犯行是發生在他轄下的城牆之內，而且是針對他的內政官員而犯，所以可見，這是在他的司法管轄的範圍內。都統快速回應了，重述了自己的要求；而總督的回覆加長了，在法律上又很切要。對於自己下的旨令，都統的火氣愈來愈大，而且不容置辯；而總督的回信則更加冷靜，而且長篇大論。最後，獅心豹膽的老兵困在法律爭議的羅網之中，徹底地暴怒大吼。

手腕不著痕跡的公證員，一邊戲弄都統來當作自己的消遣，同時又引導著下士的審判。那下士被關在狹窄的監獄地牢中，裡面只有一個小小的柵格窗戶，讓他看得到隔在鐵窗外的景致，並接受朋友的看望。

筆耕不輟的公證員按照西班牙的格式，勤勤懇懇累積了一堆筆錄，而那下士被這些事完全搞垮了。他被判定謀殺，並處以絞刑。

都統從阿蘭布拉宮發出抗議和威嚇，都沒有用。行刑的日子迫在眉睫，下士被帶到了capilla，也就是監獄的**小禮拜堂**。罪犯在處決的前一天都會受這樣的待遇，讓他們可以在臨終之際沉思默想，懺悔自己的罪行。

看著事情落到了絕境，老都統決定要親自來處理了。為了此事，他下令備好典禮用的大馬車，身邊圍繞著衛兵，轟轟隆隆走下阿蘭布拉宮的大道，來到了城裡。車子來到了公證員的辦事處，都統召他到大門口。

看到這笑容得意的法匠一臉歡喜地前來，老都統的雙眼像煤炭一樣發出亮光。

「這是怎麼回事，我聽說了，」他大叫：「你要處死我的一名士兵？」

「一切都是依法行事，都是依照嚴格的正義程序。」志得意滿的公證員輕笑著，一邊搓著雙手說道：「我可以給大人看看這件案子的筆錄。」

「拿到這裡來吧。」都統說道。公證員趕忙進了自己的辦公室，正高興又有了一個機會可以展示自己的足智多謀，戲弄這個頭腦執拗的老兵。

他回來時拿著一個小書包，裡頭裝滿了文件，並操著專業的流利口條，開始念起一份長長的口供。這時，有人群聚集過來了，伸長了脖子、張大了嘴巴在聆聽著。

「先生，可否進到馬車裡，避開這一大群討厭的人，這樣我可以聽得更清楚。」都統說道。公證員進了馬車，這時車門突然就關上了。車夫甩著皮鞭，騾子、馬車、衛兵全都風馳電掣衝了出去，群眾留在那裡張大了嘴不知怎麼一回事。最後，都統把他這獵物押進了阿蘭布拉宮數一數二的堅固地窖裡。

然後，他以軍事作法送了一面議和的旗子下山去，提議和談或者交換獄囚，拿下士來換公證員。總督的自尊一下子冒了起來，他回信表示了輕蔑的拒絕。接著，立刻吩咐準備了一臺又高大又堅固的絞刑架，立在新廣場中央，要處決那下士。

「喔呵！這是個遊戲嗎？」獨臂都統說道。他一聲令下，那俯瞰著新廣場的突出稜堡的邊緣，也立刻豎好一座絞臺。「現在呢，」他捎了個訊息給總督，「隨你高興去吊死我的兵員吧。但他的屍身在廣場上搖晃的同時，請往上看你的公證員也懸在半空中。」

總督不願收回成命。部隊在廣場上行進著，軍鼓響了，鐘聲琅琅。一大批閒雜人等湊了過來，要觀看行刑。另一方面，都統也讓他的駐軍在稜堡上行進，並在Torre de la Campana，也就是**鐘之塔樓**上，琅琅奏起公證員的哀樂。

公證員的妻子在人群中推擠著，腳邊還跟著那公證員的一窩小孩子們。她跪在總督的腳下，懇求不要為了面子問題，而犧牲她丈夫的性命，還有她以及幾個小孩的福祉。「您可太了解那老都統了，」她說：「您不會懷疑，如果您吊死那士兵的話，老都統的要脅就會付諸執行了。」

總督因為她的淚水和哀聲，還有她那些小幼崽的哭鬧而軟化了。下士身穿囚衣，像個戴上兜帽的托缽僧，只是他昂著頭、鐵著臉，由一名衛兵送到了阿蘭布拉宮。依照和談內容，要求以公證員作為交換。這個一度活力滿滿又得意自負的法匠，要死不活的從地牢給拖了出來。他原本蠻不在乎而自滿的樣子，全都沒了。據說，他的頭髮因為驚嚇而差不多變白了。他那副垂頭喪氣、擔驚受怕的神情，好像覺得枷鎖還套在脖子上似的。

老都統的獨臂叉著腰，帶著鐵一般的笑容對他打量了一會兒。「朋友，從今以後，」他說：「收收你那種想要趕人上絞刑架的熱勁吧。即使你有法律當靠山，也別太自以為高枕無憂。最重要的是，下次還拿書生把戲來對付老兵的話，可要小心了。」

獨臂都統與士兵

獨臂都統雖然在阿蘭布拉宮裡維持著軍事典禮的排場，卻因為他的城堡成為無賴和走私客的窩藏之處，一直遭人指責而使他氣惱著。突然間，他決心要改革，並且雷厲風行地付諸實踐。他把整窩的流浪客，以及弄得周圍山上像蜂窩一樣的吉普賽人洞穴，都趕出了城堡。他也派出兵員去巡邏馬路和步道，要他們驅趕所有可疑之人。

某個明亮的夏天早晨，在公證員事件中出了風頭的暴躁老下士、一名小號手、兩個二等兵所組成的一支巡邏隊，坐在赫內拉利費宮的花園圍牆下，旁邊就是由太陽之山走下來的一條路。此時，他們聽見馬匹的腳步，還有一個粗嘎、但還不至於不成調的男性歌聲，那是一首古老的卡斯提爾行軍歌。

在他們面前，是個壯實而曬得黝黑的傢伙。他罩著一件破爛的步兵服，牽著一匹高大的阿拉伯馬，馬身上蓋著古代摩爾基督徒樣式的披掛。

看到這陌生的士兵手裡牽著馬，從荒涼的山上走下來，下士感到驚訝，便走上前去盤查。

「你是哪位？」

「是個朋友。」

「你是誰，做什麼的？」

「才剛從戰爭中回來的窮兵一個，拿到了一頂破冠帽、空空如也的錢袋，作為我的獎賞。」

這時他們已經更仔細地打量了他。他的前額有一片黑色膏藥，配上灰色的鬍鬚，在他臉上增添了驍勇的味道。不過，輕微的瞇眼，又讓他整個人偶然閃現著調皮的好性情。

回答了巡邏隊的問題之後，那士兵似乎自認為也能要求對方回應。「我可否請問，」他說：「我所看見的山腳之處，那是什麼城鎮？」

「什麼城鎮！」小號手叫了起來：「少來，真是糟糕。這傢伙潛伏在太陽之山裡，還要問格拉納達這個大城的名字！」

「格拉納達！老天啊，有可能嗎？」

「也許不可能吧！」小號手反駁著：「或許你一無所知，那些就是阿蘭布拉宮的塔樓。」

「小號之子啊，」陌生人說道：「可別耍弄我。如果這真的是阿蘭布拉宮，我有些奇特的事情想要向都統揭露。」

「你有機會的，」那下士說：「因為我們正想把你帶到他面前去。」這時，小號手便抓住那戰馬的籠頭，兩個二等兵各自扣住那士兵的一隻手臂。下士本人在前頭領著，喝道：「向前——走吧！」他們便前往阿蘭布拉宮去了。

衣衫襤褸的步兵，加上一匹阿拉伯好馬被巡邏隊押著，這景象吸引了城堡裡所有遊蕩閒散之人的注意，還有總是一大早就聚集在水井、水池邊的閒聊團。下士帶著他奪來的這個大獎經過時，蓄水池上的轆轤停止了轉動，工作馬虎的女傭張大了嘴巴呆站著，水罐還拿在手上。一群雜七雜八的人逐漸湊了過來，在後面跟著押送者。心照不宣的點頭、眨眼和猜臆，從一個人傳到另一個人。「是個逃兵哪。」一個說，「是走私客啦。」另一個又說，「是個盜寇啊。」第三個又說。最後確定了，他是一幫亡命搶匪的頭頭，而被下士和他的巡邏隊所英勇擒獲。「好啦，好啦，」醜老太婆們彼此說著：「管他是不是頭頭，他行的話，就逃出老都統的手掌心吧，雖然老都統只有一隻手。」

獨臂都統坐在阿蘭布拉宮的一座內殿裡，喝著早晨的巧克力。身邊是他的告解神父，那是個胖胖的方濟會托缽僧，從附近的修道院裡來的。還有個文靜、黑眼珠的馬拉加姑娘，是都統管家的女兒，也隨侍在他身邊。這一番情景透露著，那姑娘雖然一臉文靜端莊，卻是精明不露相。她是個豐滿漂亮的丫頭，在老都統的鐵石心腸裡找到了一塊柔軟的地方，並且完全控制著他。不過，這一點且按下不表──世界上這些位高權重的獨夫，他們的家務事不該受到太狹隘的檢視。

這時有人稟報了，說發現有個可疑的陌生人在城堡附近鬼鬼祟祟，現在就在殿外，由那下士押著，正恭候都統大人的恩准召見。都統的胸中，便脹滿了他職務上的自尊與威嚴。他把巧克力杯交回到那文靜的姑娘手上，並叫人拿來他的籃柄寶劍掛在身側，捻翹了鬍髭，坐在大大的高背椅上，擺出一副威怒而不可侵犯的表情，把那囚徒喚到了面前。那士兵被帶了上來，他仍然由兩個捕快緊緊扣住，而下士負責押守。然而，他仍是一副完全從容自在的樣子，對於都統銳利審視的眼光，他以輕鬆的瞇眼來回應，而一絲不苟的老獨夫可絕對不會樂見。

「那麼，嫌犯，」都統靜靜端詳了他一會兒，說道：「你有什麼要說的嗎──你是誰？」

「我是剛從戰場上回來的士兵，身上除了傷疤與瘀青，什麼也沒有。」

「士兵，哼哼，從服裝來看是個步兵。我知道你有一匹阿拉伯好馬。我料想，這也是除了傷疤與瘀青之外，你從戰場上帶回來的吧。」

「啟稟都統大人，我有些異聞想要呈報，是關於那匹馬的。事實上，我想講的可是一等一的奇事。這事也關係著這座城堡、甚至整個格拉納達的安全，不過，這件事只能私下告訴您，或者，在您信得過的人面前講出來。」

都統考慮了會兒，便要下士和他的人員都退下，不過讓他們都在門外等著，以備召喚。「這位聖潔的托缽僧，」他說：「是我的告解神父，你可以在他面前講任何事。至於這個姑娘呢，」那女僕帶著很好奇的表情在徘徊著，他朝著她點點頭說道：「這姑娘很保密、很謹慎的，任何事都可以信得過。」

那士兵用一種介於瞇眼和不懷好意的視線，對那文靜的女僕看了一下。「我很樂意，」他說：「這姑娘應該留下來。」

其他所有人都退下之後，這士兵便開始講起了他的故事。他是個口齒流暢伶俐的無賴，語言的駕御能力超出他外表的身分之上。

「啟稟都統大人，」他說：「如剛才所說，我是個士兵，而且經歷過一些艱難的戰役。不過我的役期不久之前結束了，現在已經從瓦拉多利德（Valladolid）的軍隊裡退役了，正要徒步前往我在安達魯西亞的故鄉。昨天晚上太陽下山之時，我正越過老卡斯提爾的一個乾燥的大平原。」

「等等，」都統喊道：「你說的這是什麼？老卡斯提爾離這裡大約有兩三百哩啊。」

「即使如此，」那士兵冷靜地回答：「我向大人說過，我有奇事要稟報的。不過，大人如果耐心垂聽就會發現，這件事雖奇怪但又屬實。」

「繼續吧，嫌犯。」都統一邊說著，又撚翹了鬍鬚。

「太陽下山之後，」士兵接著說：「我張眼要尋找可以過夜度宿的地方。但我極目望去，都沒有人跡。我知道，我該以裸露的地面為床，以我的背包為枕。不過大人也是個老兵，您知道，對一個長年在戰場上的人來說，這樣度過一晚並不是太大的難事。」

都統點頭表示同意。他一邊從寶劍籃柄之中抽出了手帕，揮走鼻子附近嗡嗡叫的一隻蒼蠅。

「好的，我就長話短說，」士兵繼續下去：「我拖著腳步走了好幾哩，最後來到深谷上的一座橋，溪谷裡有一道細流，因為夏天的炎熱而幾乎要乾掉了。橋的一端有一座摩爾式的塔樓，塔的上端全都毀了，不過地基裡的底窖倒是很完整。我想，這裡是個可以暫停一晚的好地方。所以我往下走到溪流處，痛快喝了一頓，那水又純淨又甜美，止了我的渴。然後我打開包裹，拿出了洋蔥和一些麵包皮，這些是我所有的東西了。我坐在溪邊的石頭上，開始吃起晚餐，想著等一下到塔樓地窖裡去度過這一宿。而且，會是那種剛離開戰場的戰士所住的大房間吧，一如大人這樣的老兵會想的那樣。」

「我那時候，還高高興興住過更差的呢。」都統這麼說著，一邊將手帕放回寶劍的籃柄裡去。

「我正默默啃著麵包皮，」士兵講了下去：「卻聽到地窖裡有什麼東西在翻騰著。側耳一聽，是一匹馬在踏地。過一會兒，有個人從塔樓地基處的一扇門走了過來，那門很靠近溪流邊。他抓著馬籠頭，牽著一匹高大的馬。在星光下，我無法辨認他是個什麼人。他潛伏在塔樓廢墟之間，在那種荒郊野外，看起來鬼鬼祟祟的。他或許只是個行路人，就像我一樣。他也可能是走私客，可能是盜賊！到底是什麼呢？感謝老天，幸好我很窮，沒什麼可失去的。所以我靜靜坐著，吃著我的麵包皮。」

「他牽著馬匹到水邊，很靠近我坐的地方，所以我有了個好機會，可以偵察他。讓我訝異的是，他穿的是摩爾式的服裝，有個鋼製的胸甲。我還從星光的反射中，看出他戴了磨亮的頭盔。他的馬匹，也是穿戴著摩爾基督徒式的輓具，有一對大大的鏟狀馬蹬。如我剛才講的，他牽了馬匹到溪流邊。那牲口便把頭幾乎浸到了眼睛之處，一直喝到我覺得牠會爆開了才停下來。」

「『這位朋友，』我說：『你的戰馬喝飽了。一匹馬勇敢地把自己的口鼻浸入水中，可是件好事。』」

「『牠可以好好喝一頓。』這陌生人說話帶著摩爾人的口音：『離牠上次痛飲已經整整一年了。』」

「『聖地亞哥保祐，』我說；『那會連我在非洲看過的駱駝都渴死的。不過來吧，你好像是個士兵之類的，你要不要坐下來，一起吃一頓士兵的晚餐？』事實上，在那種孤寂的地方，我感到很需要一個同伴，也願意接受一個異教徒。此外，正如大人您所了解的，士兵從來就不特別計較他夥伴的宗教信仰。所有國家的士兵，在和平的地方都是好朋友。」都統點點頭，表示同意。「那麼，就像我講到的，我邀請他來分享晚餐。就是這樣而已，我無法不去共享飲食。『我沒有時間可以停下來吃肉喝酒，』他說：『天亮之前，我還有好長一段旅程要走。』」

「『往哪個方向？』我問道。『安達魯西亞。』他回答。」

『那正是我要走的路啊，』我說：『那麼，既然你不想停下來跟我一起吃，或許你願意讓我一起上馬。我看你的馬匹很高大，我相信牠可以載兩個人。』」

「『同意。』那騎兵這麼說。拒絕的話，會不禮貌，也不是軍人該有的作風，何況我有邀請他共享晚餐。於是他登上馬，我也登上馬，坐在他身後。」

「『抓緊了，』他說：『我的坐騎可是迅疾如風。』『別擔心我，』我說。於是我們啟程了。」

「那匹馬從快走步轉為小跑，從小跑轉為飛奔，再從飛奔變成不顧一切的騰躍。岩石、樹木、房屋，每樣東西好像一轉瞬間都飛到我們後頭去了。」

「『這是哪個城鎮？』我問。」

「『塞戈維亞（Segovia）。』他回答。在那個名字從他的嘴巴吐出之前，塞戈維亞的塔樓已經都離開視線了。我們奔上了瓜達拉馬（Guadarama）山，沿著埃斯庫里爾（Escurial）下來。我們繞著馬德里的城牆，又馳過了拉曼查的平原。就這樣，我們登山嶺、下谷地，經過萬物沉睡的塔樓和城鎮，跨越了星光下微微閃爍的高山、原野和河流。」

「我長話短說，免得大人聽到疲累。那騎兵突然爬升到一座山嶺的側邊，『我們到了，』他說：『這裡就是我們旅途的終點。』我望著四周，看不到任何人煙，除了一個洞窟入口之外什麼也沒有。正當我在查看的時候，便有穿著摩爾裝束的一些人，有的騎馬、有的走路，好像乘風一樣從四面八方來到了這裡，然後匆匆走進了洞窟的入口，好像蜜蜂回到蜂巢一樣。我還來不及提出問題，那騎兵便在馬匹側腹上踢了長長的摩爾式馬蹬，然後跟著那群人衝了進去。我們沿著一條陡峭盤旋的路，下降到了山腹地帶。我們繼續走著，這時有一道光一點一點亮了起來，就好像早晨的初曙，只是看不出是從哪裡發出來的。這光愈來愈亮，讓我可以看清四周的每樣東西。隨著我們的前進，我現在看到了一座大型的洞窟，左右兩邊都有通道，就好像武器庫裡的幾座庫房。某些庫房裡有盾牌、頭盔、胸甲、長矛及彎刀，都掛在牆上。另外一些庫房，則有大堆的軍需品，以及紮營用的配備放在地上。」

「像大人這樣的老兵，若是看見這麼多的軍用品，想必會十分開心。然後其他洞窟裡，又有身穿裝甲到臉部的騎兵大隊，他們的長矛豎立著，旗幟沒有展開，全都一副隨時可以上戰場的樣子。不過他們都坐在馬鞍上，一動也不動，彷彿是一尊尊雕像。其他大堂裡，有戰士們睡在他們馬匹旁邊的地上，還有成群的步兵，準備要集結成隊。他們全都穿戴著古代摩爾式的服裝和武器。」

「好了，大人，我長話短說。我們終於進到了一個巨大的洞窟裡，或者我可以說是洞窟構造的宮殿。那牆壁上好似有金、銀礦脈一般，而且閃耀著鑽石、藍寶石和各種寶石的光彩。洞窟最裡面，一位摩爾國王端坐在黃金寶座上。貴族站在他的兩側，還有一組非洲黑人侍衛手持抽出的彎刀。大批的人持續聚集進來，總數有成千上萬，一個一個來到王座前面，每個人經過時都向他禮敬。有些人穿著華麗的袍服，沒有汙跡或破損，還飾有珠寶。有些人則身穿光亮而上了釉的鎧甲。又有些人卻穿著腐敗及發霉的服裝，以及受損、凹陷及生鏽的鎧甲。」

「我到那時為止都沒有開口說話。大人您也深知，一名士兵在執勤務時不該問得太多。但我再也無法保持沉默了。」

「『朋友，可否請問，』我說：『這一切是怎麼回事？』」

「『這些，』那騎兵說：『是個巨大而駭人的祕密。噢，基督徒，你要知道，你眼前所看到的，是格拉納達最後一任國王包迪爾的朝廷與大軍。』」

「『你這是在說什麼？』我高聲道：『包迪爾和他的朝廷，幾百年前就被逐出這個地方了，而且都死在非洲了呀。』」

「『你們那些撒謊的史書上是這樣記載的，』摩爾人回答道：『但你要知道，包迪爾和那些為格拉納達而奮鬥的戰士們，都被強大的魔咒關閉在這山裡了。至於在格拉納達投降的時候，從格拉納達出走的國王和軍隊，他們只是精靈和惡魔的幻影大隊，獲准可以化成人形來矇騙基督教的君王。讓我再告訴你，朋友，整個西班牙都籠罩在強大的魔咒之下。沒有哪一個山洞、哪一座平原上的瞭望塔，也沒有哪個山丘上傾塌的塔樓，沒有某些受了魔咒的戰士在地窖裡一代又一代地沉睡。除非罪惡得到了彌補，那麼，阿拉會允許魔咒的控制從正信者的手中放出一段時間。每一年有一回，就是在聖約翰日的前夕，他們從日落到日出之間會從魔咒中獲得釋放，並且獲准一起來到這裡朝見他們的君王！你所看到的，那些蜂湧來到這洞窟的群眾，都是來自西班牙各個鬼魂出沒之地的摩爾戰士。而我自己呢，你看到了老卡斯提爾的橋邊那座傾塌的塔樓，我在那裡冬寒夏熱過了數百年，而白天之前我還得回到那裡去。至於你在這附近洞窟所看到的，那些列隊整齊的大批騎兵與步卒，都是格拉納達受到魔咒的戰士們。命運之書裡有記載，當魔咒解除時，包迪爾會帶領這支大軍下山，奪回他在阿蘭布拉宮的寶座，重新統治格拉納達，並且召集西班牙各地受到魔咒的戰士，再次征服這個半島，讓它回到摩爾人的統治。』」

「『什麼時候會發生呢？』我問道。」

「『只有阿拉才知道了。我們過去都希望解除魔咒之日近在眼前，不過現在，阿蘭布拉宮有個警覺的都統，他是個頑強的老兵，大家叫他獨臂都統。有這樣一個戰士在統御每個前哨基地，還隨時負責檢查山裡初起的動亂。恐怕，包迪爾和他的兵將得要接受自己躺在武器上休息了。』」

聽到這裡，都統坐直了身子，調整了他的寶劍，還撚翹了鬍鬚。

「讓我長話短說，不要害大人聽累了。那騎兵對我說了這些之後，便下了坐騎。」

「『留在這裡，』他說：『在我前去向包迪爾跪拜時，看著我的坐騎。』他一邊說著，他邁步走進了人群裡，挨挨擠擠地朝向王座而去。」

「『我該怎麼辦呢？』我留下來的時候便思考著：『我該待在這裡，等到這異教徒回來，乘著這匹神馬，飛速把我帶到上帝才曉得的地方？還是說，我該充分利用時間，趕緊撤出這群古怪的人之外呢？』誠如大人您所深知，軍人的心思是果決明斷的。至於這匹馬，牠原屬於信仰和領土上都宣誓效忠的敵軍，所以根據戰爭法則而言，是個很不錯的戰利品。我便從馬屁股那裡讓自己移上馬鞍，把轡繩掉轉過來，再把摩爾式的馬蹬向這坐騎的身側一夾，讓牠自己找出適當的方向，離開牠剛才所進來的這條通道。」

「當我們溜過那些摩爾騎兵大隊呆坐不動的大堂時，我想我聽見了武器鏗鏘作響，以及一陣空洞的喃喃語聲。我對這坐騎下了另一番催促，加快了速度。我身後傳來一股聲音，像是一陣風暴衝了過來。我聽到了上千隻馬蹄唧唧作響，無以數計的人震懾了我。我被載著一路俯身衝刺，奔出了洞口，而那數以千計的幻影，則是被天外一陣風吹得四散紛飛。」

「經過了一陣天旋地轉、手忙腳亂，我被拋到了地上，不省人事。醒過來的時候，我是躺在山頂上，而阿拉伯戰馬站在我旁邊。在跌落的時候，我的手臂纏進了馬籠頭。我猜想，應該是這樣才沒有讓馬匹掉到老卡斯提爾去吧。」

「大人應該不難想到我的驚訝吧。我望著四周，看到了蘆薈、印地安無花果及其他南方氣候下的樹籬。還看到我的下方有一座大城，裡面有塔樓、皇宮，還有一座高大的教堂。」

「我小心翼翼牽著坐騎走下來，因為我不敢再坐上去了，怕牠又跟我玩什麼狡猾的花樣。在下山的路中，我遇到您的巡邏隊。他們悄悄告訴我，位在我下方的是格拉納達城，而我其實是在阿蘭布拉宮的城牆下。而宮裡統治的就是那位令人敬畏的都統，也就是所有受了魔咒的穆斯林都害怕的人。我一聽聞此事，立刻便決定要來面見大人，想來告知我的所見所聞，並警告您，在您周遭與下方都有危險。你可以即時採取一些措施來守住這座城堡、還有這個王國，抵擋這一片地方內部潛藏的山腹大軍。」

「那麼請問，朋友，你自己有豐富的作戰經驗，也見過那麼多次戰役，」都統說道：「你會建議我做些什麼，來防止這些危險？」

「一個層級卑微的人，」那士兵謙遜地說：「不該自以為能夠指導大人這樣賢明能幹的都統。不過淺見以為，大人或許可以下令所有的洞窟、以及進入山嶺的入口，都用堅固的石作來封住。這樣一來，包迪爾和他的大軍就完完全全被堵在地底的穴居裡了。」

「如果這位神父也幫一把，」那士兵又向托鉢僧恭敬地行了禮，並且在自己胸前虔誠地畫了十字，然後說道：「願意為這些障礙物施福祝聖，放上一些十字架、聖物或聖人的肖像，我想這能夠擋得住一切異教徒魔咒的力量吧。」

「肯定會有很大的效果。」托鉢僧說道。

都統此時手叉著腰，手掌停放在托雷多寶劍的柄上，眼睛定定看著那士兵，然後他的頭從一邊輕輕搖向另一邊。

「這麼看來，朋友，」他說：「你當真以為，我會為了受到魔咒的山嶺和摩爾人這種荒誕不經的故事而上當嗎？聽著，你這嫌犯！不要再講了。你也許是個老兵，但你會發現，你還得對付另一個年紀更大、而且智高一籌的老兵。來呀，衛兵！給這傢伙上鐐銬。」

文靜的女僕本來想為這囚徒講幾句好話，但都統一個眼神過去，讓她閉嘴了。

衛兵們要綑綁他的時候，其中一人發現他的口袋裡有一團東西，便掏了出來。那是個長長的皮製錢袋，裡面似乎裝得滿滿的。衛兵抓住袋子的一個角，把裡面的東西倒在都統面前的桌子上，搶匪的錢袋子也不曾有這麼豐富的斬獲呢。掉出來的有戒指、珠寶、真珠的念珠串、光華璀璨的鑽石十字架。還有許多古代的金幣，有些還叮叮噹噹掉到了地上，滾到了房間的最裡邊。一時間，法律正義的功能懸置一旁，大家都去爭搶那些晶光閃閃、掉落在地的東西。只有都統一個人，秉性裡有真正西班牙的自尊，還保持著莊嚴的姿態。不過他的眼神裡還是透露出一絲焦慮，直到最後一個金幣和珠寶都收進了袋子裡。

托鉢僧也並不平靜。他滿面紅光，像是一座熔爐。他的雙眼，也因為看見那些念珠和十字架而發出了光芒。

「你這瀆神的惡人！」托鉢僧喊道：「你是到什麼教堂或避難所，搶奪了這些聖物？」

「哪裡都沒有，神父。如果這些是瀆神的戰利品，它們一定是很久以前，被我所說的那位異教徒騎兵所奪去的。方才大人打斷我的時候，我正要告訴他，我騎走騎兵的馬匹時，解下了馬鞍前拱上所掛的一個皮袋子。我猜想，那裡面裝的是古時候他征戰所掠奪的東西，那時候摩爾人可是在這裡四處橫行著。」

「很可能是吧。現在，你即將要下定決心，入住到佛米龍塔樓的一個房間裡了，這塔樓雖然沒有遭到魔咒所困，卻可以牢牢關住你，就像你說的那些被施了魔咒的摩爾人洞窟一樣安全。」

「大人所做的必是您認為適當的。」那囚徒冷靜地說：「我會感謝大人，讓我在這座城堡裡有個住處。一個久經戰事的士兵，正如大人所深知的，對於住宿並不挑剔。只要有間舒適暖和的地窖，還有固定的食物供給，我就能讓自己過得很安適了。我只想請求一事：雖然大人這樣提防我，您還是要小心看顧您的城堡。請考慮一下我透露的提示，堵住山裡的那些洞窟入口。」

事情到這裡告一段落。那囚徒被帶往佛米龍塔樓一間堅固的地窖，而阿拉伯戰馬則帶進了大人的馬廄，騎兵的袋子則藏在大人堅固的寶箱之中。對於這個袋子，托鉢僧確實提出了一些異議。他質疑說，這些聖物分明就是瀆神的戰利品，豈不該交給教會來監管。但因為都統對於這件事不容置辯，而且他是阿蘭布拉宮的獨裁之主，托鉢僧便識相地中止了討論。不過，他決定將此事的情報傳給格拉納達的教會要員。

要解釋獨臂老都統所做的這些迅速又果斷的措施，需要知道：在這時候，格拉納達附近的阿普夏拉山，有一群搶匪四處在為非做歹。指揮他們的是個膽大包天的頭子，叫作曼紐・寶拉斯可（Manuel Borasco）。他很常在那一帶出沒，甚至藉著各種喬裝面貌進到城裡，去打探商人車隊、或者身懷鉅款的旅人出發的情報。他們都精心打算，要在偏遠無人的道路要隘之處攔截這些人。這些一再發生、膽大妄為的暴行，已經引起了政府的注意，而各個關口的指揮官都接到了指令，要加強戒備，並抓捕每個形跡可疑的遊蕩之人。獨臂都統的城堡受到了各種汙名，因此他對此特別上心。而現在，他並不懷疑自己捕獲了這一幫人裡某個難纏的亡命之徒。

同時，這故事發生了轉折，變成不僅是這城堡、而是整個格拉納達的話題了。人們說，那聲名遠播的搶匪曼紐・寶拉斯可，也就是阿普夏拉山的首惡之徒，已經落入了獨臂老都統的手掌心，而且被他關進了佛米龍塔樓的一間地窖。每個被他搶過的人，都群集過來要指認這個劫匪。許多人都知道，佛米龍塔樓是位在阿蘭布拉宮之外的一座姊妹山上，跟大城堡之間隔著一道峽谷，而谷底有一條主要道路經過。這座塔樓沒有外牆，不過，有一支駐軍在塔樓前巡邏著。那士兵關押所在的房間，窗子上裝了堅固的柵欄，往外可以看到一條小小的道路。在這路上，格拉納達的好人們都來盯著他瞧，好像在看一條發笑的鬣犬，透過動物籠子在齜牙咧嘴。不過，沒有哪個人把他認作曼紐・寶拉斯可。因為這個可怕的搶匪是出了名的凶神惡煞之相，根本就不是這個囚徒看起來性情良善的瞇瞇眼。訪客不只是來自這個城裡，還來自整個國家的各個地方。但沒有人認識他，而平民百姓的心裡就開始懷疑，他講的故事裡難道就沒有幾分真實嗎？包迪爾和他的大軍被關在山裡，這是個古老的傳說了，很多老人都從自己父親那裡聽說過。不少人跑到太陽之山、甚至聖艾蓮娜（St. Elena），想尋找那士兵所說的洞窟。他們張望著、窺探著那深邃暗黑的凹坑，沒有人知道它往下走進山腹裡是多遠。這傳說中通往包迪爾地底居所的入口，至今還在那裡。

那士兵逐漸受到平民大眾的喜愛。在西班牙，山間劫匪絕不是受到嚴詞責難的人物，不像別的國家對待強盜那樣。相反的，他們在底層百姓的心目中，是行俠仗義之士。同時，大眾也有一種觀感，總是挑剔那些位高權重者的所作所為。因此，許多人開始叨念著獨臂老都統的嚴厲作風，然後把那囚徒看作是烈士。

還有呢，那士兵是個愛說笑的樂天傢伙。對每個來到他窗口的人，他都有笑話可講，對每一位女子也都溫言細語。他弄到了一把舊吉他。於是他坐在窗口，唱著唸歌詩及短小的情歌，取悅附近的女子。而她們會在晚間齊集到那條路上，隨著他的音樂跳起波麗露舞。刮掉粗亂的鬍子之後，他曬得黝黑的臉龐是女人看了會喜歡的。而都統的那個文靜女僕也公開說過，他的瞇瞇眼真是令人完全無法抗拒呢。這好心的姑娘打從一開始，就對他的命運表露出深切的同情心。而且，她試圖平撫都統的怒氣而不成，便開始私下設法去接濟士兵菲薄的食物配給。每天，她都給那囚徒帶一些美食的邊料剩餚，那是都統的餐桌上所剩下來的，或從他的食物櫃裡偷出來的。再來，還三不五時加上一瓶撫慰人心的上選Val de Penas，❶或者濃郁的馬拉加。

這些小小叛逆在進行的時候，老都統堡壘的正中央之處，他外部的敵人正在醞釀著一場檯面上的爭

❶ 譯註：Val de Penas是西班牙中部盛產酒類的古城，此地所產的酒，即以此古城為名。

奪戰。被當作搶匪的那個人，身上搜出了一袋金幣和珠寶，這件事已經傳遍了格拉納達，而且一再誇大。而都統的宿敵，也就是總督那裡，便立即掀起了有關領地管轄權的問題。總督堅持說，那囚徒被捕之處是在阿蘭布拉宮之外，而在他的統治範圍之內。因此，他要求將此人、以及他所攜帶的戰利品都交出來。而有關袋子裡十字架、念珠及其他聖物的情報，也同樣由那托缽僧按時傳給了宗教審判長。審判長聲明說，那嫌犯有瀆神之罪，並堅持他所侵占之物應該歸給教會，而他本人應該要歸於下一次的火刑宣判。戰火高升起來。都統很生氣，他不肯交出這囚徒，反倒是發誓說要在阿蘭布拉宮裡將他處以絞刑，因為他是在這座城堡的外圍區域裡所逮到的間諜。

總督威脅說要派出一支部隊，把佛米龍塔樓的那個囚徒遷到城裡來，而宗教審判長也同樣想要派出一些宗教法庭的要員。有關這些計謀的消息，在深夜傳到了都統那裡。「他們儘管來吧，」他說：「他們會發現我早了一步。想要對付老兵的人，必須黎明就起身。」接著，他下令在黎明之時，將那囚徒移往阿蘭布拉宮城牆內部的主塔樓。「然後你聽著，孩子，」他對那文靜女僕說：「在雞啼之前敲我的房門，叫醒我，讓我可以親自監督這件事。」

破曉之時雞啼了，但沒有人去敲都統的房門。在都統被他的下士老兵從白日夢裡叫醒之前，太陽已升到了山頂，在他的豎鉸鏈窗外照耀著。下士站在他的面前，僵硬的眼神裡滿布著恐懼。「他不在了！他走了！」下士喊道，一邊倒抽著氣。

「誰不在了？誰走了？」

「那士兵，那個搶匪，我就知道他就是個惡魔！他的地窖裡空無一人，但門是鎖著的。沒有人知道他已經逃走了。」

「最後看到他的是誰？」

「是您的女僕，她為他送晚餐過去。」

「立刻把她叫進來。」

這引起了一場新的騷亂。文靜女僕的房間同樣是空無一人，她的床沒有睡過。毫無疑問，她跟那個嫌犯逃掉了，因為在過去幾天裡，她似乎經常跟他交談。

這件事傷到了都統內心的柔軟之處，可是又有別的慘事迫在眼前，他沒有時間去心痛皺眉了。他走近自己的櫥櫃，發現堅固的箱子打開了，那騎兵的皮袋子，連同其他飽裝著古金幣的幾個袋子，都被偷走了。

可是，那兩個人是怎麼逃走的，用了什麼辦法？有個老農住在通往內華達大山的路邊茅舍，聲稱破曉之前曾聽到有匹壯馬的腳步聲，往上跑進了山裡去。他從自己的豎鉸鏈窗望出去，僅能看出那是個騎士，而他前座是一名女子。

「搜查馬廄！」獨臂都統大喊著。一搜馬廄，每匹馬都在裡面，唯獨那匹阿拉伯駿馬不在。在牠那空位置上，有根粗重的短棍綁在飼料槽上，上面一張紙條寫著：「給獨臂都統的禮物，老兵贈。」

阿蘭布拉宮的一場喜慶

我的鄰居及統治對手，也就是那老伯爵的聖人日，就落在他短期居住阿蘭布拉宮的時候，於是他舉辦了一個家庭慶祝活動。他的家人、家傭都群集起來圍繞著他，他遠地物業的管理員及老僕人也過來致敬，參加那肯定少不了的一頓熱鬧吃喝。這呈現出一種舊時代西班牙貴族的門風，雖然毫無疑問是已經淡薄了的那種。

西班牙人對於風格品味，總是講究宏偉浮誇。像是高大的皇宮，緩緩移動的馬車，載著僕從與隨員，還有大陣仗的扈從，以及各種無用的受撫養者。一個貴族的尊榮派頭，似乎就對應著那一大群人在他的宅邸裡進進出出，靠著他來供應吃穿，好像隨時可以把他生吞活剝掉一樣。這種現象，無疑是因為在跟摩爾人作戰期間，無論是進攻或襲擊式的戰爭，貴族很可能在自己的城堡內遭到敵人突然的進擊，或者受君王的徵召而要上戰場，所以有必要維持大批的武裝雇傭。

這種習俗一直到戰爭結束了都還維持著，而原來基於生存必須而產生的習俗，卻為了顯擺炫耀而保留了下來。由於戰勝與搜刮而流進這國家的財富，滋養了人們對於君王式大排場的熱衷。根據古代西班牙器量宏大的觀念，尊貴與慷慨是同等的重要。超齡的老僕人不會被遣走，他的餘生會成為那貴族的責任。不只如此，還包括老僕的孩子、孩子的孩子，還經常加上他們左右兩邊的親戚，都逐漸加進了這個家庭裡。所以，西班牙貴族的巨型宅邸裡，由於型體的巨大對照著內部配備的平庸與匱乏，而有一種空洞炫示的味道。但巨宅在西班牙的黃金時期，卻是因應著主人的家父長習俗，而絕對有必要的。這些巨宅好比是大型的軍營，養著世代相襲的食客，巴著一名西班牙貴族來支應生活吃穿。

西班牙貴族的這種家父長習俗，已經隨著他們的歲入而衰退了；不過還是有一股精神在鼓勵這種習俗，而且苦苦對抗著他們今不如昔的財富。這些貴族裡面最窮的，總是有一票代代相傳的食客靠著他們來度日，使得這些貴族更窮了。有些人，譬如我這位伯爵鄰居，還保有舊日龐大產業的一小部分，便維持著古老傳統的影子。幾代無所事事的僕傭丁役，已經讓他們的莊園負擔不起，而農產收穫也給消耗掉了。

伯爵在西班牙王國的幾個地方都有莊園，其中有些還包括了整個村子，只是，來自這些村子的歲入卻比較少。伯爵讓我明白，有些村莊只勉強能養活窩居在此的那群待哺之徒。他們好像都認為自己有資格不繳租稅而住在這裡，此外呢，還可以得到撫養。因為他們的父祖輩打從不復記憶的年代以來，就一直是這樣的。

老伯爵的聖人日，讓我得以瞥見西班牙人的內部。在兩三天前，慶祝活動就開始預備起來了。各種食物從城裡運了過來，通過正義之門的時候，經過那些退役的老衛兵，刺激著他們的嗅覺神經。僕人煞有介事地在宮苑之間匆匆來去。皇宮裡的老廚房恢復了生機，有廚子和幫傭進進出出，並且燃起了尋常少見的熊熊火燄。

到了那一天，我看見了老伯爵擺出了家父長的派頭。家人、僕傭丁役都圍繞著他，還有遠方莊園裡管理不善、還消耗農產收入的那些負責人。又有幾個年邁老耄的僕人、領著撫恤金的人，在庭苑間流連不去，捨不得那廚房裡的香味。

這是阿蘭布拉宮裡喜氣洋洋的一天。晚餐之前，客人在宮裡隨意四處走動，觀賞奢華的庭院和水池、綠蔭層層的花園。音樂與歡笑聲，在過去沉寂的廳堂之間迴響著。

在西班牙，精心安排的晚餐就是字面上所謂的盛宴。這場盛宴，設在富麗的摩爾基督徒式「兩姊妹廳」裡。餐桌上擺滿了各種當季的山珍海味，幾乎不停地上菜。由此可見，《唐吉訶德》裡那段有錢人甘馬喬的婚宴，果真是西班牙大型饗宴的景象。一股喜氣溫馨瀰漫著餐桌四周；雖然西班牙人對於飲食有所節制，但是若遇到現在這樣的場合，他們可都是放開狂歡的，而安達魯西亞人便是箇中翹楚。至於我，能夠出席阿蘭布拉宮皇家廳堂裡的一場盛宴，也感到特別的興奮。那宴會主人可是自稱跟摩爾國王有著遠親關係，又是首屈一指的基督教勝利者，哥多華的鞏薩夫的後裔代表。

晚宴結束，大家便退到大使之殿裡。在這裡，每個人都努力增添全場的歡聲笑語。唱歌的、即興演奏的、講述奇聞異事的，或者配合著西班牙娛樂場合中處處可見的守護神，也就是吉他，而跳著流行的舞蹈。

伯爵那個很有天分的女兒，照例成為眾人聚會的靈魂以及好寶貝。而我比以往更加驚歎她的聰穎與奇妙的多方才藝。她跟著自己的朋友一起，在幽默喜劇的兩三個場景中擔任一個角色。她的表演呈現出精微的細節，也有完整的嫻熟度。她又以罕見的音色，以及我敢肯定是獨一無二的忠實性，來模仿那些受歡迎的義大利歌手，有些是莊嚴風格的、有些是喜劇輕鬆走向的。她還模仿吉普賽人的方言、舞蹈、唸歌詩，以及動作舉止，又同樣靈活地模仿了維嘉沃原的農民。不過，她的表演卻是處處帶著嫻雅，又富有女性的靈慧熟巧，十足令人著迷。

依她所做的每件事之所以有強大的魅力，是因為她沒有那種裝模作樣或刻意炫示之心，而是出自愉快的自發。每一樣都是發自於當下的生命脈動，或者為了即時因應某一項需求。看起來，她並沒有察覺到自己天分的罕見與高度。她還像個孩子一樣，在家裡開心陶醉於自己歡悅又純真的心靈活力。確實沒錯，我聽說她未曾在一般社交場合上表現過她的天賦，而只有像現在，在自己家裡表演過。

依她的觀察力、以及對性格的掌握，肯定是很快的。因為她過去只有在不經意的某些瞬間，才瞥見過那些場景、舉止和習慣，卻能表現得那麼逼真而入木三分。「我們確實一直感到驚訝，」伯爵夫人說道：「這小姊兒到哪裡去學這些東西的？她的生活幾乎一直是在家裡、在家人的看顧之下度過的呀。」

夜晚漸漸來臨，暮色開始在廳堂裡投進了陰影，蝙蝠從隱身之處悄悄出來，輕巧地飛著。這位小姑娘和幾個年少的朋友們一時興起，便在朵洛麗絲的帶領下，去探索皇宮裡不常去的地方，想追尋那些神祕的故事及魔咒封鎮之處。他們由人帶路，害怕地窺看著陰鬱老朽的清真寺，一聽說有個摩爾國王曾經在那裡遭人殺害，便馬上嚇跑了。他們又到神祕的沐浴區去探險，拿著地下水渠的聲音和低語來嚇自己；又因為警戒著摩爾人的鬼魂，便裝作驚恐失措而奔逃著。接著，他們又去了大鐵門（the Iron Gate）探險，那是阿蘭布拉宮的一處惡地。它是個邊門，沿著一條壕溝堤岸通道直向下走，通往一處黝暗的河谷地。這是朵洛麗絲和自己的玩伴小時候所害怕的地方，據說有一隻不連著身體的手，有時候會從牆壁裡伸出來，緊緊抓住經過的人們。

這一群小小的魔咒搜尋者，大膽來到了那壕溝堤岸通道的入口。不過，沒有什麼能吸引他們往裡面走。在愈來愈陰暗的一小時裡，他們深怕那鬼魂會伸手來抓人。

最後，他們裝作驚惶萬狀奔回到大使之殿，說剛剛分明看到了兩個白色的鬼影。他們沒有停下腳步去看個仔細，但不會弄錯的，因為它們分明穿透了陰森的四周而怒目瞪視著。朵洛麗絲很快就到場，解釋了這個神祕事件。那兩個鬼影子，其實是白色大理石的仙女雕像，放在圓拱廊道的入口之處。這時，有個嚴肅、但我以為有點精明不露相的老先生出現了，我相信他是伯爵的辯護律師或法律顧問。他告訴他們說，這兩尊雕像牽連著阿蘭布拉宮裡數一數二的大祕辛。這裡面有一段曲折離奇的經歷，而且，兩尊大理石雕像生動地象徵著女性的守密與謹慎。在場的大家便央求他，講講那雕像的故事。他先用了一點時間回憶一下細節，接著所講的內容，就是以下這一則傳說。

兩尊守密雕像的傳說

阿蘭布拉宮某間廢棄的房間裡，曾經住著一個快樂的小夥子，名叫羅普・桑切茲（Lope Sanchez）。他在花園裡工作，像隻蚱蜢一樣生氣勃勃、無憂無慮，整天唱著歌兒。他是這座城堡的生命與靈魂。一天工作結束之後，他會坐在大道上的石條椅上，撥弄著吉他，一直唱著有關奇德（Cid）❶、貝南多・迪・卡皮歐（Bernardo del Carpio）❷、斐南多・迪・波加（Fernando del Pulgar）❸，以及其他西班牙英雄的短歌，來娛樂城堡的老兵；有時也奏起輕快的旋律，讓姑娘們跳著波麗露及凡丹戈舞。

就像大部分小個子男人一樣，羅普娶了一個健壯豐滿的女人為妻，她幾乎可以把他放進自己的口袋裡。不過，他沒有一般窮人的那種苦命——別人有十個小孩，他只有一個。這是個黑眼珠的女孩，大約十二歲，名叫桑琦卡（Sanchica）。她跟父親一樣活潑樂天，也是他的心肝寶貝。父親在花園幹活時，她就在附近玩耍。父親坐在樹蔭下時，她便隨著他的吉他聲跳著舞，或者像隻小鹿一樣，在阿蘭布拉宮的樹林間、小巷弄及廢棄廳堂之間活蹦亂跳。

在至福的聖約翰日前一晚，阿蘭布拉宮裡那些愛好節日、喜歡閒聊的人們，男的、女的及小孩子，來到了比赫內拉利費宮還高的太陽之山，在接峰面上執行仲夏的守夜工作。皓月當空，每座山都顯現著灰色、銀色。城鎮裡的圓屋頂及尖塔，都在底下的陰影裡。維嘉沃原就像一片仙境，而鬼魅經常出沒的溪流則在灰暗的樹林裡閃爍生光。他們在山上最高之處，依照這個城鎮從摩爾人那裡傳下來的習慣，升起了篝火。周圍城鎮的居民也都在執行守夜，而維嘉沃原上、以及沿著山凹而隨處可見的篝火，在月光之下散發著蒼白的光芒。

這個夜晚就在羅普的吉他聲與舞蹈之中，愉快地度過了。羅普從來沒有這麼高興過，就像是節慶日的鬧騰歡樂一樣。大家跳舞的時候，小桑琦卡便隨著幾個小玩伴，在山頂上的老舊摩爾堡壘廢墟之間玩耍。到城壕中撿拾小石頭的時候，她找到了一隻黑色大理石雕成的小手，形狀特別。那四根手指是屈著的，而大拇指緊緊攥在四指上面。她為了這好運而喜出望外，帶著她的寶物跑到了母親那兒。小手立即

❶ 譯註：原名Rodrigo Díaz de Vivar（1040-1099），卡斯提爾地區的貴族及軍事領酋。摩爾人稱他El Cid。他死後成為卡斯提爾一帶的民族英雄，也是史詩中的主人翁。

❷ 譯註：中世紀伊比利半島西邊的阿斯圖里亞王國（Kingdom Asturias, 718-924）的一位傳奇英雄人物。

❸ 譯註：斐南多・迪・波加（1436-1492），西班牙卡斯提爾地區的文臣、宮廷史官。

成了大家智慧思考的對象，而有些人則因為迷信而投以懷疑的目光。「丟掉吧，」有個人說：「這是摩爾人的東西，是有害的，而且裡面有法術。」「不會的，」另一個人說：「你可以把它賣給札卡丁的珠寶商，換個別的東西。」

正在商量的時候，一個黃褐皮膚的老兵走了過來。他曾在非洲服役過，現在黑得像摩爾人。他用一種了然於胸的眼神察看了那隻手，「我在巴巴利的摩爾人那裡，」他說：「看過這種東西。它有抵禦邪眼、以及各種咒語和法術的作用。恭喜你，羅普好友，這東西會給你的孩子帶來好運。」

聽他這麼說，羅普的妻子便將這黑石小手繫上一條緞帶，掛在女兒的脖子上。

看到這個護身符，喚起了大夥兒有關摩爾人各種常見的迷信。舞蹈停了下來，眾人一起坐在地上，講著從祖先流傳下來的古老傳說。某些故事的主題就是在講他們正坐著的這座山的怪事奇聞，這裡可是知名的鬼魅之地。有個醜老太婆仔細描述著這山內部的地下宮殿，據說包迪爾和他的大臣們被封鎮在裡面。「在那些廢墟裡，」她指著山上一段距離外某座快崩壞的牆和土石堆，說道：「那裡有個黑暗的地洞通往下面去，直到這座山的最裡頭。就算要去找格拉納達所有的錢財，我也不會往下看一眼的。以前，阿蘭布拉宮有個在這山上看顧羊群的窮人，因為有個小孩掉進那地洞裡，他便趕忙爬了進去。出了地洞之後，他整個人都瘋了，兩眼瞪大，嘴裡講著他所看到的景象，大家都覺得他腦子壞了。他有一兩天都語無倫次，講著洞窟裡追著他的摩爾鬼魅，而且絕不肯再到那山上去放羊。他最後還是去了，不過，這可憐人，他再也沒有下山了。鄰居們發現，羊兒在摩爾廢墟一帶吃草，而他的帽子、斗篷就丟在靠近那地洞口之處，但後來再也沒聽說過這個人的消息了。」

小桑琦卡屏氣凝神聽著故事。她生性好奇，立刻就熱切地想要一探這危險的地洞。她悄悄離開了夥伴，去尋找那遠處的廢墟。在廢墟裡摸索一陣之後，她在靠近山頂那裡找到了一個小小的凹處，或者說低窪地，那裡很陡斜地往下通到達洛河谷地。這個低凹處的中心，就是那地洞的開口。桑琦卡大膽地探到邊沿，往裡面看。裡面暗得像黑焦油一樣，讓人覺得是個無底洞。她的血液發冷，整個人往後退縮，又窺探了一眼；本來打算要跑掉了，又再度探了一眼——那地洞的恐怖對她來說是很好玩的。最後她滾動一顆大石，把它推到了洞邊。石頭落下時有一會兒是靜悄悄的，然後碰到了某個岩石突出物，發出了很大的撞擊聲。那聲音四下迴響著，低沉滾動有如雷聲，最後噗通一聲掉進了很底下、很底下的水裡，然後一切又恢復了寧靜。

不過，這份寧靜並沒有持續很久。這恐怖的深淵裡頭，好像有什麼東西醒過來了。一陣咕噥的低聲漸漸冒出了地洞，就像是蜂巢哼哼嗡嗡的聲音。聲音愈來愈大，混合著遠處各種東西的聲響，還加上了武器微弱的鏗鏗作響、鐃鈸相擊和小號的鳴聲。聽起來好像是有支軍隊，在這座山的肚子裡正要集結作戰。

這小女孩嚇得後退，不敢作聲，快步跑回剛才父母親和朋友所在的地方，大家卻都不見了。篝火快熄了，最後的煙縷在月光下裊裊上升。山上、沃原上的遠處篝火也都熄滅了，萬物彷彿進入了夢鄉。桑琦呼喚父母及幾個朋友的名字，但沒有人回應。她跑下了山邊，來到赫內拉利費宮的花園，坐在木龕的長條椅上喘口氣，這裡是通往阿蘭布拉宮的一條樹林小徑。阿蘭布拉宮瞭望臺的午夜鐘聲響起，四周一片幽深無底的寂靜，好像天地都在沉睡之中，只剩那無影無蹤的溪流在樹林底下潺潺低語。空氣中甜美的吐息讓她昏昏欲睡，這時，遠方一個閃著光的東西吸引了她的視線。她驚訝地看見，有一條長長的摩爾戰士隊伍沿著山邊下來，湧進了綠樹成蔭的街道。他們有些是手執長矛及盾牌，有些是彎刀及戰斧，還有磨得發亮的胸甲反射著月光。他們的戰馬意態昂揚地踏著步，口中啣著嚼勒。可是，牠們的腳步沒有發出聲音，就像是腳上穿著毛氈似的，而騎馬的人則蒼白得如同死屍。有位美女也騎馬隨著他們，她頭戴皇冠，金色的長髮上綴著真珠。她的馬匹身上披掛著深紅色的絲絨，上面繡著金線，拖長到了地上。但是她鬱鬱寡歡地騎在馬上，雙眼一直盯著地面。

接著是一列廷臣，他們穿著絢麗的袍服，頭戴各種顏色的包頭巾。在他們中間有一頭奶油色的戰馬，上面就是奇哥王包迪爾。他的御用斗篷上綴著珠寶，頭戴閃耀的鑽石皇冠。小桑琦卡從他的黃色鬍子、以及赫內拉利費宮畫廊上常看到的相似肖像，而認出是他。她懷著好奇與仰慕之心，看著這支皇室儀仗風光閃耀地通過了樹下。這些國王、廷臣和戰士這麼蒼白而靜默無聲，她知道不合常理，也知道那是魔法及咒術所變的東西，但她大膽無畏地看著。這是因為那神祕的小手護身符掛在她脖子上，給她帶來了勇氣。

這支隊伍走過之後，她便起身跟蹤下去。他們繼續走向正義之門，那門是敞開著的。值班的老退役哨兵躺在望樓的長條石椅上，像被施了咒般酣眠不醒。而這支幽靈儀仗悄然無聲經過了這些人，旗幟招搖著，一副勝利的姿態。桑琦卡本想跟進去，但她很意外地發現，望樓裡面的地上有一個開口，通向塔樓的地基底下。

她往開口走了一小段，看見岩石上略略劈鑿出來的步階，而曲折的走道上又四處點著銀燭，發光的同時又飄送著一股令人愉快的香氣，她便受到鼓勵而繼續走著。她冒險前進，最後來到了一座大廳，那是在山的內膛裡鑿出來的，裡面有富麗堂皇的摩爾裝飾，並且點著銀燭及水晶燈臺。軟墊上，坐著一個摩爾裝束、灰白長鬍子的老人，正在打盹小睡。他持著一根手杖，但好像快從他手裡掉出來了。離他不遠之處有個美麗的女子，穿著古西班牙服飾，頭冠上鑲滿了鑽石，髮上綴著真珠，正輕柔撥奏著一把銀製的琴。現在，小桑琦卡想起了她從阿蘭布拉宮的長輩那裡聽來的一個故事，那是在講一位哥德公主，被阿拉伯的老魔法師囚禁在山的內部，而她藉著音樂的力量，讓他神奇地陷入沉睡之中。

那美女看到這座被施了魔咒的廳堂裡竟有生人，心感訝異，便停了下來。「今天是至福的聖約翰日前一晚嗎？」她問道。

「是的。」桑琦卡答道。

「那麼，魔咒會暫停一個晚上。到這裡來，孩子，別害怕。我跟你一樣是基督徒，只不過我被魔法鎮在這裡了。你用脖子上所掛的護身符來碰碰我的腳鐐，我就可以自由一晚了。」她一邊說著，便打開了袍服，現出了她腰上的一條金製寬帶，還有一條金鍊子把她鎖在地上。那孩子毫不猶豫拿著黑石小手去碰金製的腰帶，鍊子便立刻掉到了地上。老人聽見聲音，醒了過來，揉了揉眼睛。不過那美女伸出玉指撥奏琴弦，他便又進入夢鄉並開始打盹了，手杖在他手裡搖晃著。「現在，」女子說：「用這黑石小手護身符去碰碰他的手杖。」那孩子照做了，手杖便掉了下來，老人在坐墊上沉沉睡去。女子將銀琴輕輕放在坐墊上，讓它斜倚在睡著的魔法師頭上，然後撥奏琴弦，讓振動的聲鳴傳進他耳裡。「噢，強大的和弦精靈，」她說：「就這樣繼續囚禁著他的意識，直到白天來臨吧。現在跟著我，孩子。」她接著說：「你將會看到阿蘭布拉宮輝煌耀眼的往日，因為你擁有一個神奇的護身符，能解開所有的魔咒。」

桑琦卡默默跟著那女子。她們往上走到了地洞的出口，來到正義之門的望樓，接著去到了城堡內部的蓄水池廣場。

這裡滿滿都是摩爾士兵，有騎兵、有步兵，各依隊型而集結，還高掛著旗幟。在出入口之處還有皇家侍衛，以及一排一排抽出了彎刀的非洲黑人，全都靜默無語。桑琦卡由那女子帶著，毫不畏懼地走過。當她走進了自小長大的皇宮裡，卻更加驚奇了。月光遍照著，所有的廳堂、庭院與花園幾乎都亮得有如白晝，可是，所呈現的景象卻大大不同於她所慣見。套間裡的牆壁不再有歲月所留下的汙跡和損壞，蜘蛛網也沒了，現在是掛著富麗的大馬士革絲綢。而鍍金與花葉交織的彩繪，都恢復了原來的光彩與生動。大殿裡不再是荒蕪而空無一物，現在設置了躺椅和坐墊，裡面裝著最罕見的填料，上面縫綴了真珠、鑲上了寶石。庭院和花園裡的每一座噴水池，也都運作無礙。

廚房再度全力上工。廚師正忙著準備影子膳食，燒烤並滾煮著幽靈雞隻及鷓鴣。僕人匆匆來去，端著堆滿美味佳餚的銀盤，正在安排一場令人垂涎的盛宴。獅子苑裡擠滿了侍衛、廷臣和僧侶，就像是回到了摩爾人的時代。而上端之處，也就是審判堂裡，包迪爾正坐在王位上，身邊圍繞著朝臣，揮舞著陰靈權杖，統治著這個夜晚。可是這一片熙熙攘攘之中，卻聽不到半點說話或腳步的聲音。除了池水噴濺，沒有任何事物打破這午夜的寂靜。小桑琦卡跟著帶路的女子在皇宮裡走著，心中暗自驚異。最後她們來到一個出入口，可以通向高大的孔馬拉斯塔樓底下的拱頂走道。那出入口的兩側各有一尊仙女雕像，是半透明石膏所製。兩尊雕像的頭都轉向一旁，視線都投注在拱頂的同一個地方。那受了魔咒的女子停步，招招手要小女孩過來。

「這裡，」她說：「有一個大祕密。為了答謝你的誠信與勇氣，我要講給你聽。這兩尊守密的雕像，看顧著古時候一位摩爾國王所埋下的財寶。告訴你父親，來搜尋雕像雙眼所凝視之處，他就會發現了，那將使他比格拉納達任何人都要富有。不過，只有你純真的雙手，藉由那護身符帶給你的力量，才能搬走這些財寶。請令尊要謹慎使用，並拿出一部分來支應每日的彌撒，幫助我脫離這不潔的魔咒。」

那女子一邊說著，一邊帶著小女孩走向小小的琳達拉薩花園，它很靠近雕像所注視的拱頂。月光在花園中央孤零零的池水上搖曳著，柑橘和香櫞樹上也遍灑著清輝。這貌美女子摘下了一枝桃金孃，環繞在小女孩的頭上。「以這個做為信物，」她說：「記得我跟你說過的，並見證我所說的句句屬實。時間快到了，我必須回到那魔咒所鎮的廳堂。別跟過來，以免壞事降臨到你身上。再會了，記住我說過的，要舉行彌撒來解救我。」女子一邊說著，一邊走向了黑暗的走道，進入孔馬拉斯塔樓的底下，消失不見。

阿蘭布拉宮腳下，達洛河谷的村舍裡傳來了微弱的雞鳴。一縷蒼白的光線，從東方的山頭上漸漸升起。一陣清風吹來，庭院和走廊間響起了像是枯葉相摩的窸窣聲。一扇一扇的門，嘰嘰嘎嘎關了起來。

桑琦卡轉回到剛才看到擠滿許多幽魂的那些地方，但包迪爾和所有的陰靈朝臣都已經不見了。月亮照在空蕩的廳堂和廊道上，短暫的光彩都已經褪落，現在因為歲月而變得髒汙破敗，還掛著蜘蛛網。蝙蝠在幽暗不定的光裡翩翩飛著，而魚塘裡傳來咯咯的蛙鳴。

桑琦卡順利找著了路，來到一道長長的階梯口，通往她家人所住的小房間。那門一如往常開著，因為羅普太窮了，沒有必要上門閂或插梢。她悄悄爬上自己的乾草墊，把那桃金孃花環放在枕頭下方，很快就入睡了。

到了早上，她把自己所遭遇之事都講給父親聽。不過，羅普覺得那整個是一場夢而已，還笑孩子信以為真了。他往花園裡去進行日常的工作，但沒多久，女兒便上氣不接下氣跑來找他。「爸爸！爸爸！」她喊道：「看這摩爾女子繞在我頭上的桃金孃花環。」

羅普吃驚地看著，因為那一枝桃金孃是純金所打造的，而每片葉子都是綠瑩瑩的翡翠！

他不太熟悉寶石，不清楚這花環的真正價值。不過他看得出來，這比夢境裡常見的東西還要真實；而且無論如何，孩子所做的夢是有涵意的。他首先留意的，就是吩咐女兒絕對要守住祕密。不過，在這方面他可以放心，因為女兒擁有超出年齡與性別的謹慎。接著，他去找那拱頂，兩尊石膏仙女像就立在那邊。他注意到，兩尊雕像的頭部都別開了出入口，而且二者的視線都盯著建物內部的同一點。用這極度謹慎的設計來守住祕密，羅普忍不住感到欽佩。他從雕像的眼睛那裡畫了一條線到注視點上，並做了一個暗記，然後離開。

然而這一整天，羅普的心中纏擾著千百個憂慮。他禁不住要遠遠守望著那兩尊雕像，並因為害怕那藏寶的祕密被人發現而緊張兮兮的。每一道接近那地方的腳步聲，都會讓他發抖。他甘願付出一切，只要他能讓雕像的頭轉過去，忘了它們幾百年來都緊盯著同一個方向，也不要有任何人知道。

「最好它們都得瘟疫！」他會這樣自言自語：「它們會洩露一切的。誰聽說過這種保守祕密的方式啊？」然後，聽到有人走近，他會悄悄走開，彷彿他自己待在那附近會引人懷疑似的。接著他會小心翼翼地回來，從一段距離外窺探著，看一切是否安全。可是，雕像的視線又再次勾起他一肚子火。「唉，它們站在那裡，」他會說：「一直盯著，盯著，盯著它們不該看的地方。最好它們都糊塗了！它們就像所有的女人一樣，如果沒有舌頭可以講閒話，就一定會用眼神來做到。」

長達整天的焦躁終於落幕，讓他鬆了一口氣。阿蘭布拉宮的廳堂中不再有腳步聲迴響，最後一個外地人也踏出門檻了，高大的出入口已經落了插梢、上了閂。蝙蝠、青蛙和嗚嗚叫的貓頭鷹，都逐漸出現在荒廢的皇宮中，進行著夜間的任務。

不過，羅普一直等到了深夜裡，才跟著小女兒冒險來到那兩尊仙女的廳裡。他發現它們對於祕密的藏寶地點，一如往常地心知肚明、又保持神祕。「請您們允許吧，和善的仙女，」羅普經過雕像之間時，心裡想著：「我會解除您們的負擔。過去兩三百年來，您們的心頭一定很沉重吧。」接著，他在自己做了記號的牆面上動工，不久，便打開了一個封住的壁龕，那裡面站著兩隻大瓷罐。他試著要搬起來，但是它們絲毫不動，要他小女兒以純真的手來碰觸才行。在女兒的協助之下，羅普把它們移出了小壁龕，然後大喜過望地發現，那裡面裝滿了摩爾金塊，混雜著珠寶和寶石之類。到天亮之前，他已經把它們搬到自己的房間裡了。而那兩尊守衛雕像，雙眼還是注視著空蕩蕩的牆壁。

羅普於是突然之間就成了有錢人。不過，按照常見的情況，財富所帶來的一堆憂慮，卻是他至今都還陌生的。要怎麼安全地帶出他的錢財呢？又要如何才能享用，而不會引人懷疑呢？還有，目前呢，是他人生中第一次有了害怕搶匪的念頭。他心懷憂懼，看著自己的居處並不保險，便費力去門好了門與窗。但做完了這些預防措施，他還是睡不安心。他平日的樂天愉快都消失了，再也不跟鄰居說笑或唱歌了。簡單一句來說，他成了阿蘭布拉宮裡最可憐不幸的人兒。他的老朋友注意到這個轉變，由衷為他感到難過，並且開始離棄他，以為他必定是落敗窮困了，恐怕會找他們尋求資助。他們幾乎沒疑心過，他唯一的災難竟是財富。

羅普的妻子也感染到他的焦慮，不過她倒是得到了心靈上的安慰。我們講這一點之前應該先提到，羅普本身是比較輕浮而無憂無慮的小個子男人，而他的妻子面對所有重大事情時，都習慣去尋求告解神父的建議和幫助。她的告解神父福雷．西蒙（Fray Simon）生得健壯、寬肩、藍鬍子、圓圓小小的頭，是附近聖方濟修院的托缽僧，也是當地半數好妻子的精神依靠。還有呢，他在幾個修女會之間的名聲也很好。為了答謝他在精神層面的服務，修女們便經常回報修院裡所製作的小吃食、小擺設，像是精緻的小糕點、甜餅乾、幾瓶調味過的甜酒。這些東西，對於禁食齋戒及守夜之後恢復體力具有奇效。

福雷很活躍地在發揮他的功能。他在燠熱的日子裡費力爬上阿蘭布拉宮的山上，泛油的皮膚在陽光底下發著閃光。儘管他這樣油膩膩的，他腰間的結繩還是顯示著他的自律非常嚴謹。人們對他脫帽表示虔敬，甚至連狗兒都嗅著他袍服上散發的神聖臭味，而且當他經過的時候便在狗舍裡嚎叫著。

這就是福雷，而羅普那位清秀的妻子把他視為精神導師。而由於告解神父是西班牙平民女性的家庭好密友，他便在很私密的情況下，得知了那批寶藏的事情。

那托缽僧得知了這消息，瞪大了眼睛和嘴巴，還在胸口畫了十多次十字。暫停了一會兒之後，「我屬靈的女兒啊，」他說：「可知道你丈夫犯下了雙重的罪，違背了國家與教會！他所據為己有的那批財物，是在皇居的範圍裡找到的，當然是屬於皇室所有。但因為那是異教徒的財物，可說是從撒旦的尖牙利齒中拯救了出來，所以應該奉獻給教會。不過，這件事或許還可以轉圜。取你的桃金孃花環過來吧。」

這位好神父一看到花環，豔羨那翡翠的大小與光彩，雙眼便發出了前所未有的亮光。「這個，」他說：「是這一批尋寶的初獲，應該要作為虔誠的奉獻。我會把它高掛在我們禮拜堂裡的聖方濟像前面，作為奉獻物。而且今晚，我就會虔心向祂禱告，願你丈夫獲准仍然可以不受干擾地享有你這些財寶。」

這位好妻子很高興，可以這麼輕易就跟上天達成了和解。托缽僧便將花環收在自己的斗篷下，踩著安詳的腳步往自己的修院而去。

羅普回到家的時候，妻子把這經過告訴了他。他因為妻子對他不忠誠而氣急敗壞，而且，他心裡一度暗恨那托缽僧的家庭訪問。「你這女人，」他說道：「你幹下了什麼事？因為你的閒言碎嘴，讓一切都遭到了危險啊。」

「什麼！」好妻子高聲說道：「你要禁止我在告解神父面前，卸下良心的重擔嗎？」

「不，太太！要告解你自己多少的罪，都隨你高興。但關於這次挖掘財寶的事，這是我自己的罪，而我的良心在沉重的財寶之下，卻沒有什麼負擔。」

然而，抱怨都沒有用了。祕密都洩露出去了，而且就像水濺在沙地上一樣，再也收不回來了。他們唯一的機會就是，那托缽僧能夠守口如瓶。

隔天，羅普出門在外的時候，家裡響起一陣謙卑客氣的敲門聲，面容和順端莊的福雷進來了。

「女兒，」他說道：「我很虔誠地向聖方濟禱告了，祂也聽到了我的心聲。昨天午夜，祂在夢中向我示現，但是皺著眉頭。『為什麼，』祂說：『你明明知道我這教堂並不富有，卻祈求我放棄掉這一批非基督徒的財寶？到羅普的家裡去，以我的名義去討取一部分的摩爾黃金，為主祭壇裝上兩座燭臺，然後讓他平平安安保有剩下的那一部分。』」

那善良的婦人聽到這夢境，心懷敬意為自己畫著十字，然後到羅普密藏財寶的地方，拿一個皮袋子裝滿了摩爾黃金，然後交給了托缽僧。虔誠的僧人替她祈福作為回報，願上天酬謝足夠的福分而豐富她的一家人，包括最小的孩子。然後，他將那錢袋悄悄塞進了僧袍袖子裡，雙手交疊在胸前，千恩萬謝地離去了。

羅普聽到第二次捐獻給教堂，幾乎要喪失理智了。「可憐的人啊，」他大喊著：「我會變成什麼樣？我會一步一步被人打劫，會片瓦不存而淪為乞丐啊！」

妻子費盡千辛萬苦想要安撫他。她提醒丈夫說，身邊還留有無窮無盡的財富；而且聖方濟是多麼替人著想，祂只拿了那一小部分就滿意了呢。

很不幸，福雷有一些窮親戚要接濟，更不必說有好幾個身子壯實、頭小而圓的孤兒，以及他所照顧的那些一無所有的棄兒。所以他為了請求資助，便以聖多明尼各、聖安德魯、聖詹姆士的名義，三番兩次地來訪。到最後，可憐的羅普被搞到一籌莫展。他懂了，除非他讓這位托缽聖僧找不到人，否則，他可得要照著日曆向每個聖徒奉上謝罪禮。於是他決定要收拾好剩下的財物，趁著夜裡悄悄搬走，逃到國內的其他地方去。

他一心想著這個計畫，於是牽來了一頭健壯的騾子，栓在七層塔樓底下的陰暗地窖裡。這個地方，據說貝魯多、也就是那無頭怪馬會在午夜出現，後面還有一隊惡犬在追著。羅普不太相信這個故事，但他利用了這故事的恐怖之處，相信沒有人會偷偷來到這匹幽靈戰馬的地下廄舍。他趁著白天便把家人送走了，吩咐他們在維嘉沃原某個偏遠小村莊等他。夜晚來臨時，他把財寶都搬到了塔樓下方的地窖，裝在騾子上。他牽著騾子，小心翼翼順著滿是塵土的道路往下走去。

老實的羅普以最機密的方式進行計畫，除了他心坎裡忠誠的妻子之外，誰都不透露。然而，由於某種神奇的天啟，福雷卻得知了消息。著急不已的托缽僧，看到這批異教徒的財寶快要永遠溜出他的手掌心了，便決心為了教會和聖方濟的利益，再次出手。於是，當鐘聲為靈魂響起、而整個阿蘭布拉宮都已一片寂靜之時，他偷偷離開了修院，穿過正義之門下山去，藉著道路旁玫瑰和月桂的濃枝密葉，掩蓋自己的行蹤。他在這裡停下來等著，靠著瞭望臺上的鐘聲來計算著時辰，並傾聽著貓頭鷹令人不快的嗚嗚叫聲，還有遠方吉普賽人洞窟傳來的狗吠。

他總算聽到了腳蹄踏步的聲響。透過樹木幽暗的遮蔭，還模糊地看到一匹駿馬正從這條路往下走。

體格壯實的托缽僧胸有成竹，要讓老實的羅普栽跟頭，想到這他便咯咯輕笑了起來。

他把僧袍的裙襬往上塞好，盤身躡行，好似貓兒正盯著老鼠。等到獵物直接來到他面前，他一個箭步衝出密葉層層的樹叢。他一手搭著馬肩，一手扶著馬屁股，飛身一躍，毫不輸給經驗最豐富的騎術師。然後身子降落，雙腿穩穩跨坐在馬匹上。「啊哈！」壯實的托缽僧說道：「我們現在可看得出，誰才最能掌握全局了吧。」他還沒講完，那騾子便踢了腿、前肢高舉又落下地來，然後全速衝下山去。托缽僧試著勒住牠，但是沒有用。牠躍過一處又一處的岩石、一處又一處的樹叢。托缽僧的袍服扯破了，一條一縷在風中飄揚著。他刮光的腦袋遭到樹枝頻頻重擊，也讓刺藤刮傷了許多處。讓他更加恐懼又絕望的是，他發現有一隊七隻獵犬在他腳邊大聲狂吠著。為時已晚，他這才知道，自己其實是騎在恐怖的貝露多身上啊！

這人與馬之間，就像古代俗語所說的：「拉下惡魔，拉下托缽僧。」❹他們往下跑到了大路上，穿過了新廣場，沿著札卡丁，來到費瓦蘭布拉廣場一帶。獵人與獵犬從來沒有像他們這樣激烈奔馳，或者像這樣瘋狂吼叫過。那托缽僧想要呼請日曆上的每個聖徒，加上聖母瑪麗亞，可是都沒有用。每次他念起這樣的一個名號，就彷彿夾了一下馬刺，而讓貝露多跳得像一棟房子那麼高。這一晚剩下的全部時間裡，倒楣的福雷被載著東奔西跑，到了每個他不想去的地方。到最後，他身上每塊骨頭都痠痛，遍體鱗傷、慘不忍睹。總算雞啼了，預告了天明將至。一聽到這聲音，幽靈怪馬迴轉過身，奔回到牠的塔樓

❹ 譯註：這句俗語原本是「pull devil, pull baker」，意指雙方勢均力敵、相持不下。作者將「baker」（麵包師）改為「friar」（托缽僧），以符合此處故事脈絡。

去。托缽僧又一次飛馳過費瓦蘭布拉廣場、札卡丁、新廣場，來到蓄水池廣場。七隻惡犬嘶吼吠叫，不斷猛撲咬上心驚膽顫的托缽僧腳後跟處。第一道曙光出現時，他們正好到達了塔樓。幽靈怪馬後腿一踢，賞了托缽僧一個空中跟斗，然後縱身進入了地窖，一群惡犬也跟在後頭。剛才震耳欲聾的狂噪聲響，便回到了深沉的寧靜。

豈有這麼惡劣的詭計，耍弄了一個聖潔的托缽僧呢？有個一大早要上工的農人，發現慘兮兮的福雷躺在塔樓邊的無花果樹底下，但他全身瘀傷、飽受折磨，因而不能說話也不能動。他被人百般小心、輕手輕腳搬回到他的修院房間裡。然後傳言是說，他遭到了土匪的攔劫與虐待。過了一兩天，他的手腳才能行動。同時他安慰自己說，雖然沒能抓到載著財寶的騾子，不過，他先前從那批異教徒寶藏裡，已經有了一些罕見的斬獲。他可以行動之後，首先關心的就是去搜尋他祕藏著桃金孃花環的乾草睡墊底下，還有，利用羅普太太的虔誠而拐到手的黃金皮袋子。當他發現，那花環其實不過是桃金孃的枯枝，而且，那些皮袋子裡裝的竟是細砂小石，這下子他該是多麼絕望啊！

福雷滿懷懊喪，還是小心翼翼管住自己的舌頭。因為洩露了祕密的話，可能會招來大眾的奚落，以及上司的懲罰。直到多年之後，他在彌留之際，才對自己的告解神父透露了那天夜騎貝露多的事。

羅普從格拉納達消失了之後，已經很久沒有再聽到他的消息。他在人們的美好回憶之中，始終是個樂天活潑的人。儘管在他神祕離去之前的短暫時間裡，曾經憂慮又抑鬱，讓人擔心他是因為貧困與沮喪而變得那麼極端。多年之後，他有個住在馬拉加的退役軍人老友，被一輛六匹馬的豪華大車撞倒又碾過。馬車停了下來，有個服著華麗、戴著絲袋假髮與佩劍的老紳士下了車，去協助那苦命的退役老兵。老兵驚訝地看到，這位華服紳士竟是他的老朋友羅普。羅普其實正要慶祝女兒桑琦卡的婚禮，她要嫁給當地最高等級的一個貴族。

馬車裡是新娘那一方的人。有羅普的夫人，她現在滾圓得像個水桶，穿戴著羽毛、珠寶，掛著真珠項鍊、鑽石項鍊，每根手指上都戴著戒指。那渾身珠光寶氣的樣子，打從席巴女王以來還未曾見過。小桑琦卡如今已長大成人，她的優雅與美貌就算還不是公主的模樣，或許也會被人誤以為是個女公爵。新郎坐在她身邊。他其實是個乾巴、瘦長腿的小男人，但這一點只證明了他是真正的貴族，是西班牙合法的第一級貴冑，身高罕見地超過三庫比（cubit）❺。他們的結合，是桑琦卡母親所促成的。

財富並沒有寵壞羅普老實的性情。他把這老朋友留在身邊好幾天，像是國王一般招待他，帶他去看戲劇、看鬥牛。最後歡歡喜喜送他回去，給了他本人一大袋的錢幣；還有另一袋，是要分給阿蘭布拉宮的舊日貧賤之交。

羅普總是說，他有個有錢的兄弟在美國去世，而讓他繼承了一座銅礦。不過，阿蘭布拉宮那些精明的流言蜚語之人都堅稱，他的財富全都是因為他發現了阿蘭布拉宮那兩尊大理石仙女所守護的祕密。人們說，即使到了現在，兩尊守密的雕像仍然饒富深意地緊盯著牆上的同一個位置，這讓許多人以為，還是有一些財寶藏在那裡，很值得有冒險心的旅人來注意。只是其他人，尤其是所有的女性參訪者，都抱著高度的自滿之情認為，這些雕像是女人能夠守密的永恆象徵。

❺ 譯註：古代的長度單位。一庫比大約45.7公分；另一種較長的庫比，約53.3公分。

阿堪塔拉大統帥的長征

有天上午，我在大學圖書館裡翻查著古代的史書，偶然看到格拉納達歷史上的一段小插曲。它出自強烈的一股執著狂熱，於是某個時候便煽動了基督徒的雄心，想去攻打這座輝煌而信仰虔誠的城市。這事件湮沒在羊皮紙裝幀的書卷裡，而我忍不住想把它摘出來，呈獻給讀者。

在基督教的救贖年，也就是一三九四年，有一位英勇而虔敬的阿堪塔拉大統帥（grand master of Alcantara）❶，名叫馬丁．亞內．德．巴布多（Martin Yanez de Barbudo）。他滿懷著熱情想要服侍上帝，並攻打摩爾人。這位英勇而虔敬的騎士很不幸，因為當時基督教與摩爾政權之間是很穩定和平的。亨利三世（Henry III）剛登上卡斯提爾的王位，而尤塞夫．班．穆罕默德（Yusef ben Mohammed）繼位為格拉納達的國王，兩人都想要維持他們父親之間既有的和平。大統帥憤懣地看著摩爾人的旗幟及武器，裝飾在他的城堡大廳，那城堡可是他的前人所打下來的戰利品。他也怨憤自己的命運，生在一個這麼不光榮的平靜時期。

他不耐的情緒終於衝破了一切限制。他遇不到任何公開的戰爭可以參與，便決心要為自己開闢一場小小的戰爭。這一點，至少是某些古代史書所提出的解釋。不過，有別的史書提供以下說法，作為他突然決定要發動征伐的動機。

有一天，大統帥跟幾個騎士圍坐在桌邊，有個人突然闖進這大廳裡。這人生得高瘦、清癯見骨，有副枯槁的面容及熾熱的雙眼。大家都認為他是個隱士，年輕時曾經是士兵，不過如今在洞窟裡過著清心寡欲的生活。他走向桌子，用他鋼鐵般的拳頭重重一搥。「騎士們，」他說：「為什麼坐在這裡無所事事，讓你們的武器閒掛在牆上，而我們的信仰大敵卻在最豐美的那片土地上作威作福呢？」

「神父，您要我們怎麼做？」大統帥問道：「分明戰爭都結束了，而我們的寶劍都因為和平協定而束之高閣！」

「聽我說說，」那隱士說道：「深夜時分，我在我的洞窟入口坐著，冥思著上天的事。這時我進入了幻境，有一片美好的景象出現在我面前。我看見了月亮，那不過是一彎新月，卻有如最明亮的銀幣一般發著光，高掛在格拉納達王國的天空。我正望著月亮時，卻看到穹宇中射出了一枚強光耀眼的星星，它一邊飛行，後面拖著天空裡所有的星辰。它們襲向月亮，把它逐出了空中，於是整個天空便充滿了那顆耀眼巨星的萬丈光芒。我還為了這奇觀而目眩的時候，身邊卻站著一個人，他有雪白的翅膀、臉龐還發著光。『噢，祈禱的人，』他說：『去找阿堪塔拉大統帥，將你所見的景象告訴他。他就是那強光耀眼的星星，命中註定要將彎彎新月所象徵的穆斯林逐出這片土地。讓他勇敢地抽出寶劍，延續佩拉佐（Pelazo）❷昔日的偉業，而勝利肯定會隨著他的旗幟而來。』」

大統帥聽著那隱士的話，認為他是上天派來的使者，便事事都依照了他的建議。按照隱士說的，他

❶譯註：「阿堪塔拉」是西班牙騎士的一個宗教團，創立於一一五六年，是一種軍事性質的兄弟會，旨在對抗摩爾人。

❷譯註：佩拉佐（西班牙文為Pelayo，685-737）。基督教徒，於七一八年的科瓦東加（Covadonga）一役，抵擋了入侵的摩爾人（這時正是摩爾人統治伊比利半島的初期），建立了阿斯圖里亞斯王國（Kingdom Asturias, 718-924）。此事件象徵著基督教徒早期對於摩爾人的抵抗，所以，阿堪塔拉大統帥可說是延續著佩拉佐昔日的偉業。

先派了兩名最壯實的戰士，從頭到腳穿戴武裝，出使去見摩爾國王。因為兩國處在和平狀態，他們沒受到為難就進入了格拉納達的城門。接著他們前往阿蘭布拉宮，並立即受到國王的召見，國王在大使之殿接待了他們。他們嚴厲而強硬地傳達了訊息。「噢，國王，我們奉阿堪塔拉大統帥馬丁大人之命，來到貴國。他肯定，對耶穌基督的信仰才是真實而神聖的；而對穆罕默德的信仰，則錯誤而可憎。他向您下了戰帖，按照雙方的對立，進行一對一的近距離對抗。假如您拒絕了，他準備要以一百名騎士來迎戰兩百名，或者依相同的比例而派出一千名，總之是允許您的宗教派出雙倍數量的戰士。噢，國王，請記住您無法拒絕這項挑戰。因為您那邊的先知曉得，他的教義不是靠議論才成立的，便下令他的追隨者舉起寶劍來維護教義。」

國王尤塞夫氣得鬍子顫抖。「阿堪塔拉的大統帥，」他說：「是瘋了才會發出這樣的訊息吧；而你帶信過來，也是無禮的惡徒。」

他一邊說著，便下令將這些使者關進地牢裡去，當作是給他們一堂外交課。而他們在前往地牢的路上，便受到群眾的惡待，群眾氣憤他們侮辱了本國的君王和信仰。

阿堪塔拉的大統帥，簡直無法相信使者受到惡待的消息。不過，消息傳給那隱士時，他卻高興了。「上帝，」他說：「為了讓這個異教國王垮臺而矇住了他。既然他沒有回覆您的對抗，就當他是同意了吧。那麼，請調集您的兵力，前往格拉納達，不到艾爾薇拉山的入口絕不停止。會有對您有利的奇蹟發生的。大戰會發生，敵人會被打得落花流水，而您將不費一兵一卒。」

大統帥號召了所有對基督教義懷著熱血的戰士，幫助他打這一場長征。沒過多久，他的旗下便集結了三百名騎兵、一千名步兵。這些騎兵都是老將，對沙場有豐富的經驗，而且武裝齊全，但步兵團卻是生疏的，欠缺訓練。不過，勝利會有如奇蹟一般發生。大統帥的信仰無人能及，他知道工具的力量愈弱，奇蹟便顯得愈偉大。因此他懷抱著信心，領著小小的部隊出發了。那隱士大步走在最前方，在一根長長的旗杆上掛著十字架，十字架的下方則是阿堪塔拉教團的三角旗。

他們接近哥多華城的時候，被快馬加鞭的使者趕上了。使者帶來了卡斯提爾國王的公文，禁止這一場軍事行動。大統帥是說一不二的人，換句話說，就是一根腸子通到底。「假使我是在幹別的差事，」他說：「便該遵照這信裡所說，因為它是來自我的國君。但我可是受了比國王還崇高的力量所驅使，我順從這個力量的命令，已經把十字架帶到了這裡，要對抗異教徒。而且，如果沒有完成使命便轉頭回去，便是背叛了基督的理念。」

於是軍號響起，十字架再次高舉，這支熱血的部隊繼續往前進。他們經過哥多華的街道時，人們訝異地看著一名隱士舉著十字架走在士氣高昂的雜牌軍前面。不過，人們一聽說他們會獲得奇蹟式的勝利、會擊敗格拉納達，勞工和藝匠便放下了自己工作用的器具，加入了這支長征軍。還有那一群見錢眼開的烏合之眾，也以為可以劫掠一番而跟了上去。

有些高階騎士不相信那應許的奇蹟，而且這場入侵摩爾王國的動亂師出無名，後果恐怕不堪設想，便聚在瓜達幾維河的橋邊，力勸大統帥不要過橋。他對於請求、反對及威脅，一概充耳不聞。而他的追隨者看到有人反對信仰原則，便鼓噪著結束了這場談判。十字架再度舉起，士氣昂揚地越過了這座橋。

雜牌軍愈走下去，人數愈多。阿卡拉拉雷爾城位在一座高山上，俯瞰著格拉納達的維嘉沃原。大統帥抵達這裡之時，就有多達五千人徒步加入了他的旗下。

在阿卡拉拉雷爾城裡，出現了哥多華的阿隆佐．斐南迪茲（Alonzo Fernandez de Cordova），也就是阿吉拉（Aguilar）的領主，以及他的兄弟迪亞哥．斐南迪茲（Diego Fernandez），他是卡斯提爾的元帥，還有其他勇敢又富有經驗的騎士們。他們擋在大統帥的路上，「這是在搞什麼把戲，馬丁大人？」他們問道：「摩爾國王的城裡有二十萬步兵、五千匹馬，你跟你這一堆騎士、還有鬧哄哄的一群烏合之眾，能對抗這樣的兵力嗎？你自己想想其他基督徒將帥所遭過的大難吧，他們可都是帶著你兵力的十倍，越過了山石嶙峋的邊境地帶。再想想看，由你阿堪塔拉大統帥這種身分地位的人所幹下的暴行，會給這王國帶來什麼樣的傷害啊。我們鄭重懇請拜託你，趁著停戰協議還沒有破壞之前，停手吧。待在邊境之處，等著格拉納達國王回覆你的戰書吧。如果他同意跟你一對一單挑，或者帶上兩三個戰士，那便是你個人的戰鬥，就以上帝之名去打；如果他拒絕，你可以光榮還鄉，而摩爾人那一方會感到羞愧的。」

有幾個騎士，先前都懷著虔敬的熱誠追隨大統帥，聽到這些反對聲音便動搖了，還向他建議要聽人家的忠告。

「騎士們，」大統帥對著阿逢索和他的同伴們說道：「我感謝你們善意對我提出的忠告。假使我只是在追求個人的榮耀，或許我會動搖。但我投入的是一場信仰的大勝仗，上帝要以我為工具，透過奇蹟來實現這場勝仗。至於你們呢，各位騎士，」他轉向那些躊躇不決的追隨者：「如果你們的心志不堅定，或者後悔加入了這一樁偉業，那就以上帝之名回去吧，我也祝福你們。我自己呢，雖然除了這位神父隱士之外，沒有人站在我這一邊，但我還是會滿懷信心前進的。到最後，我要將這支聖旗插在格拉納達的城牆上，否則就是為此捐軀。」

「馬丁大人，」騎士們答道：「我們不是背棄統帥的那種人，無論他的征討行動有多麼匆促。我們只是出於謹慎而建言的。所以，繼續向前吧。如果最後是死路一條，請相信我們會追隨您而殉死。」

這時候，平民士兵早就不耐煩了。「向前走！向前走！」他們大喊著：「懷著信仰原則向前走。」於是大統帥一聲令下，隱士再次高舉著十字架，眾人向下湧進一條山間小徑，一邊唱著莊重肅穆的凱旋之歌。

當晚，他們在亞速爾河（Azores）邊紮營，隔天早上星期日，越過了邊境。他們第一次停駐，是在一座岩石上的獨棟瞭望塔之前。這個前哨站密切守望著邊境，遇有入侵便發出警訊，因此被稱作el Torre del Exea，也就是「**間諜之塔**」。大統帥在此地前停了下來，並向裡面的小駐軍招降。一陣箭林石雨回應了他，他的手受了傷，他的三名人員也死了。

「這是怎麼回事，神父？」他向隱士說道：「你曾經保證說，我的追隨者都不會喪命的。」

「確實是的，孩子。但我說的是跟異教國王的大戰。這裡有什麼需要展現奇蹟，來支援我們拿下一座小小的塔呢？」

大統帥覺得所言有理。他吩咐把木柴堆在瞭望塔的門口，想把它燒掉。同時，物資從馱貨騾子身上卸了下來，而十字軍也撤退到箭力所及之外，坐在草地上吃東西補充體力，以因應未來一天的苦戰。正在忙著的時候，有個尊貴的摩爾東道主人突然出現，把大家都嚇住了。那瞭望塔早已從山頂上發出了「有敵人越過邊境」的煙火警訊，而格拉納達國王便帶著強大的兵力出來迎戰了。

十字軍們簡直是震驚不已，拔腿去拿起武器準備戰鬥。大統帥命令他三百個騎兵下馬，支援步兵團作戰。不過，摩爾人突然間便衝了進來，隔開了騎兵和步兵，讓他們無法合在一起。大統帥高喊著古代的戰爭口號：「聖地牙哥！聖地牙哥！請保祐西班牙！」❸他和騎士們挺起胸膛迎向惡戰，但是被無以數計的人包圍著，還受到弓箭、石塊、飛鏢及火繩鎗的攻擊。他們仍然無畏地迎戰，也殺了不少人。隱士則是在劇烈的戰火中奔竄著，他一隻手舉著十字架，另一隻手揮舞著寶劍。他揮劍的樣子像個狂徒，也砍倒了幾個敵軍，最後他自己倒在了堆滿傷亡者的地上。大統帥看見他倒下，才發現他的預言是錯的，但為時已晚。不過，絕望只有讓他戰得更猛，直到他自己也寡不敵眾而倒下。那些虔誠的騎士都效法他神聖的熱情，沒有人背逃或求饒，全部都力戰至死。至於那些步兵，很多是被殺了，很多受俘，剩下的逃回阿卡拉拉雷爾。摩爾人剝除死者衣物的時候，發現那些騎士的傷口都是在前身。

這一起癡人說夢的征討行動，落到這樣的慘況。摩爾人誇大其詞，說它一槌定音證明了自己的宗教具有崇高的神聖性。國王凱旋回到格拉納達的時候，他們還把國王捧上了天。

事情明明白白顯示，這次十字軍行動是由個人所發起的，而且違反了卡斯提爾國王的加急諭令，所以兩國的和平並沒有中斷。不僅如此，對於那位不幸的大統帥，摩爾人還表示尊敬他的英勇，並且很樂意將他的屍身交給從阿卡拉拉雷爾來尋屍的阿隆佐・斐南迪茲大人。前線的基督徒都集合起來，舉行了最後的榮譽追悼來紀念他。他的屍身放在棺架上，蓋上了阿堪塔拉教團的三角旗。而那損壞的十字架，象徵著他自信的希望與致命的絕望，也在棺架前面舉著。用這方式，他的遺體循著他曾經堅決穿越的山徑，讓喪禮儀隊帶了回來，路途所經過的每個地方，無論是城鎮或村莊，眾人都帶著淚水與悲泣跟著走，哀嘆他是個英勇的騎士，以及信仰的烈士。

他的遺體葬在阿莫寇瓦拉（Almocovara）聖瑪麗修道院的教堂。在他的石墓上，還看得見以下這行別致古雅的西班牙刻字，訴說著他的勇毅：

斯人長眠於此，其心永不畏懼。（Aqui yaz aquel que par neua cosa nunca eve pavor en seu Corazon）

西班牙式的浪漫

在我暫居阿蘭布拉宮的後半期間，我經常下山去大學裡的耶穌會士圖書館。館內有許許多多以羊皮紙裝幀的古西班牙史書，我讀得津津有味。我喜歡這些古早的歷史，講的都是穆斯林還穩穩立足在這個半島的時代。儘管他們有那麼多偏執伐異、有時也不寬容，仍然有許多高尚的行為，以及慷慨大度的情操。還有，那高遠的、加了香料、有如東方的氣味，在同時代那些只有歐洲人的記載中，是找不到的。事實上，西班牙這個國家即使在現代，在歷史、習俗、作風與思考模式上，都還是截然不同於歐洲的其他地方。它是個浪漫的國家，不過，西班牙的浪漫可全然沒有現代歐洲浪漫的那種感傷調調。它主要是來自聰穎明慧的東方地區，以及高尚自重的阿拉伯式騎士教養。

❸ 譯註：這是西班牙軍隊與摩爾人打仗時經常使用的呼請。「聖地牙哥」就是使徒聖詹姆士，祂是西班牙的保護人。

阿拉伯人的入侵與征服，把更高的文明、更高尚的思考風格，帶進了哥德傳統下的西班牙。阿拉伯這支民族富有急智、有遠見、看重自尊，又富有詩意；而且，他們承載著東方式的知識與文學。無論他們在哪裡建立了權力根據地，那裡就會變成飽學之士、聰慧之人的聚集地。而且，他們還使得自己所征服的人們，更加心性柔和而精緻。逐漸地，土地占領好像給了他們一種代代相傳的權利，讓他們可以在此地安穩立足。他們不再被視為高高在上的入侵者，而變成了鄰近地區的對手。伊比利半島由好幾個國家分治著，都屬於基督教或穆斯林。幾世紀以來，半島就成了一個廣大的競爭場地，而戰術兵法似乎就成為人們的大事，並且融入了浪漫騎士精神最高的那一部分。互相敵對的最初原因、也就是宗教信仰的差異，逐漸不再讓人懷恨於心。信仰相對立的鄰近國家，有時候還為了進攻或防衛而結成了聯盟。所以，十字架和彎刀也可以並肩合作，對抗某個共同的敵人。而在和平的時期，不同宗教信仰的貴族青年，不論基督徒或穆斯林，都會為了習武而來到同一座城市。即使是在血戰的暫時休兵期間，那些不久前還在沙場上殊死對抗的戰士，也會把敵意擱在一邊，而在比武、競賽及其他軍事慶典中齊聚一堂，秉持著溫良大度的禮儀來交流。

於是在平和的交流中，對立的族群經常混在一起。或者有敵對情況產生，也要秉持著高尚的舉止禮儀、矜貴的行為，這才表現出騎士修養的造詣。不同信仰的戰士之間都有一股雄心，想超越對方不只是靠著勇猛，還要有寬宏的雅量。誠然，騎士美德細分到了一種地步，有時候倒是過度嚴謹、太過拘束了。但另一些時候，卻表現出難以言喻的高尚與感人。古代的歷史記載裡便充滿了卓越的案例，有高度細緻的禮儀實踐、浪漫的寬容大量、高貴的無私，以及循規蹈矩的榮譽心，這些都溫暖了每個讀者的靈魂深處。這些案例都構成了民族戲劇及詩歌的主題，或者在那些四處流傳的唸歌詩裡得到了頌揚，化為這個民族的一呼一吸，因而持續影響著民族性，那是幾百年的時代更迭與消亡都毀壞不了的。因此，儘管西班牙人有那麼多缺陷，但即使到了現代，他們在許多方面都還是歐洲最高尚而自尊自重的民族。當然了，來自剛才提過那些源頭的浪漫情感，就像其他的各種浪漫一樣，也會有矯揉造作與誇大極端的一面。那使得西班牙人有時候妄自尊大、言詞又浮誇過度，容易把pundonor，也就是**榮譽的重視**拉到一種程度，而超過了清明理性與健全德行的界線。然後在貧窮之中，自己還擺出偉大騎士的姿態；又抱著一種君王式的鄙夷而看不起匠師技藝，以及一切俗世生活汲汲營營的追求。不過，這種誇大的精神雖然讓西班牙人的腦中充滿妄想，卻也讓他們遠離了千萬種卑劣之舉；雖然讓他們保持著貧窮，但也保護他們免於平庸鄙俗。

時至今日，大眾文學正淪落到生活中的低下層面，藉由人性惡俗與愚昧的一面來取樂。而普遍的唯利是圖，正踐踏著早日詩性情懷的發展，並折損著靈魂的勃勃生氣。偶爾讀者去回顧這些自傲的時代、以及高尚思考模式的記載，並且讓自己從全身到脣邊，都浸潤在古老西班牙的浪漫之中。我疑心著，這難道沒有好處嗎？

這些初步的建議，是我在大學裡的耶穌會士舊圖書館經過一上午閱讀與思索的成果。我要依此向讀者引述一則相關的傳說，這是在一部據稱很重要的史書裡發掘到的。

穆尼奧大人的傳說

在卡斯提爾地區，希洛斯（Silos）聖多明哥的古代本篤會（Benedictine）修院，迴廊裡有曾經顯赫一時的伊諾霍薩（Hinojosa）騎士家族的一些歷史遺跡，雖然崩壞了，卻仍然顯得宏偉。這裡面躺著一尊大理石騎士雕像，他全身鎧甲，雙手合掌，做祈禱的模樣。他的墓塚一側，浮雕著一隊基督教騎士，他們俘獲了一列摩爾男女；墓塚的另一側，則雕著同樣一隊騎士跪在一座祭壇前面。這座墓就跟附近大部分的歷史遺跡一樣，幾乎都傾毀了。除非有古文物專家敏銳的雙眼，否則那尊雕像也差不多難以辨識。不過，跟這座墓塚有關的故事，還保存在西班牙的古代史書中，大致如下所述。

幾百年前的古老時代，卡斯提爾有個貴族騎士，名叫穆尼奧．桑喬．德．伊諾霍薩（Munio Sancho de Hinojosa）大人。他是一座邊境城堡的領主，抵禦著摩爾人常有的劫掠。他堡內的兵團有七十名騎兵，全都來自古老的卡斯提爾家庭。他靠著強健勇猛的戰士、堅忍不屈的騎兵，還有鋼鐵意志的手下，橫掃了摩爾人的領土，他的大名讓整個邊境地區聞風喪膽。他的城堡內滿是軍旗、彎刀，還有摩爾人的頭盔，這都是他軍功所獲的戰利品。此外，穆尼奧大人又是個熱血的獵人，他喜歡追獵用的各種獵犬和駿馬，也喜歡縱放鷹隼做居高臨下的捕獵。不打仗的時候，他喜愛在附近的森林裡搜獵。他騎馬外出時，很少不帶上獵犬及號角、手握獵豬長槍，或者讓老鷹停在他拳頭上，也很少不跟著一隊隨身的獵人。

他的妻子瑪麗亞．帕拉欽（Maria Palacin），生性溫和膽怯，不太能配得上這麼堅毅、又愛冒險犯難的騎士。這可憐的女士，為了他出發去驍勇戰鬥，曾經流了不少眼淚，也為了他的安全而經常祈禱。

有一次，這位英勇不屈的騎士正在打獵。他在樹叢間暫駐，那是一處碧綠林間空地的邊沿地帶。他派遣手下四處去驚擾那些動物，把牠們驅趕到他的駐地。他在這裡還沒待多久，就有一隊摩爾人，有男有女，昂首闊步來到了森林草地上。他們沒有攜帶武器，穿戴華美，衣服有講究的質地及刺繡，華麗的印度式披肩，黃金打造的臂鐲與足環，還有陽光下晶光閃爍的珠寶。

這一支愉快的隊伍前頭，由一名年輕的騎士領著。他尊貴高尚的舉止、華麗耀眼的服著，都遠勝於其他的人。他身邊有一個姑娘，她臉上的薄紗被風吹開，露出了豔冠群芳的美貌。她雙目低垂，帶著少女的謙遜溫馴，卻又散發著溫柔與喜悅。

穆尼奧大人暗自感謝他的幸運星送來了這樣的大獎。一想到可以把這些晶亮的異教徒戰利品搬回家給妻子，他便雀躍不已。他把獵角放到嘴邊一吹，響遍了整座森林。他的獵人從四面八方跑了回來，那群受到驚嚇的摩爾人便陷入包圍，成了俘虜。

那美麗的摩爾姑娘絕望地絞著雙手，身邊的女侍哭聲震天。只有那年輕的摩爾騎士還保持鎮定，他要統領著這隊騎兵的基督教騎士報上名來。一聽說他的大名是穆尼奧．桑喬．德．伊諾霍薩大人，他的表情卻為之一振。他走向那基督教騎士，親吻了他的手，「穆尼奧大人，」他說：「久仰您的大名，您是個真真正正、英勇果敢的騎士。您的武藝驚人，但又具有騎士的高貴美德教養。我相信您正是這樣的人。在下是阿巴迪（Abadil），是一名摩爾統領之子。我正要跟這位姑娘前去舉行婚禮。機緣湊巧，讓我們落進您的手裡，但我相信您很有雅量。請拿走我們的財物與珠寶，也可以索取你覺得我們這些人所值的贖金，但請別讓我們受到欺侮與凌辱。」

善良的基督教騎士聽了他的請求，又看到這一對新人的年輕美貌，心裡便興起了一股溫情與好意。「上帝不允許，」他說道：「我去驚擾這麼幸福的一對夫妻。我發誓要你們成為我的囚徒，你們要留在我的城堡裡十五天。在堡裡，我以征服者的名義宣布，你們有權舉行婚禮。」

他一邊說著，便派遣一名首屈一指的快騎先行出發，向瑪麗亞通報這場即將來到的婚禮。而他和他的獵人們便以榮譽侍衛、而不是劫持者的身分，護送著摩爾人的隊伍。他們接近城堡之時，軍旗已經掛出來了，城垛上也響著小號聲。他們更靠近之後，吊橋也放了下來，瑪麗亞身邊跟著侍女及騎士、隨侍和吟遊歌手，親自出來迎接他們。她把那年輕的新娘子阿里芙拉（Allifra）挽在手裡，像是姊妹一樣溫柔親吻著，然後帶她進了城堡。同時，穆尼奧大人往四面八方發了公文，並且從當地四處採辦了各種山珍海味，以百般的隆重與熱鬧，來慶賀那對摩爾戀人的婚禮。十五天以來，城堡裡充滿了歡欣悅樂。競技場上有騎馬持矛比武，有鬥牛，有盛宴，還有舞蹈伴隨著吟遊歌手的美聲。十五天過去了，他送了豐盛的禮物給新娘及新郎，並帶領他們及一干隨員安全地越過邊境。在古時候，這是西班牙騎士既有禮又慷慨的行徑。

這件事之後的幾年，卡斯提爾國王召喚他的貴族前來相助，要發起行動進攻摩爾人。穆尼奧大人就在最早響應的人之中，他帶著七十個騎兵，全都是忠貞不二、身經百戰的戰士。他的妻子瑪麗亞摟住他的脖子，「啊，夫君！」她高聲說道：「你要玩命多少次啊，你對名聲的渴望要什麼時候才能滿足！」

「再打一場仗吧，」穆尼奧大人回答：「再打一場，就為了卡斯提爾的榮耀。我在這裡發誓，這場仗結束之後，我會放下寶劍，跟著我的騎士們一起，到耶路撒冷我主耶穌的墓前去朝聖。」騎士們也都跟著他一起立誓，瑪麗亞便多多少少覺得心裡平靜了些。不過，她還是懷著沉重的心情看著丈夫離開。

她傷感的眼神凝望著他的旗幟，直到它消失在青森樹林之間。

卡斯提爾國王帶領自己的軍隊，來到了薩曼納拉（Salmanara）平原，在烏克萊斯（Ucles）附近遭遇了摩爾領主。這場仗打得很久，死傷慘重。基督徒三番兩次士氣動搖，但也屢次因他們將領的鬥志而重新振作。穆尼奧大人遍身是傷，但他拒絕離開戰場。基督徒最後還是撤退了，而國王遭人窮追不捨，差一點就淪為俘虜。

穆尼奧召來他的騎士，跟著他一起去救駕。「趁現在，」他大喊道：「證明你們的忠貞。前進吧，勇敢的人們！我們為了真正的信仰而奮戰，如果我們在此犧牲，死後的生命會更好。」

他帶著自己的人手，衝進了國王及追捕者之間。他們阻擋在追捕者的路上，讓自己的國王有時間可以逃走。但是，他們都因為忠貞而犧牲，奮戰到最後一口氣。穆尼奧大人跟一名強大的摩爾騎士單打獨鬥，但他右臂受傷，不利戰鬥，終於被殺了。一番交手既結束，那摩爾人停了下來，想要從這名令人敬畏的基督戰士身上，拿取自己的戰利品。可是，當他解開頭盔，一看見穆尼奧大人的面容，便號啕大喊，重重搥著自己的胸口。「真是太不幸了！」他大吼著：「我殺死了自己的恩人！騎士美德的英華！這可是最慷慨有雅量的騎士啊！」

戰爭還在薩曼納拉平原上打得轟轟烈烈，而瑪麗亞待在城堡，陷入了最強烈的憂心焦慮。她的雙眼一直盯著從摩爾人領土出來的那條路，並常常詢問塔樓上的守衛：「你看到了什麼？」

有天晚上，在薄暮陰暗的時分，守衛員吹響了號角。「我看到了，」他大喊：「一大群人沿著曲折的河谷上來，摩爾人和基督徒混在一起，主君的軍旗在最前面。好消息啊！」老總管喊著：「主君凱旋歸來了，還帶著俘虜！」接著，城堡裡的朝臣響起了歡呼之聲，旌旗掛了起來，軍號奏起，吊橋也放下了。瑪麗亞隨著她的侍女、騎士、隨從、吟遊歌手一起出來，要歡迎她的夫君勝利來歸。但是，那一大隊人馬走近時，她看到了一具華麗的棺架，上面蓋著黑色絲絨；架上躺著一名戰士，好像在休息一樣。他身穿鎧甲，戴著頭盔，手上還拿著寶劍，像是個從來不被打倒的人。而棺架的周圍，都是伊諾霍薩家族的盾狀飾牌。

有幾名摩爾騎士在棺架旁邊隨行，穿戴著執喪的服章，臉容陰鬱悲悽。他們為首之人跪在瑪麗亞的腳邊，一張臉埋在雙手裡。她認出他是彬彬有禮的阿巴迪，她曾經迎接他和新娘一同來到這座城堡。但如今，阿巴迪帶著她夫君的屍體一起回來。阿巴迪在戰場上因為不知情而殺害了他。

聖多明哥修院迴廊裡所建的墓塚，是摩爾人阿巴迪出資的。它卑微地見證著，阿巴迪為了穆尼奧大人這位優秀騎士的去世而悲傷，並且向穆尼奧的記憶致敬。溫柔而忠貞的瑪麗亞，很快也隨著夫君進了墳墓。在墓塚旁邊的一個小小拱形石上，刻著以下簡單的文句：「瑪麗亞．帕拉欽，穆尼奧．桑喬．德．伊諾霍薩之妻，長眠於此。」（Hic jacet Maria Palacin, uxor Munonis Sancij De Finojosa）

穆尼奧大人的傳奇，並沒有隨著他的離世而結束。戰爭發生在薩曼納拉平原上的同一天，耶路撒冷聖廟的一名特派司鐸站在外城門上。他看到一列基督徒騎士正行進過來，好像要來朝聖。這特派司鐸是個土生土長的西班牙人，這一列朝聖隊伍靠近時，他認出最前面的正是穆尼奧大人，因為他以前就跟大人很相熟了。他快步去找聖廟住持，告訴他說，有一列位高名重的朝聖者來到了城門處。於是，住持帶著一大群牧師、僧侶出來，以一切應有的尊榮禮節來迎接朝聖者。除了領隊之人以外，他們有七十名騎士，全都是強健勇猛而高傲尊貴的戰將。

他們的頭盔拿在手上，而他們的面容都蒼白如同死屍一般。他們沒有向任何人問候致意，也沒有向左向右張望；只是進入禮拜堂中，跪在救主的墳前，沉默地祈禱著。結束之後，他們起身像是要啟程離去。聖廟住持和許多隨員走過來要對他們說話，但他們都消失不見了。每個人都驚愕不已，不知這個異象有什麼涵意。住持小心地記下了這天的事情，並寄信到卡斯提爾，想知道穆尼奧大人的消息。他接到的回音說，就在住持所說的那一天，這位傑出的騎士連同七十名追隨者，都在戰場上捐軀了。因此，祂們必定是那些基督教戰士受了福祐的精魂，為了完成祂們朝聖的誓願，才到了耶路撒冷的聖墓。這便是古時候卡斯提爾人的信用，他們信守自己的承諾，即使死了之後也是一樣。

如果有任何人懷疑這群幽魂騎士曾不可思議地現身，請他去查查飽學而虔敬的潘普洛納（Pamplona）主教福雷·普魯登修·德·山多弗（Fray Prudencio de Sandoval）所著的《卡斯提爾與里翁（Leon）歷代國王史》。他會在此書裡看到，此事記載於「國王阿隆索六世」（King Don Alonzo VI）之處，第一百〇二頁。這一則傳說太珍貴了，不能因為有人懷疑而輕易地忽略不顧。

穆斯林時期安達魯斯地區❶的詩人與作品

我暫居阿蘭布拉宮的後半期間，得土安的那個摩爾人不只一次來訪。我們很愉快地在大殿和宮廷之間閒步漫遊，並由他來為我解說那些阿拉伯銘文。他很努力地忠於原意，不過，雖然他成功讓我理解了涵意，卻無法讓我體會那語言的高雅與優美，這讓他深感挫折。據他說，詩歌的芬芳在翻譯中全都流失了。但是我所得到的已經夠多，足以增添這座卓爾不凡的宮殿群所帶給我的美麗聯想。或許，從來沒有哪一幢歷史遺跡，比阿蘭布拉宮更能夠表露一個時代、一個民族的特色。外面是硬石嶙峋的碉堡，內面卻是旖旎多姿的皇宮內苑；城垛上有戰爭烽火在皺眉不悅，而瓊樓玉宇的殿堂裡面卻瀰漫著詩意。我們會禁不住陷進那個時代的想像裡去，穆斯林治下的西班牙，在基督教地區、甚至蒙昧歐洲的環繞之下，卻是個光明的所在。外在方面，它以武力來為自己的生存而奮戰；而內在領域裡，卻獻身於文學、科學及人文學科。人文之中的哲學是憑著熱情在耕耘，卻達到了細緻與精微；還有，感官上的奢華也因為這些思想與想像力，而有所提升。據說，阿拉伯的詩歌是在西班牙的歐米亞德（Ommiades）❷一朝達到了輝煌的巔峰。他把西方哈里發的權力和榮耀，長期都集中在哥多華。這個傑出的家族世系裡，大部分的統治君王本身也是詩人。末代的幾任君主之一，是穆罕默德・班・阿德拉曼（Mahomed ben Abderahman）。他在阿札哈拉（Azahara）著名的皇宮及花園之間，過著享樂的生活，讓自己身邊環繞著一切能夠刺激想像力、娛樂感官的事物。他的皇宮就是詩人的悠遊勝地。他的宰相伊班・柴頓（Ibn Zeydun），因為詩作精妙而有「穆斯林西班牙的賀加斯」（Horace）❸之美稱。甚至在東方哈里發的詩文聚會中，都有人滿懷熱情拿來朗誦著。宰相後來熱烈愛上了瓦拉妲（Walada）公主。她是穆罕默德國王的女兒，也是父王宮廷裡的偶像，又是位階極高的女詩人，她的美貌和才華一樣出眾。如果伊班·柴頓是穆斯林西班牙的賀加斯，她便是穆斯林西班牙的莎孚（Sappho）❹。公主成了宰相最熱愛的詩作主題。尤其有一篇知名的risaleh（也就是**書信體之作**），是署名寫給公主的。歷史學家亞須－撒堪迪（Ash-Shakandi）認為，此篇中的柔情與憂傷抑鬱真是舉世無匹。有關詩人在戀愛中是否幸福快樂，我所查詢的幾個作者都沒有說。但有個作者暗示說，公主因為自己的美貌而不輕許芳心，所以許多戀人都徒乎負負。事實上，優美宜人的阿札哈拉宮廷裡，戀愛與詩歌的流行很快就因為一場人民叛變而結束了。穆罕默德國王跟他的家人，來到靠近托雷多的烏克萊斯城堡裡避難。國王在這裡遭到大統領背叛而毒死，成了歐米亞德的末代君主之一。

這輝煌的朝代把一切都集中到了哥多華。而王朝的敗落，對摩爾基督徒的西班牙地區而言，卻有利於其普遍的文學發展。

「在項鍊斷裂、真珠散落之後，」亞須－撒堪迪說：「各小國的國王便瓜分了班尼·歐米亞（Beni

---

❶ 安達魯斯是指阿拉伯和北非穆斯林統治下的伊比利亞半島和塞蒂馬尼亞，也指半島被統治的七一一年～一四九二年這段時期。

❷ 譯註：歐米亞德（929-1031年）。

❸ 譯註：原名Quintus Horatius Flaccus（西元前65-68年），是羅馬帝國知名的詩人、諷刺作家、文學批評家。

❹ 譯註：莎孚（西元前630-570），古希臘時期女詩人。

Ommiah）所留下來的祖產。」

他們爭相網羅詩人和飽學之士到自己的首都，並讓他們享有不受限制的耗費。像是來自摩爾豪門班尼．阿巴（Beni Abbad）的那些塞維亞國王，就是如此。「他們，」同樣是亞須－撒堪迪說道：「悠遊在果樹、棕櫚與石榴之間。他們成了詩文偉構的中心，他們在位的每一天，都是一場莊嚴的盛會。他們的歷史充滿了恢弘的器度與英雄式的行為，這些都將流芳百世，永遠留在人們的心目中！」

不過，西方哈里發垮臺之後，在文明及藝術方面受益的，沒有哪個地方比得上格拉納達。它繼承了哥多華的榮光，但是就地理位置的浪漫之美而言，又超越了哥多華。格拉納達的氣候舒適宜人，白雪覆蓋的山上傳來涼風，調和了南方夏季的暑熱之氣。河谷曲線窈窕，樹林和花園裡有密密層層的綠蔭，這一切都喚醒了喜悅之情，讓人心感覺到愛與詩意。因此，格拉納達才有那麼多歌詠情愛的詩；才有那些情歌豔曲，既抒寫戀愛與戰爭，又讓騎士的高尚德行交織著剛毅不屈的金戈鐵馬。西班牙文學裡面，至今支撐著驕傲與歡悅的那些唸歌詩，只是呼應了安達魯斯的穆斯林宮廷裡，曾經娛人心意的那些情愛與騎士之詩。而從這些詩裡，有個研究格拉納達的現代歷史學者也聲稱，可以找到卡斯提爾八行詩，以及那些吟遊詩人「歡悅智慧」的來源。

在格拉納達，男性女性都參與了詩歌的耕耘。「假使阿拉，」亞須－撒堪迪說：「沒有賜給格拉納達任何其他的福利，只讓它誕生了許許多多的女詩人，單是這一點就足以使它榮耀了。」

女詩人之中，最為知名的是哈芙薩（Hafsah）。老歷史學家亞須－撒堪迪說，她以美貌、才華、高貴的出身及富有而聞名。她的詩作，我們只能找到幾行斷簡殘編，那是寫給她的情人阿米德，回憶著兩人在毛莫（Maumal）花園共度的一個夜晚。

「阿拉給了我們一個幸福的夜晚，彷彿祂從來沒恩賜給邪惡與可鄙之人。我們看見毛莫的柏樹，在山風之前溫馴地低下頭，甜美的清風裡有紫羅蘭的氣味。鴿子在樹林間噥噥低訴牠的情意，香甜的羅勒枝條，垂進了清澈的小溪。」

毛莫花園對摩爾人來說，有名的是它的小溪流、水泉、花朵，還有最重要的是柏樹。這花園得名於阿班．哈布之孫，也是格拉納達蘇丹王阿達拉的一位宰相。在這位宰相的治理之下，許多最為宏偉的公共建設動工了。他築了一條水道，將阿法卡（Alfacar）山上的水引進來，灌溉格拉納達城之北的山丘和果園。他在一條公共道路上種植了柏樹，又「開闢了宜人的花園，撫慰那些抑鬱不樂的摩爾人。」「毛莫這個名字，」歷史學家阿堪塔拉說：「應該以金字保存在格拉納達。」或許，這個名字也隨著他所闢建的花園、隨著哈芙薩的詩句而流傳下來了。詩人無意間的一個字，卻經常造成了永恆不朽！

也許讀者會好奇，想知道哈芙薩和情郎之間的一些故事，畢竟那故事可牽連著格拉納達的一個美好景點。底下這些，是我從晦暗隱沒之中所搜尋到的全部具體片段，裡面還納進了穆斯林時期西班牙最閃亮的名字與天才人物。

阿米德與哈芙薩活躍於伊斯蘭紀元的第六世紀，也就是基督教紀元的第十二世紀。阿米德是阿卡拉拉雷爾的統領之子。他的父親安排他進入政治及軍事的生涯，並且讓兒子成為他的副官。不過，這年輕人卻是詩人天性，嚮往在格拉納達的宅院裡過著詩文風雅的生活。在格拉納達，他讓自己身邊環繞著富有人文之美的事物，以及飽學之士的作品。他把自己的時間分隔成讀書研究，以及社交遊樂。他喜歡田野間的活動，也畜養著馬匹、老鷹及獵犬。他全心投入文學，也以博學深思而聞名。而他的詩文創作之美也受到稱頌，而且有口皆碑。

由於有一顆溫柔、情感豐富的心，而且對於女性之美非常善感，他後來便全心愛著哈芙薩。兩人彼此熱愛，而且有一段時間，真愛的路途似乎走得很順利。兩個戀人都年輕，在才華、名聲、門戶階級及財富方面都是並駕齊驅。他們著迷於彼此的文采及容貌，而他們的棲身之處是一個愛與詩歌的天地。兩人之間的詩歌交流，成了格拉納達的一段佳話。他們不斷交流著詩句與書信，「他們的詩，」阿拉伯作者阿爾·馬卡里說：「就像是鴿子在說話。」

就在兩人最幸福的當頭，格拉納達的政治發生了變化。此時，阿特拉斯山的一支巴柏部族，穆瓦希德人（Almohades）掌控了穆斯林時期的西班牙，而政府所在地也從哥多華移到了摩洛哥。蘇丹王阿德穆曼（Abdelmuman）透過他的總督和統領們來統治西班牙，而他的兒子昔迪·阿布·薩德（Sidi Abu Said）則被任命為格拉納達總督。昔迪以他父親的名義，藉著皇室的尊嚴和榮耀，而施行專橫的統治。昔迪對於此處是個外地人，同時又是摩爾人出身，便想要拉攏阿拉伯族群中受歡迎的人物，來鞏固自己的勢力。為此，他任用阿米德為宰相，此時阿米德正處於名聲及人望的巔峰。阿米德本來可以婉拒這個職位的，但總督的態度不容置辯。阿米德對宰相的職務感到厭煩，也蔑視職位上的拘束。在一場鷹狩聚會中，跟著幾個要好的朋友一起，他流露出詩人的天性，歡欣鼓舞地離棄專橫君主的奴役，就像是老鷹脫離了養鷹人的足鍊，而追隨靈魂中遨翔天際的本性。

有人把他的話講給昔迪聽了。「阿米德，」密報者說：「蔑視職位的拘束，而且譏諷您的當權。」詩人阿米德立刻被解除了職位。失去一個討厭的職位，對於他這種歡悅的天性一點都不是難過的事。但是，他很快就發現自己遭到解職的真正原因了。那總督是他的情敵，總督曾經看過、也愛上了哈芙薩。更糟的是，哈芙薩對於自己顛倒眾生，竟感到陶然得意。

有一陣子，阿米德以嘲笑的態度來面對這件事，還訴諸阿拉伯人與摩爾人之間的偏見。由於昔迪是深橄欖的膚色，「你怎麼能受得了那個黑傢伙，」阿米德很不屑地說：「阿拉在上，我用二十個第納爾（dinar）❺，就可以到奴隸市場幫你買一個更好的貨色。」

這個嘲諷傳到了昔迪耳中，讓他耿耿於懷。還有幾次，阿米德忍不住悲傷善感，回憶著往日的幸福情景，並譴責哈芙薩移情別戀。他還以萬念俱灰的口吻警告說，如果他死了，就是她害的。他這些話，哈芙薩沒有放在心上。能有蘇丹王的兒子當自己的情郎，這個念頭已經占滿了女詩人的想像。

阿米德被嫉妒與絕望逼到要瘋了，便參與了一件陰謀，要反抗當權政府。事跡敗露了，密謀者都逃離了格拉納達。有些人逃往山上的一座城堡，而阿米德到了馬拉加避難。他躲藏在這裡，想要逃去瓦倫西亞。遭人發現之後，他被上了鐐銬而關進地窖裡，聽候昔迪的發落。

有個姪子來探望他，事後記錄了這次的會面。年輕的姪子看到，出身名門的親戚曾經是那麼有聲望、地位崇隆，現在卻像個罪犯一樣負著鐐銬，不禁難過落淚。

「你為什麼哭呢？」阿米德問道：「這些眼淚是為我而流的嗎？為了我這個已經享有世間一切的人嗎？別為我哭泣。我已經獲得了自己的幸福，參加過珍味佳餚的盛宴，痛飲過水晶酒杯，睡過了羽絨眠床，穿過了最華麗的絲綢錦緞，騎過最快的駿馬，也愛過那些最美的姑娘。不要為我哭泣。我此刻的潦倒，只不過是不可避免的命運。我犯下的事不可能赦罪，我一定是要等著懲處了。」

阿米德不幸就在伊斯蘭紀元五五九年的朱瑪達（Jumadi）之月，也就是西元一一六四年四月，在馬

❺譯註：西亞和北非地區的一種貨幣單位。

拉加斬首了。這個消息傳到了變心的哈芙薩那裡，她深感哀傷痛悔而悲泣不已。她想起了他的警告，自責說她就是害他喪命的元凶。

至於哈芙薩後來的遭遇，我只知道她一一八四年在摩洛哥過世，此外沒有別的線索了。她活得比兩個情人都久，昔迪於一一七五年在摩洛哥死於瘟疫。昔迪居住格拉納達的紀念碑，還留在他建於申尼爾河岸的一座皇宮裡。阿米德與哈芙薩早年所流連的毛莫花園，已經不存在了，確切的地點，也許古詩研究者能夠找得到吧。

■本篇的引用來源：①阿堪塔拉，《格拉納達史》。②阿爾．馬卡里（Ibnu Al Kahttib），《西班牙穆罕默德王朝史》。

遠行求取學位證書

在阿蘭布拉宮的居家生活裡，數一數二的重要事件就是，安東妮雅大嬸的外甥曼紐要離家到馬拉加，去赴醫師學位的考試。我已經告訴過讀者，他若成功拿到學位，便極可能跟表妹朵洛麗絲結為夫妻，兩人還能取得財富。至少我是從馬修那裡私下聽到這些的，而各種情況也都一致地符合他的消息。不過，他們兩人的戀愛是相當靜悄悄、謹慎小心地維持著。而假使我不曾由眼觀四面的馬修來提醒，我簡直不覺得自己會發現這樁事。

目前，朵洛麗絲比較沒那麼拘謹了，幾天下來，她都忙著為老實的曼紐備置遠行要用的東西。他所有的衣物，都整理、打包得整整齊齊。最重要的是，她還為他親手做了一件漂亮的安達魯西亞式旅行外套。到他預定出發的當天早晨，他要騎上旅途的那頭健壯的騾子，已經牽到了阿蘭布拉宮的出入口，退役老兵保羅大叔（Tio Polo）也來為騾子加上披掛。這位退役軍人是此地的一個奇人。他的臉粗糙有如皮革，在熱帶地區曬得黑黑的，一根長長的羅馬鼻，還有黑色的甲蟲眼。我常常看到他在讀一本羊皮紙裝幀的舊書，讀得津津有味的樣子。有時候，他身邊會圍著一群退役的好兄弟，有的坐在矮護牆上，有的躺在草地上，專注聽著他緩慢而仔細地誦讀他喜愛的那本書。有時他還會停下來，為聽不太懂的人進行講解或詳述。

有天，我利用機會去了解一下這本舊書，這本書就像是他的隨身參考用書。我發現，那是班尼多·傑洛尼莫·費裘（Benito Geronymo Feyjoo）神父❶一本很奇特的著作，講的是西班牙的法術、薩拉曼卡（Salamanca）及托雷多的神祕洞窟、聖派翠克滌淨罪惡的煉所，還有其他這一類的主題。從這時開始，我便留意著這名退役軍人。

❶ 譯註：班尼多·傑洛尼莫·費裘（1676-1764），西班牙作家。這位神父及這本書所談的主題，在下一篇〈咒鎮士兵的傳說〉還會出現。

現在呢，我便看著他，憑著沙場老兵的一切先見之明，自得其樂布置著曼紐的坐騎。首先，他花了不少時間把一張笨重的舊式座鞍裝到騾背上。那座鞍前後高起，帶著鏟形的馬蹬，整個就像是阿蘭布拉宮裡古代軍器庫裡的遺物。然後，一張毛絨絨的羊皮鋪在鞍子中間的深座處。接著是個生皮袋子，朵洛麗絲親手把它安好，扣在後邊。再來，是一條毯子鋪在鞍上，可以當作斗篷或臥鋪用。然後是很重要的鞍囊，裡面小心放了食物，掛在鞍座前方，跟著bota，也就是**皮製的水酒壺**放在一起。最後是廣口手槍，那老兵把它掛在鞍後，還為它祈禱了一番。這就像是古時候，摩爾騎士要劫掠、或到費瓦蘭布拉廣場上比武時的裝束。城堡裡的一些流浪客都圍了上來，還有幾個退役老兵，都在圍觀著，並且幫忙、又給意見，讓保羅大叔覺得很煩。

一切都妥當之後，曼紐要離家了。他騎上馬時，保羅大叔扶著馬蹬，調整著腹帶及馬鞍，然後以軍人的方式來歡送他。接著保羅大叔轉向朵洛麗絲，她正好站在那裡，對她緩步離去的騎士投以愛慕的眼神。「啊，朵洛麗絲，」他一邊點頭、眨眼，喊道：「曼紐穿著這外套，看起來很帥呢！」（es muy guapo Manuelito in su Xaqueta）小姑娘紅著臉兒一笑，跑進了屋子裡去。

日子一天天過去，曼紐答應過要寫信，卻都沒有他的消息。朵洛麗絲內心開始有了疑慮。他在路上發生了什麼事嗎？他考試沒有過關嗎？而她小小的一家人裡又出了一些狀況，增加了她的不安，讓她心中充滿了不祥之感。那件事幾乎就像是她的鴿子逃家一樣。她那隻龜殼紋樣的貓，晚上私自跑了出去，攀爬到阿蘭布拉宮鋪瓦的屋頂上。午夜時分，傳來了一陣可怕的貓叫聲。某隻老貓對牠很不友善，然後是一陣亂竄，接著舉爪相鬥。雙方都滾下了屋簷，從很高的地方摔進了山側的樹林裡。接著，再也沒看到或聽到這隻逃家貓的消息了。而可憐的朵洛麗絲覺得，這正是大災難的前兆。

不過到了第十天，曼紐終於勝利歸來，適時在大好及大壞之間下了裁判，也消除了朵洛麗絲的一切擔憂。那天晚上，安東妮雅女士的窮朋友、以及靠她撫養度日的人都齊聚一堂，來向朵洛麗絲道賀，並向醫師先生表示敬意。也許就在未來的某一天，他們的性命都掌握在這醫生的手裡呢。首屈一指的貴客，就是保羅大叔。而我很高興逮到了機會，要來認識他。「噢，先生，」朵洛麗絲大聲說道：「您也太急了，這麼想知道阿蘭布拉宮過去的一切。保羅大叔知道的本地歷史，可比這裡的任何其他人都要多，甚至比馬修及他全家加起來還多。來吧來吧，保羅大叔，把你跟我們講過的故事，有關受咒鎮的摩爾人、達洛河上鬼魂出沒的橋，還有，打從奇哥王時代就存在的古老石榴石，都在這晚上全都告訴這位先生吧。」

經過了一點時間，這退役老兵才進入了講故事的心情。他搖了搖頭——那都是些無聊的故事，不值得講給像我這樣的一位紳士聽。是我自己跟他講了幾個同類的故事之後，才讓他終於打開了話匣。他那則故事胡拼亂湊，一部分是來自他在阿蘭布拉宮裡聽來的，還有部分是他從費袞神父的書裡讀來的。我會盡力把這些內容講給讀者聽，但我並不打算按照保羅大叔的一字一句來敘述。

咒鎮士兵的傳說

每個人都聽說過薩拉曼卡那裡的聖居普良（St. Cyprian）洞窟。古時候在這地方，有一名年老的祭器管理人，或者如某些人所說的，是惡魔本人假扮成那位祭器管理人，在祕密傳授著未來事件占星術（judicial astronomy）❶、通靈術、手相術，以及其他暗黑可鄙的邪術。那洞窟雖然已經關閉很久，準確位置也遭人遺忘，但是根據傳說，那入口是在卡瓦哈爾（Carvajal）神學院的小廣場，裡面那個石製十字架的附近某處。而這個傳說，某種程度上也跟以下的故事情境若合符節。

從前，薩拉曼卡有個學生，名叫唐文生（Don Vicente），他是個樂天活潑、但是要沿街托缽的那一類學生。這種行乞學生上路去求學，不過袋子裡一毛旅費都沒有。他趁著學校長假的期間，一鎮一鎮、一村一村去乞討，籌措經費來供應自己下一學期的求學所需。唐文生現在要出發去漫遊托缽了。由於他喜好音樂，便揹上一把吉他，用來娛樂村民，並且支付一頓餐飯或一晚的住宿。

他走過神學院廣場裡面的石製十字架，便摘下帽子，向聖居普良做了個短禱，祈求好運。他的眼光注視到地上時，發現十字架下邊有個發亮的東西。他撿了起來，原來那是一枚符印戒指，看起來是金與銀的混合金屬所製。那符印設計成兩個三角形交疊，成為星星的形狀。據說，這設計是猶太祕教的一種符號，由智慧的所羅門王所發明的，可以對各種咒鎮發揮很強大的力量。可是這個老實的學生，既不是賢哲之士、也不是法術師，對此一無所知。這個戒指，他當作是聖居普良獎賞他祈禱的禮物，便戴到自己手指上，然後向十字架一個鞠躬。接下來又隨意撥著吉他，快快樂樂漫遊去了。

西班牙行乞學生的生活，尤其如果他有某種天賦而討人喜歡的話，就不是世界上最悲慘的了。唐文生漫無目的地走過一村又一村，一城又一城，任憑好奇或興致帶著他到任何地方。村子裡大部分的堂區牧師，過去也曾經是行乞學生，便施捨他過夜的宿處、一頓止飢療餓的餐點，早上還經常贈予他幾個二十五分硬幣，或者半個便士。他在城鎮街道上一家一家地上門，都沒有遭到嚴峻的拒絕，也沒有冷淡的鄙視。因為，他這種行乞生活一點都不可恥，西班牙大部分受過教育的人，都是由這樣開始自己的人生。不過呢，正如現在所講的這個學生一樣，如果他是個長得好看的小無賴，又是個開開心心的夥伴，然後最重要的，如果會彈吉他，他便肯定會受到村民盡情的歡迎，還會得到他們太太、女兒的笑容與喜愛。

就這樣，我們這名衣衫破舊、又愛好音樂的莘莘學子，便走遍了大半個王國，而且抱定決心，要在回去之前造訪那知名的格拉納達城。有時候，他被招到某個鄉村放牧人的羊圈裡過一夜；有時候，他棲身在簡陋、但還過得去的農村屋簷底下。他帶著吉他坐在農舍門口，拿著小曲子來取悅那些單純的人們，或者奏起一支凡丹戈或波麗露舞曲，讓皮膚棕黃的鄉村男女在輕鬆愉快的黃昏裡翩翩起舞。到早上，他便帶著男女主人的祝福好話、外加友善的眼神離開。或許，他們的女兒還會在他手上捏一把。

終於，他來到了他音樂漫遊的偉大目的地，也就是遠近馳名的格拉納達。他見到了摩爾式的塔樓、迷人的維嘉沃原，以及夏季天氣裡雪白閃耀的山頂，並感到新奇喜悅而歡呼著。不消說，他抱著急切的

❶ 譯註：班尼多．傑洛尼莫．費裘（1676-1764），西班牙作家。這位神父及這本書所談的主題，在下一篇〈咒鎮士兵的傳說〉還會出現。

好奇心進了城門，在街道上到處蹓躂，並且端詳著那些東方式的古代建物。每個從窗戶中向外窺看的女性臉孔、陽臺上的嫣然一笑，在他看來都是個卓蕾妲或柴琳妲公主。阿拉梅達大道上的每個端莊女子，他也無不樂於幻想成是摩爾公主，還想要把自己的學生袍服鋪在她的玉足之下。他的音樂才華、討人歡喜的性情以及年輕俊俏，都讓他即使衣衫破舊卻還是到處受到歡迎。幾天下來，他在這座古老的摩爾都城及周遭地帶，都過著愉快的生活。他偶爾會去的一個地方，是達洛河谷的榛果之泉。那是格拉納達受人歡迎的勝地，而且打從摩爾人的時代就是這樣了。那學生在這裡，有了一個機會可以好好研究女性的美，這是他有點喜愛的一個研究領域。

在這裡，他可以抱著吉他坐下來，即興唱些小情歌來讚美那些鄉下的俊男靚女，或者用他的音樂來慫恿隨時可以上場的舞蹈。有天晚上，他正忙著這些時，看見一位教堂神父走了過來，而每個人對他都會碰碰自己的帽子致意。他顯然是個重要人物。他如果不是反映了聖潔的人生，也肯定反映了善──看他強健而紅潤的面容，而且每個毛細孔，都隨著天候的溫暖及步履的運行而呼吸著。他經過的時候，會不時從口袋裡拿出一文錢，面容慈善地布施給乞丐。「啊，至福的神父！」他們會高聲道謝：「願他長命百歲，祝他早日成為主教！」

為了幫助自己走上山坡，神父會不時輕靠著一名女侍的胳臂，她顯然就是這位最仁慈的牧羊人的寵物小羊。啊，真是個好姑娘！從頭到腳都是安達魯斯的風格：從她頭上的玫瑰花，到腳上的仙履、蕾絲長襪。每一個動作、每一次身體的起伏，都是那麼安達魯斯──多麼醇美而醉人的安達魯斯啊！但她又是多麼謙遜含蓄，多麼害羞！眼神低垂，總是傾聽著神父所說的每一個字。或者，如果她偶然往旁邊瞥了一眼，也會忽然止住，然後再次低低望著地面。

好神父慈愛地看著水泉附近的人們，然後挑了一張長條石椅坐了下來，而那女侍快步去為他帶回了一杯瑩亮的清水。他慢條斯理啜飲著，然後懷著滿足的心情，把水混著幾小塊溼軟的冰糖蛋，這是西班牙饕客中意的吃法。把水杯交回到那姑娘手中時，他還滿帶著無限的慈愛，捏了她的臉頰。

「啊，這牧者真好！」那學生悄聲自語：「如果能進入他的羊圈，還有這麼一隻寵物小羊為伴，該是多麼幸福啊！」

不過，這麼好的事可不會降臨到他身上。他試了那些在鄉村堂區牧師、鄉下少女身上都難以抗拒的本事，想要討人喜歡，但是都沒有用。他從沒有把吉他彈得這麼高明過，也沒有把小曲子唱得這麼動人心弦過；只是，他不再有鄉下堂區牧師或鄉村少女可以發揮吸引力了。那高尚的神父顯然不欣賞音樂，而那謙遜含蓄的姑娘，也一直沒有從地面上抬眼一望。他們在水泉邊只停留了一下子，好神父便匆匆回到格拉納達去了。那姑娘要離去之際，對學生含羞一瞥，卻把他的心魂都勾出了胸膛。

二人離去之後，他便打聽著他們的事。那神父名喚湯瑪斯，是格拉納達的一名聖徒，是規律生活的典範。他起床、餐前散步、用餐及午休，都嚴守著一定的時間。他晚間跟幾名教堂轄區裡的仕女玩紙牌戲、啜飲湯食，最後上床就寢，以便恢復體力來進行隔天同樣的事務，也都是準時的。他有一頭毛皮發亮、性情溫順的騾子可以騎乘。有個中年發福的女管家，很擅於為他準備小分量的餐食。他還有隻寵物小羊，晚上會抹平他的枕頭，早晨還會為他送來巧克力。

從此，那學生告別了輕鬆快活、無憂無慮的人生。她明亮的眼神從旁邊一瞥過來，便讓他心神不屬。日日夜夜，他的心都擺脫不了最謙遜的那個姑娘的身影。他還去找那神父的住宅，唉！那房子可不是他這種四處浪蕩的學生進得去的等級。高尚的神父對他並不同情；唐文生從來就不是辯士學生

（Estudiante sopista），所以得要為了自己的一餐而獻唱。他白天就堵在神父屋子前面，趁那姑娘三不五時出現在豎鉸鏈窗邊時，可以看她一眼。但這些窺看只能促生他的愛火，卻無法鼓舞他的希望。他晚上也到她陽臺下獻唱情歌。有一次，窗邊某個白色的東西還恭維了他；唉，那只不過是神父的睡帽而已。

沒有情郎像他這麼盡心盡力了，也沒有姑娘像她那麼羞怯，那可憐的學生陷入了絕望。終於，日子來到了聖約翰日的前一晚。格拉納達低階層的人都蜂湧到鄉村，跳舞度過了下午，然後在達洛河、申尼爾河的岸邊度過仲夏之夜。人們在這個多采多姿的晚上，一聽到總教堂鐘聲在午夜時分響起，便可以用河水來洗臉，這讓他們感到幸福，因為這河水在準確的時辰裡有美容的效果。那學生無事可做，便任由自己隨著歡度假日的人群而去。最後，他發現自己來到了達洛河的狹窄河谷上，位置在阿蘭布拉宮的高山和紅色塔樓的下方。乾掉的河床上，河邊的岩石上，以及上方臺階式的花園裡，有各式各樣的人群在熱鬧著。他們隨著吉他和響板的聲音，在葡萄藤和無花果樹下跳著舞。

那學生在傷心鬱悶之中待了一陣子，身子靠在裝飾達洛河小橋尾端的一片奇形怪狀的大石榴石上。他愁悶地看了那一片歡樂的景象，每個騎士都有女士作伴，或者講得更恰當點，每個男子都有女子作伴。他為自己的孤單而嘆氣，最遙不可及的姑娘的那對黑眼珠害慘了他。他怨著自己破舊的服裝，好像是它害他被拒於希望之門外。

漸漸地，旁邊一個跟他一樣孤單的人，吸引了他的注意。那是一名高個子的士兵，有張嚴毅的臉容，雜著灰白的鬍子，站在對面的石榴石那裡，像個哨兵一樣。他的臉上，隨著歲月而成了黃銅色。他身上穿著古西班牙的甲胄，拿著小圓盾牌和長矛，像雕像一樣站著不動。讓那學生意外的是，雖然他穿戴得那麼怪異，來來往往的人潮卻都沒有注意到他，就算許多人幾乎跟他擦身而過也一樣。

「這都城裡多的是古代的東西，」那學生心想：「這無疑是其中一件，居民都很熟悉而不見怪了吧。」不過，他的好奇心倒是被挑了起來。他天性就愛跟人打交道，便向那士兵攀談。

「你穿著一套罕見的古代盔甲啊，這位朋友。我可否請問，你屬於哪個軍團呢？」那士兵的上下顎好像絞鍊都生鏽了似的，喘著氣回答：「斐迪南與伊莎貝拉的皇家侍衛軍。」

「聖母瑪麗亞！怎麼會這樣，那個軍團是三百年前的事啊。」

「我服役有三百年了。如今，我相信我的職務生涯即將要結束了。你想得到好運嗎？」

那學生揚起自己的破斗篷作為回應。

「我懂你的意思了。如果你有信心及勇氣，就跟著我來吧，你的好運就在眼前。」

「慢點，朋友。要跟著你只需要我小小的勇氣，因為我這種人除了一條命和吉他之外，沒有什麼可失去的，而這兩樣東西都不值錢。但我的信仰是另一回事了，而且它不受引誘的。如果是要靠著任何犯罪而來改變我的命運，那麼，請別以為我是以自己的破斗篷來表示我想幹這種事。」

那士兵很不悅地瞪著他。「我的寶劍，」他說：「只為了保護信仰與王室才會抽出來。我可是個老基督徒，相信我，不要怕有壞事發生。」

那學生便半信半疑跟著他。他發現，沒有人留意到他們交談。而且，士兵穿過了閒閒無事的幾群人而走著，都沒有被注意到，就像是隱形一樣。跨過橋梁之後，士兵帶路走上一條又窄又陡的路，經過了一座摩爾式的磨坊及水道，又走上了分隔赫內拉利費宮與阿蘭布拉宮兩地的那道河谷。阿蘭布拉宮的紅色城垛矗立在又遠又高之處，讓夕陽的餘輝照耀著。修道院的鐘聲響起，宣告隨後一日的慶典來臨了。無花果樹、葡萄藤和桃金孃，還有城堡的外圍塔樓及城牆，層層遮蔽著河谷。河谷裡又黑又孤寂，愛好暮色的蝙蝠開始輕巧地飛著。最後，士兵在一座古老而損毀的塔樓前停步了，那塔樓看起來是作為保護一條摩爾式水道之用的。他以長矛比較粗大的一端敲了地面，一道隆隆聲響起，堅硬的石面打開了，形成了像門那麼寬的一個開口。

「以三位一體之名，進來吧。」士兵說：「什麼都別怕。」那學生的心臟顫顫慄慄，但他畫了十字，低聲念著萬福瑪麗亞，他跟著這位神祕嚮導走進了一座深深的地窖。那是從塔樓底下的堅硬岩石上鑿出來的，還刻滿了阿拉伯銘文。士兵指向沿著地窖某一側所劈砍出來的石椅，「看，」他說：「那就是我用了三百年的椅榻。」困惑不已的學生想要擠出一個笑話來。「至福的聖安東尼在上，」他說：「從你這椅榻的堅硬程度來看，想必你睡得很好吧。」

「正好相反，我的眼睛從不知睡眠為何物，我註定要永不停歇地看守著。聽聽我的宿命吧，我乃是斐迪南與伊莎貝拉的一名皇家侍衛軍，不過在摩爾人一次進攻時成了俘虜，被囚禁在這座塔樓裡。當萬事俱備、這座城堡正要獻出給基督教君王之際，我被摩爾教士阿法魁（Alfaqui）所利用，要幫他保守包迪爾藏在這座地窖裡的某些財寶，這是我犯了錯而應得的懲罰。阿法魁是非洲的一名通靈師，為了守護財寶，他便在我身上施了邪惡的咒術。他一定發生什麼事了，因為他再也沒有回來；而我從那時就一直待在這裡，被活埋著。日子一年一年過去，地震也搖撼過這座山。我曾聽到這塔樓的石頭，因為年深日久而自然一塊塊墜落到地上。不過，這地窖的咒術之牆卻擋得住時光與地震。

「每隔一百年的聖約翰節那天，那咒鎮的完整魔力會暫停。我獲准可以出去，在你遇見我的達洛河那座橋上現身，等待能夠破解這個魔咒的人來到。我在那裡站崗至今，都等不到人。我好像走在雲端一樣，生人都看不到我。三百年來，你是第一個向我攀談的人，我知道是為什麼。我看到你的手指上，有智慧所羅門王的符印指環，它可以擋住所有的邪咒。它戴在你身上，可以把我從糟糕透頂的地窖裡解救出去，或者把我留在這裡，再守個一百年。」

那學生滿心訝異，靜聽著這個故事。他以前聽過許多故事，說有強大的咒術把財寶封鎮在阿蘭布拉宮的那些地窖裡，但他都當作無稽之談。現在，他了解符印指環的價值了，那指環某種意義上是聖居普良賜給他的。不過，雖然有這枚神力護身之物在護祐，但他一看自己在這種地方跟一個咒鎮士兵面對面待著，還是很可怕的。按照自然律來算，那士兵不言不語待在這墓穴裡，已經將近三百年了。

然而，這樣一個人物可不是普普通通的角色，不可小看。他便向士兵保證，可以信賴他的友誼與善意，他會盡力去解救士兵出來的。

「我相信，動機比友誼更有力量。」那士兵回答道。

他指著一個沉重的鐵箱，箱子上了鎖，鎖上還刻著阿拉伯文字。「這口寶箱，」他說：「裝著無數的金銀珠寶，還有寶石。把禁錮我的這道魔咒打破，這裡一半的財寶就是你的了。」

「但我該怎麼做呢？」

「這需要一位基督教教士，以及基督徒少女的幫助。教士來驅逐邪惡的力量，而少女則拿索羅門的符印去碰觸那箱子，這一定要夜晚來進行。不過要小心，這是一件神聖的任務，不可以由塵俗心重的人來執行。教士必須要找老基督徒，要找聖潔的典範。而且他來到這裡之前，必須實施嚴格禁食二十四小時的苦行。至於那少女，她必須毫無瑕疵，而且經得起誘惑。別耽擱尋找幫手的時間了。三天後，我的解禁時間就會結束。如果第三天午夜之前還無法釋放出去，我就必須回去再守衛一百年。」

「別擔心，」學生說：「我心目中已經有你所描述的那種教士和少女了。不過，我下次要怎麼進到這塔樓裡來？」

「所羅門王的符印會為你打開路的。」

那學生離開了塔樓，心情比他剛進來時更加歡喜。他背後的石牆關上了，就跟先前一樣固若金湯。

隔天，他勇敢地前往那神父的宅子。他不再是個四處晃遊、邊走邊撥弄吉他的窮學生，而是來自陰暗世界的大使，他有封鎮著的財寶可以贈予他人。有關他的協商過程，倒沒聽說過什麼具體的描述。只知道，那高尚可敬的神父，一聽到要解救虔誠的古代士兵，並且從撒旦的魔爪中拿回奇哥王那只堅固的箱子，一下子就引燃了熱情。而且有了摩爾人的一筆財寶，那可以發放多少救濟品，可以蓋多少教堂，又有多少窮親戚可以致富！

至於那純潔無瑕的女侍，她很樂意伸出援手，這可是表示虔誠所必須的行動。而如果偶爾閃現的羞怯眼神是可信的，這位大使已經開始從她謙遜的眼神中找到愛意了。

不過，最大的困難就是這好神父要守的禁食苦行。他試了兩次，而這兩次身體的欲念都強過了靈性。到了第三天，他才抵擋住了食櫥的誘惑。不過，他能否撐到那魔咒破解的時候，還是個問題。

到了很晚的時候，他們一行人提著燈籠，摸索著爬上了河谷。他們還帶著一籃食物，當其他惡魔被驅逐到紅海之後，他們就可以迅速地安撫飢餓之魔。

所羅門王的符印打開路，讓他們進了塔樓。他們看到，那士兵坐在魔咒所封的堅固箱子上，正等候他們的到來。做了該有的驅魔儀式，那少女便上前來，用所羅門王的符印去碰觸寶箱上的鎖，於是箱蓋倏地打開，金銀珠寶等財物就在眼前閃耀發光！

「真是個取之不盡的寶箱啊！」那學生上前去往口袋裡面塞，一邊興奮大喊著。「公平點，慢慢來，」士兵高聲說：「我們把這寶箱整個搬出去，然後均分。」

於是，他們兩人使盡了吃奶的力氣來搬，但是非常困難。這箱子很重很重，而且放在那邊已經幾百年了。他們在使力的時候，那好神父卻退到一旁，就著籃子狼吞虎嚥起來，想驅走胃腸裡面張牙舞爪的飢餓之魔。才一會兒，他就吞了一隻肥閹雞，還配著一大杯Val de Penas灌了下去。然後，他表達了餐後的感謝，給了那伺候在一旁的寵物小羊一個慈愛的吻。這些都在角落裡悄悄進行著，可是那揭人隱私的牆壁，卻以一副勝利之姿把它咕咕噥噥洩露了出來，吻頰禮可從來沒有發生過這麼糟糕的結果。聽到那聲音，士兵絕望地大喊了一聲。已經半抬起來的寶箱，掉回了原來的位置，而且再次鎖了起來。神父、學生和那姑娘，發現自己回到了塔樓外，而塔樓的牆壁發出隆隆巨響關閉了。唉！好神父太早打破自己的禁食苦行了！

那學生從驚愕中清醒過來，他原本可以再進塔樓的。但他沮喪地發現，那姑娘在一陣驚慌中，遺落了所羅門王的符印，將它掉在地窖裡面了。

總歸一句呢，總教堂的鐘聲宣布了午夜到來。魔咒重新啟動了，而士兵也註定要再站崗一百年。他和那批財寶，至今都還留在那裡，而這全是因為慈愛的神父親吻了他的侍女。「啊，神父！神父！」他們回到河谷底下時，那學生懊喪地搖著頭說：「我恐怕這世上是聖徒少，而一吻獲罪的人多啊！」

這傳說信而有徵的內容，到這裡就結束了。不過又有傳聞說，那學生的口袋已經帶出夠多的財寶，可以在世上立足了。而他的事業也有成就，可敬的神父也讓他娶了那寵物小羊兒，以補償他自己在地窖裡搞砸的事。那純潔無瑕的姑娘表現出好妻子的榜樣，就如同她曾經是個好侍女，並且為丈夫生了許多孩子。第一個孩子令人驚異，父母結婚七個月後就出生了。而且，雖然是七個月就出生的孩子，卻是他們子女之中最健壯的。其他的孩子都是循著一般孕期而出生的。

咒鎮士兵的故事有許多不同的版本，不過一直是格拉納達很流行的傳說之一。平民百姓相信，仲夏之夜時，士兵仍然在達洛河橋上的巨型石榴石旁邊站崗。只是他仍然隱形，除非是遇到了擁有所羅門王符印的幸運之人。

〈咒鎮士兵〉小記

西班牙古時候的迷信，說有一些很深的洞窟，裡面有化為人形的惡魔、或者侍奉惡魔的賢哲之士，在傳授魔法。這些洞窟裡之中鼎鼎有名的，就在薩拉曼卡。法蘭西斯科·德·托勒布蘭卡（Francisco de Torreblanca）大人，在他第一本談論魔法的著作裡，就提到了這個地方。據此書上說，惡魔就扮演神諭者的角色，回應那些到此求教重大命運難題的人們，就像是古希臘遠近馳名的卓風諾斯（Trophonius）洞窟一樣。法蘭西斯科大人雖然記下了這個故事，卻並不信以為真。不過他倒是確信，有個叫克萊門·波多西（Clement Potosi）的祭器管理員，在那洞窟裡祕密傳授著邪術魔法。費裘神父研究過這件事而指出，所謂惡魔親自在那裡傳授魔法，乃是沒有根據的說法。他只同意，一次會有七名徒弟在那裡；而經由抽籤決定，其中一名要永遠奉獻自己的身心給惡魔。這幾波的奉獻學生之中，有一個年輕人是維連納侯爵（Marquis de Villena）的兒子。他完成學業之後，抽到了籤。不過，他成功欺騙了惡魔，只把自己的影子留給他，身體卻離開了。

胡安．德．迪歐斯（Juan de Dios）大人，上個世紀早期曾經是格拉納達大學的教授。他敘述了以下的故事版本，據他說這是從一分古代手稿裡摘錄出來的。我們會發現，他摧毀了故事裡面怪力亂神的部分，把惡魔從故事裡整個排除掉了。

關於聖居普良洞窟的傳聞，他說，我們可以確信為真的就是，在卡瓦哈爾神學院的小廣場裡，那石造十字架所立之處，曾有聖居普良的地區小教堂。走下二十級臺階，會進到一間地底下的祭器室。它既寬敞，又有拱頂，就像個洞窟一樣。有個祭器管理員曾經在這裡傳授魔法、未來事件占星術、撒泥占卜術、水卜術、火卜術、空氣占卜術、手相術及通靈術等。

那摘錄接著提到，一次會有領著固定獎助學金的七個學徒，跟著那祭器管理員。七人之中會抽籤，決定哪一位應該為大家付出費用。他們都曉得，抽到籤的那個人如果沒有即時繳費，就會被拘禁在祭器室的一個房間裡，直到資金送來為止。從那時開始，這就形成了慣行的做法。

有一回，侯爵的兒子亨利．德．維連納（Henry de Villena）抽到了籤。他察覺，抽籤過程發生了作弊和朦混，而且他懷疑祭器管理員是知情的，故而拒絕付費。他立刻被關了起來。很湊巧的，祭器室一個黑暗的角落裡，有個破裂而空掉的巨大罐子，或許是陶製的貯水器。這年輕人便想到可以躲進裡面去。到了晚上，一名僕人帶著燈燭和晚餐，跟著祭器管理員進來了。他們打開了門鎖，發現地窖裡沒有人，倒有一本魔法書打開著放在桌上。他們驚慌離去，門卻沒有關上，而維連納便脫逃了。而這故事傳出去就變成，維連納用魔法讓自己隱形了。

讀者諸君現在便知道了故事的兩種版本，可以自行選擇。我只想指出，阿蘭布拉宮的那些賢哲傾向神怪的那一種。

亨利・德・維連納活躍於卡斯提爾國王胡安二世的時代，是胡安二世的叔父。他後來以自然科學方面的知識而聞名，也因此，在蒙昧無知的年代便遭人誣指為通靈術師。佛南・佩瑞茲・德・古茲曼（Fernan Perez de Guzman）❶記述這位傑出的人物，肯定了他的博學。不過他也說，維連納獻身於占卜之術，以及夢境、預兆及異象的詮釋。

維連納死後，他的藏書落入了國王手裡。有人警告國王說，裡面有魔法之書，不該讓人讀到。胡安國王便下令，將這些書以馬車運到一位受人崇敬的高級教士宅邸裡，讓他來審查。這位高級教士的信仰虔誠，但知識學問卻不足。有些書是在討論數學、有些是天文學，裡面有圖案、圖表，以及行星的符號；有些書是談化學或煉金術，裡面有外國的或神祕的文字。在信仰虔誠的高級教士心目中，這些都是通靈邪術。而這些書最後便都付之一炬，就像唐吉訶德的藏書一樣。

所羅門王的符印

這個裝置由兩個等邊三角形組成，交疊在一起成為星形，周圍有一個圓圈。依照阿拉伯的傳統，至高的上帝讓所羅門選擇要哪一種賜福，而他選擇了智慧，這時天上便降下一枚指環，上面刻著這圖案。

這神祕的護符，便是他智慧、幸福及莊嚴崇高的奧妙所在。他靠著這個來統治國家，而且功成名就。由於他曾經短暫失德，這指環便遺失在海裡，而他也一度淪為平凡的人。他藉著懺悔及禱告而與上帝達成了和解，並獲准從魚肚子裡重新找回指環，才恢復了他的天縱英明。他可不能再完全失去這些天縱之才，便將這神奇指環的祕密教給了其他人。

我們聽說，這枚符印落入穆罕默德那些異教徒的手裡，做了瀆神的使用。而在他們之前是阿拉伯的偶像崇拜者，更早之前又在希伯來人手裡，都是為著「怪力亂神之事、以及可鄙可憎的迷信」而使用它的。想要更徹底了解這個主題的人，請參酌博學的阿山納修斯・科克（Athanasius Kirker）❷神父的阿拉伯神祕學（Cabala Sarracenica）論著，必會大有收穫。

還有幾句話，想對好奇心重的讀者說說。在這富有懷疑精神的時代裡，許多人喜歡擺出姿態，嘲弄那些跟神祕之術或魔法有關的任何事物。他們不相信法術、咒語或占卜的效力，而且堅持說，這些東西根本就沒存在過。對這些心有定見的不信之人來說，古代的見證幾近於一文不值。他們主張自己眼見為憑，並否認這一類數術或做法曾經盛行於往日，只因為他們在自己的時代沒見證過這些事物。他們看不出來，就是因為現在已經是熟悉自然科學的世界，所以超自然之事才淪為多餘而廢棄不用了；而且，藝術這範疇被人強硬構造出來，取代了魔法的神祕世界。此外，開了智慧的少數人還想說，那些神祕的力量雖然隱而不顯，卻是存在的，而人類的機巧弄智讓它們失去了用武之地。護身符依然是護身符——儘

❶ 譯註：佛南・佩瑞茲・德・古茲曼（1377-1460），西班牙詩人、傳記作家。

❷ 譯註：阿山納修斯・科克（1602-1680），日爾曼的耶穌會學者，以博學多聞著稱。他最聞名的研究領域是比較宗教、地質學及醫學。

管它多年來已經沉睡於海底，或者靜靜躺在古董研究者滿是灰塵的櫃子裡——仍然擁有一切內在而驚人的力量。

例如眾所周知的，智慧所羅門王的符印有抵擋精靈、惡魔及咒語的力量。而誰能肯定說，同樣的神祕符印（不論它可能在哪裡），如今並不具有古時候出類拔萃的同等神力？那些懷疑的人，讓他們去薩拉曼卡鑽研一下聖居普良的洞窟，探索它所隱藏的祕密，再做決定吧。至於不想費力做這種研究的人，請他們以相信來取代懷疑，謙卑平實地接受前一篇傳說吧。

揮別格拉納達

我在沁涼的浴殿裡沉迷於東方式的奢華時，卻接到了信件，召我離開這片穆斯林仙境，再度混跡於塵世的喧囂與忙碌。我在阿蘭布拉宮裡原本寧靜祥和而安居高位，便突然結束了。經歷了這麼安適與夢幻的生活，我要怎麼面對塵世的勞苦與忙亂！住過了詩情畫意的阿蘭布拉宮，我怎麼能忍受塵世的平庸乏味！

不過，我離開之前還需要稍做準備。有一種名為tartana的兩輪交通工具，很像有蓋的輕馬車，就是一名年輕英國人及我自己要用的旅行設備。我們要穿過莫夕亞到阿利坎特（Alicante）及瓦倫西亞，前往法國。還有一名手長腳長的侍僕，他以前是走私販，且就我所知還是個搶匪，將要擔任我們的嚮導和衛兵。一切都準備得很快，但是離別卻是寸步難行。日子一天一天地延後。我日復一日流連在最愛去的那些地方，而它們每一天看起來都更加的可愛。

我即將辭別的那個友好又溫馨的小小世界，我也感覺特別親切了。而他們對於我要離去所表現的關切，證實我這種親愛的情感是互相的。確實是這樣的。當那天終於來到了，我都不敢去向好心的安東妮雅大嬸告辭。至少，我看到小朵洛麗絲那顆柔軟的心，已經滿漲到邊緣，快要溢出來了。所以我默默向皇宮和裡面的居民道了再見，下山到了城裡，好像我還會回來似的。不過，輕馬車和侍僕都在那裡等著了。那麼，跟著旅伴在客棧裡用過午餐之後，我便和跟他一起踏上了旅途。

奇哥王二世的車馬簡陋寒微，他的離別也怏怏不樂！安東妮雅大嬸的外甥曼紐，我那事事搶著負責、但現在鬱鬱寡歡的隨從馬修，還有兩三個後來成為我閒聊夥伴的阿蘭布拉宮老兵，都下山來為我送行。遠行幾哩去迎接一個即將來到的朋友，或者走上同樣的距離來為他送行，這是西班牙一種古老的淳厚風俗。於是我們出發了，長腿的侍衛邁步走在最前面，他的槍枝扛在肩上；而曼紐和馬修走在馬車的兩側，老兵們在車子後頭。

格拉納達向北一段距離之處，道路漸漸爬上了山坡。我在這一帶下了車，跟曼紐一起慢慢走著。他藉著這個時機，跟我講了心底的祕密，以及他對於自己與朵洛麗絲之間的各種溫柔的掛慮；這些事，深知一切、而且知無不言的馬修都已經告訴過我了。曼紐的醫師證書已為兩人的結合鋪好了路，只欠教宗基於兩人共同血緣而給予的特許，此外什麼都不缺了。然後，如果他能拿到這城堡裡的醫師職位，人生幸福就圓滿了呢！我恭喜他，在選擇賢內助時既有判斷力、眼光又好。我對他們的結合，奉上了所有的賀詞。我也深信善良的小朵洛麗絲，她豐沛的情感會及時投注在比叛節不忠的貓兒、逃家背信的鴿子更穩定的事情上。

我跟這些好人分了手，看著他們慢慢走下山去，不時又回過頭來向我招手揮別，那真是一場傷心滿懷的別離。當然了，曼紐有大好前程可以安慰自己，但可憐的馬修看起來好像著著實實失落了。對他來說，這是從宰相的地位慘跌到一身破舊的棕色斗篷，從史官回到他拿手的破衣補衲而難以維生。這可憐蟲雖然有時候老愛管閒事，卻透過這樣那樣的方式，學到了在我還未察覺時就努力替我著想。假使我早就發現他所累積起來、並且我也有所貢獻的那一筆財富，倒還真的可以在離別之際撫慰人心。因為，對於他講的故事傳說、閒聊及當地見聞，還有我在散步過程中經常由他陪伴著，我所給予的重視，都提升了他對於自我能力的了解，並且為他開創了新的事業。從此之後，阿蘭布拉宮之子便成了宮裡固定的、酬勞豐厚的導遊。我甚至還聽說，他不再被迫穿回他初次見到我時所穿的那件破舊棕色斗篷了。

接近日落時分，我來到了道路曲折進入山間的地帶。我在這裡駐足，望了格拉納達最後一眼。我所站的山丘，俯瞰著城裡壯麗的景致、維嘉沃原，以及周圍的山巒。這個位置，在指南針上正對著因為「摩爾人最後的嘆息」而得名的淚之丘。當年，可憐的包迪爾揮別了他身後的天堂樂土，眼前又看到一片崎嶇而貧瘠的流亡之路，我現在多少能體會他的感受了。

落日如同往常一樣，抑鬱的光輝照在阿蘭布拉宮的紅色塔樓上。我可以約略看到孔馬拉斯塔樓向外突出的窗子，我曾經在那兒，沉浸在許多美好的幻想之中。城裡綠蔭層層的樹林、花園，厚厚地鍍上一層金光；夏季晚間的紫色薄霧，慢慢籠罩著維嘉沃原。在我離情依依的眼中，每樣東西都可愛，但又那麼的纖弱而傷感。

「我就要趕路離開這幅景象了，」我心想：「太陽下山之前，我想帶走一分回憶，把它的美好盡收在內。」

我抱著這些想法，在山區裡循路前進。稍走一小段，格拉納達、維嘉沃原及阿蘭布拉宮，都離開了我的視線，而人生裡萬中選一的醉人好夢，就這樣結束了。而讀者諸君或許會覺得，這裡面的美夢也太多了些。

阿蘭布拉宮的故事

在西班牙發現世界上最美麗的阿拉伯宮殿

Tales of the Alhambra

作　　者　華盛頓・歐文（Washington Irving）
譯　　者　劉盈成
特約主編　柳淑惠
封面設計　莊謹銘
照片提供　何維民
內頁排版　高巧怡
行銷企劃　劉育秀、李蔚萱
行銷統籌　駱漢琦
業務發行　邱紹溢
業務統籌　郭其彬
責任編輯　溫芳蘭
總 編 輯　李亞南

發 行 人　蘇拾平
出　　版　漫遊者文化事業股份有限公司
地　　址　台北市松山區復興北路三三一號四樓
電　　話　(02) 2715-2022
傳　　真　(02) 2715-2021
讀者服務信箱　service@azothbooks.com
漫遊者臉書　www.facebook.com/azothbooks.read
劃撥帳號　50022001
戶　　名　漫遊者文化事業股份有限公司
發　　行　大雁文化事業股份有限公司
地　　址　台北市松山區復興北路三三三號十一樓之四
初版一刷　2018年9月
初版五刷第一次　2021年12月
定　　價　台幣390元
I S B N　978-986-489-300-3

國家圖書館出版品預行編目(CIP)資料

阿蘭布拉宮的故事：在西班牙發現世界上最美麗的阿拉伯宮殿 / 華盛頓.歐文(Washington Irving)著；劉盈成譯. -- 初版. -- 臺北市：漫遊者文化出版：大雁文化發行, 2018.09 --　面；　公分. -- (經典；27) -- 譯自：Tales of the Alhambra
ISBN 978-986-489-300-3(平裝)
874.57　　　　107014874